长在心中的大树

# 人民日报2023年散文精选

人民日报文艺部 / 主编

人民日报出版社

·北京·

图书在版编目（CIP）数据

长在心中的大树：人民日报 2023 年散文精选 / 人民
日报文艺部主编 . — 北京：人民日报出版社，2024.2
　　ISBN 978-7-5115-8200-3

　　Ⅰ . ①长…　Ⅱ . ①人…　Ⅲ . ①散文集—中国—当代
Ⅳ . ① I267

中国国家版本馆 CIP 数据核字（2024）第 018404 号

书　　　名：长在心中的大树：人民日报 2023 年散文精选
　　　　　　ZHANGZAI XINZHONG DE DASHU: RENMIN RIBAO
　　　　　　2023 NIAN SANWEN JINGXUAN
主　　　编：人民日报文艺部

出 版 人：刘华新
责任编辑：毕春月　　刘思捷
封面设计：金　刚
封面手绘：孙小良

出版发行：人民日报出版社
社　　址：北京金台西路 2 号
邮政编码：100733
发行热线：（010）65369527　65369846　65369509　65369512
邮购热线：（010）65369530　65363527
编辑热线：（010）65369521
网　　址：www.peopledailypress.com
经　　销：新华书店
印　　刷：北京盛通印刷股份有限公司
法律顾问：北京科宇律师事务所　（010）83622312

开　　本：880mm×1230mm　1/32
字　　数：310 千字
印　　张：12
版次印次：2024 年 2 月第 1 版　　2024 年 11 月第 3 次印刷

书　　号：ISBN 978-7-5115-8200-3
定　　价：58.00 元

# 目　录

## 我与一座城

## 梦想·奋斗

## 追寻·遇见

## 自然·感悟

# 风物·乡情

# 我与一座城

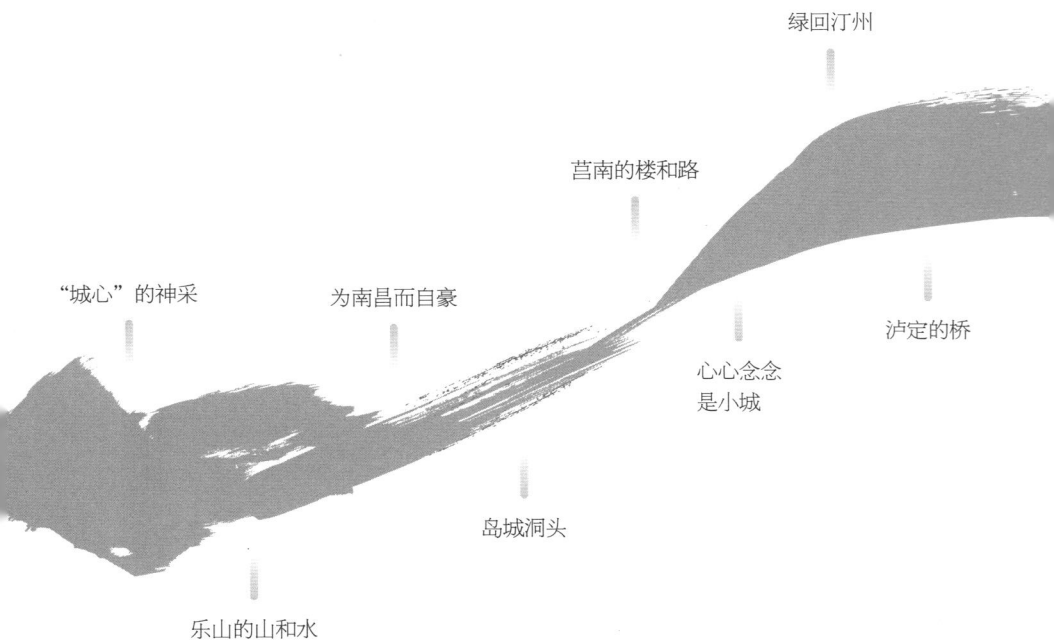

绿回汀州

莒南的楼和路

"城心"的神采

为南昌而自豪

泸定的桥

心心念念
是小城

岛城洞头

乐山的山和水

"通州城，
好大的船"

泉城里，
书香流传

四季走过黄埔

科尔沁草原
上的城市

西昌，
一首山水诗

毕节的星光

大庆的旋律

湛江的红树林

# "城心"的神采

沈
念

　　一个地方总有它独特的神采。几年前，我移居长沙，成为这座城市的新市民。此后，我特意去探访了一次它的"城心"——袁家岭。许多老长沙人一定对芙蓉区的袁家岭了如指掌。袁家岭文化院团聚集，也是长沙最早的商业中心，有太多可以言说的元素集合在这里，弹丸之地"生长"着独特的神采。

　　28年前我第一次到长沙，印象就留在了袁家岭。那个时候，长沙城给我印象最深的地方，除了长沙火车站的朝天火炬之外，就是袁家岭新华书店。走出火车站，踏上五一路，去往城市的其他角落，袁家岭都是必经之地。袁家岭新华书店是1986年开业的，4000多平方米的营业面积，摆了几万种琳琅满目的图书，在当时全国的新华书店中，算是体量很大的。记得那个时候走进书店，里面总是门庭若市。早上店门一开，楼道两侧就有读者迫不及待地"占座"，开始一天的读书时光。

　　我有不少书是从这里买的。记得1996年第一次在袁家岭书店买到浙江文艺出版社出版的《百年孤独》，从此打开了我阅读外国文学的一扇窗口。可以说，袁家岭成了我走上文学之路的出发地，那里有我一段刻骨铭心的文学记忆。时过境迁，如今，网络购书便捷，我却仍然怀念上书店买书、看书的日子。每每经过袁家岭，看到熟悉的建筑，总觉得亲切，仿佛时光在倒流。

　　有一次，和家住袁家岭的朋友聊天，说到百年前长沙城开山筑路，把城市的中心点定在了袁家岭的韶山路街口。他的语气里透着骄傲。过去这么久了，无论城市东扩西拓还是南延北进，那个最初的中心点还在，那个长沙人心中的"城心"，历经岁月淘洗，神采依旧。

走进"城心"，可先看"古"。马王堆汉墓里沉淀的楚汉文化，走马楼简牍里记载的三国风云，管中窥豹，让人浮想联翩。在"城心"走街串巷，亦妙趣横生。去往白果园巷、化龙池、都正街等老街，再去新兴的湖南米粉街、古玩艺术街等网红打卡地，感受古今交替、烟火人间。

步入长沙临时大学旧址的展览厅，我在一张地图前发呆。地图是一座城市的花名册，我细细辨认着小小的地名。小圆点所标示的袁家岭今非昔比，那些街巷阡陌早已发生了巨变。

风晴雨雪，朝晖夕阴，"城心"的神采刻记在了无数凝视者的目光中和穿行者的脚步里。某一天，抬头猛然看见"城心"有了新高度。高耸云天的湖南第一高楼国金中心，在452米高的顶楼可俯瞰长沙城。橘子洲头，湘江北去，岳麓山上，层林尽染。鳞次栉比的新建筑、眼花缭乱的时尚元素，散入仅3.16平方公里的袁家岭文化区，发出拔节生长的声音。

不夸张地说，"城心"的宽街窄巷，每一步都听得到文化的回响。这里有读者热爱的省图书馆、观众流连的大剧院，以及京剧和花鼓戏保护传承中心、湘剧院等。走过湖南花鼓戏剧院，悦耳的戏声此起彼伏。正赶上这里举办首届袁家岭戏剧节，青年演员唱念做打，引得无数戏迷连声叫好。长沙人爱看戏，有戏的地方，必然也是神采飞扬的地方。

湖湘名品湘绣、湘茶、湘稻、湘瓷，皆能在此寻迹。坐落在车站路的省湘绣博物馆，藏着一道道迷人的艺术风景。新中国成立后，湘绣浴火重生，一幅幅艺术佳品为湖湘之美做了精彩的注脚。出神入化的鬅毛针，一针一线，绣出惟妙惟肖的虎绣像。不可思议的双面全异绣，在同一幅透明纱料的两面绣出两种物像，构图、色彩、技法各异，让人拍案叫绝。

神采是积淀的，也是生长的。每一座城市在时间长河中，有继承也有创造。无论经历什么，都是在寻找并唤醒它的神采，也是在孕育它的神采。神采落地，化为城市的底蕴，有了底蕴，底气就足了。"城心"的神采，从文化内部蔓生开来，为城市塑形。

入夜的灯火照亮"城心"。路过重建中的袁家岭新华书店，这里即将建成湖南文化广场。耳畔响起芙蓉区朋友的豪言壮语：这个承载长沙人精神记忆的老店，将成为著名的文化地标。我也热切地盼望着"城心"将有的新神采。

《人民日报》2023年1月16日第20版

# 乐山的山和水

王京川

　　我的祖辈均是四川乐山人，说起家乡自然如数家珍。从郦道元《水经注》记载的古蜀王开明故治算起，乐山的历史已有3000多年。古称嘉州的乐山，岷江、大渡河、青衣江三江汇流。今天，乐山不仅是国家历史文化名城、中国优秀旅游城市，还有全国首批对外开放城市、国家园林城市、全国卫生城市等"头衔"，着实是个氤氲人间烟火的山水福地。

　　20世纪70年代，母亲工作的单位从峨眉迁到什邡，我在红白镇呱呱坠地。稍大一些，回故乡，路难行。从什邡通往乐山的200多公里"搓衣板"路，让小小的我望而生畏。晕车，转车，如今仅需2个多小时的高速车程，当年要走将近1天时间。

　　辗转之苦，终结于1999年12月底，成都到乐山高速公路通车，乐山跨入"高速时代"。此后的20多年间，我见证了家乡交通的巨变，高速路网在11个县市区间舒展穿梭。2022年底，地处小凉山腹地的金口河区贯通高速，乐山实现高速公路全覆盖！待乐山机场建成通航后，加上四通八达的高铁网络、长江水道枢纽乐山港，家乡的"两航五铁十高速一枢纽"立体交通网正呼之欲出。

　　仁者乐山，智者乐水。说起乐山乐水，峨眉山—乐山大佛早在1996年就已经成为世界文化与自然双重遗产，再加上2014年入选首批世界灌溉工程遗产名录的东风堰，乐山的山和水名扬海内外。

　　山水之外，乐山的文化遗存之丰，令人惊叹。秦时离堆、汉时崖墓、唐时大佛，随便拈出一件，都是宝藏。乐山每个区县都有响当当的历史文化资源，资源禀赋全国罕见。夹江千佛崖、三峨山、犍为罗城古镇、峨边黑竹沟、金口河瓦屋山、沐川竹海、井研三江白塔……峨眉武术文化、造纸文化、茶文化、盐文化等多姿多彩。游客来了乐山就不想走，流连忘返。据统计，癸卯兔年春节黄金周，400多万游客争相来乐山旅游，人数比乐山的全市人口还多90万。

　　如此曼妙山水，孕育了丰厚文化。身为乐山人，无疑是幸福的。随时能与那些丰富的历史文化近距离接触，感受文化的熏陶，乐在其中。

　　小时候，我家住在岷江边的西顺城街，街口有一个清代碑刻防火大水缸，街上是一溜青灰色的斑驳刻字封火墙、踩得泛光的青石板路，古色古香。从顺城街到我就读的小学，我最喜欢沿着江边的明清古城墙行走，一垛一垛地跳，脚下踩的红砂条石少说也有五六百岁，好些条石上都被缠绕上了老黄桷树的放射状根须，展现着生命的顽强。

　　后来，我家搬到大渡河畔，从此每天与乐山大佛隔江听涛、隔窗相望，相看两不厌。最近几年，我爱上了跑步，尤其喜欢沿江、沿河、沿古城门跑。嘉州古城曾被多达27道明清古城门严密包裹，这些城门大都依山而建、伴水而生，因地就形，古朴厚重，述说三江水运的昔日荣光。目前尚存丽正、育贤、望洋等9道古城门，每次跑步经过它们，总会在江风拂面中隐隐闻到历史的沧桑。

　　这些年，我换着不同的路线跑步，一边在跑步APP上打卡，一边在跑步中追寻乐山先贤的足迹：跑过大佛景区路，那是苏东坡写下"颇愿身为汉嘉守，载酒时作凌云游"的凌云山麓；跑过平羌小三峡，那是诗仙李白挥毫"峨眉山月半轮秋，影入平羌江水流"的清幽所在；跑过龙泓寺，那是诗圣杜甫写下"今年思我来嘉州"的嘉州古驿；跑过老霄顶和乐山师院，那是武汉大学抗战时期内迁乐山8年的书院学府……

在我跑步轨迹所经之处，市中区的安谷镇相对偏远，却又意义深邃。1933年，为避战乱，故宫59万件文物分三路疏散内地，占比85%的中路和北路文物、总计16650箱国宝在颠沛流离后，藏身于乐山安谷镇和峨眉山麓大佛寺达8年之久，无一缺失。其中，藏身安谷镇的国宝就有9369箱。如今的安谷镇，当年存放国宝的祠堂大多难觅踪影，曾参与守卫国宝的老人也已全部过世。有幸，我曾与时年94岁、最后一位安谷守宝人窦洪海有过交谈，饶有兴致听他讲起当年每逢夏季，他们把文物从库房搬出来晒太阳的往事。

在乐山，让人心驰神往的何止山水人文，这里的美食更是让人欲罢不能。每到假期或周末，乐山的大街小巷总会挤满了来自成渝甚至云贵陕青的车辆，星罗棋布的"网红"店前人头攒动。川菜是中国传统四大菜系之一，以乐山菜为代表的"上河帮"独树一帜。乐山小吃，光是听名字就会让人垂涎三尺：钵钵鸡、甜皮鸭、叶儿粑、乐山烧烤、马村鱼头、西坝豆腐、马边抄手……看着假日里蜂拥而来品尝乐山美食的外地人，乐山人总会大度地一笑："等他们去吃嘛，我们还有平时。"

我的家乡在乐山，乐山乐水，乐在其中。

《人民日报》2023年3月13日第18版

# 为南昌而自豪

杨海蒂

我家与江西南昌有着不解之缘。祖父曾求学于南昌，父母毕业于江西师范学院，姐姐考上了江西省文艺学校，后来，她的女儿又考上南昌大学。16岁那年，因为考上金融院校，我也投入南昌的怀抱，在南昌度过了一段难忘的时光。

数十年后，因为一次采风的机会，我又回到南昌。那次南昌之行，对我来说就不仅仅是采风，而更像是一次回家。

坐落于中山路的南昌八一起义纪念馆，是为纪念南昌起义而设立的专题纪念馆。在南昌读书期间，我不知参观过多少遍。从周恩来戴过的手表、贺龙用过的瓷器，到起义军使用过的"汉阳造"等文物，每一件都拨动着我的心弦，每一件都让我对那段岁月肃然起敬。如今旧地重游，南昌八一起义纪念馆增设了大型多媒体场景、历史长廊等，带给我全新的视觉感受。尤其是全景大型军史雕塑，在全国的纪念馆中都比较罕见，让我又一次为南昌而自豪。

在南昌，常常可以看到以"八一"命名的道路、大桥、广场、公园、学校、场馆。有人统计，南昌有近200处城建项目以"八一"为名，表达着这座城市对革命先辈的深情追忆，也镌刻着这座城市永不磨灭的红色印记。八一大道又长又宽，气势非凡，让江西人为之骄傲。雄伟的江西饭店、江西宾馆、南昌电信大楼、南昌百货大楼等，都是南昌市的标志性建筑，依旧屹立于八一大道两旁，还是我熟悉的模样。

城市中心广场——八一广场恰好处于八一大道的中点。广场上矗立的八一南昌起义纪念塔，比我印象中的高大多了。原来，在20年前的八一广场扩建改造中，纪念塔加高了8.1米，还加建了升旗台、军史浮雕等。"五星红旗迎风飘扬，胜利歌声多么响亮，歌唱我们亲爱的祖国，从今走向繁荣富强……"仰望迎风飘扬的五星红旗，我情不自禁地唱起最为熟悉的歌曲。

胜利路是我必须要去的，因为它承载了我的青春记忆。读书时，这条步行街热闹非凡，店铺一家挨着一家，游人顾客接踵摩肩。无数个周末，我和同学辗转前来，只为感受这里的热闹与繁华。而眼前的胜利路，早已不是昔日模样，沿街都是气派的大商场。胜利路北端还是老牌美食街——蛤蟆街，那里汇聚了南昌最正宗的美食小吃。

从蛤蟆街走到八一大桥，只需要10多分钟。这是新的八一大桥，老八一大桥在完成它的历史使命后，已经被水下爆破拆除了。读书那几年，我常常从昌南去往昌北看望姐姐，八一大桥是过江的必经之路。如今，旧桥虽已不在，江面上却变戏法似的出现了很多新桥，一座更比一座漂亮、壮观。除了卧龙般的新八一大桥，还有南昌大桥、英雄大桥、赣江大桥等十来座跨赣江大桥，以及数座跨赣江北支流大桥。它们如长虹卧波，记录着南昌的迅猛发展。

艾溪湖湿地公园位于南昌高新技术产业开发区。10多年前，那里还是一片滩涂沼泽地，湖中垃圾成堆，如今却变得绿树成荫，芳草鲜美，成为最受南昌市民欢迎的公益性都市候鸟乐园。艾溪湖水倒映出天空的蔚蓝，湖畔的鸟鸣啁啾声此起彼伏，仿佛在开一场音乐会。被称为"生态绿肺"的艾溪湖，形成了一道独特的城市生态景观。

暮色四合，华灯初上，赣江岸边，流光溢彩。这满目璀璨来自南昌LED产业的蓬勃发展。南昌成功研制出硅衬底蓝光LED材料与芯片技术，打破其他国家在半导体照明领域技术的垄断。关键技术的突破，直接推动了相关产业的发展。南昌已建成具有国际竞争力的LED全产业链研发、制造和应用基地，"中国（南昌）虚拟现实VR产业基地"聚集了多个世界500强企业项目，世界VR产业大会永久落户南昌……十余年里，南昌电子信息产业从无到有，从弱到强，逐渐形成移动智能终端、LED和VR三大优势产业集群的局面。

我还专程去了一趟南昌西郊的梅岭。过去外号"小庐山"的梅岭，而今已成国家森林公园。每年4月，梅岭上杜鹃花怒放，一簇簇、一团团、一枝枝、一树树，漫山遍野，撼人心魄。方志敏烈士纪念园就坐落于梅岭之上。上学时曾多次登上梅岭的我，依旧来到松柏环绕的方志敏烈士墓前，敬献花圈。

"我们相信，中国一定有个可赞美的光明前途……我相信，到那时，到处都是活跃跃的创造，到处都是日新月异的进步……"方志敏烈士在《可爱的中国》中如此写道。看一看眼前的南昌，从英雄城到产业新城，水清、岸美、鸟飞、鱼跃，在新时代新征程中，不断焕发出蓬勃的生机与活力，这不正是方志敏烈士心目中"可爱的中国"的一个缩影吗？

《人民日报》2023年3月15日第20版

# 岛城洞头

施立松

每次坐车飞驰在洞头灵霓长堤上，我都忍不住要把车窗打开，只为更清晰地看那窗外的风景。碧空如洗，云仿佛洁白的飞絮。堤两侧，海面波光粼粼，鸥翅斜飞。堤的那一端，一座座现代建筑高高矗立在海天之间；清晨海上烟岚涨起，那场景如海上仙境。一丝丝咸腥的海风，携着天光云影扑面而来，我的思绪随风飞扬。

如今的洞头已成了温州市洞头区。瓯江口外，东海之滨，大大小小的岛屿组成了洞头群岛。我就出生在洞头岛上一个小小的渔村里。

和祖祖辈辈生活在岛上的人们一样，从小我就深深体会到交通不便带来的困扰。洞头岛到温州城区有33海里。以前，我爷爷驾着白底船，顺风扬白帆，逆流摇双桨，不遇上大风大雾，也要三天才能到达温州城区。到我父亲时，开的是机帆船，经过一回潮起又潮落就能到达。但有一回，父亲的船遇上风暴，他和船员们在风口浪尖跌宕了一天一夜，才终于回到岸边。见到家人的那一刻，他们忍不住痛哭。到了我去温州卫校上学时，乘坐能容纳两三百人的客船，也要四五个小时才能到达。20世纪90年代后期有了客运快艇，只需70分钟便能到达温州城区，但遇上有风或有雾，人们只能望洋兴叹。

那时候，洞头岛上缺水。一个小小的水库供应洞头县城几个区域的生活用水。每年7、8月，水库就裸露出库底的淤泥和水草。岛上所有的井边都排着长长的队伍。用扁担挑着水桶找水的场景随处可见。不仅缺水，还缺电。岛上每天供电限晚上7点到11点半，家家户户必须预先备好蜡烛做补充照明。我卫校毕业后去了洞头大门岛上的医院上班，记得医院下半夜停电，我要提着马灯去巡查病房。有一回刮台风，受伤的病患不少，我提着马灯给患者处理伤口，突然一阵风卷来，马灯摔在地上，灯很快就灭了。伸手不见五指的夜，那种无力感多年以后想起来依然清晰。

曾经，成为城，是洞头不敢想的故事；变成"海上花园"，是渔家人不敢做的梦。

这梦的实现，始于桥的开建。

20世纪90年代，洞头开始建设"五岛连桥"工程。进入21世纪后，"五岛连桥"工程全线贯通，顺利通车。7座桥仿佛一把七弦琴，弹奏着海岛人"天堑变通途"的幸福心声。随后，一条14.5公里长的海上长堤建成。借着这条长堤，洞头由海岛变成半岛，从此迈上了发展的快车道。1小时交通圈形成，去机场只需40分钟，到高铁站不过1小时，到温州老城不用1小时，轻轨通到了家门口，洞头成了温州滨海经济发展中一座美丽的岛城。

路通了，电和水也来了。海底电缆送来了洞头人日思夜想的光明。通电那天，我家特地买了一个大冰箱，大哥迫不及待地把捕来的鱼塞满冰箱。之前，我们只能把吃不完的鱼用盐腌制，天气好的时候将其晒成鱼干。如今，大家再也不用为用电发愁了。耀眼的灯光在洞头的岛屿上闪烁，海岛上一片流光溢彩。环岛游步道、半屏大桥音乐喷泉灯光秀、东岙沙滩、彩虹桥、花岗渔村、望海楼、半屏山、白马古道、海霞公园……无数的"光"串起一个多彩的世界，将洞头装点成大海上的闪亮明珠。

附着在长堤大桥上的水管，引着文成县珊溪镇的碧波流进了海岛的家家户户。我年迈的母亲再也不用提着脏衣篓到离家很远的溪边洗衣，不用为提不动水而烦恼。每次，她看到水管里流出清澈的水都要感慨几声。只是，母亲几十年来节水的习惯依然保持，仍然坚持一水多用，将那些用过的水浇在屋前的菜地上。

近年来，洞头更是凭借自身石奇、滩佳、礁美、洞幽、鱼丰、鸟多的优势，致力于把这片海岛建成"海上花园"，让海岛处处都美起来。

我的老家小渔村，原先只有七八间海岛特色的石厝，如今因其他小岛上的渔民搬迁过来，新建起花园小区，还建设了产业园，渔村旧貌换新颜。与我们村相邻的洞头村现在成了七彩渔村。楼房漆上红黄蓝绿的色彩，在湛蓝的天空和碧蓝的大海映衬下，显得尤为鲜活亮丽，吸引了许多游人和喜欢摄影的朋友前来探访。沿山石阶小巷里，绘画墙和虎皮墙，渔民画与西洋画，在新楼和旧屋上一一呈现，讲述着渔村的故事和大海的传奇。

坐在老家的门口，与半屏山韭菜岙沙滩隔海相望。韭菜岙人造沙滩是洞头近年来打造的"蓝色海湾"项目。沙滩上游人如织，欢声笑语不断。帆船、快艇、摩托艇在海面上来往穿梭。夜晚，半屏大桥上的音乐喷泉灯光秀准点开放，音乐声和浪涛声在耳边交织；桥上的灯光与海面上的倒影遥相呼应。而在韭菜岙沙滩上，烟火秀正在上演，烟火璀璨了洞头的夜空；洞头风情民俗音乐节的开启，让《鹊鸟歌》《烤船谣》等洞头特色文艺作品走进了人们的视野。

今年春节，一大家人从各地回乡过年。睡在翻建过的老屋的木床上，枕着哗哗的涛声，听着对岸传来熟悉的歌谣，看着映照进屋内不断跳跃的光影，听母亲絮絮说着过往，我的内心无比充实。那几日，我与哥哥和弟弟商量着，打算把家旁的空地都种上花和树，再把虎皮似的老石厝建成民宿——让更多的人分享这座岛城"城在海中，村在花中，岛在景中，人在画中"的曼妙，也让更多的人跟我一样，领略岛城洞头的美，感受岛城洞头的振翅腾飞。

《人民日报》2023年3月18日第8版

# 莒南的楼和路

赵德发

　　山东莒南县城，过去人们叫"十字路"。7岁那年，我第一次去县城。爷爷要看望在县城工作的二儿子，把我也带上了。他赶着一头驴，驮篮的一头装着刚收下的地瓜和花生，另一头装着年幼的我。40里路走完，县城到了。

　　我这看那看，突然眼前一亮，指着路边的建筑物大喊："楼！楼！"我早听大人讲过，屋上还有屋，那就是楼。我看到的那间大屋，屋顶上就有一间小屋。爷爷哈哈大笑："那不是楼，是伙房的透气窗户。这里没有楼，临沂才有呢。"自作聪明的我，往驮篮里缩了又缩，羞窘不堪。

　　到二叔家住下，爷爷带我逛街，走街串巷，他说去看看戏楼。我问爷爷，您不是说十字路没有楼吗？他说，那是唱戏的楼，不能住人。我随他走进一所小学，果然看见一个高台，台上只有一堵墙和几根大柱子。戏楼虽然破旧，但楼顶很好看，四个檐角垂下来又翘上去，都挂着铃铛，风一吹，叮当响。爷爷说，过去到了关公老爷生日那天，这里都要唱大戏。

　　祖孙俩站在戏楼上，居高临下看县城。爷爷指指点点，说这里之所以叫十字路，是因为城里有一横一竖两条大路。而且，从十字路东去安东卫，西去临沂，南去青口，北去莒县，都是110里。爷爷早年赶着骡子做生意，走过许多地方。年幼的我不知道110里有多远，但想到十字路竟然是很大一块地方的中心，自豪感油然而生。

过了十年，我在老戏楼旁边的一间教室里扯开嗓子高唱。那时我已当上民办教师，在县师范音乐班参加培训，结业前到这所小学实习。我用脚踏风琴伴奏，把刚刚流行的《我爱北京天安门》这首歌教给学生。上完这课没几天，我回到本村小学继续担任民办教师，但心里一直想着十字路，忘不了在那里见识的一切。

又过了十年，我被调到县委办公室工作，在十字路落了户口。这时的莒南县城已经繁华多了，有好多楼房出现。我住在县招待所的一间平房里，注意到大院东南角有一座二层小楼，幽静宜人。招待所旁边是电影院、"一零"（县百货公司第一零售店）、图书馆、新华书店等，每天都是人来人往。

三年后，我搬到县委大院东边建起的一座四层宿舍楼里。有意思的是，负责建设宿舍楼的领导，在楼下为各家各户建起了鸡窝，大家每天凌晨听雄鸡高唱，白天有空就去喂鸡、拾鸡蛋。现在想想，20世纪80年代，县城干部宿舍还保留着农家生活传统，耐人寻味。

1988年春天，早已迷上文学创作的我决定转行，报考山东大学作家班。单位很支持，让我考前1个月不再上班，专心备考。那段时间，我几乎每天都骑着自行车，到县城东面的赤眉山上看书。休息时，我瞅瞅身边的春花，望望山下的县城，既深深留恋我从小向往的十字路，又期冀我的文学梦想早日开花。终于，我在那年夏天等来了录取通知书。

我在山东大学学习两年，毕业后去了海边的日照市，把家也搬到那里。但我每次回老家仍会经过十字路，常到那里走亲访友，看到了县城的种种变化。30年的时间，原来繁华的地方继续繁华，新的繁华区域不断外扩。尤其是北城新区，鸡龙河两岸风景如画，高楼林立。而过去通往四个方向各是110里的大路，早已成为高等级公路。

北城新区往东5公里有座娘娘山，山前建起一处田园综合体。我徜徉其中，只见满目葱绿，处处生机，一些文化设施初具规模。给我带路的人指点着不远处的河边平地，说那里曾经出土一尊西汉时期的青铜鼎，是县博物馆的镇馆之宝。我立即想起，西汉时此地为高乡县治，历史悠久。他们还说，想在这里建一座书院，为家乡增添一抹书香。

2023年的早春二月，高乡书院举行落成典礼，几百人聚集于娘娘山前，共襄盛事。我想，家乡建起这座书院，接续高乡千年文脉，助力莒南文化事业，这是多么好的一件事情！我虽不才，亦须为家乡的这座书院、为家乡的一脉书香，贡献自己的绵薄之力。

此时，窗外百草权舆，春光融融。

《人民日报》2023年3月22日第20版

# 心心念念是小城

彭晓玲

17岁那年，我第一次来到浏阳县城。

我上的电大班设于浏阳一中，而寝室就在浏阳文庙的东厢房。走进那座古典的庭院，一眼瞧见正前方高大的大成殿重檐翘角，黄色琉璃瓦在阳光照射下熠熠生辉，殿前东西角各有一座精美的亭子，与大殿交相辉映。走近一看，大成殿竟为学生阅览室，每天傍晚和周末都开放。听老师说，很久之前，大成殿是读书人祭祀孔子的正殿，不由肃然起敬。后来，我打听到城里下河街有县图书馆，那里的书更多更好，便约上几位好友去寻找，绕城一大圈才辗转找到。途中我们发现，一派宁静的小城，竟然有许多老巷子，有许多青砖青瓦的老式院落，浏阳一中对面的巷子里，就藏着有名的梅花巷。

莫名地喜欢梅花巷。小巷悠长，铺着长条麻石板，石板两侧铺着青色或白色的鹅卵石，排成可爱的"人"字。也许是年深日久，石板上有些坑洼，鹅卵石也被磨得光滑滑的。巷子两边，都是高高的青砖墙，墙上满是深深浅浅的斑驳，有些地方还长了青苔。青灰色的雕花门头，一律斜斜地朝巷子里开着。厚厚的褐色木门紧闭着，上面有旧旧的铜门环。

小巷很安静，偶尔有几个人匆匆走过，偶尔谁家的院门打开着，我便悄悄地走进去。跨过高高的门槛，是小小的院落，中间为长条青石板铺成的小天井，四周是青砖瓦房，有时还有木阁楼，台阶上整齐地铺满了密密的鹅卵石。雕花门窗及雕花栏杆花型精致，隐约能看出涂过深红的油漆。

梅花巷，多么美丽的名字。城区的同学告诉我，巷子东边是谭家大屋、宋家大屋，西边则是黎家大屋、贺家大屋。宋家曾在自家花园里栽过多株名贵梅树，一到寒冬，梅花盛开，香气四溢，惹得城里的读书人纷纷闻香而来。如今，虽然花香不再，梅花巷却依然吸引着我。

走过梅花巷，沿朝阳街左拐，行不多远，有一条小路通往清亮的浏阳河。河对岸绵延着高大青翠的天马山，山下舒展着一长溜田野，田野上散落着星星点点的农舍。我时常独自一人，出学校大门，横过马路，走进梅花巷，往河边悠然而去。那条直通河边的小路两旁，没有一间房屋，长满了高高低低的杂树。河上的渡口处是一个小小的河湾，渡船是一条旧旧的乌篷船，乘船的大都是进城来卖菜的人。船开动了，我站在船头，河风吹动我的衣襟。我凝视着清亮的河水，感慨多少光阴悄然逝去，河水却依然默默滋养着这里的人们。

就在毕业前夕的那个春天，我与几个好友挑了一个大晴天，一行六七人，从红丝桥渡口坐渡船过河。走过田间小路，沿着一条曲折的山路，往天马山顶攀爬。山上疏疏朗朗的杂树已发新叶，红彤彤的映山红不时出现在眼前。当我们气喘吁吁地爬上山顶，急切地转过身来，一眼就看到耀眼的阳光倾泻在浏阳河面上，河水如轻柔的蓝色绸带，绕城而过，直至隐于前方的崇山峻岭之中。对岸小城的一片黑色屋脊之上，泛起淡金色的光辉，弥漫着小城浓郁动人的烟火气息。

彼时彼刻，大家都看得痴了，干脆席地而坐，慢慢欣赏。恍惚间，哗哗的流水声忽近又忽远，笼罩着我缠绕着我。真愿自己化作一滴平凡的雨水，滴落到浏阳河中，与那满河的流水融为一体。抑或化作一棵水草，一片树叶，一朵落花，去装扮这浏阳河畔如诗如画的世界……

后来，我分到了郊区百宜坑的集里中学教书，学校只有一栋二层教学楼，还有几栋红砖平房。结婚后，我从学校搬到了城里水门口附近的物资局宿舍。天天得早起，骑着自行车从西城穿过新文路、北正路，向北过熊家亭出城，还得穿过长长的田垄，再上坡。早出晚归地奔走，很少去关注路旁的风景。好长一段时间后，我才知道宿舍对面那个院子旁边，竟然是谭嗣同祠堂。

我来到谭嗣同祠堂跟前。穿过小院，走到中厅，便是谭嗣同生平事迹陈列室。我仔细阅读那些文字，从中厅看到后厅。谭嗣同虽只活了33岁，但他心忧天下，一生寻求国家富强之路。近些年，我提笔写了《寻访谭嗣同》一书，又写了长篇历史小说《谭嗣同》。每一次书写，都是一次精神的对话，都是在努力走近那颗博大的心灵……

不知从何时开始，小城悄悄地变新、变大起来。梅花巷一带成了焕然一新的商业区和住宅区。浏阳河城区段架起了各具形态的五座大桥，岸边建成了仪态万方的沿河风光带。傍晚时分尤其动人，绿树，彩灯，雕塑，波光粼粼的河水，还有散步的男女老少，不远处的夜空绽放着朵朵璀璨的烟花……宛如一幅美丽的画卷。就在昔日的红丝桥渡口处，一座新的风光桥凌波照水，仿佛一只飞鸟展翅于碧波之上。

搬到新行政中心所在的东城后，我会经常回老城走一走，往日的时光如水漫过心头。就在去年，80多岁的姐姐与姐夫，回到阔别多年的小城。见小城已高楼林立，今非昔比，他们非常高兴。来到西湖山顶，我们久久地眺望山下的浏阳城。风猎猎吹过，一座洋溢着现代气息的城市就铺展在我们眼前，弯弯的浏阳河水，在阳光下跳跃着斑斓的光芒……

《人民日报》2023年4月3日第20版

# 绿回汀州

舒<br>婷

20世纪70年代初，有一年春节刚过，我凌晨2点出门，从福建上杭县的太拔镇院田村，翻山越岭30里路，搭长途班车到龙岩，再换乘班车，天色半昧，终于辗转到了长汀县的河田公社。

彼时，妈妈正茫然无措坐在一堆箱笼之上，3岁的弟弟追扑毛色斑斓的大公鸡，童稚的笑声浮托起夕阳，也很斑斓。继父有呼吸道过敏症，被河田的风沙杀了个下马威，呛咳着，吸溜着鼻子。妈妈一家三口从省城来到长汀河田，我虽插队不足半年，自认经验老到，赶来帮忙安顿。

一架慢吞吞的牛车，把我们和行李拉到十几里外的小村子。当晚，妈妈、我和小弟弟挤在一张咿呀作响的竹床上，挂着蚊帐。继父窝在门外一张短榻上，吸鼻嘬牙，继续呛咳着。忽然，"哞"的一声长鸣，从蚊帐后的墙缝里，探出一个巨硕的牛头……原来，我们与老牛是邻居呢。

一夜无寐。我早早起来想给家人熬点粥，找不到乡下常见的柴火灶。房东拎过一只小炉子，教我用牛粪生火。这也太难了吧？我所插队的村子林深水长，农民常说，临烧饭到屋后倒两棵杉木都来得及。唉，我那拨火棍加吹火筒的经验根本无用武之地。烟熏火燎中，房东翻弄牛粪的神情肃然庄重。很快我就知道，在河田，为什么牛粪这样珍贵。

恰好有村民要去镇上卖鸡蛋、买草纸，牛车再次捎上我们，我那小弟弟，喜滋滋摇晃在朝晖里，大声唱着福州童谣。

那天返程，没有村民带，我们很快迷路了。无论我和继父怎样轮番爬上高坡，都找不到任何坐标以确定方向。极目所眺，除了黄土还是黄土，既没有一棵树也没有一道水，连像样的草丛都看不见。继父焦灼地跑上跑下，妈妈已经眼泪汪汪，弟弟可怜巴巴望着我。

绝望之中，远远走来一位年迈的背着箩筐提着粪叉的村民。我急切地迎上去问路。老农盯着我们，直到把我脚下的一坨饱满丰腴的牛粪挑到筐里，这才满意地指点我们：顺着牛的大脚印就能找到村庄。我们终于回"家"，牛粪功不可没。

三年以后，妈妈举家迁回省城。奇怪的是，从小在都市娇生惯养的妈妈，反而不能适应城市生活了。妈妈多次和我说长汀，说河田，说农机厂的半间瓦房宿舍；说她养的河田鸡如何会生蛋，农机厂的瘪谷稻壳满地皆是呀；说豆腐坊的豆浆多么黏稠养人，弟弟的腮帮因此又鼓又红，都不喝牛奶了；说同事说邻居说老房东……城里的生活虽好，弟弟需要上小学嘛，但是，在河田的日子多么简单多么轻松呀！妈妈感叹着。

夜半牛吼的惊吓，牛粪生火的泪目，迷路的焦虑绝望，等等，妈妈完全不记得了。而即使过了50年，我犹历历在目。

我和长汀的缘分，因为长汀的新面貌而延续。在朋友的说动下，2019年，我们一家三口去长汀过年。

长汀的郁郁葱葱长汀的花红柳绿，长汀的书卷气长汀的烟火味，让我瞠目让我疑惑让我迷恋，让我欲罢不能。2021年、2022年，全国人大代表调研，我都报名来了长汀。一次又一次，我都去那个河粼粼田青青的河田，寻不见那片寸草不生的沟沟壑壑，那座破落凋败的村庄和那位教我生炉子烧牛粪的老房东。

今年立夏，因当地领导的盛情邀请，我又到了汀江边古城下：畅饮甘醇糯米酒，撕咬盐酒河田鸡，吹着热气囫囵吞下芋饺，碗里已满满舀着牛肉羹泡猪腰，眼里还惦着翠绿的马齿苋和殷红的血蕨。最放不下的依旧是长汀豆腐，还是50年前的老味道。

清澈的汀江之水绕着古城千回百转，说不完的故事。

是长汀县历届党委、政府和一代代长汀人，总结出适合当地经济的工程改造措施，引进生态修复新技术，痛下决心，滴水穿石，持之以恒，创造了绿回汀州的奇迹。其中的艰辛、奉献、喜悦和自豪，自不待言喻。长汀经验入选联合国《生物多样性公约》生态修复典型案例，为中国农民扬眉吐气。

如果没有20世纪70年代初的亲身经历，今天我在河田浓密的林荫下，喝的灵芝茶不会这么爽口，亲手采摘的蓝莓不会这么甜蜜，拂面而来的风不会这么湿润，还带着淡淡的药香。因为，脚下铺陈着成片成片的茯苓和黄花远志。

再往林深处走走，忽地惊起一只白颈长尾雉，仪态万方地掠过铁皮石斛纠缠的板栗树林，不知所踪。

《人民日报》2023年6月12日第20版

# 泸定的桥

周道平

我的故乡四川省甘孜藏族自治州，有一个县是出川入藏的必经通道，被誉为甘孜州的"东大门"，这个县就是泸定。泸定是一座历史悠久的红色名城，从学生时代起，我就与泸定结了缘，好几次进出泸定。后来在部队服役，返回故乡也必经泸定。参加工作后，几十年里，我无数次来到泸定，见证了它日新月异的发展。

泸定地处横断山脉的东部边缘，是四川盆地向青藏高原抬升的过渡地带，湍急的大渡河从县域内流过，一路奔涌，斗折蛇行。大渡河古称"泸水"，因大渡河阻隔，泸定自古便是咽喉要道。始建于清康熙四十四年的大渡河铁索桥，凌空飞架，13根铁链固定在河岸桥台上，9根作底链，4根分列两侧作扶手，共有1.2万多个铁环相扣。河岸桥头堡为木结构古建筑，风貌独特。这座桥是当时全长1000多公里的大渡河上的唯一一座大型桥梁，曾有"东环泸水三千里，西出盐关第一桥"之说，道出了这座铁索桥在古时"汉藏通道、军事要津"的重要地位。

泸定城海拔1300多米，阳光充足，气候宜人，物产丰富。让它名扬四海的，是它的红色基因，这是一座地地道道的"红色名城"。

1935年5月29日，中央红军在这里飞夺泸定桥，一举夺取了长征途中关键的一场胜利。"万里长征，犹忆泸关险"，在泸定，红军留下了军民一家亲的无数感人故事。这座桥也因红军的伟大壮举而名扬中外，载入中国革命的史册。如今，红色记忆、红色历史早已深深镌刻在这片热土上，激励着人们赓续传统，奋发图强。

新中国成立后，10余万军民雪域筑天路，开通了乘高居险的川藏公路，其间在泸定城北架起了大渡河上第一座钢架结构的悬索桥，至今，桥柱上还留有先辈们的题字。这座塔高16米、全长132米的悬索桥，最高载重量可达15吨，可使一辆满载物资的卡车平稳通过。它以坚挺的身躯，默默地支撑起川藏大动脉的跳动。

在此之后，国家投巨资，又先后在泸定境内的大渡河上建起了猫子坪大桥、康巴大桥等众多跨越天险的现代化桥梁，结束了沿河数万百姓依靠皮筏子和小木船往来的历史，使人民群众千百年来盼望互联互通的梦想变为现实。泸定大渡河上一系列桥梁的建成，见证了时代的发展巨变，无声地宣告着：我们正迈步在通往美好未来的征途上。

在故乡人的心中，路和桥的意义是厚重而深远的，他们对路和桥充满着真挚的感情，寄托着无限的希望。

对我而言，也是一样的。过去，我每次回故乡探亲，都要乘坐客车翻越高高的二郎山，那是何等漫长而艰难的旅途！有时候，天气不好，路况糟糕，还可能在山上滞留。如今，在高速路上奔驰，在泸定新建的桥梁上穿行，那种风驰电掣的感觉，让人觉得恍如隔世。

2018年底，在距泸定桥上游5公里处，一座超大跨径钢桁梁悬索桥——兴康特大桥拔地而起，雄跨大渡河上。

兴康特大桥建于海子山和二郎山之间，桥长1411米，主跨1100米，按抗震烈度9级设防，桥面为双向4车道高速公路，设计时速80公里。建设者们战天斗地、精雕细琢，历时4年如期建成，在桥梁史上留下了浓墨重彩的一笔。如今，以红色为主色调的这一标志性超级工程，屹立于深山峡谷中，在高原的蓝天白云映衬下，红装素裹，熠熠生辉，映衬出"红色名城"泸定的深刻底蕴，让人产生一种悠远的追念和思索。

回想过往，真是弹指一挥间。由于工作原因，那年我曾陪着桥梁专家到雅康高速泸定段进行现场踏勘。对兴康特大桥选址作专项论证的场景，至今仍历历在目。当时，我感觉修建这座桥困难重重，征途遥遥，然而，所有的困难早已被攻克，一座宏伟的大桥已经凌空飞架，让天堑变成通途。

说到兴康特大桥，桥梁专家牟廷敏情不自禁地说，大桥建在高海拔、高地震烈度山区和复杂风场环境下，那里的山体处于断裂带，建设难度极大，在设计施工中，经过了一系列攻关，建成投运后，获国家发明专利9项，国内外各类奖项8项，其中包括国际桥梁大会（IBC）颁发的古斯塔夫·林德撒尔奖。看他那神态，喜悦之情溢于言表，爱这座大桥犹如爱自己的孩子一般。

以物载史，永续延绵。国家邮政局于1956年、2006年、2019年分别以泸定桥、大渡河悬索桥、兴康特大桥为主图各发行一枚纪念邮票。3枚邮票上的3座桥梁，凝聚着泸定的奋斗历史，见证泸定日新月异的发展。

桥和路的巨变，让泸定人民的生活有了巨大变化。每当有机会，我仍然常常来泸定，来看泸定的城，来看泸定的桥。每当夕阳西下，晚霞为天空镶上金色的裙边，泸定城里的红军广场上，总是人山人海，人声鼎沸。这里的人们唱着欢快的歌曲，跳起美丽的舞蹈，一派热闹祥和的景象，令我动容。

红色泸定，名桥之城。祝你在和煦阳光下继续阔步向前。

《人民日报》2023年7月31日第20版

# 西昌，一首山水诗

何万敏

　　每一个早晨，只要天空晴朗，我从位于四川西昌城北山的家向南望去，都可见黛绿的泸山被一片层叠的群山衬托着，巍然屹立。泸山就在西昌城边，主峰纱帽顶海拔2317米，显得比后面螺髻山主峰附近的摆摆顶要高大。其实摆摆顶才是西昌市的最高峰，海拔4182米。

　　历史上，明代文学家杨慎曾下榻泸山的庙宇，他四下眺望，夜幕尚在天边，却见山野间已跳跃起点点火光，一首《夜宿泸山》由此而成："老夫今夜宿泸山，惊破天门夜未关。谁把太空敲粉碎，满天星斗落人间。"尽管此诗远不及他的那首《临江仙·滚滚长江东逝水》脍炙人口，但是对于西昌人来说却更加亲切。诗中描绘的农历六月二十四彝族过火把节的场景，至今仍在这片土地上激情上演。

　　节假日的时候，我喜欢沿着蜿蜒的公路登泸山。从泸山山门牌坊出发，徒步1个小时，可到达卧云山庄。这样，既可以欣赏泸山风光，也可以起到锻炼身体的效果。后来，我还与自己定下一个约定：即使工作再忙，我也会在元旦这一天的早晨专门登上泸山，只为一睹新一年的阳光洒满西昌大地。

　　泸山脚下，是碧波荡漾的邛海。邛海水平面海拔1500米，与泸山相差800多米。两处西昌城地标的高度差，让这座城市多了一份视觉上的高低起伏。邛海古称邛池，34平方公里的水域碧波荡漾，同时提供着这座城市用水的部分水源。经过多年努力，围绕邛海周边，建设了面积达2万亩的城市湿地，仿佛给清澈的邛海镶嵌上一串绿宝石。随之而来的，是一些珍稀的鸟类不断增多，这让人们感到尤为欣喜。

西昌，就是这样一座山、水、城相连的城市。

历史上有西昌古城，又名建昌古城，距今已经有600多年历史。2016年复建部分城墙时，我去采访，看见出土了一段长800多米的明代古城墙，文保部门在此基础上复建城墙，为了修旧如旧，保持古城墙风貌，不用水泥而专门熬制糯米灰浆，将3层不同材质的墙体接缝填充和粘连。糯米灰浆钙化时间长达两年，往后时间越久粘连硬度越强。记得施工场地上，10口大锅下是熊熊火焰，锅里糯米翻滚，热气向上蒸腾，据说整个工程共用去50吨糯米。

我供职的单位原先在建昌古城北街，向南走几十米就是古城中心四牌楼。我曾从一些老照片里一睹四牌楼的昔日模样，如今的四牌楼正是依据那些老照片复建而成。从四牌楼出发，再往南走过几百米长的南街，穿过大通门，就算是出古城了。记不清有多少次，当我从大通门门洞下经过时，都会产生一种时空穿越的奇妙感觉——以厚实的城墙相隔，城墙这边是过去的历史时光，城墙那边则是如今的流光溢彩。

与建昌古城相接的老城区，繁华的月城广场周围，车辆川流不息；步行街一带，商业城、购物广场聚集。另一头，新城区的建设步伐更快，航天大道两旁，楼房鳞次栉比，休闲公园分布于此；特别是高铁新城板块，正构成安宁河岸边新的城市风貌。

其实，西昌并非是我的故乡。我生长在凉山彝族自治州东部的美姑县，大学毕业后到了位于州府西昌的凉山日报社工作，这才来到西昌生活。

我第一次到西昌是在初中毕业那年，那一次还闹了一个笑话。我和一个同学报考四川美术学院附中，考点设在西昌师范学校。我们从仅有一条街道的县城来到西昌，四处张望这座在我们看来偌大的城市，看哪儿都觉得好奇。考试结束后，我们先乘车到邛海公园和泸山玩耍，然后回城里。逛到市中心的体育场时，那里正在举办物资交流会，地上铺满了琳琅满目的货物，现场人声鼎沸。傍晚时分，我们走进一家国营食堂，点菜、付钱、等待上菜……服务员先端上3盘菜——大白菜、土豆片、白萝卜，然后没有了动静。我和同学相互看了看，便拿起筷子夹起白萝卜开吃。这时，服务员端来一个小炉子，点燃固体酒精，接着端出汤锅放置在炉子上。看到我们的举动，她忍不住笑起来，告诉我们，这些都是要煮着吃的……不经意的小事，却给我留下了温暖的回忆。

20世纪90年代我刚到西昌参加工作时，那时候城市还比较小。小城的好处是出行方便、节奏缓慢、物价便宜。工作之余、茶余饭后，我喜欢走街串巷，慢慢地对这座城市越来越熟悉。后来，我在这里安家、定居，从此，我不再是这座城的一位过客，这里成了我的第二故乡。

不只是我，如今，爱上西昌的人越来越多。特别是这里冬暖夏凉的盆地气候，使得西昌成为全国年均温变幅最小的地区之一。当西昌人悠闲地享受着天赐的好气候时，远道而来的游客同样钟情于这里四季如春的气候。这些年，西昌成为四川省旅游目的地后起之秀，邛海泸山风景名胜区更是荣获国家级旅游度假区。

山、水、城相连，写就了西昌这座城之美。西昌，就像一首山水诗。

《人民日报》2023年8月7日第20版

# 湛江的红树林

何武豪

在中国大陆南端的雷州半岛，有一座城市以"红树林"闻名，它就是我的家乡广东湛江。

前不久，我和朋友来到湛江麻章区湖光镇的金牛岛红树林片区，细细品味"海上森林"的魅力和傍海而居的诗意。一行人乘船穿行在密密匝匝的红树林里，近距离观赏红海榄、白骨壤、桐花树、秋茄和木榄等红树品种，船随岛转，树映眼帘，仿佛置身于"树在海里，人走林间"的梦境中。

人与城的缘分，常常从第一次接触开始。1987年我参加高考，从乡下来到湛江城读书，学校就在麻章区（当时是郊区）。班上一位同学家住湖光镇，曾带我们去他的村庄看海边的红树林，那是我初次感受红树林扎根大海的壮美。

毕业后，我留在湛江，被分配到一家省属驻湛单位工作。因业务需要，经常奔走在单位与港口之间，蔚蓝的海水、高大的龙门吊、满载货物的巨轮以及在红树林上飞翔的白鹭，都成为常见的风景。

湛江市是我国首批14个沿海开放城市之一，也是一座宜居宜业的海滨城市。20世纪80年代，赤坎与霞山两区面积不大，南北长，东西窄，且相距较远，湛江开发区才刚刚起步。参加工作3个月后，我买了一辆单车，每逢周末，就骑车到市区各处逛。当时连接赤坎区与霞山区的大道有3条：摇曳着椰子树和棕榈树的海滨大道，开满紫荆花的人民大道，以及长着一排排木麻黄树的霞赤路（后改为椹川大道），我的单位就位于霞赤路与机场路交会处。

早上，向北骑行到赤坎老街寻访旧时光，逛中山路、南华广场，又沿着民主路骑行，到达广州湾商会会馆旧址，再穿过和平路骑楼建筑群，在幽静的古巷里摇响清脆的铃声，看映在墙上的斑驳影子。下午，向南骑行到霞山，霞山旧称西营，濒临海湾。从单位出发顺坡而下，过海头，经大楼，再到东风街，那是湛江最热闹的地方。

与赤坎、霞山隔海相望的坡头区，当时交通非常不方便，人员和车辆往来需要在平乐渡口排队搭乘轮渡过海。有时我去坡头办事，或者去看望在那里工作的同学，为图方便就曾多次冒着风浪乘坐小船颠簸过海，现在回想起来还心有余悸。

如今，湛江海湾大桥长虹卧波，飞架大海之上，使得坡头区与霞山区连在了一起，一改交通不便的历史。随着海东新区的成立以及调顺跨海大桥的通车，坡头区已成为湛江投资开发建设的新热点。

几十年一晃而过，每当看到矗立在人民大道的"风正帆悬"雕塑，我都心生感触。这座寓意着"乘风破浪，直挂云帆"的地标性建筑，以前看来是"巨无霸"，因为周围空旷，除了一家酒店，还没有其他高层建筑物。如今，湛江海关等高楼大厦鳞次栉比，大道上车水马龙，城市空间变得充盈饱满。那些生长在沿岸滩涂上杂乱无章的红树林，经过多年的修复和治理，也变得葱郁漂亮、精神抖擞起来。

以前，有外地朋友来湛江，我就陪他去东海岛的"龙海天"看大海和沙滩。如今，"海在城中，城在海里"的城市发展理念愈发明朗，阳光、沙滩、浪花和海鸟，这些魅力无穷的海景就在家门口。湛江打造出3条观海长廊：霞山区的金海岸观海长廊、赤坎区的金沙湾观海长廊、坡头区的东海岸观海长廊。每一条观海长廊都建有栈道，栈道一直伸入逶迤繁茂的红树林，与海天相接，与碧波相连，让人一饱眼福。

金沙湾一带更是成为湛江的城市新名片，不仅有观海长廊，还有海滨浴场、海上运动中心等，我常来这里休憩游玩。生活在这座城市的人们，白天在各自的岗位上奔忙，黄昏时分就踩着长长的灯影，徜徉在长长的观海长廊。月亮从红树林上缓缓地升起，面前的大海泛着闪闪的银波。如果海风也长着耳朵，听到的大多是情话，椅凳上坐着肩靠肩的情侣，就像是两朵依偎着的浪花。海风吹来，有人抱着吉他，正在弹奏着《爱上这片海》，全身心地陶醉在海天一色的月光里。

在湛江，我常能感受到，大自然的馈赠是多么的珍贵！红树林具有防风消浪、护岸固堤、净化海水与空气的能力，被誉为"海岸卫士"。近年来，湛江大力实施"绿美湛江"生态建设，加强红树林生态系统保护和集中连片修复，走出一条生态优美、绿色低碳的发展之路。目前，湛江红树林面积恢复到9958公顷，占全国红树林面积的33%，湛江成为名副其实的"红树林之城"。

晚上，我又沿着金沙湾观海长廊散步，看星光下的大海，看夜色中的红树林，看灯火中的沿岸风光……

《人民日报》2023年8月12日第8版

# 四季走过黄埔

陈世旭

苍翠的大树挤满了高地，不知名的鸟儿在明暗的间隙，计算花木开放的日期。天令人惊讶的蓝，云令人惊讶的白。一些闪闪烁烁的建筑，安详地落在无边苍翠之中，恬静而从容。

广州，古来的华南门户，是海上丝绸之路的重要起点。广州黄埔区，因改革而生、因开放而长、因创新而强，面积由最初的100多平方公里扩展到近500平方公里，绘就了一幅波澜壮阔的史诗画卷。

黄埔区首先是乡野的。乡野的黄埔，广阔而深沉。

汽车一进入黄埔，就见到被浓厚的草和树覆盖的重重山丘，就像波涛一样在车窗外起起伏伏。无边的清凉和馥郁气息让你觉得自己是水中的游鱼。勾勒出黄埔区天际线的是树冠，绝少坚硬锐利的几何轮廓。各类学校、企业、研发机构就"隐藏"在道路两侧的树林中间，没有人特别指出，你就几乎无从发现它们的存在。

黄埔区又是城市的。城市的黄埔，没有名山大川的声名显赫，但它们的意境和品质是相似的。

南岗河，汇聚十余条支流，串联一座座水库，迤逦曲折凡24公里，穿越广州开发区制造业重地，汇入东江。"三纵一横"的水系网络，近300平方公里的流域面积，这是黄埔区最具都市风情的河，也是岭南水系的典型缩影。

南岗庙头的扶胥，是古羊城的"卫星"；南岗河口连接扶胥古运河，曾是海上丝绸之路通往世界的窗口，奠定了千年商都的基础。

曾经的南岗河，随着城市快速发展，生态一度恶化，河道淤塞，水质污染。荒地上杂草丛生，堆满了建筑垃圾。而经过系统治理后，如今的南岗河，90%以上是生态岸线，水质从当年的劣五类，提升到三类，部分水体达到二类。荒滩改造成了"鹭洲萤谷"，栖息着众多生灵。深树上跳跃着褐翅鸦鹃、红喉歌鸲和画眉，草丛中鸣叫着雏鸟、青蛙，萤火虫一闪一闪。

河边开辟出"艺术花田"，绿草如茵、繁花似锦，户外音乐节活动，让人置身鸟语花香之中，享受美妙悠扬的音乐。

这条河流源自野趣的山区，穿越都市，经精心打造而华丽转身，在最大限度改善河流生态、保障河道堤防安全的同时，人们优化利用桥下水岸空间，打造了城市"悦动公园"，为健身、娱乐提供方便。

以水兴城。良好的生态环境成了招商引资的独特优势，吸引人才加速集聚。流域内各类科研机构、院士、高层次人才成倍增加，开发区科技创新能力显著提升，金字招牌愈发闪亮。

南岗河，成为黄埔人的精神源泉与文化源流，见证了黄埔从蕉林滩地发展成为繁华都市的非凡历程。

在钢筋水泥森林般的城市，一条河流的珍贵，就在于可以让人们亲近自然。南岗河，默默无言，用跳动的脉搏，诠释自己存在的价值。

春季，河水晶莹地涌动，触动着人们的心灵。岸边多情的杨柳，吐露新芽，少女一样翩翩起舞。燕子在河上盘旋，投入一场盛装的舞会。沿着河岸漫步，用心聆听每一滴水奔腾的热情，重拾起一段遗失在童年的美好。

夏日，色彩分明而耀眼，天蓝、云白、水绿，疏漏的阳光在起伏的树林间跳跃，蜿蜒的河流，为人与自然的亲密接触架起了桥梁。水边步道是远足者的最爱，沿路一直走，便走进现代的画卷里。

秋天，自在的风吹拂黄埔，穿过茂密的枝叶，追赶收获的季节。南岗河多了一分亮丽妩媚，清澈的水面倒映着秋的金黄。就像一幅写意的水墨，让时光在这片天地间停留。

黄埔没有白雪皑皑的冬天，偶尔的寒流，如同蜻蜓点水。南国的河流不会封冻。所有的日子都生机勃勃，所有的生命仍是热气腾腾的，千千万万的生灵，花一般灿烂，树一般丰硕，果一般甜蜜。

走进黄埔深处，一个不掺杂一丝浑浊的世界，让你不能不放慢脚步，不敢惊醒那份恒久的宁静！即便有再大的喧哗、再大的冲动、再大的浮躁不安，在这里也会被转瞬吞没。河水与原始的植物一起，芳香扑鼻。轻柔的风迷醉地吹着，醉了岸边的树木，朦胧地摇曳，又软软地垂下。林中不知名的鸟，长吟声黏稠，是醉人的呢喃。

高楼和车流，无法淹没现代新兴的城市，南岗河一身青碧，欸乃一声山水绿。彩云或星星，乘风而起，黄埔安伏于清澈的倒影。

四季走过黄埔。哦，广阔而深沉的黄埔，活力而现代的黄埔！

《人民日报》2023 年 9 月 6 日第 20 版

# 大庆的旋律

高洪波

　　秋风送爽、红叶灼灼的时节，我又一次走进了大庆，这是我20年来第三次来到这座著名的石油城了，为的是参加一场文学颁奖活动。

　　在颁奖正式开始前，我们先看了一部短片《永恒》，这是为纪念铁人王进喜诞辰100周年拍摄的。我们这次来大庆恰恰赶上了这样一个特殊的时间节点。在颁奖会结束的时候，主持人请大家全体起立，唱一支很熟悉但又感到有些遥远的歌曲——《我为祖国献石油》。

　　"锦绣河山美如画，祖国建设跨骏马，我当个石油工人多荣耀，头戴铝盔走天涯……"熟悉的歌词、铿锵的旋律在耳畔轰鸣着、震响着，于是有了我这篇散文的题目。

　　什么是大庆的旋律？我觉得，第一是铿锵、振奋和昂扬。在那个物资匮乏的年代，铁人王进喜率领1205钻井队用生命找石油，"宁可少活二十年，拼命也要拿下大油田"。"铁人"是王进喜的房东老大娘叫出来的，王进喜跳进泥浆池压住井喷的事迹，我们已经耳熟能详。所以说到大庆的旋律，第一个感受便是这些。

　　第二个感受，大庆的旋律，有一种穿越时空的家国情怀。大庆号称"百湖之城"。记得上一次来大庆的时候，我参观了新建成的大庆博物馆。在那里，我看到在千百万年前，从哈尔滨到长春，乃至到我的故乡通辽，这一带全是一个湖，一个超大的、辽阔的、深不可测的大湖，大庆正是这座大湖湖底最深的地方，这给我留下了极为深刻的印象。博物馆记录着历史，也映照着当下。大庆从远古的大湖到今天的现代化城市，这样的沧桑巨变让人感慨劳动和奋斗的伟大力量。

还有一种旋律，应该用悠远、深沉、振奋来表达。当我欣赏当地的一台晚会时，耳畔反复听到一句话：把血加热再出发。大庆是中国石油的老基地，大庆石油会战曾经是20世纪60年代发生在新中国土地上的一件大事，但当时许多人并不知道大庆的具体地点，这是保密的。我的岳母恰好是石油系统的老干部。妻子告诉我，在她小时候，她的妈妈经常穿上一双胶鞋、一身工作服，就消失十天半个月，然后又风尘仆仆地回来了。问她去了哪里，说是去了大庆。

大庆，一片荒原，万点篝火，还有"干打垒"和耸立云天的井架。那是一段遥远的岁月。现在的大庆则变得美丽、新潮，甚至有些超前。这次到大庆，我巧遇两个人：一个是画家的女儿，一个是作家的儿子。他们是一对幸福的夫妻，把自己的青春投入大庆已经30多年了。号称"百湖之城"的大庆，有两座湖居然是他俩参与改造和开发的，一座叫黎明湖，一座叫新潮湖。我和画家的女儿聊天，她讲起当年开发新潮湖时艰苦创业的情景，那是半年的风沙、半年的雨雪，以及从外面运土来填当年巨大洼地的辛劳。我们谈话的时候，夕阳照着湖边的芦苇，一顶阔大的白色帐篷下，休闲的人们在喝茶，一段坡道通向湖边，有老人在那里悠然垂钓。她的家也在附近，我在她的家中品茶，在她窗前的花丛中和蜜蜂合影。她和她的丈夫是新一代开发大庆、建设大庆的人，我觉得他们的心和20世纪60年代荒原上奋战的人们是相通的。所以这次在大庆，我感受到了大庆旋律中一种对未来的渴望和期盼，以及悠远和深沉。

大庆有诸多学校，还有一所石油大学。这次来大庆，我见到了一位远在四川成都的老战友的外孙，他从成都平原来到大庆就读石油大学。

在这个晚辈的脸上，我看到了50年前我那个同班老战友的青春模样。那个时候我和他共同守卫在云南边疆，共同背着一座电台守候在演习阵地的外围路上，半个世纪的时光就这样飞快流逝。我和年轻的大学生们一起兴致勃勃地观看了一场铁人接班人表演的晚会，他们绝大部分都是业余演员。晚会共有10多个节目，其中有我在6年前曾经欣赏过的京东大鼓《忆铁人》，也有新创作的情景剧，还有合唱、舞蹈。更难得的是，4名主持人还把我20年前写的一首诗《大庆感怀》朗诵了出来。那一刻，我由衷感到自豪。

节目结束后，我和老战友的外孙告别，问他观看演出的感受。他的眼睛里闪动着晶莹的泪光，对我说非常感动。这是一名未来石油战线接班人的特殊感怀。这让我觉得大庆的旋律还将吟唱下去，并响亮地回荡在时代的洪流中。

那样的一首老歌《我为祖国献石油》，那样的几句歌词："头顶天山鹅毛雪，面对戈壁大风沙，嘉陵江边迎朝阳，昆仑山下送晚霞。天不怕，地不怕，风雪雷电任随它。我为祖国献石油，哪里有石油，哪里就是我的家……"那样一种胸怀使命而四处奔波的壮怀激烈，离我们远去了吗？没有！我觉得它将长久地在我们的耳畔轰鸣着、回响着，也提醒着我们面对这样一个竞争的时代，应该以一种怎样的姿态交给民族和世界一个铁人式的答卷。

# 泉城里，书香流传

钟倩

"多少诗人生历下，泉城自古是诗城。"诗城，也是名副其实的书城。沿着古今名士的足迹前行，泉水叮咚，荷香沁脾，不经意间，你就会沉浸在济南这座城里，与圣贤们"相遇"，跟诗人们"对吟"。

童年里，每到周末，我最盼望的事，就是让父亲骑上大飞轮自行车，带我去天桥底下的教育书店，在里面一待几个钟头。那时候，父亲每月工资不高，每次只能买两本书，但这也让我满足了。晌午时分，我们去馆驿街吃小笼蒸包。吃完饭，父亲带我在老街巷里闲逛，边走边给我介绍街边的历史：曲水亭街的路大荒故居、南新街的老舍故居、县东巷的鞠思敏故居、鞭指巷的陈冕状元府等。

升入中学，放了暑假，我和小伙伴坐公交车去大观园的东图书店。那里不仅有丰富的图书，还有一盒盒好听的磁带，每回去我都要细细摩挲一番，只因囊中羞涩，看看便放下了。从书店出来，我们拐个弯儿，去大明湖公园玩儿，坐在河边，轮流分享书中的故事，说到兴奋处，争得面红耳赤，打碎了鹭鸟的酣梦，碧波轻轻摇晃，成为青春岁月最珍贵的见证。受父亲的影响，我经常跟着他去中山公园，先去旁边的市图老馆还书，再去公园里的旧书摊淘书，堪比"寻宝奇遇记"，总有意想不到的收获。父亲抱回一摞摞《大众电影》，我买了一本本连环画，爱不释手。

有一年春天，我生病卧床。父亲一次次奔走在家和图书馆之间，捧回一本本我心爱的图书，陪伴我度过最煎熬的时光。好书就是一味中药，止疼、治愈，给我以希望。病好了，我也误打误撞走上文学创作的道路。

我发现，在自己生活了30多年的这座城市，一不小心就会与馥郁书香撞个满襟满怀：秦汉时期，经学大师伏生冒死壁藏《尚书》，教之齐鲁，传之后世。并称"济南二安"的宋代文人李清照、辛弃疾，各领风骚。曾经的五龙潭畔，一代大儒周永年创建了我国第一个公共图书馆，积书十万卷，供人免费抄阅，私家藏书"与天下万世共读之"的理念由此推广……

近现代以来，许多名家在这片大地上留下了足迹。文脉与泉水相映成趣，生生不息，福泽后代。用外地朋友的话说："来到济南这座城市，想不读书都很难，书香地铁、爱阅巴士、'泉民悦读'小程序，抬手扫码就能饱览群书！"

除了读书、写书、讲书，我最幸运的还是结缘众多爱书人。去济南市图书馆新馆时，我经常遇见身着制服的工人，他们在书架前专注找书，或在自习室伏案学习。一次偶然的机会，我结识了快递小哥王虎。他是90后，戴黑边眼镜，话语不多，干起活来却风风火火。他负责派送的腊山片区海亮业务部位于新馆，这就使他的阅读近水楼台。每天进出收件或送件，他脚步匆匆，利用中午时间看会儿书，或借几本文学著作；到了晚上，下班后的他常常来到馆内的"夜读空间"看书。

时间久了，很多读者和工作人员称呼他"爱读书的小虎"。他的阅读习惯也影响到了家人，5岁的儿子能背诵上千首古诗。当然，像王虎这样的快递小哥、外卖小哥等外来务工人员还有很多。济南市图书馆成立了"小哥"读书会，为他们及子女、家人提供阅读便利，让书香润泽他们的人生。

一个人读书是爱好，一群人爱读书就是文化现象了。2011年那个冬夜，泉城公园会议室，一群朋友坐下来朗读，那是"济南周三读书会"最初的模样。慢慢地，读书的队伍像滚雪球般不断壮大，每到周三晚上，文学爱好者从四面八方聚到一起，有退休工人、教师、厨师、保安、按摩师，也有作家、诗人。从白发苍苍的老人到稚气未脱的孩童，他们学习文章、分享心得，热烈讨论，堪比课堂，这一办就是10多年。在济南，连公交车都设立了"周三读书会"提示音。读书会地址几易，但无论刮风下雨，大家雷打不动，准时赴约。

每当周末时间，济南城里阅读讲座、诗歌朗诵、读书会、散文家沙龙等活动应接不暇。身边的朋友提前做好攻略，带着孩子"赶场"，穿越大半个城市，只为给心灵寻觅一片沃土。2023年盛夏，全国书博会再次"落户"济南，成为市民群众的阅读盛会。

好友告诉我，他家门口新建了一家"泉城书房"，去那里阅读、休憩两不误。在济南，星罗棋布的泉城书房，如熠熠星辰，点亮无数人的梦想，让"诗与远方"变得触手可及。

看得见一城山色，听得见泉水叮咚，闻得见满城书香。这正是我的乡愁——每座城市都是一本无字的大书。诗书绵延传万家，久而久之，书香也如一眼清泉，在济南大地上诗意地流淌。

《人民日报》2023年11月15日第20版

# 毕节的星光

傅立勇

　　城市像什么？我童年时有这样的感受，城市就像夜空中闪烁的星星，灿烂、神秘，孕育着幸福和希望。

　　毕节城便是我心目中那颗光彩熠熠的"星"。上小学时，父亲常常对我说，这学期如果考得好，就带你到城里大爷家去耍。大爷是我爷爷的堂兄，家住毕节城里一个叫"水巷子"的地方。那时候，进毕节城要走20多里的山路，体弱多病的我，难免会有些吃不消，但大爷家里明晃晃的电灯、白花花的米饭、香喷喷的炒肉，还有毕节城里花两角钱就能买到的一大把的水果糖，都对我有极大的诱惑力。因而尽管脚上常常走出水泡，我也依然憧憬着进城，兴致不减。

　　后来，我考取了贵州省毕节师范学校，到了毕节去读书。我常在课余时间登上学校旁边的虎踞山顶，像欣赏一部厚厚的典籍那样，细心打量着毕节城里那些长长短短的街巷、高高矮矮的屋舍。周末，我会约上三五个要好的同学，在大街小巷里漫无目的地溜达、游玩，累了疲了的话，就掏两角钱，到人民剧场去看一场电影。

　　曾记得，那时毕节城里最宽敞的地方，莫过于清毕路、威宁路，七八米宽的水泥路面上，常常挤满了卡车、拖拉机、自行车，偶尔还会冒出一辆机关使用的绿壳吉普；最繁华的地方，莫过于南关桥，周围有五金公司、百货大楼、新华书店等建筑；最有烟火气的地方，则在新街、马家巷和太平桥一带，常用的生活物资、地方小吃，都能在那里寻到，时而还有叫卖声从幽深的小巷传来，那句悠扬而沙哑的"炒米糖——开——水——"，至今还在老毕节人的耳畔回响。

我在毕节城里度过了三年美好的求学时光，毕业后，分配到老家附近的一所小学里工作。但是，毕节的星光仍然不时闪烁在我的脑海里，激励我在工作之余坚持读书、笔耕不辍。后来，毕节市委宣传部创办《毕节晚报》，我成了一名报纸编辑。也是在那个时候，国家加大对毕节"开发扶贫、生态建设"试验区的帮扶力度，毕节城沐光以滋、吸露以润，渐渐走上了发展的快车道。

缘于职业的敏感，我的视听神经每一刻都在与毕节的发展变化同频共振。看着当时被叫作"摩天大楼"的电信公司办公楼在威宁路拔地而起，看着麻园路、洪山路、天河路如巨龙般往城郊延伸，看着夜晚街头昏暗的路灯变成了五彩斑斓的虹霓，看着城周原来光秃秃的文笔山、纱帽山、虎踞山、鹅顶山披上了绿装，看着从响水滩奔泻而下的河水在城区梯式水坝下形成的一道道瀑布……我不禁心潮澎湃，采编了不少反映毕节城市建设发展的文稿。2003年，由我所在的报社牵头，组织了一次"毕节新八景"评选活动。活动历时半年，广大市民积极参与，最后评选出"南桥虹霓"等毕节"新八景"。这次活动，也让我深切感受到毕节人对自己家乡的热爱之情。

2013年，毕节飞雄机场通航。随后，毕节主城区至市辖县全部修通高速公路，成贵快铁毕节段也终于通车，毕节由此去掉了千百年来"边远""闭塞"的标签。现在，从毕节到首都北京，航班直达大兴国际机场，仅需两个半小时。毕节城里的发展也日新月异，金海湖新区"产城一体、校城一体、港城一体、景城一体"，湖在城中，楼隐园中，"花开红树乱莺啼，草长平湖白鹭飞"，像极了一幅五彩斑斓的画卷。商业街区红红火火，热闹异常，汇聚了毕节的各色美食，水八碗、夜郎汤锅、天麻炖土鸡等地方名菜，让多少远客嘉宾大快朵颐，流连忘返。

我在毕节城里生活了30多年，一路一巷、一园一林、一楼一阁的变化，都在我的脑海里烙下了印记。我先后搬过3次家，最后在毕节城的南部新区里按揭了一套新房。站在30层的新房阳台上，无限风光尽收眼底：碧阳湖恰似一条卧伏的巨龙，波光粼粼，绿染堤岸；湖心有岛，名曰白鹭，看上去却像高高昂起的龙头，岛上林木葱郁，参差错落，常见洁白如雪的鸟儿在枝头振翅欲飞、追逐嬉戏。晨练于湖畔步道，一路清风开怀，绿水洗心，柳丝撩人，无处不是清新隽永的景致。每逢节假日，当夜幕降临之时，巨大的音乐喷泉就会闪亮登场——伴着欢快的旋律、梦幻的灯光，原本平静的湖面忽然变得灵动起来，喷泉或如嫩笋列出，或如仙女散花，或如青烟含霞，或如玉龙垂饮……千姿百态，光影生辉，犹如在水面上升起一片片灿烂的星云，向游人们展示着毕节的骄傲和荣光。

这些年来，毕节的变化发展令人惊喜。在铁匠街斑驳沧桑的古城墙边，在碧阳大道鳞次栉比的高楼间，在南山体育公园密密麻麻的健身人群中，在《想我就到毕节来》的动人歌声里，我都能感受到一缕缕暖心的曦光在这座城市里飞舞、浸染和跳荡……

《人民日报》2023年11月27日第19版

# "通州城，好大的船"

戴东英

　　二十多年前，我和先生带着女儿进京闯荡。机缘巧合，不久后全家便在西城区落户，借住在西单附近的两间平房里，女儿就近读小学。那个时候，我和先生每天骑自行车或乘地铁上下班，很方便。

　　快到女儿"小升初"的时候，我们合计买一套房子。先生和好友利用周末时间，把北京周边二三十公里内新开的楼盘几乎观摩殆尽，最终选定通州区果园村正在建设中的一套期房。交定金的那天，先生带我坐在中巴小客车里，一路在尘土飞扬的道路上颠簸，好不容易到了果园，看着楼盘外观那个"艰苦朴素"的样儿，以及周边陈旧杂乱的环境——我想，为什么要住在这地儿呢？

　　先生看出了我的嫌弃，他说，别小看这地方，通州占据区位优势，自古就有"一京二卫三通州"之说；它既是首都的东大门，也是京杭大运河之北端，还是京城第一街长安街延长线的东端，紫气东来，将来的发展前景广阔着呢。他还说，咱们买房的三大愿景不就是：一要有较好的中学，二要交通相对方便，三要便宜，量体裁衣，看菜吃饭，我看这个楼盘挺合适。

　　2001年交房装修。2002年，我们搬进了新居。当年，女儿亦如愿考入通州的潞河中学初中部，三年后又考入高中部。我和先生上班的路程虽然远了很多，但是交通——特别是2008年北京奥运会之后，却变得越来越顺畅、便利。

每逢周末，先生和女儿都要到通州的一个好去处——西海子公园遛弯儿。那时，通州还有老舍先生笔下"骆驼祥子"拉的人力车（实则是电动车），父女俩走累了，便随手招一辆坐上。每次兜风回来，女儿都会西海子长西海子短欢天喜地说上一阵儿。说得次数多了，我也被勾起了兴趣，便跟着他们去游玩。女儿自然成了我的义务讲解员，边走边指给我说，西边这个碧波荡漾的大池塘就是西海子，北侧有明代著名思想家李贽的墓，东边那个葫芦形的池塘叫葫芦头，南边那座雄伟壮观的砖塔就是燃灯塔……

漫步在西海子公园，我说，为啥把大池塘叫作海子呢？先生回答，据史料记载，通州燃灯塔始建于北周时期，修建佛塔奠基时，就近取土，掘出了一个大池塘。隋代又在涿郡潞县（通州）开挖永济渠，作为重要的运粮水道。在宋元时期，通称湖泊为海子，由于这个湖泊位于京杭大运河北端西侧，故称西海子。

走近燃灯塔，一阵清风吹过，八面八角的十三层塔檐上悬挂着的两千多枚风铃，发出了悠扬悦耳的和鸣。燃灯塔是通州的一处地标性文物古迹，"通州八景"第一景就是"古塔凌云"，"文昌阁十二景"（站在通州古城东南把角处的文昌阁所看到的城内景点）亦有"古塔凌云"。大运河往来商船上的客商们，也把燃灯塔当作最醒目的"航行灯塔"，故有"一枝塔影认通州"诗句，而且今天依然流传着一首民谣——

> 通州城，好大的船，
> 燃灯宝塔做桅杆，
> 钟鼓楼的舱，玉带河的缆，
> 铁锚落在张家湾。

我说，那通州不就是"船城"了吗？女儿说，就连北京大学未名湖畔的博雅塔，也是按照1∶1的比例仿着"船城"的燃灯塔建造的。

　　正是这一次游玩，使我对通州好感陡增。此后，我经常利用节假日，对通州进行一系列实地探访，越发爱上了这方土地上的一景一物、一草一木。不过，遗憾也是有的。最初的遗憾是，从通州乘坐地铁到北京市中心，地铁一号线与八通线在衔接站四惠站和四惠东站是需要换乘的，特别是上下班高峰期，排队上车下车、上楼下楼，好一番拥挤折腾。如今好了，地铁一号线与八通线已经彻底打通了。

　　当初还有一个遗憾，从住处楼前不远处轰隆而过的地铁，为啥不增加一道隔音防护墙呢？前两年，这隔音防护墙已经安装好了。有时在街边散步，遗憾街面马路不够平整，街心没有隔离带，街边亦无树荫绿植。如今这些都在建设之中，路边的国槐已然栽过来了。原来总想着，我们所住的楼栋，历经二十余年的风吹雨打，墙体老旧，沧桑斑驳，啥时能够"刷新"一下呢？如今得到可靠消息，政府已经拨出预算，为街边老旧楼栋加装保温层，不久之后，老楼就会修葺一新……随着时间推移，我心中的遗憾竟然被一点一点"抚平"了。

　　还有什么遗憾吗？有的。在我对通州这座"船城"的探访过程中，多次游览了作为"缆绳"的玉带河，寻访了"落锚"的张家湾，但是在探寻"船舱"的钟鼓楼时，却发现那里的钟、鼓和楼，都已不复存在，只能从老电影中看到它们的一些影像片段。

　　"船"怎么能没有"舱"呢？直到前不久，我看到《北京城市副中心地名体系规划（2016年—2035年）》，对照老地名认真查看之后，我沿着北京大运河文化带一路走访观览。"三庙一塔"、运河公园、大运河森林公园、环球影城主题公园等，我突然发现，这不正是通州这座"船城"的"大舱"吗？

# 科尔沁草原上的城市

剑<br>钧

　　4岁时，我来到一座陌生的城市；54岁时，我离开了这座城市。整整50年，我对这座城市已无比熟悉。这座城市就是内蒙古通辽。这座科尔沁草原上的城市，给了我"天苍苍，野茫茫"的最初印记。拉近遥远岁月的镜头，记忆的光圈是墨绿色的，散发着芳草的清馨。那蓝天下的西拉木伦河，那河上的老木桥，那郊野没膝的青草，那水畔怒放的萨日朗，那天边云朵般的羊群，那悠扬的马头琴声……犹如油画一般倒映在我的心湖上。虽然已离开这座城15年，但对它的思念却从未离开过我的心头。

　　1958年，我随部队转业的父母从辽宁锦州支边到了通辽市。我依稀记得，老通辽除了明仁大街、中心大街、建国路是石板路或沙石路，其他街巷多为土路。车轮卷起的扬尘足以让人看不见对面的人，空气里弥漫着灰尘的气味。

　　儿时，父亲多次带我走上西拉木伦河上的那座老木桥，抚着栏杆，望河水滚滚，泛着黄色波涛。原野一望无际，万绿丛中点染着红红的萨日朗、黄黄的忘忧草、蓝蓝的蒲公英……然而，20世纪60年代中期后，河水开始断流，70年代初彻底干涸了。城里的孩子小脚丫踩在松软沙滩上，一溜烟就跑到了对岸满是绿野田畴的乡下。

　　这座西拉木伦河流过的城市，100多年前，由绿草连天、牧歌缭绕的牧场，变成了阡陌纵横、鸡犬相闻的村落。紧接着，草原上出现了一座小城。

20世纪60年代，人们掰着手指头数，小城里只有三五座两层楼房，最高的建筑当数通辽师范学院（现内蒙古民族大学）的三层灰楼。1978年，学校建起了一幢五层教学楼，我们这些新生一入学就幸运地来到新楼上课，大家都兴奋极了。如今，通辽城里动辄十几层、二十几层的高楼拔地而起，平房早不见了踪影，砖瓦房也成了稀罕物，街头草木葱茏，已被评为"国家卫生城市"，生态环境今非昔比。

生活在北京的这些年，每每走进老胡同，都能勾起我对通辽城老胡同的记忆。我家最初住在北市场东北角的大院，那是一栋L形青砖灰瓦建筑，住着几十户人家。小伙伴们成群地跑出来，走两分钟就钻进了北市场胡同。那时，这里是全城最繁华的步行街，有饭馆、茶馆、说书场、戏院、烟袋铺、玉器铺、点心铺、水果铺、药铺、理发铺……小孩子们最感兴趣的，是点心铺的招牌和饭馆的幌子，很是惹眼。

前年，我受邀参加一个文学活动，从北京回到久别的通辽。我只身来到原来的北市场寻找记忆，见胡同口建了一座很气派的商务中心，楼底还特意留了一处能走进北市场的楼门洞。曾经让儿时的我羡慕不已的饭店，还有热闹的说书场、戏院都不见了，唯有二人转大舞台那块怀旧的大招牌，还能让我回味起儿时的场景。而今这一带仍是通辽最繁华的商业区，商厦、酒店、剧场、超市等星罗棋布。

在城中，路过通辽一中时，我禁不住向里面张望。大学毕业后，我被分配到通辽一中教书，那时校区是清一色的青砖房。现在远远看着校园，里面已经建起了气派的教学楼群和开阔的体育场。

我和儿时的伙伴专门驱车来到西拉木伦河畔。小伙伴们当年光着脚嬉戏的干涸河滩消失了，河床再次泛起碧波。伴我走过童年的老木桥拆了，新的科尔沁大桥、西辽河大桥、彩虹大桥、哲里木大桥、新世纪大桥犹如城市的5条大动脉，将西拉木伦河的两岸连为一体。我用心贴近通辽，我看到，这座城天蓝了、水清了，满眼是葱茏的绿色和缤纷的花海。

老通辽的西北城郊，以前以河为界，一边是城区，一边是城郊，而今界河已成了城区内河。我倾听着浪花翻卷的声音，记忆的长河似乎也在奔涌。河对岸的村落变成气派的新城。一大片翠绿的芳草地，还有一大片薰衣草花园，像两只彩色的大手掌紧紧挽住连绵的楼宇商厦，各种形状的建筑物参差错落，矗立在天空之下。连接新老城区的新世纪大桥，双向六车道，充满现代都市气息。漫步在北岸的林荫小道间，我在脑海中寻觅童年的记忆。脚下这片静谧的园林，也许曾是小伙伴们奔跑的荒野。这些都已演化为久远的记忆。

不过，这座洋溢着现代都市气息的城市，并未失去对草原的那份眷念。在一家民俗餐厅里，我嚼着炒米，吃着奶豆腐，喝着奶茶，啃着烤羊腿，瞬间找到了儿时进牧场蒙古包的感觉。我陡然发现，这座城，草原的风情依旧在，悠长的牧歌仍回旋，它从未远离过草原。看，往正北方80公里是珠日河草原，再向北120公里是扎鲁特山地草原；往正南方90公里是阿古拉草原。而我对于草原、对于这座城的眷念也从未消失。不管走得有多远，我都不会忘记西拉木伦河的碧波荡漾，不会忘却这片草原，都会忘情地拥抱这绿色故乡……

《人民日报》2023年12月9日第8版

# 梦想·奋斗

大漠里的坚守

雄鹰飞过
吉尔木梁子

大娄山中的
建设者

歌声起太行

波尔村的
诚信牌

环卫之家

爱心妈妈

工匠之路

好光景，
一村连着一村

大漠戍边的情怀

让爱心传递

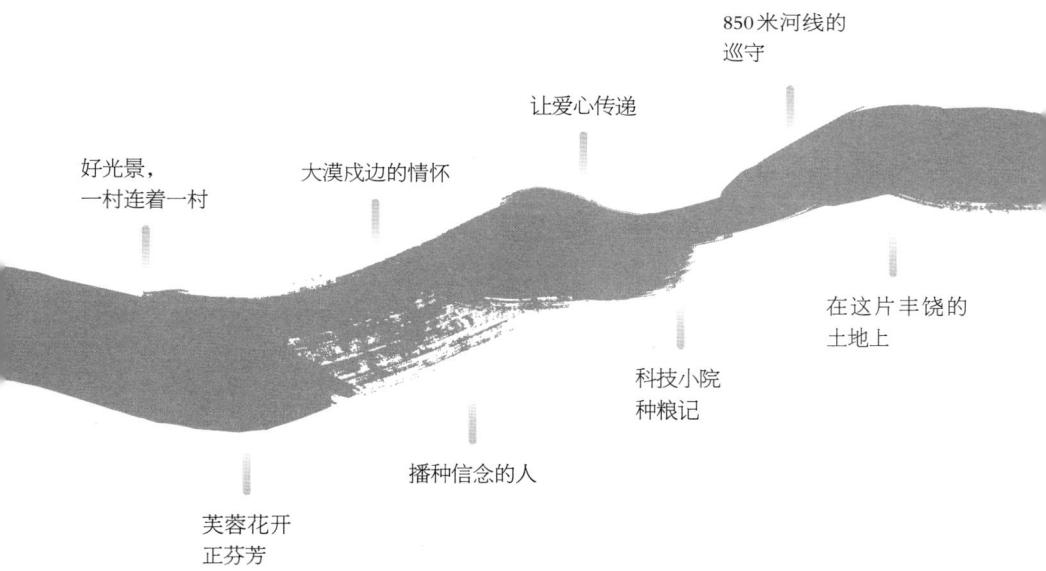

850米河线的
巡守

在这片丰饶的
土地上

科技小院
种粮记

播种信念的人

芙蓉花开
正芬芳

# 大娄山中的建设者

肖勤

遵义，娄山关。

1935年2月，中国工农红军二渡赤水，攻下巍峨险峻的娄山关。黄昏时分，毛泽东同志站在山顶，遥望苍山如海、残阳如血，吟诵出豪迈的诗篇——《忆秦娥·娄山关》："雄关漫道真如铁，而今迈步从头越……"

80多年后的某一天，金秋的夕阳洒在大娄山下的田野，稻田披上金色的光芒。巍巍的大娄山前来了一群人，他们立志要穿越大娄山，在山腹中挖出一条路来。为了完成这个艰巨的任务，他们要深入大娄山地下600多米深处，再打出一条穿越整个大娄山脉的双向六车道隧道。这条隧道以大娄山下的小县城桐梓县为名，叫"桐梓隧道"。有了它，人们穿越大娄山将变得无比便捷。

一场山与人的对决，就这样开始了。

## 一

大娄山下结满黑色果实的乌桕树，无声地目送这群衣着朴素的人挥舞着红旗进入山腹。在黑暗潮湿、危机四伏的山腹里，这群人居然一待就是4年时间。

带领这群人走进大山的总工程师，名叫张胜林。

见到张胜林的第一眼，她短发、素颜、不施粉黛，一身野外作业的装束，简直看不出是一位"巾帼英雄"。"天天都在工地上跑，就把灰尘当粉抹了。"张胜林寡言少语，难得开一次玩笑。这个曾经荣获"2017—2018年度十大桥梁人物"和2020年全国劳动模范的女总工，已经投身公路桥梁建设行业30余年，先后参与了著名的贵州江界河大桥、广州丫髻沙大桥、广州新光大桥、重庆观音岩长江大桥、贵州平塘特大桥等重大项目建设。2018年6月完工的世界最大跨径上承式钢管混凝土拱桥——贵州大小井特大桥，就是由张胜林带领团队完成的，这是贵州完全自主建设的第一座世界级大桥，也是张胜林实力的一次印证。

　　然而，即使身经百战，面对这条桐梓隧道，张胜林的态度依然极为谨慎。我渐渐地从她给我的资料中看出了端倪——从风险定位上讲，桐梓隧道是极高风险隧道、高瓦斯隧道；从长度上讲，它是贵州第一长隧——全长10.5公里，这个长度在全国大断面隧道的长度排名上也是名列前茅；从特殊性上讲，它是兰州至海口国家高速公路重庆至遵义段（贵州境）扩容工程中的关键性控制工程，隧道穿过的都是喀斯特地形地貌，整条隧道险情丛生，危机四伏。

　　"工程行业有句俗话，叫'上天容易入地难'。"张胜林说，"就全世界现有的勘探技术而言，要想完全摸清隧道地质水文情况是不可能的。隧道建设永远是动态设计、动态施工、动态调整，何况这还是大娄山！"

　　是的，大娄山受云贵高原喀斯特地形地貌影响，整条山脉洼地、溶斗、暗河纵横，溶洞密布，亿万年沧海桑田的地质变化在这里埋下无数危险奇绝的伏笔。纵是现代科技精确的测量和设计，也难以确保工程的一帆风顺。洞内施工可能引起的冒顶、坍塌、涌水、岩溶、突泥、瓦斯爆炸……数不胜数，仅是每天排水量就多达1万多方，大致相当于在一个足球场大的容器里灌满2米高的水。

"这条隧道的最慢施工纪录，是短短114米掘了整整278天。"张胜林一字一顿地说，神色平静。

事实上，从接到任务开始，张胜林的每一天都过得比以往更加小心。伴随着隧道建设的推进，突泥、涌水、大变形等情况时有发生，每一次险情都必须慎之又慎，容不得半点疏忽。至今，她还清楚记得，2019年10月25日，二号斜井送风道在施钻过程中出现严重顶钻现象，也就是说，岩层里有一股力量将钻头顶了出来。冲出的气流强劲到打伤了工人师傅的胳膊，工人师傅立即停止作业，把情况做了汇报。

"那些气流是什么？"我有点猜到了，但又不敢确定。

"瓦斯。"张胜林言简意赅。

我倒抽一口冷气。

"那个地方，我们以前探测时，是没有发现瓦斯的。隧道里的情况总是不断变化。一线的工人最危险，也最辛苦，所以你不该来采访我，你应该去采访一线工人，他们的细致、警觉、敬业，是工程成功的保证。"

"但是一位优秀的总工可以让工人距离危险更远一些。"我说。

"我觉得，主要是尊重自然的力量。"那一次，通过探测，张胜林和团队发现，隧道前方还有整整7层煤层，严峻的现实摆在她的面前——隧道已经完全无法按预期的时间贯通。为了寻求解决办法，工程队伍甚至借鉴了石油勘探技术，打了600多米勘探井获取各项参数，以便制定对策。最终，工程还是选择了慢下来。

慢下来，并不是逃避和懈怠，而是为了更顺利地前进。

"每一次意料之外的险情和变化，都在考验着我们的毅力和耐力，更考验我们的预判能力、处变能力、现场决策能力、科技创新能力。黑暗深处的危险，对我们而言是一场场挑战，让我们更深刻地认识到要尊重生命、敬畏自然。"

看着说话的张胜林，我突然发现，她瘦削的身上，有着理性和冷峻，也藏着柔韧和细腻。

张胜林不再回答我的提问。她说，你去采采一线吧。

于是，我战战兢兢走进了黝黑的隧道里。

# 二

刺耳的回音、满脚的泥浆、浑浊的空气……这是隧道建设现场给我的第一印象。尽管已是深秋，但洞内的空气依然又湿又闷。进洞才几分钟，我就感觉脑袋嗡嗡响。再往里走，压抑的感觉扑面而来，让人有点儿喘不过气来。

就在这样艰苦的环境里，工程队一待就是好几年。他们中有来自四面八方的农民、有来自各地的大学生、有为交通建设立下汗马功劳的资深专家，"为了一个共同的目标走到一起来"。他们在氧气缺乏、光线黯淡的隧道里，用不为人知的艰辛劳动，为隧道的贯通默默做着贡献。

30岁出头的喻兴洪是贵州六盘水人，他在这隧道里当"土行孙"已经4年多了。头一回当项目负责人就摊上建隧道这样的大难题，年轻的喻兴洪又兴奋又担忧，几乎是没日没夜地泡在项目上。"隧道建设相比桥梁来说，危险性和复杂性更强，需要更细致的观察和更精准的预判，否则后果不堪设想。我们每个人都将生命交给彼此，这里的每一个工位都很重要。"喻兴洪说，2022年7月的一天，工人师傅在钻孔时感觉到钻杆尽头软泥乎乎的，似乎有股力量把钻杆往外推。师傅立马意识到里面有问题，迅速报告。之后，洞内的工人和台车全部紧急撤出。

软泥乎乎？我一头雾水，那是个啥子东西？

"泥浆。大量的泥浆挤在岩层背后，力量大到恐怖。你可以理解成洪水堵在坝上，随时有可能冲毁坝基、危及生命。"喻兴洪比画着说，"那次我们进行安全泄压和钻孔后，喷出来的泥浆足足有20多米远。还有一次涌泥，我们一台30吨重的台车给推出了整整40多米远。"

我听得心惊肉跳，不由感慨道："你们真应该庆幸，躲过了那次危险。"

喻兴洪连连摇头说："可不是庆幸。所谓庆幸的背后，是细心和责任。我们每个人都要眼观六路、耳听八方，来不得半点松懈。"

"观什么呢？洞里黑黢黢的什么也看不清。"

"观察所有细小的变化，比如风……"喻兴洪语气凝重，"隧道最多的一次涌泥，半小时涌出来将近3万立方米泥浆，蔓延出去足足6公里长，但是没有造成任何安全事故，因为我们的安全哨得力。当天安全哨当班的人叫熊林林，他发现一个岩溶通道里出来的风突然变大了。熊林林赶紧吹哨。哨声一响，洞里的人员第一时间就全部撤离了。"

"为什么风变大了就意味着有危险？"我再次犯蒙。

"你想一下，在一个狭小的洞子里，突然，后面有一头巨大的猛兽朝你扑过来，会不会带来劲风……"喻兴洪说到这里，我顿时也明白了。

我体会过各种各样的风，但我从不知道一缕风与危险之间的联系竟如此紧密。我也穿越过很多隧道，但我同样不知道，原来一条隧道里竟然可以藏匿这么多生死交织的险情。

对人类文明发展来说，火是一个重要的存在。那闪烁着无限希冀的火苗，是大自然赐予人类最珍贵的礼物。可在隧道中，喻兴洪最怕的就是火，因为瓦斯遇到火，就意味着危险。

我也怕瓦斯，第一次到隧道口，巨大的红色标语就震撼了我——"瓦斯隧道，施工区域，严禁烟火！"这醒目的12个大字，字字都有成人那么高。工程简介牌上也处处写满了"高瓦斯"的字眼，让人心惊胆战。喻兴洪说，他第一次亲眼看到燃烧的瓦斯，是在一个春寒料峭的凌晨。当监控画面里出现自燃的幽蓝色火苗，尖锐的警报声在洞里回响时，37岁的他脑袋有点蒙。明明探测中的煤层和瓦斯应该远在隧道4000米处，这才挖进来1200米，怎么就遇到瓦斯了呢？工人们也是第一次见到如此诡异的火苗，相继在警报声中往外撤离。喻兴洪反应过来后，却毫不犹豫地冲上前去，先是处理断电，后是迅速灌风，然后戴上安全帽和安全管理人员一起处理险情……

# 三

与这群隧道里的施工者打交道，我的心里时时感受到震撼。他们是如此年轻，和人交谈时神情是如此腼腆，装束是如此简朴——粗糙的皮肤、满是泥泞的鞋子……他们中有刚刚结婚的新郎、有初为人父的父亲、有第一回走上管理岗位的大学生。正是大好的青春时光，却选择在幽暗危险的隧道中行进。

我渐渐理解了张胜林的冷静和理性，理解了她的少言寡语，理解了她的"不爱说话"。

因为在地底600米深的山腹中，他们常常面对的是坚硬的、沉默的岩石。他们总是需要集中精力和毅力，与暴虐的涌泥涌水对决、与幽蓝的瓦斯火苗对决……

2022年10月13日上午11时，一个值得铭记的时刻——大娄山下欢声如雷，桐梓隧道右幅顺利贯通。算一算，建设者们足足1600多个日夜的艰险拼搏，只为换来百姓6分钟的欢畅通行。这是他们用汗水和青春写下的光荣答卷，是他们在新时代新征程上谱写的豪迈铿锵的诗篇。

紧接着，12月8日，伴随着最后一次爆破声响，桐梓隧道双幅正式贯通。这标志着贵州高速集团投资承建的重遵扩容工程项目贵州境全线贯通，为下一步实现全线建成通车奠定了坚实基础。

相比媒体报道的一片沸腾，张胜林依然冷静如常。她的微信里连新闻通稿也没转一个，但我记住了她微信里的一句话——青春的行板，常驻山间。

原来她的诗意与浪漫，都交付给了事业和山水。

喻兴洪呢？他的浪漫是不是也是这条隧道？

"不，不，不。"喻兴洪连连摇头。他其实不喜欢建隧道，每次从黝黑的隧道里出来，看着夕阳挂在山边，他总有一种恍若隔世的感觉，总会忍不住怀念曾经参与桥梁建设的时光。因为晨曦、晚霞和云雾，每天都伴着大桥生长，同事们和新闻记者们拍下的大桥图片，每一张都是那么雄伟壮丽、荡气回肠。而且贵州每建成一座高速公路大桥，都会成为世界桥梁史上一颗璀璨的明珠，那种参与其中的自豪感和澎湃心情，难以言表。

"那为什么你要坚持留下来打通这个隧道？"我忍不住问。

"应该是责任和荣誉吧。"喻兴洪沉思片刻，"我们的隧道是整个高速的控制性工程。隧道通了，以后大娄山两面老百姓的车、重庆到遵义的车、兰州到海口的车，这些飞驰而过的车辆，都会经过它。红军当年取得娄山关大捷，今天我们在娄山关也同样能打胜仗，这种荣誉装在心里，可以自豪一辈子！"

喻兴洪和他的战友们在分不清黑夜白天的大娄山腹里奋战了1000多个日夜，但谁都没有留下一张像样的照片——因为在长达10公里多的隧道里，每个人影都是黑黝黝的，唯一鲜亮的色彩是他们的工作服。我曾在电视台对他们的新闻专访中，看到了那抹鲜亮的橙色。当一柱追光映照着他们逆行奔跑入洞的身影、反射出一道道橙色的光芒时，那些奔跑的年轻身影如山巅升起的朝霞，平凡而又伟大、朴实而又浪漫……

《人民日报》2023年1月9日第20版

# 工匠之路

张永键

　　我站在洋浦普瑞华庭公交车站。已经是下午4点了，早就过了约定的时间，但我等的人一直没有来。此刻，天蓝海阔，阳光灼热，我额头沁出的汗珠汇成"溪流"，沿着脸颊流下来。

　　就在我拿起电话准备再次催促的时候，一个人急匆匆来到我的身边。

　　"你就是罗健吧？"我试探地问。

　　"对对对，我就是罗健。不好意思，工作太忙了。"他的语气里都是歉意，还递过来一瓶矿泉水。

　　眼前的他，身材不算高大，但很壮实，皮肤黝黑，脸上挂着憨厚的笑容。或许是赶路太着急，他一头一脸都是汗，身上的工作服也被汗浸透了。

　　罗健，国投裕廊洋浦港口有限公司设备保障部维修工人，全国五一劳动奖章获得者。我这次来洋浦带着一项任务，就是采访他。

一

　　洋浦港位于海南岛西北部。这里海岸曲折，水深浪小，可用岸线长，是天然条件优秀的深水港。罗健工作的地点就在这里。

　　进入港区，罗健先带我到了一个车间，车间门口有一排大字："海南省劳模和工匠人才·罗健工作室"。进了门，只见墙边长桌上安装着操控台，墙上还有一排排仪表。我问罗健："这儿就是你工作的地方？"罗健憨憨地笑着，搓着双手："不是不是，我一天到晚都在码头上，没有时间坐在这里。"

"那这儿是做什么的？"

罗健说："这是我带徒弟练习的地方，让他们练习操控的时候就来这里。"

我和他这样自然地聊着，也把他的思绪带回了20世纪90年代初的日子。

罗健出生在四川安岳县的一个山村。1992年罗健参加高考，一直努力读书的他怎么也没有想到，成绩离录取分数线差了几分，落榜了。怎么办？一心想走出山村的罗健苦闷彷徨：放弃学业外出打工，实在心有不甘；复读再考，家里的条件又不允许。"我想来想去，还是决定不考了，跟着几个老乡来洋浦打工。"说这些话的时候，罗健的语气里依然透着对落榜的些许遗憾。

1992年是洋浦历史上重要的一年。这一年，国务院正式批准设立洋浦经济开发区。从此，炎热干旱、遍地火山岩的洋浦，成为吸引人们建功立业的热土。

远行千里，来到洋浦，年轻又充满热情的罗健遇到的第一个问题竟然是"就业难"。亟待开发的洋浦急需人才，但高中学历的罗健想要找一份工作，却不那么容易。当时需要人，又不需要太高学历的地方是码头，罗健就到洋浦港码头当了一名装卸工。

装卸工可以说是码头上最苦最累的工种之一。罗健对刚到洋浦港码头工作时的一件事记忆犹新：那次，他们要往船上装2万吨白糖。一大包白糖50公斤，一共有40万包。当时码头机械少，装卸工也少，他们从早上搬到晚上，从晚上再搬到早上，用了差不多1个月的时间才装上船。40万包白糖啊！就这样一包一包搬，一包一包扛，工作服、手套全都磨烂了。一开始手还只是脱皮，没几天就破了，肩膀也破了，都在流血。

码头上的苦和累不只是那么一两次，差不多天天都这样。对货主来说，时间就是金钱，早一天装卸完，得到的收益就高一分。罗健和工友们装得快卸得快，货主就愿意来他们港口。"我是从农村出来的，劳动吃苦我不怕。"罗健说，"人都是要劳动的。不劳动，怎么生活？多出一份力就会多一份回报。我有时候想，那次搬白糖，空气中一直有一股白糖的味儿，闻着肩上白糖包里透出来的甜味儿，感觉就没那么累了。人就是这样，吃过苦后才会知道甜是什么味儿。"

"吃过苦才会知道甜"，这是一句大实话，道理浅显而直白，但它蕴含着生活的哲理，体现着人生的本质：幸福都是奋斗出来的！

## 二

外表朴实敦厚的罗健，不仅不怕苦、能吃苦，还很聪明、善于思考。

没有考上大学，是罗健心里的一个结，但他从没有放弃对知识的追求。罗健喜欢读书。那时候洋浦没有一个像样的书店，罗健就在节假日坐车到省会海口，进了书店一待就是一天。没有多余的钱买书，他就"蹭"书，一本一本看，看到重要的章节就抄下来。罗健最爱看的是无线电技术方面的书，他有一个业余爱好，就是摆弄些电器。同事邻居，这家的电视机不亮了，他去摆弄摆弄就能看了，那家的煮水壶不热了，他去捣鼓两下又能用了。罗健没有想到，他喜欢且擅长的这门手艺，给他带来了一个机遇：2006年6月，公司特招罗健为港口设备修理工。

从干力气活儿的装卸工人到凭技术吃饭的技术工人，罗健实现了他人生的一次蜕变。

门座式起重机——工人们常简称其为"门机"——是码头港口常见的设备，船舶装货卸货全得靠它。门机的软件系统和变频器是从外国进口的，这是门机的大脑和心脏。可这样重要的设备，关键技术却掌握在外国人的手里，一旦出了故障，就要请外国公司的技术人员来码头维修，修一次少则花费几万元，多则十几万元。而门机工作的场地偏偏在码头，码头潮湿炎热，精细的门机机电控制部分经常出问题，影响生产。

干了一段时间的设备维修，了解了公司维修设备的成本和困难，罗健心里着急：为什么我们自己不能掌握这些技术？从此，每当外国工程师来洋浦维修门机故障，罗健总会紧随身后、不离左右。他用眼睛看，用脑子记，牢牢记住人家是怎么操作的。只学操作还不够，还要"知其所以然"。罗健看书找资料，学习软件系统和变频器维修的相关知识。为了看懂外文术语，他又开始学习与之相关的外语。

从不解到解，从不会到会，罗健以他那孜孜以求的决心和恒心，掌握了门机维修的关键技术。那以后，码头上门机机电控制部分的故障，就多是由罗健来处理了。

很多人说罗健聪明，但熟悉罗健的人都知道，罗健不单单是聪明，还是一个特别"有心"的人。

在国投洋浦港港区码头上，有42根高35米的高杆灯。码头上车来车往、货进货出，夜间和阴天的照明全靠这些灯。过去，码头需要用灯的时候，要安排专人一个一个打开高杆灯。用完了，再一个一个关掉。如果一时疏忽忘记关了，那就成了"长明灯"，大白天也明晃晃地亮着。很多年过去了，无数人无数车在灯下来来回回，视若平常。没有人太在意这些灯的明暗，也没有人太在意这背后有什么问题。

但是，罗健注意到了。

那一天，天气预报说有台风将影响洋浦，罗健负责在台风到来前将高杆灯降下来。在降灯的时候，他听到有人说，这些灯真麻烦，每天得有人开关，又不好操作，经常坏，还费电。

和几个同事一起忙了9个多小时，42根高杆灯全部放下来了，但罗健的心却放不下来。那无意间听到的话深深刺痛了他："码头上的高杆灯给大家带来了工作上的不便，给公司造成了用电的浪费，这不就是我的失职吗？"

台风天，狂风暴雨。罗健上不了班去不了码头，但脑子却没闲着。他在心里盘算：码头上共有42根高杆灯，每根高杆灯上有12盏灯，一共就是504盏灯，如果操控不当、运转不良，一年下来要浪费多少度电啊！

罗健再也坐不住了。台风还没完全过去，他就出现在了码头上，把42根高杆灯挨个儿检查了一遍。原来，这些灯的年代久了，控制电路都是老式的，无法做到精准统一地控制，再加上设备老化，维修难度大，所以才有了控制不方便、费电这些问题。

"问题找到了，那是怎么解决的？"我早已被罗健的讲述带入了情境，不禁急切地问。罗健说，这不是一个技术上很难的活儿，也不需要太多的成本投入。只见他一脸认真，两只手连比带画："现在已经有现成的技术设备来更新换代了，只要肯动脑筋肯动手，是不难的。我买来4G远程网络移动控制器，安装在高杆灯上，利用现代科技把它智能化，实现自动控制、远程管理，出现故障能自动报警，还有能耗自动统计。"

"那现在这些高杆灯是怎么控制的？"我被罗健的解释吸引住了。罗健也显得有些兴奋，脸上露出了笑意："现在啊？现在是用手机APP远程控制，你就是在外地也能随时开关，想让哪根灯亮，就让哪根灯亮。

还有，一根高杆灯上有12盏灯，灯杆哪一边的场地在作业，就开哪边的灯，不用一开就是12盏。"

这项被称为"高杆灯智慧空开升级改造"的硬件改造技术创新，是罗健带领他的团队以不影响码头日常设施维护为前提，在公司的支持下，利用工休时间完成的。工程不算大，但效益可观，每年给公司节省的电费超过100万元。

从2017年到2021年的5年中，罗健工作室完成了29项技术革新和技术创造。大到码头上场桥、门机的自动化改造升级，小到配电箱指示灯的整改，用几万元甚至几十元的低成本投入，换回几十万元甚至上百万元的回报。这些技术革新和技术创造，既为公司带来了可观的经济效益，也让罗健成为同事们眼中的"能人"、身边的榜样。

## 三

走在码头坚硬的水泥地上，罗健的双眼总是不断检视着码头上的各种设施。有时他会走到一处设备前，这里摸一下，那里敲一下，再拍一拍，然后离开。经过门机岸桥，他的眼睛从上到下再从下到上迅速扫过一遍，不时爬上陡峻的铁梯，进入机房查看。这时候的他，两眼炯炯有神，神情专注而忘我，仿佛是一位将军在巡视他的千军万马。

初见罗健之后，我又几次专程到洋浦，和罗健先后相处了近10天。我到了他日夜挥洒汗水的码头，跟他一起登上几十米高的岸桥，在狭窄的机房里看他工作；还到了他的家，一个被书、电工工具和电子器材堆满了的、不像是个家的地方。我们总是在谈他这些年的工作，但我也很想知道，这个看起来普通到不能再普通的人，这个获得过众多荣誉被视为楷模的人，他的心里除了工作还装着些什么？

那天，聊完了工作后我问他："这些年里，回过几次老家？家里都还好吗？"听到我这样问，罗健愣了一下，声音低了一些："以前交通不方便，回去一次费用太大。后来工作又太忙，所以很少回去，这些年里也就回去过四五次。"

"上次回去是什么时候？"

"是2022年1月。我父亲过世了，我一个人赶回老家，住了两天就回来了。想着见上最后一面，还是没见到。"罗健的语气没怎么变，但眼神暗淡了许多，嘴里反复念叨着"太忙了，太忙了"。

"妈妈还好吗？"我问。"唉！80多岁了，前年摔了一跤，现在走路都困难。原来她身体很好，还下地干庄稼活呢。现在也干不了了。"

说这些事的时候，从头到尾罗健没有提到一句难过。但看他的眼睛、听他的声音，我还是感受到了他内心的波澜。

罗健有一儿一女，儿子在贵州读硕士，女儿在洋浦读高中，妻子在洋浦一处建筑工地给工人煮饭。罗健说，女儿读高中，需要一个安静的学习环境，母亲年龄大了，需要有人照顾，妻子上班工作量大，非常辛苦。"我经常想，不管是在工作中还是在生活上，我都应该继续努力，为母亲为家人提供一个更好的生活环境。"说到这里，罗健一脸的柔情。

我静静地看着他。谈论工作时，这个平时很少有话的人几乎滔滔不绝，说到自己的生活和家事，他却有些局促，问一句说一句，没有多余的一句话。

"你想过换个工作吗？"我问。"不走不走，想都没想过。"罗健说，"我在公司30年了，刚到码头的时候，我就是一个扛包的装卸工，公司培养了我，国家培养了我，要不哪有我的今天？我也对孩子讲，别看现在家里有些方面条件不好，凭着自己的奋斗，一定会改善的。你看我们国家现在发展多好，国家给了我们海南我们洋浦港那么多的好政策。国家好了，我们会更好。"

　　30年，在这样漫长的职业生涯中，人们难免会心生懈怠。但罗健的这30年，心无旁骛，执着钻研。他将自己的青春年华毫无保留地奉献给了他的家：这个家既是那屋顶下并不宽敞的小天地，也是洋浦港码头这片连接着五湖四海的大世界，更是他心里一天天强大起来的国家。"国家好了，我们会更好。"这份浓厚的家国情怀，正是支撑罗健多年来勤奋工作、努力创新的力量。

　　这个当初来自山村的年轻人，一个当年进城务工的农民工，在30年的人生道路上，由工人成长为工匠，由"吃大苦流大汗"的装卸工变成企业技术创新的领军人物、新型产业工人的先进代表。罗健走过的道路虽简单朴实，但绝非一马平川。匠心和专注，能将平凡的工作雕琢出耀眼的光彩。罗健的道路，就是中国一个普通工人鲜活生动的励志传奇。

《人民日报》2023年1月14日第8版

# 歌声起太行

张 健

巍巍太行八百里，群峰苍茫耸云天。

冬日的暖阳，把一道道金光铺洒在阜平县的崇山峻岭间。正午时分，田野一派寂静。

齐呈科披着大衣走出家门，耀眼的阳光撞在他的脸膛上，似乎要把一种磅礴的力量融入他的身体。

突然间，村里的喇叭响起，一首歌曲随风飘来：

> 党的政策照阜平，问寒问暖关心咱。
>
> 时刻惦记老区人，看到贫穷心不甘。
>
> 撸起袖子加油干，哎嗨哎嗨呦，
>
> 一定要改变阜平县。

这首歌，齐呈科熟悉，是村里的脱贫户杜呈兰创作的。杜呈兰不光爱唱歌，还能编歌词。她编的歌儿，都是讲述身边故事的，朗朗上口，很接地气。

歌声婉转，情真意切，听得齐呈科心里热乎乎的。他的思绪，被歌声一下子拉回到10年前的那个冬日。

2012年12月29日，一场瑞雪落在阜平大地，山山岭岭，银装素裹。第二天清早，骆驼湾村民走出家门，一个亲切而熟悉的身影出现在眼前，竟然是习近平总书记！

总书记来看望乡亲们了！顶着寒风，踏着积雪，总书记来到太行山里，看望慰问困难群众。他走进村民家中，盘腿坐在炕上，跟乡亲们手拉手，亲切地话家常、问冷暖、聊收入……

阜，盛也；平，定也。然而，阜平，可真是一片贫困之地。

608口人中，428人属贫困人口，骆驼湾的贫困状况令习近平总书记揪心不已。

"尽快让乡亲们过上好日子。"

"只要有信心，黄土变成金。"

"没有农村的小康，特别是没有贫困地区的小康，就没有全面建成小康社会。"

…………

正是在这里——河北阜平，习近平总书记向全党全国发出了脱贫攻坚的动员令。

要将沉睡的大山唤醒，要让古老的村庄腾飞，要给延续千年的绝对贫困画上句号——这，就是新时代共产党人践行初心使命的铮铮誓言。一场彪炳史册的人间奇迹，从此要在960多万平方公里的中国大地上浓墨重彩地书写！

于是，在阜平，一场如火如荼的奋斗开始了。深受激励鼓舞的阜平人民，在党的带领下团结一心，埋头苦干。10年间，阜平山乡巨变，164个贫困村全部出列，10.81万贫困人口稳定脱贫。

歌声回荡耳边，往事涌上心头，齐呈科感慨万千："这歌啊，真是咱阜平人心底的歌！"

歌声记录往昔，歌声温暖人心，歌声为生活注入澎湃力量。

齐呈科想也想不到的是，2022年北京冬奥会开幕式上，刚刚过上小康日子的阜平人就惊艳了世界。44名来自阜平县马兰花儿童声合唱团的孩子，身穿虎头衣，脚踩虎头鞋，用宛如天籁的声音，演唱了奥林匹克会歌，唱出了全天下孩子"一起向未来"的梦想。

这歌声，是来自太行深处孩子们的歌声，是10.81万阜平县脱贫群众的歌声，是阜平全县22万人的歌声，更是新时代14亿多中国人民自信自强的歌声。

## 初心之歌

"太行山花，迎着太阳开放。"

2022年2月21日，《保定日报》刊登了一篇报告文学《花儿为什么这样红》，讲述44名阜平娃走上北京冬奥会开闭幕式舞台的故事。两天后，邓小岚读到这篇文章，深情地在旁边写下了这句话。

是她，把44名阜平娃带到了北京冬奥会开闭幕式的舞台中心。

作为一名出生于阜平县的革命者后人，作为一位老共产党员，邓小岚初心不改，退休后跑到阜平山窝窝里义务支教，用音乐培养孩子、改变乡村，一干就是18年。

花白的头发，优雅的谈吐，走到哪里都笑语盈盈，跟谁聊天都和蔼可亲，乡亲们亲切地叫她"邓老师"。邓小岚是晋察冀日报社社长邓拓的长女，在抗日烽火中出生，在阜平村庄里长大，乡亲们用糊糊粥哺育了她。长大后，她去了外地求学与工作，心里却一直牵挂着阜平，牵挂着老区的乡亲们。她的心，始终跟老区人民跳动在一起。

2003年，邓小岚又一次回到马兰村，给太行山上的革命烈士扫墓，当时发生的一幕，深深触动了她。

那一回，马兰小学的孩子们也参加了扫墓。扫墓结束后，邓小岚提议："孩子们，我们一起来唱国歌吧！"

没有人接话。

邓小岚问："那你们会唱什么歌？"

还是没人回答。

邓小岚不解："没有老师教你们唱歌吗？"

孩子们摇了摇头，星星一样的眼睛暗淡下来。

邓小岚见了，心像针扎一样疼。那一瞬间，她想起很多往事——

抗战时，阜平是晋察冀边区首府。乡亲们白天在地里干活，晚上跟着同志们学认字、学唱歌。那时候，青纱帐里，红缨朵朵，万山丛中，歌声飘扬。太行的歌声，唱出了老区军民同仇敌忾的气势，唱出了一个民族不屈不挠的精神！两万多阜平子弟踊跃参军，5000余人壮烈牺牲，真是"捐躯赴国难，视死忽如归"。新中国成立后，曾在阜平战斗了11年的聂荣臻元帅，听说阜平人民还过着贫困的生活，含着热泪说："当年，9万阜平百姓，养活了我们9万军队，他们为革命做出巨大贡献和牺牲……阜平不富，死不瞑目！"

可是，眼前的阜平，富起来了吗？崎岖的山路，破旧的土房，简陋的木桌椅，低矮的黄泥墙……时间，好像在这大山深处停滞了。甚至，那激动人心的太行歌声，也听不到了——孩子们不会唱歌，这哪行啊！

回北京后，马兰孩子们的面庞不时浮现在眼前，让邓小岚无法入睡。她披上衣服，走到书桌前，一枚印章映入眼帘——"马兰后人"，这是父母亲送给她的礼物。注视着这枚印章，想到乡亲们的淳朴善良，邓小岚豁然省悟：父母对她的厚望，都刻在这印章里啊！自己是一名共产党员，共产党员永远不能离开人民，永远要为人民服务。这，才是"马兰后人"沉甸甸的寓意。

"没有歌声的童年是苍白的。音乐是打开人心灵的钥匙。"就在那一刻，邓小岚决定：回去，回马兰去！为乡亲们做点事，让山里的孩子把歌唱起来！音乐可神奇呢，好的音乐能陶冶人，塑造人，给人信心，给人力量。对孩子们来说，音乐可以张开他们梦想的翅膀，为他们的人生带来无限可能。

退休后，邓小岚立刻来到马兰，开始义务支教。那时候，马兰村的教室很破旧，她就自己筹钱，把教室翻修一新。她又从同事、好友那里募集到各种乐器，全都运到马兰来。她还成立了马兰小乐队，教孩子们唱歌与演奏乐器，用音乐培养孩子们爱祖国、爱家乡的情感。

脱贫攻坚动员令从阜平发出后，马兰村的一切都在快速发生改变。新的楼房拔地而起，香菇大棚连接成片，乡亲们的身上充满奋斗的豪情。邓小岚动员乡亲们改造厕所，栽种树木，共同打造一个美丽、卫生、和谐的马兰村。教学之余，她扛着铁锹和锄头，和乡亲们一起去村口修路、去山上栽树……

对这片太行沃土，邓小岚爱得深沉。这份爱，不只是敬惜与感念，更是反哺与报答，是为了让乡亲们早点过上衣食无忧、精神富足的好日子，拼尽满腔血，捧出一颗心。

山村终于有了自己的音乐节。2013年8月，邓小岚发起了"马兰儿童音乐节"，就在马兰村里举办，村里孩子与来自各地的艺术团体一起，登台表演，歌唱美好的新生活。

从此，在阜平的胭脂河边，不仅有孩子们的追逐，还有了琴声；在太行山脉铁贯山上，不仅有孩子们的嬉闹，还有了歌声。不少孩子体会到音乐的美好、浪漫，新时代属于他们的未来，也逐渐清晰、美好。

"马兰儿童音乐节"的影响越来越大，甚至引起北京冬奥会开闭幕式导演组的注意。2022年2月，包括马兰孩子在内的44名阜平娃，登上北京冬奥会开闭幕式舞台。孩子们头戴小红帽，脚蹬虎头靴，神清气爽，落落大方。他们用希腊语演唱了奥林匹克会歌，一曲终了，全场动容，世界惊艳。

山里娃登上了世界级舞台，这在马兰村，绝对是一件大事情，乡亲们都沸腾了。

开幕式第二天，在马兰村广场，有村民看到贾明兰站在电子屏幕前，脸上笑成了一朵花。定睛细看，屏幕里正重播阜平娃的开幕式演唱视频，贾明兰的女儿也在里面，镜头扫过，笑容甜美。

村民故意问："这是谁家闺女啊？"

贾明兰骄傲地说："我家闺女呗！"

村民由衷夸赞，闺女这么有出息，这个贾明兰，跟从前可大不一样了。

说起从前，贾明兰就心酸。家里五口人，住在小土屋里，脚都迈不开。院子里挖一个坑，垒一圈石头，支上锅，就是灶台了。晴天还好，遇到雨天，只能搬进屋子里烧柴火，满屋子烟，看不见人。家里本就困难，丈夫李秀国还爱打牌，两口子为此没少吵架，女儿见了人都不说话，总是低着头躲着走。

后来，县里发展规模养殖，村民可以贷款养猪，政策上很照顾。村党支部书记孙志胜专门找到李秀国："秀国，茶靠人烧，水靠人挑，脱贫要靠自己一双手。现在扶贫政策好，千万别错过机会。"

李秀国的养猪场开张了。县金融服务中心不仅给他贷了款，还找来致富能手，手把手教技术。孙志胜更是时常登门，了解情况，加油鼓劲。大家这么帮衬，李秀国说，不干出个样来都没脸出门。他把心思全用在养殖上，到了年底，卖猪的钱一数，心里别提多美了。这时候，马兰新村也建成了。李秀国一家搬进新居，三室两厅，宽敞明亮。客厅墙上是大屏幕电视，旁边还挂上一幅书法：人勤年丰。

日子越过越和顺，女儿主动说，想跟着邓老师学唱歌。贾明兰求之不得，把她送到邓小岚身边。没多久，女儿就起了大变化：不仅歌唱得好了，性格也开朗多了。贾明兰最爱听女儿唱歌，女儿的歌声就像淙淙的山泉，那么动听，那么美好，让她觉得，这日子，真的越过越有盼头了。

有一次，她忍不住对女儿说："孩子，妈妈也想学唱歌！"

"好啊！先学这首《我的家乡》吧！"女儿说着，轻轻唱了起来，"鲜花开放，彩蝶纷飞，我们美丽的故乡……"

贾明兰学得认真，唱得动情。在田间地头，乡亲们常常看到，贾明兰一边干着活，一边哼着歌，脸上的愁云不见了踪影，就像变了一个人。

歌声润乡村，不光贾明兰变了，整个马兰村都变了。村子里建起了月亮舞台，修好了音乐广场，不仅有马兰小乐队，还成立了马兰艺术团和马兰秧歌队。逢年过节，四野八乡的演出邀请一个接一个。闲时载歌载舞，日子活力迸发。乡亲们都说，物质上富裕、精神上富有，这才是我们想要的生活！

马兰村美起来了，富起来了，邓小岚却走了。但是，在乡亲们心里，邓老师一直"活"在他们中间。马兰村的音乐广场，时时会播放邓小岚教给孩子们的歌曲；青山环抱、绿水围绕的月亮舞台，默默诉说着一名老共产党员扎根乡村的奋斗故事；"音乐马兰"的建设如火如荼，邓小岚把音乐带给了马兰村，如今，这件"法宝"正让这个村子发生着美丽蝶变。

党和人民永远不会忘记那些为了让人民过上更加美好的日子而奉献、奋斗的人。2022年春天，党中央和国务院追授邓小岚"北京冬奥会、冬残奥会突出贡献个人"称号。

邓小岚用自己的奋斗证明了——共产党人的初心使命，始终镌刻在党的旗帜上，镌刻在百年奋斗的征程中，镌刻在每一名共产党人的心窝里。

## 奋斗之歌

"水瘦山寒""阜平不富"。地处太行深处的河北阜平，底子薄，条件差，是个众所周知的"穷窝窝"。

让阜平富起来，尽快让乡亲们过上好日子！这是共产党人的庄严承诺。"小康不小康，关键看老乡，关键在贫困的老乡能不能脱贫。"新时代脱贫攻坚战，就是要兑现这个庄严承诺，就是要筑牢共产党人的执政根基。

2013年，中共阜平县委新一任领导班子成立。冒着炎夏酷暑，班子成员一头扎进大大小小的村子里，调研脱贫工作。之后，他们多次召开全县各级干部会议，商讨脱贫大计。

一次县委常委会上，有名同志提出一个问题："这些年，各级党委政府都很关心阜平，一直帮扶阜平，可阜平为啥总是拔不掉穷根？"

阜平的困境，大家都有感触。于是，从历史到现实，从基础设施到地理环境，大家分析了很多原因：

——阜平山多地少，还都是河滩山坡地。老百姓中间一直传着几句顺口溜："人均半亩地，种些小玉米，喝点糊糊粥，盼着吃大米。"多少年了，日子就是这么熬过来的。

——阜平不光土地贫瘠，基础设施也差，交通尤其闭塞。别说没有火车站，有些地方汽车开进来都费劲。这些年政府搞招商引资，外地企业来考察，大都很失望，怕把投资砸山沟里了。有的人开着小车来阜平，车子在山道上颠簸，走了不到一半路，就掉头回去了。

——重重大山封闭了道路，也封闭了乡亲们的思想。阜平人穷久了，思想都麻木了。年轻人跑到外地去打工，村里只剩下老人、妇女和孩子，地都撂荒了。村庄越凋敝，年轻人越不肯回来，形成恶性循环。

一条条困难摆出来，会场的气氛变得沉闷起来。

为了脱贫，阜平人没少奋斗，可基础条件实在太差了，乡亲们老是富不起来。都说阜平的脱贫是场硬仗，可这仗到底该怎么打？

有同志不甘心："放眼我国西北、西南地区的一些县，困难也不比咱们少，人家能干出成绩，造福一方，咱们为啥就不行？关键还是要发展产业！"

马上就有人接话："以前搞过'两种两养'，力气没少下，效果很一般。"

"到底是什么原因呢？"

那人继续说："'两种'是种核桃、种大枣，'两养'是养牛、养羊。拿养羊来说，以为能挣钱，结果对植被破坏大，在太行山区难推广。种大枣吧，想法也很好，'桃三杏四梨五年，枣树当年就还钱'，但乡亲们各自为战，产品既无品牌，又无包装，质量良莠不齐，销售渠道也不通畅。说一千，道一万，产业没少搞，赚钱却很难……"

调研越深入，县委领导同志越深切地感到，阜平要脱贫，困难是不少，但比困难更令人担忧的，是盘踞在一些人心头的畏难情绪，说到底，是对拔掉阜平的穷根缺乏信心。当务之急，是要在阜平的党员干部心头树立起攻坚克难的必胜信念。

"这困难，那困难，要我说，畏难才是最大的困难。总书记都说了，'只要有信心，黄土变成金'！回想抗战时期，比现在难多了，可阜平人从没退缩过。现如今，全国很多贫困县都摘了帽，咱们就摘不了？难道要把这帽子传给下一代？想一想阜平的革命史、奋斗史，老辈儿人怕过啥？"

一次动员会上，县委领导同志的一番话掷地有声、很动感情。台下的干部们听了，心里大受触动。

但是，脱贫的路数不是拍脑门儿拍出来的。让太行山上长出"金疙瘩"，还要从县情出发，脚踏实地，尊重科学，才能干出成绩来。

县里请来农林方面的专家，把阜平走了个遍，果然有了新发现：阜平的自然条件，适合种植食用菌。而且，现在人们的生活水平普遍提高了，吃喝讲究质量，食用菌是很有前景的"朝阳产业"。

不过，也有人提出来，种食用菌在阜平是个新鲜事，以前没搞过，把大量人力、物力投进去，风险太大，一直穷得叮当响的阜平，可经不起折腾了。

干事创业哪能没有风险呢？只要打起十二分的精神，把这个产业摸清吃透，就不信干不成。经过开会研究，新一任县委班子确立了发展食用菌产业的大方向，还当众立下"军令状"："全县党员干部要像钉钉子一样，一锤接着一锤敲，乡亲们一天不脱贫，咱们就一天不下火线！"

阜平的食用菌产业，一开局就困难重重。

"宁走十步远，不走一步险，如果种不好，亏本了不说，还白瞎一年工夫，那真叫赔了夫人又折兵。"村民们没种过食用菌，加上吃过"两种两养"的亏，普遍有顾虑。

干部下乡动员，道理讲了万万千，村民们听了后，兴趣仍然不大，干劲就更小了。有村民回到家，媳妇问开什么会，回答说：县里号召种香菇。媳妇笑得直不起腰："香菇要是当饭吃，全家还不得瘦成皮包骨啊？"

世界上没有一帆风顺的事业。咬定青山不放松，千磨万击还坚劲，在夹缝中求生存，在困境中谋发展，这是奋斗者必然经历的阶段，是走向成功的风雨洗礼。

再难也要打开局面。阜平县专门成立食用菌领导小组，县政府主要领导出任组长。

集思广益，群策群力，食用菌领导小组有了新思路：企业干两头，群众干中间，科技打头阵，保险担风险，金融做支撑，政府当靠山。简单说，就是乡亲们只管种菇，科研、管理、收购、技术推广等，都交给企业来办。

种食用菌要建菇棚，建菇棚就得流转土地。一些村民听说要把土地流转出去，心里先就打上一个结。

县里很快出台新政策，鼓励大家流转土地：流转1亩地，每年补助1000元。乡亲们掐指一算，流转金旱涝保收，再去食用菌企业做工，干一天就能拿回一天的工资，比自己辛辛苦苦种玉米、土豆强得多，何乐而不为呢！

可是，光有好政策还不够，种食用菌得靠技术。县里又广聘专家，请专家们进村入棚，手把手帮菇农解决技术难题。

有一次，王林口镇的农民李向文的菌棒变红了，明白人说，那是染上了"红粉菌"，传播很快，搞不好就要绝收。消息报告到县里，县长刘靖知道了，立即拉上专家侯桂森往王林口镇赶。赶到时，李向文已经把菌棒扔沟里了，侯桂森忙让他捡回来，仔细查看后说："你放心，还有救！"

侯桂森当场把治病方法详细讲授给李向文，交代清楚后，正要上车往回走，李向文一个箭步拦在车前，说："得了红粉菌，已经亏了，要是施了药还治不好，误了时间还白瞎了钱，亏上加亏，算谁的？"

侯桂森一愣，还没来得及说话，刘靖走上前去，拍了拍李向文的肩膀说："听侯教授的，放手去治，真出了问题，我担着！"

"你说的是真话？"

"我一县之长还能说假话？"

李向文悬着的心放了下来。这时，一名前来看热闹的菇农突然问："种香菇真有你们说的那么好，为啥不见村干部来种？"

这句话把在场的干部问得心头一震。是啊，看来好事要办好，也需要干部带头。乡亲们心里没底，更需要干部带头。

那时候，每周二、周五晚上，食用菌领导小组都要开会。会议讨论了菇农提出的问题，最后决定：食用菌产业刚上马，不确定因素多，阜平的村干部要干在最前头，给乡亲们当好开路先锋。

从那以后，阜平的村干部开始带头承包菇棚。两年后，菇棚挣钱了，想承包的村民多了起来，村里的菇棚就不够分了。

这时候，县里又号召村干部：把包的菇棚让出来。

不少村干部想不通了，免不了有怨言："村干部也是人啊，有风险的时候让我们上，现在赚钱了，又要我们让出来，当干部就非得吃苦到底、让利到底吗？"

县委领导同志听到了，在一次会上动情地说："大家还记得'树叶训令'吗？当年晋察冀边区闹灾荒，用树叶当口粮。聂荣臻司令员命令部队，村庄附近的树叶，碰都不能碰。为啥？不与民争食。战士们宁肯饿着肚子打仗杀敌，也要给乡亲们留口饭吃。现在我们号召干部给群众让利，跟先辈们比起来，算事儿吗？"

先让村干部带头包菇棚，出成果了再让村干部让出菇棚。村民听说了，看到了，心里既踏实，又服气。

夏日，刘靖带着专家们实地察看菇棚建设情况。来到平阳镇长角村，发现菇棚里静悄悄的。大家心里起疑，香菇特别娇嫩，需要精心照料，可这里的菇棚为啥空无一人？

他们上前细看，满棚的菌棒正在出菇。这时候最需人手，要调节菇棚的温度、湿度，要通风换气，采菇也得及时，如果香菇开伞了，口味会变差，就不值钱了。时间紧急，专家们二话不说，亲自上场采菇。

过了1个多小时，几位菇农才回来。原来，他们回家睡午觉去了。一位专家指着菇棚说："正在节骨眼上呢，你们倒是麦田里返青——不荒（慌）不芒（忙）！这么好的香菇，开伞了不心疼啊？"

这件事让大家感到，食用菌产业要顺利发展，每个环节都要管细，每项工作都要过硬。只有做好人员培训、制定标准、规范流程，菌菇的产量、质量才有保证。

回县城后，食用菌领导小组很快制定出一整套的菇棚工作流程。从菌棒入棚、出菇管理，到每个菇棚放多少菌棒等技术指标，都做出明确规定。

李向文按照侯桂森提供的管理方法，那一年不仅没亏损，还赚了几万块钱。尝到甜头的他，对县里的产业思路更信服了。他联合几家农户，成立了合作社，逐步实现种、管、收、卖一条龙。

当时，不少地方种的是传统口蘑，两年才出一季菇。阜平的专家们研发出食用菌高效生长技术，一年可出一季菇。李向文听说后，专程把侯桂森请来，想要缩短出菇时间。

察看了菇棚后，侯桂森说："县里的食用菌产业发展很快，不光要用新技术，更要采用现代生产模式，你的菇棚要升级。"

经历了红粉菌事件，李向文把科技种菇这件事琢磨透了，想法很明确：农业一定要现代化、插上科技的翅膀，才能干出点名堂。他恳切地对侯桂森说："磨刀不误砍柴工。需要升级，咱就升级！全听您的！"

"一年出一季菇，每季菇前后算起来，要8个月时间。还有4个月，菇棚是闲置的。如果采用温室型出菇棚，可以两年出三季菇，也就是全年没有闲置期。"侯桂森向李向文"面授机宜"。

"那就建温室型出菇棚，把所有时间都利用起来！"李向文毫不犹豫，当场拍板。

说干就干。温室型出菇棚很快建起来了：墙体采用新型保温材料，棚内配备立体床架、微喷、风机水帘等设施。果然，后来两年能出三季菇，而且菇盖肥厚，香味浓郁，一看就是好香菇。

几年后，李向文操持的合作社升级为食用菌生产企业，采用了全自动灌装制棒、净化制冷等先进技术，建成了智能化养菌车间，一切都成了工业化、流水线式的生产方式。如今这家企业日产菌棒15万棒，年产超千万棒，成为阜平县食用菌龙头企业之一。

产业兴，百姓富。

时至今日，阜平县的食用菌产业覆盖了140多个行政村，受惠群众5万多人，超过阜平县农村人口的1/4。阜平的农村居民人均可支配收入，从2012年的3262元增加到2021年的12342元，将近翻了两番。

## 信心之歌

信心是希望的火种，是前行的动力。

"山高沟深龙泉关，乱石滩里难挣钱。"地处阜平西部的龙泉关，是年深历久的贫困镇。

刘俊亮担任镇党委书记后，连走路、吃饭都在琢磨怎样啃下脱贫这块硬骨头。他在办公室里坐不住，一有时间就往村里跑，在庄稼地里跟乡亲们聊天，撸起袖子帮农民干活，就想知道乡亲们的想法。对很多村子的情况，他比自己家里事都清楚。

龙泉关的乡亲说，浇树浇根，交人交心，刘俊亮扑得下身子，能跟咱交心。

"农村要发展，农民要致富，关键靠支部"，而村党支部的关键，又在村党支部书记。龙泉关资源并不少，关键缺干事的人。刘俊亮和镇领导班子商量，要想办法把有知识、能干事的年轻人请回来，培养成村子里的致富带头人。

一个冬夜，一名驻村干部告诉刘俊亮，黑崖沟村的村党支部书记赵先宁不想干了。赵先宁原先在北京做图书生意，刘俊亮"三顾茅庐"才把他请回乡。如今，他在任上干了不到一年，怎么就打退堂鼓了？

第二天一早，他披上棉大衣，就找赵先宁去了。

黑崖沟是龙泉关西边的大村，800多亩地，1000多口人，当时还没通公路。刘俊亮深一脚，浅一脚，赶到赵先宁家时，赵先宁刚起床。开门一看，赵先宁吓了一跳，只见刘俊亮满身是雪站在门口，裤腿、鞋子全湿了，头顶上冒着热气。

"你这么个大土地爷，为啥还不想干了？"刘俊亮进屋就问。

赵先宁说话不藏着掖着："黑崖沟1000多口人，亲戚套亲戚，人际关系盘根错节。这一年咱是苦没少吃，气没少受，还落下不少怨言，这是何必呢？我真尽力了，你还是另请高明吧。"

"黑崖沟是你家乡，你不建设，等谁建设？真金不怕火炼，火炼方出真金。脱贫攻坚是场硬仗，咱们是在'打仗'呢。你是要当块真金呢，还是当个逃兵？再说了，以后乡亲们富起来了，你却没给大家出过力，心里不愧得慌吗？"刘俊亮也直来直去。

赵先宁不好意思了："黑崖沟山高石头多，出门就爬坡，发展产业实在是太难了……"

"眼里是困难，就都是困难；眼里是信心，就一定能找到解决困难的方法。你是个文化人，为啥不从文化上想辙呢？"刘俊亮说。

赵先宁心中一动，刘俊亮接着说："宜农则农，宜林则林。黑崖沟虽偏僻，可是有毛掸子会、抬龙节，还有这青山绿水，干好了都是财富啊！"

赵先宁一拍大腿："保定第一高峰歪头山，华北第一高桥黑崖沟大桥，也在咱们这呢！"

刘俊亮笑了起来，站起身走到窗前，指着窗外说："这都是金银山和米粮川，我就不信你赵先宁没办法！"

灯不拨不亮，理不辩不明。那天早上，两个人谈了很久。赵先宁最终决定不走了，还当场表了态："党组织这样信任我，再苦再难，我也要尽一份力，带领乡亲们摘掉穷帽子！"

后来的几年，在镇党委的领导支持下，赵先宁组织乡亲们大力发展文化旅游和特色旅游，还吸纳了网上直播团队入驻。天南海北一线通，太行风景入眼明。黑崖沟渐渐成为网红打卡点，游客越来越多，发展越来越好。

脱贫成果要巩固，乡村发展要持续，就得让乡亲们长精神、立志气，由"揣着手看"变成"甩开手干"。店房村党支部书记刘淑军对此深有感触。

几年前，刘淑军出门干活，见几个村民坐在石墩上晒太阳。刘淑军感到奇怪，这么好的天，为啥不下地？

一个村民说："种那点玉米，值不了几个钱，还不如歇着。"

"人哄地一时，地哄人一年。不下地，你吃啥呢？"刘淑军不解。

"上面会发扶贫款呢。"

刘淑军听了，心里不是个滋味。他想，天有日月星，人有精气神，一个人再穷再苦，也不能没了精神。等着别人送，啥时候能脱贫？

靠着一股子敢闯敢拼的劲头，刘淑军走出店房村，拉起施工队，干了不少大工程。后来，县领导请他回乡，刘淑军爽快地答应了。身为店房村人，他想为村里干点事儿，带着乡亲们一块儿致富。

当选村党支部书记后，刘淑军带着乡亲们修公路、盖工厂，还建成一个特色鲜明的国防教育基地。店房村一手发展加工业，一手发展旅游业，短短几年间，旧貌换新颜，成了周边最富裕的村。

县里实施易地扶贫搬迁时，店房村选了一片向阳地，建起漂亮的小区，盖起崭新的楼房，配套设施一应俱全。搬迁标准是统一的，按每人25平方米计算，免费入住。

可奇怪的是，楼房建好了，乡亲们却迟迟不搬家。刘淑军去了解情况，乡亲们把他围在中间。一个老人拉着他的手说："现在搬进去了，以后会不会把房子收走啊？"

刘淑军大笑说："放心吧，住进去就是你的了！"

村民李大爷说："我们世世代代都是自己种菜吃，搬上楼了，上哪儿种菜啊？"

这倒是个实际问题。刘淑军召集村干部开会，决定在小区留出一片菜地，分给各家各户。

不久，有的村民想明白了，高高兴兴搬进新居。也有人还在犹豫观望。和村两委干部商议后，刘淑军一声令下，村里党员干部纷纷拆老屋、迁新居。党员干部一搬，跟着搬的村民多了起来，小区里越来越热闹了。

那位担心没地方种菜的李大爷，以前住的房子是石头和土坯垒的，年久失修，一不小心就塌一个窟窿。如今他住上新房，用上地暖，出门两步路，就是一片菜园，平时种点白菜萝卜，也够自家吃的了。李大爷高兴地说："冬天脚底板都热乎乎的。这房子啊，暖和！这心里啊，舒坦！"

易地扶贫搬迁，店房村是一个缩影。到2022年上半年，阜平全县易地扶贫搬迁5万多人，住房改造提升近7万人。19万农村人口中，有12万人的住房条件得到改善。

## 青春之歌

青春，是一团燃烧的火，是一段奔涌的河，是最美的奋斗季节，是璀璨的人生诗篇。美好是青春的别名，奋斗是青春的底色，追逐梦想是青春的精神。

2012年，在电视上看到习近平总书记来阜平考察，年轻的顾路红万分激动，他觉得，自己的梦想要实现了！

顾路红的家乡在阜平县平石头村，又偏僻又落后。平时他就想，什么时候才能把家乡建设好啊，把日子过得也跟城里人一样舒坦。可是，家乡除了山，还是山，实在找不到发展门路，无奈之下，他去了山西做工程。"现在不一样了，这是历史性的发展机遇！"顾路红对身边的朋友讲："我要回平石头村去，把家乡的建设搞起来。"

话是这么说，事也这么做。顾路红丢下山西的工程，回到了平石头村。当选村党支部书记那一年，他正好30岁，浑身都是使不完的劲。上任后，顾路红对乡亲们说："这世上有文状元，有武状元，我顾路红也想当一个状元，一个为乡亲们服务的状元！"

那时候，平石头村很穷，乡亲们给玉米地施肥，要靠扁担挑，靠小车推。顾路红见了，开着自家的三轮车，帮乡亲们把肥料一趟一趟往地里送。收玉米的时候，他又一车一车，把玉米拉到乡亲们家里来。

平石头村盖了新楼房，有的村民用不惯抽水马桶，废纸也往里面扔，马桶很快就堵了。顾路红听说后，带着工具上了门，忙碌一个多小时，才把马桶疏通了。村民惭愧地说，顾书记，给你添麻烦了！顾路红说，乡里乡亲的，客气啥？但是，废纸不能扔里面，不然很快又堵了。村民听了，连连点头。

一次，平石头村开支部会，有个年轻干部抱怨，好心给村里办事，乡亲们却不领情、不配合。顾路红听了，耐心地说："要想管理好乡村，先要服务好乡亲。咱们还得多往乡亲们家里跑。"那年轻干部问："老跑别人家里干什么？"顾路红说："三年不登门，是亲也不亲。咱基层干部，就得勤跑腿、常登门，才能掌握情况，才好开展工作。"

顾路红带着支部委员一起，常串门，勤走动，主动给乡亲们排忧解难。渐渐地，那位年轻干部发现，再要给村里办个什么事，不仅阻力小多了，乡亲们还帮着出谋划策。

在顾路红的带领下，平石头村的老房子被翻修一新。青水瓦，木挑梁，小皮檐，花格窗，典型的太行民居风格，看上去清清爽爽，漂漂亮亮。一到夏天旅游旺季，这些民居早早就被游客们预订一空。村里的古寺庙、自然林、风情街等景点被开发出来，为村子的旅游经济赋能增值。如今，平石头村已经成为一个旅游度假的景点村。

孙志雪比顾路红小不少，是马兰村第一个考上研究生的90后。小时候，她跟着邓小岚老师学音乐；考研时，选了音乐教育专业。家人问她，为啥选这个专业？孙志雪回答，我早想好了，要把音乐教育作为一生的事业，邓老师就是我学习的榜样。

去年暑假，孙志雪回到马兰村，接棒邓小岚老师，教村里的孩子唱歌，为新一届"马兰儿童音乐节"做准备。孙志雪说："在小山村里，邓老师就像一束光，带着我们去追逐梦想。邓老师虽然走了，我们这些孩子却长大了。薪尽火传，我就是邓老师撒下的一颗火种，我要像她那样，把根扎在大地上、扎在乡土中，让音乐伴着孩子们成长。"

奋斗的青春最幸福。阜平的山乡巨变，让年轻人地阔天宽。不光像顾路红、孙志雪这样的阜平儿女，就连外地青年，也加入这气象一新的"青春大合唱"。

牛童，90后小伙子，北京人。几年前从国外留学归来，在阜平干工程的父亲带他到大道村玩。村里新楼相连，风景如画。村子旁边有一大片山地，上面覆盖着新土。

父亲指着那片山地说："这里要建一个大型果园。"

牛童手搭凉棚望了望，说："这果园的面积还真不小！"

"为了脱贫，阜平人可真是想尽了办法！"父亲说道，"这几年，他们引进技术，改良品种，进行公司化运作，种出了不少好水果。苹果、樱桃、黄桃、梨子，从这片土壤里长出来，都好吃得很！靠着种果树，村民们挣了不少钱。"

牛童听了，浮想联翩。这些年，他读书求学，接触了很多生态农业的知识，回国后，一直想找一块"试验田"，把生态农业做起来。听到父亲说，阜平对这一块很支持，政策上也照顾，牛童顿时跃跃欲试。

牛童对父亲说："我想来阜平租块山地，做生态农业，在阜平县带个头！"

"这个想法很好，我大力支持！不过，夜里想了千条路，早起还是卖豆腐。事业不是说出来的，而是干出来的。有了好想法，还得靠实干！"

很快，牛童把几个好朋友拉了过来，组成一个创业小团队，住进阜平的大山里。他们把学到的专业知识应用到农业生产、管理中来，在大山里打造了一个"智慧果园"。

这个智慧果园，种了3000亩黄桃、3000亩苹果。牛童用自己设计的智能系统，全天候观测果园的温度、湿度、风力等各项数据，自动进行水肥浇灌与虫情防治。几年下来，晒得黝黑的他，成了种植水果的行家里手。

去年，智慧果园喜获丰收，产出的黄桃在北京某超市上架，5小时内销售一空。牛童的创业故事在阜平传开了，鼓舞着更多阜平青年用奋斗来实现青春梦想。

当脱贫攻坚的阳光照耀在阜平大地，多少人的命运因此而改变，多少人的梦想因此而实现，多少人的未来因此而开启！

"无论多久，你都在我们身旁，相依相恋，情深意长，江山就是人民，绘成你胸中景象……"新春的一个清晨，顾家台村圆梦广场，优美的歌声随风飘扬，深情中蕴含信心和力量。

新的画卷徐徐展开，新的奋斗接踵而来。"阜平不富"已成往事，乡村振兴正启新篇。新时代新征程，太行歌声续写华章……

《人民日报》2023年2月13日第1版

# 爱心妈妈

李长顺

癸卯兔年春节前，我走进河南安阳吉祥春天小区，倾听辛秀梅的讲述。

那些点点滴滴的凡人义举，如寒冬里吹拂的暖流，温馨着风雪中的古城。又如激越的锣鼓点儿，击打着我的心灵。

## 一

"向前，向前！为祖国争光！"

无臂青年付子扬斗志高昂，劈波斩浪，朵朵水花托举着他蛟龙般的身姿。付子扬所属的游泳集训队，正为2024年巴黎残奥会紧张练兵。

付子扬还有一个心愿，用最好的成绩来报答辛妈妈。辛妈妈叫辛秀梅。付妈妈羡慕辛妈妈：子扬给你通话恁多。你成了"亲妈"，我倒成了"后妈"。

14年前在安阳151医院，辛秀梅初识付妈妈。付妈妈躲在角落哭，哭得辛秀梅心酸。辛秀梅问："你咋了？作啥难？"付妈妈抽泣着："孩子胳膊截了，他才6岁，以后可咋办？"

回家后，辛秀梅久久难忘。她心疼子扬，一棵蓬勃的小树，突然被大风卷走了青枝绿叶，该有多痛苦多抓狂？

严冬中，身为安阳电视台市民报道员的辛秀梅6点起床，带摄像机坐了3小时大巴，探望出院的子扬，还带了件崭新的小大衣。

辛秀梅拍摄了子扬的生活，又启发他："没手不可怕，没梦想才可怕。我同学赵庆丰，也没了双手，照样上学，照样上班。咱该向他学习，对不？"

子扬似懂非懂地点头。

回来后，辛秀梅编好电视报道发给台里，那一夜辗转难眠。子扬的路还很长，怎样使他坚定生活的信心，扬起前行的风帆？辛秀梅想到无臂传奇薛玉霜，从小截肢身残志坚，照样活出精彩人生。

周末，又是几小时颠簸，辛秀梅请薛玉霜来南坡村现身说法。薛玉霜对子扬说："你没双臂，我也没双臂，咱们同病相怜。"子扬紧绷的脸渐渐舒展。"咱只要努力，没手也能活得好好的，还能比别人厉害。"薛玉霜脚趾夹铅笔，熟练写下"希望"两个字。

之后半年每逢周末，付妈妈在林州送子扬上大巴，辛秀梅在安阳市区接上子扬送书画学校，中午接他吃饭，晚上再送上大巴。子扬想当薛玉霜那样的书法家，被点燃梦想的他虽然少了双手，每天的习作却总比别人多几幅。小树抽新枝。付子扬获得了全国残疾人书画一等奖。

辛秀梅又想，有一技之长固然好，但子扬更该上学。于是，付家在安阳租了房，付妈妈、付爸爸就近打工。两位妈妈带子扬雨中等了个把小时，打动了东门小学领导，答应破格录取子扬。三人喜泣相拥。

有一天，子扬电话里有点沮丧："辛妈妈，我200米老停在3分20秒。我累了，我回去吧。"

辛秀梅心一惊，又平静下来："孩子，你忘了薛妈妈的话？不管干啥，坚持才有希望。拦路虎不怕，咱一起打败它。"

这一年，子扬已在郑州学游泳。专带残疾少年的马教练，看到辛秀梅拍摄的子扬的报道，要收子扬为徒。辛妈妈亲自送子扬，又找志愿者给他补习初中课程。子扬没让人失望，武汉全国残疾人游泳锦标赛，他得了一个第三名、两个第四名。

一连几天，辛秀梅查找并反复观看游泳冠军的动作分解视频，终于找到子扬的问题——肢体不平衡。虽然子扬训练刻苦，甚至常常带伤坚持，但想要游出更好的成绩，必须讲究方法、科学训练。辛秀梅制订了月度训练计划，并和教练沟通，请他督促子扬。

一个月后，子扬激动地告诉辛妈妈：成绩提升了3秒！

马教练对子扬说，你辛妈妈真能耐，硬生生把自己从旱鸭子逼成了游泳教练。

子扬考上河南体校。河南省第七届残疾人运动会，子扬再结硕果，斩获一枚金牌。

入选国家集训队的子扬，又有了新梦想，他要在世界大赛舞台上乘风破浪。

## 二

金秋时节，蓝天白云，天津财大校园里的梧桐五彩斑斓，那么可亲可爱。这是2022年新生报到季。

辛秀梅掏出月饼给小洁："我要回安阳了。这是咱老家的月饼，阿姨陪你提前过中秋。"吃着家乡味的月饼，小洁眼含热泪：妈妈去世10年，辛妈妈带自己过了多少个节呀……

那年一个阴冷的下午，病中的安培明拉着辛秀梅的手说："听说你是个大好人。俺盼你帮俺给女儿找个新家。"那时正在安阳电视台《一帮到底》栏目的辛秀梅，收到病床上安培明的信，前来看望她。

辛秀梅郑重地答应了。紧拉着辛秀梅手的安培明，安详地闭上眼睛。

安培明去世后，辛秀梅对9岁的小洁说："妈妈立下遗嘱，要把眼角膜捐给红十字会，既是回报社会的爱，也是让我们记住，生命的意义在于奉献。"小洁知道，爸爸早几年生病去世，妈妈这些年患癌症，家里得到许多人帮助。妈妈的后事，也是辛阿姨她们料理的。

安培明走后的第一个儿童节，辛秀梅一早对小洁说："今儿阿姨请了假，咱一会儿去买书逛公园，爱看啥书尽管挑，想玩儿啥只管玩。"回到辛阿姨家，一顿丰盛的午餐后，辛秀梅拿出一条小洁早就想要的公主裙，小洁高兴得快要跳起来了。

这年暑假，小洁在天安门广场掉下了泪珠。她对带队的安阳妇女儿童活动中心刘老师说："谢谢刘老师和辛阿姨，我太兴奋了！来北京，看鸟巢，爬长城。妈妈要是活着，该有多高兴。"

小洁妈妈走后，辛秀梅和几个志愿者每天轮流去照看小洁并辅导作业，还忙着为她找爱心家庭，几番未能如愿。安培明的嘱托令辛秀梅寝食难安，她在心里默默许愿：我一定要给小洁一个家。

幸运的是，许多人与辛秀梅一道前行。河南省"好记者讲好故事"演讲比赛中，辛秀梅获一等奖。一位评委听了小洁的故事，主动负担起小洁的学习生活费用，每年带书籍衣服来看小洁。小洁考上安阳师院附中，校长和老师也尽力呵护她。

小洁没有辜负大家的爱心。可收到天津财大的录取通知书，小洁却开始犯愁：这一大笔学费咋办？辛秀梅又一次在微信群发布爱心征集，很快收到捐款1万余元和多种爱心物品。

辛秀梅说，小洁在天津喊她"辛妈妈"的那一刻，她心里真比吃了蜜还甜。小洁到天津读书后，《天津教育报》的曲彤阿姨和天津财大的老师，接过了辛秀梅的爱心接力棒，继续关爱着小洁。

## 三

2023年元旦，晶晶的声音从北京传来："辛妈妈新年好！前些天又收到您给俩孩子做的棉袄棉裤，高兴得一夜没睡好。儿子已上幼儿园小班，闺女今年上小学。您多保重，甭老牵挂我们。"

晶晶近些年喜事连连：那年惊蛰，晶晶和王雷喜结良缘；两年后，女儿出生。又几年，儿子也出生了。

可前些年，晶晶的噩梦成串。

那年母亲节后的一天，辛秀梅从"安阳吧"网友的电话中听说了晶晶。一个心地水晶般纯净的"巨腿"女孩，正时刻挂念患癌症的母亲。

辛秀梅和同事赶来西羊店村，这一幕触目惊心。晶晶右腿长了个大肉瘤，小腿比腰粗。20多岁的闺女，上半身瘦弱得像10来岁的小姑娘。

晶晶妈说，女儿1岁时腿上起了个疙瘩，越长越大。8岁确诊为血管脂肪瘤。可好几万的手术费，家里哪里拿得起。女儿的腿越来越拖不动，初中没上完就退学了。

没过几年，晶晶妈又得了食道癌。母女相依为命。

辛秀梅和同事很为这对母女的重病担忧，连夜制作电视短片，第二天电视播出。母女俩的病情牵动了安阳市民的心。从市领导批示到网友支持，从群众募捐到各医院专家上门，频遭不幸的母女受到广泛关注。

郑州一家医院打来电话，要为晶晶免费手术，骨科主任来接晶晶。

晶晶病情复杂，这家医院与北京、上海的医院多次会诊，决定截肢。

辛秀梅找院长长谈两个小时，最后恳求说："花样年华就截肢，对晶晶来说太残酷了。我已联系山东一家医院，咱们带晶晶再去会诊一次好吗？"

被感动的院长也干脆："行！"

两地医生正在为晶晶会诊研究最佳治疗方案，辛秀梅的手机铃声突然响起，电话中姐姐焦急地说："咱妈住院，你快回来！"

辛秀梅赶夜车回到安阳，侍奉已经昏迷的妈妈几天。

这时晶晶会诊结束，已回到郑州。眼见晶晶手术的日子马上就到，辛秀梅拉着妈妈的手哭着说："女儿不孝，我去陪晶晶动完手术，马上就回。"谁知道这一去就是永别，辛秀梅心中留下了永久遗憾。

晶晶顺利手术，康复。

后来，她还找到了如意郎君。披上洁白婚纱的晶晶，甩去拄了多年的双拐，开启了新的人生。

## 四

"有多少孩子叫你辛妈妈呢？"我问辛秀梅。

"十几个呢，还有一平、顺心、李慧、庆澳、拾瑜……"辛秀梅不假思索地说。

他们，都是辛妈妈用心用情浇灌的花朵。

辛秀梅不只救助孩童，她见不得别人有难，不管大人还是小孩。

辛秀梅曾帮助失散68年的耄耋姐妹重逢，让沉迷网吧的少年回归养父身边，为脑癌夫妻排忧，在楼顶救下欲跳楼轻生的失恋女孩……

从报道员到安阳台借调记者，13年来辛秀梅总说"记者就要记着"，看到求助者渴望的目光，她总会从一个拍摄的局外人，不由自主成为局中人、一家人，竭力相助、一帮到底，在爱的路上不停歇。

帮助过那么多人的辛秀梅，家庭条件并不富裕。爱人下岗多年，卖馍卖牛奶卖服装，补贴家用。夫妻俩对自己很节俭，对别人却很慷慨，看到有难者总是倾囊相助。

谈起为何会成立爱心家园，辛秀梅满脸的柔情。

"我感受过一个人的无力，也体会过众人力量的无穷。只有用爱传递爱，用爱激发爱，大家一起奉献爱，才能让爱长大。"

爱心家园做了许多好事善事。付妈妈、晶晶……辛秀梅帮助过的许多人，都成了爱心的接力者。

爱心妈妈辛秀梅感动了这座古城。安阳市道德模范、学雷锋标兵，河南省文明市民、三八红旗手、优秀志愿者，全国最美家庭等荣誉接踵而来。不过辛秀梅最看重的，还是爱心家园的成长与壮大。她说，这是爱的火焰，爱的交响。

走出吉祥春天小区，看到街边蜡梅正热烈开放，一瞬间我又想到了辛秀梅。她多像这些蜡梅，一枝，一丛，迎接春天的到来，迎来百花的芬芳。

《人民日报》2023年2月20日第20版

# 雄鹰飞过吉尔木梁子

陈
果

兔年正月初三晚上，饭桌边的齐永立，慢慢放下了筷子。

一条新闻吸引了他：成昆铁路复线全线正式开通以来的首个春运，每日输送旅客4万余人次，火到一票难求。

电视上闪过一个甘洛站的画面，他倍感亲切。他参与建设的吉布甲隧道，就在甘洛县境内。这次春节回家，他就是从甘洛站出发，坐"复兴号"动车抵达成都，再辗转回到天津。以前坐汽车，从甘洛到成都要4个多小时。如今他坐动车，1个多小时就到了。

电视上的动车一晃而过。他记忆的"慢车"，徐徐开出站台……

一

成昆铁路复线峨米段（峨眉—米易段）七标段的事情，远在陕西的齐永立先是听别人说的。

2017年9月16日晚上9点，七标段上的吉尔木隧道2号横洞掌子面，上台阶拱顶涌出的水突然变大、变浑。安全员愣了几秒钟，吼出两个字："快跑！"

话音刚落，一声巨响，掌子面垮了！一条乳白色"长龙"从垮塌处猛扑出来。跑在后面的3个工人连忙爬上一台挖掘机，死死搂住挖掘机大臂，才逃过一劫。

将横洞堵得满满当当的乳白色"长龙"，不是水也不是泥，当时不知为何物。

全长11.2公里的吉尔木隧道，正洞进尺仅458米，就遇到了这样的危险。心惊加心凉，项目经理把担子一撂，不干了。

派谁去七标段力挽狂澜？

成昆铁路因穿越"地质博物馆"而举世闻名。所谓"地质博物馆"，是指这一带由于历次地质构造运动的影响，断裂发育，从老到新的各种地层都有裸露，并因受强烈构造作用，大多比较破碎。加之还位于地震带，情况极其复杂。

峨米段七标段，正处于这样一个复杂的地理位置上。因此，这里的工程难度极高，不是横刀立马的虎将，没有滴水穿石的韧劲，去了也白搭。

中铁十六局的领导想到了齐永立。宁夏吴忠至中卫城际铁路，头年5月才进场，齐永立挂帅的项目部已经完成产值6.5亿元，领跑全线。与此同时，中铁十六局在陕西境内靖神铁路中标，项目经理的担子也压在齐永立的肩上，进场1个月，靖神铁路项目夺得临建、上场速度冠军。

倒是个合适人选，只怕他不敢来。

哪知齐永立得知后，答应得没一点拖泥带水。领导也是纳闷："七标段难度大，风险更大，你不怕吗？"

齐永立说："老成昆铁路不难？不照样修下来了？中铁十六局是铁建的队伍，铁建的前身是铁道兵，军装脱了，军魂还在！再者说，咱本来就是一块砖，哪里需要哪里搬。"

二

2017年9月22日，齐永立走进大凉山里的七标段项目部。还没落座，一群人就围拢过来，有的要他拿主意，有的找他诉苦，还有的等他批条子走人。

"豆腐有什么味道？豆子才香！"齐永立爱说这句话。豆子香是因为豆子有嚼劲，只是七标段这颗"豆子"，比金刚石还硬，他是一万个没想到。

刚进入岗位时，简直一筹莫展。那个时候，连那乳白色"长龙"为何物，都一无所知。

必须先摸清情况！中铁二院成昆铁路配合施工项目部派来地质专业负责人李向东常驻施工现场。

资料查了无数，实验做了若干，李向东团队终于把乳白色"长龙"摸得一清二楚：白云岩砂化，叠加高压水流，形成突泥涌水。具体来说，就是震旦系的白云岩历经几亿年的地质演化，一部分成了"豆腐渣"，如同大大小小的"囊"深埋地底。当隧道经过或靠近时，保护层被削薄甚至洞穿，地下水和砂石碎屑混为一体，喷涌而出，成了突泥涌水。

此前，全球铁路工程领域从未遇到过白云岩砂化，砂化岩层的形状、走向又全无规律可言，难怪李向东们费了九牛二虎之力，才弄清楚来龙去脉。

此后不久，1号横洞又涌出1000多立方米突泥涌水。这次突涌的规模不大，正好先练练手。战友眼中的坏事，在齐永立这儿倒成了战机。老成昆线"战斗组"的经验被平移过来。中铁二院、西南交大等相关单位的专家和工程人员组成攻关小组，拿1号横洞当了实验室。

封堵隧道涌水，常规方式是帷幕注浆，但这招在这里不管用。砂化白云岩吃水不吃浆，无论耐心"撮合"还是强力"压迫"，"两张皮"终是没能锻造成铁板一块。今天掘进8米，明天又埋掉5米；这个月累计掘进40米，倒推回来的却有35米。

小心翼翼试，大刀阔斧闯。办法想过、试过不少，拔河般拉锯的一年里，吉尔木隧道总共只往前推进了20米。那天钻出隧道，阳光打在身上，十分灼热，齐永立的心里却是湿漉漉的。那一刻，他深深地理解了这项工程的艰难。然而，来都来了，来了就没有退路了。那么，出路到底在哪里？沉睡亿万年的大山啊，请你告诉我！

一个黑影在山坡上移动，从他的眼前，到他的身后。齐永立散乱的目光向黑影聚焦，再投向湛蓝色的天幕。他的目光捕捉到了一只鹰。雄鹰高飞，山脊下沉，常人眼中不可逾越的大山，在搏击长空的翅膀下，失去了骄横与倨傲。

雄鹰飞过吉尔木梁子，一个声音在他的耳边响起：路在义无反顾的奋斗中，在不甘平庸的志气里！

## 三

2018年11月4日，正在北京开会的齐永立突然接到电话：1号横洞再次发生"突涌"，将当年仅有的20米进尺，直接抹成了零。

情况汇报上去，国铁集团派出调研组。无论是成昆铁路复线按时开通的进度需要，还是为川藏铁路大概率要遭遇的相同困境扫清障碍，突泥涌水难题都必须尽快攻克。经过一番调查研究，为吉尔木隧道量身定制双模盾构机的思路被大胆提了出来。

很快，兵分两路，一路去盾构机生产厂家调研，一路精细摸底，论证双模盾构机的可进入性。齐永立则是两头跑，还要隔三岔五去北京开会。

研制双模盾构机，技术难关一一突破了，运输线路又成了新的难题：必须取道昆明，从京昆高速运到泸沽镇，再翻过小相岭，从乃托镇、玉田镇运到施工现场。可是，从泸沽镇到吉尔木要经过多处沉降地段、100多道弯，100多米长的车身会不会被卡在路上？

前有突泥涌水待解，后有工期紧逼，齐永立心事重重。他在床上翻来覆去，夜不成眠。

实在睡不着，索性打开手机相册，在往日的时光里酝酿睡意。齐永立想起修建老成昆铁路时牺牲的战友，想起在南尔岗烈士陵园，举起右手重温入党誓词时的情景，想起那天自己说过的话："我们是铁道兵的接力者，不是垮掉的一代！"

似梦初觉惊坐起，齐永立在心里说："都像你这样遇到点困难就丢魂失魄，哪来的成昆线？"

## 四

凌晨2点，李向东床头上的手机响起，电话是齐永立打来的："钢板桩围堰施工是用钢板隔开水流，突泥涌水同样是来自外部的干扰。用围堰施工的'矛'破突泥涌水的'盾'，应该可以！"

齐永立脑子中的灵光，点亮了李向东的眼睛。

可这道光射向掌子面，却被不留情面地弹开了。因为，钢板桩很难横着打进山岩。

低迷的情绪如潮湿的空气弥散在隧道里，让人发冷。齐永立的一席话让攻关小组成员的心又重新回暖："理想和现实，从来都不是一键切换的！"

都来动脑筋，都来出主意！

一再试错，复又重新出发！

走过的路，没有一步是多余的。2005年成都地铁1号线的情景浮现在李向东的眼前。当时，刚挖2米就遇到地下水，再往下是砂卵石层，深井降水引起垮塌，危及地面楼栋。后来，直到垂直打入水管，用出水不出砂的办法，才稳住了地层，闯过了那一关。如果把白云岩碎屑看作砂卵石，采用管道泄水的方式释放压力，再引入钢板桩的思路形成管棚，掌子面是不是就能稳住了？

有了好的思路，马上就试验。超前地质预报打前站，随后用9米长钢管插入山中，水从管口涌出……事情在朝着预测的方向发展。

希望在前方，攻关小组的每一个成员都铆足了劲。

以水而定、量水而行、分类施策。在新理念的支撑下，注浆堵水、靶向泄水、分水减压的战法小试牛刀，成效初显。

乘胜追击，支护管棚，形成棚幕，预防溜塌……

结果，用钢管、水泥铸成的壳，真的奏了效。

紧接着，是24小时不间断作业，不间断有好消息传出。最振奋人心的莫过于，2020年3月，1620米的碎屑地段，被甩在了身后！

随后，吉尔木隧道同一桥之隔的新白石岩隧道合并为吉新隧道。

两个隧道的合并，并不是绕开风险山体进行的简单连接。原先设计于两隧之间露天的越行会车车站，被整体平移进吉尔木隧道中。在隧道洞内设计一座车站，历史上极其少见。隧道因此需要从之前的单洞，分叉为左右双洞，待越过车站后，分离的两座山洞重新合二为一。这无疑对齐永立团队又提出了新的挑战。

好在，这些大大小小的困难，最后都被一一攻破了。

全长17.6公里的吉新隧道成为成昆铁路复线样板工程，齐永立手上捧起一座沉甸甸的奖杯——"成昆雄鹰"。

## 五

同属七标段、紧挨吉新隧道的吉布甲隧道掘进到1000米时，进度条拖不动了——人到洞中，别说施工，光是站着不动也大汗长淌。

以为是隧道通风不好所致，隧道里因此增设了通风机。但冷风进洞却秒变热风，工人的额上脸上、前胸后背，汗珠子滚得到处都是。

热。越往前越热。测温仪往岩石上一打，低的38摄氏度，高的45摄氏度。

一个工人热倒在掌子面上。人马上被送进医院，大家心有余悸：这么干下去，怎么受得了？

所有人的目光都投向齐永立，这又是一个难题。

马上采取降温措施！采购制冰机，每8小时往洞内送2吨冰；仰拱栈桥上设置喷头，形成人工降雨。

有效果，但高温还是没完全降下来。

缩短送冰周期、加密喷头，仍是效果有限。

齐永立只剩下最后一招：用老成昆精神，攻克这难以忍受的"高地温"。

齐永立讲得热泪盈眶，工人们听得聚精会神。话说完了，人群中岑寂一片，突然一句话冒了出来："你说的我们都信，只不过，你不站在洞子里，我们怎么向你看齐？"

齐永立听了，二话不说，衣服一脱就钻进了隧道，铁塔一样站在了施工的最前线……

吉布甲隧道如重启的电脑开始运行了。2021年8月，吉布甲隧道进口1号横洞小里程终于贯通，浩荡清风长驱直入，"高地温"夹起尾巴，逃得没了影踪。

## 六

尽管稍迟了一些，春天仍是来到了大凉山上。

2022年3月31日，吉新隧道胜利贯通的喜讯，瞬间传开了。

北京发来贺电，成都发来贺电，兄弟单位纷纷发来贺电。

"你们发扬'战山斗水，坚守奉献，创先争优'的宝贵精神，战胜了'高地温'！"

"一年开挖8公里，一年完成4年任务，这是破碎石质下隧道掘进的奇迹！"

泪水流啊流。没人在的时候，齐永立也不去擦。人生难得几回搏，人生难得有几回热泪纵横！

大半年没见过妻儿了，到天津开会，齐永立借道回了趟家。拖着行李箱的他，先是直奔儿子的学校。放学的铃声响了，齐永立踮起脚尖，在孩子堆里寻找，终于见到了日思夜想的儿子。

可4天后，他又离开了家，一头钻进吉新隧道中。成昆铁路复线年底就要通车，剩下的工作必须百倍抓紧，不敢有丝毫放松。

那一天，钻出洞口时，已经是下午3点。"叮咚"一声响过，手机里传来一条信息，儿子发来的，打开一看，写着这样几句话："这一次爸爸回家，我第一次意识到，爸爸已不再是意气风发的青年人。爸爸并不伟岸，但他的肩上扛着家，也扛着牵动人心的工程……"

这是儿子一篇作文里的话，文章题目叫《我的爸爸》。他读过，很熟悉。

看着儿子发来的信息，泪水模糊了齐永立的双眼。他拿衣角擦了擦眼睛，给妻儿发过去一行字："等着我们通车的好消息吧！"

# 环卫之家

谭国伦

一

从河北廊坊到北京，乘高铁不过20分钟。但对这个廊坊的家庭来说，家里人这次去北京，无疑是件隆重的事。

"明天一早就集合了，怎么还不回来？"家住廊坊市广阳区的张静，在屋子里焦急地转圈。时钟指向晚上9点半，还不见丈夫马希军的影子。

"洗漱用品，换洗衣服，都准备好了吗？"婆婆石淑敏已问了好几次。

"都准备好了，娘。"

"千万别落什么东西，带上一套手机充电器。"马希军的姐姐马希芹也凑了过来。

这是2023年2月26日。第二天，马希军将以第十四届全国人大代表的身份赴北京参会。

这样的场景，在这个家庭中出现过不止一次：2020年，马希军以全国先进工作者的身份前往北京接受表彰；2021年，马希军又以全国优秀共产党员的身份参加建党100周年庆祝大会。每次去北京前，一家人都会这样在一起等候他。

"还没回来，肯定是班上的事儿多。咱们都去睡一会儿吧，明天还要早起呢。"石淑敏发了话。

屋外起风了，有些寒意。石淑敏躺在床上睡不踏实，多少次梦里笑醒。激动、自豪和感慨，在她的心里交织。

这是一个普通却又不一般的家庭：一家两代环卫人，四人是环卫工。母亲石淑敏，建设部（现住建部）劳动模范、全国先进女职工；大女儿马希芹，廊坊市环境卫生管理局（现廊坊市环境卫生事务中心）先进工作者；儿子马希军，全国五一劳动奖章获得者、全国先进工作者、全国优秀共产党员；儿媳张静，廊坊市环境卫生事务中心先进工作者。

石淑敏这个"先进"的母亲，带出了"先进"的女儿、儿子和儿媳妇。如今，马希军又当选为全国人大代表，全家人怎能不激动？

## 二

我结识这个家庭，始于去年10月。在廊坊市里的一次活动中，我听说了马希军的事迹。我惊讶地发现，原来他的母亲就是被誉为"调不走的铁扫帚"的石淑敏。

1968年，20岁的石淑敏初中毕业后，从天津市红桥区下乡到廊坊安次县南营村，在农村一干就是10多年。在别人介绍下，她嫁给了朴实的农民马凤元，生下两女一男。老大就是马希芹，老二就是马希军。

20世纪80年代初，石淑敏按照政策可以回到天津市。父母兄弟热切盼望她回去团聚，爱人也劝她，农村比不了城市，回吧。爱人朴实的话，反而坚定了她留下来的决心。为了爱人，为了这个家，她愿意当一辈子农民。后来有了新政策，石淑敏被调到安次环卫站，从事环卫清扫工作。从那开始，"唰、唰、唰"的声音伴随了她一生。

南营村距离城区30多里路。石淑敏每天4点钟就要起床往城区走，晚上九十点钟才到家，都来不及和三个孩子说说话——孩子们早就进入了梦乡。上下班路途远，在没有星月的黑夜，马凤元总要送一送、迎一迎。

当年没有环卫工人休息室，石淑敏白天工作困了累了，只能找个阴凉避风的地方眯一会儿。晚上，石淑敏一个女人，在前后都望不见人的浓厚夜色里工作。万家灯火时，只有大马路上"唰、唰、唰"的扫马路声，冲淡了夜晚的宁静。

石淑敏扫马路的声音，深深印在三个孩子的童年里。每到周日和节日，石淑敏就会让姐弟三人早早起来，跟着自己扫马路。她给每人配了一把小扫帚，还教他们清扫的窍门：把腰弯下去，把扫帚面压平，轻拉长推，才不会扬起灰尘。

石淑敏知道有些人看不起"扫大街的"，她耐心教育孩子们：工作不分高低贵贱，只要踏踏实实好好干，都是在为人民服务，都是在为"四个现代化"贡献力量。母亲的一言一行影响了三个孩子。他们忘记了扫马路的辛苦，只想着自己多干一点，母亲就可以早一点回家，全家人就能多聚一会儿。

秋冬季节，街上的树叶、积雪多了，石淑敏发动爱人和孩子们一起清扫。有一年大年初二，孩子们的两位舅舅从天津赶来拜年，到了石淑敏家，却发现屋里空无一人。大过年的，一家人跑哪去了？一问才知，原来全家人都出来扫雪了。于是两位舅舅也找到马路上来，一起跟着扫雪。

石淑敏曾有回天津工作的机会，按政策还可以带走家中一名成员，成为天津市居民。但为了一个团圆的家，石淑敏拒绝了。她说什么都不离开廊坊，更爱上了环卫清扫这一行，还因此得了个"调不走的铁扫帚"的美称。

退休后的石淑敏不肯闲下来，找相关单位认领了一段道路的清扫工作，不要退休金外的任何报酬，义务劳动了20多年，一直坚持到现在。

这些年里，她从马路正中扫到边上的人行道，又从人行道扫到街边墙角的旮旯旯旯，工具也从大扫帚变成小扫帚和长夹子。用她的话说，阵地越来越小，不用像过去那么辛苦了。因为大路上有大型扫街车，人行道上有小型清扫车，墙角街边用夹子和小扫帚就可以清理干净。她有时会站在路边，看那些清扫车辆"呜呜"地在马路上扫出痕迹，那是她最喜欢的风景。

三

石淑敏的言行深深影响和教育了孩子们，他们都觉得母亲很了不起。但真正做到像母亲那样，谈何容易？

大女儿马希芹高中毕业后，可以去某单位坐办公室，却拗不过石淑敏，只能不情愿地扛上大扫帚去扫大街。头一个月，她心灰意冷，动不动哭鼻子，工作也心不在焉。母亲知道女儿委屈，每天看她扫不完，就默默地帮她完成剩下的工作。母亲弯着腰一下下替自己"收尾"的身影，马希芹看在眼里，那一阵阵"唰唰"声也像扫在她的心上，母亲的教诲又在耳边响起。她终于对这份工作塌下心来。后来，马希芹因财会业务好，被调到了机关后勤。她把扫大街的踏实心态带到了新的岗位中，被评为先进工作者。

马希军高中毕业后，也干上了环卫工作。但他不是抢扫帚，而是在垃圾点抡铁锨清运垃圾，每天要跑10多个垃圾点。马希军永远忘不了他第一次清运的情景。他捂着鼻子，忍着腥臭进行装卸，午饭都吃不下去。一天下来头昏脑涨，回家路上看见行人对着他掩鼻皱眉，才发觉自己身上又脏又臭。到了家，他嫌弃地把脏衣服丢在门口，但这味道已经透过衣服粘在了身上。他跑到卫生间洗澡，恨不能把自己搓掉一层皮。

工作辛苦，又没"面子"，连找对象都难，干点啥不都比这强？这想法曾在马希军心里游荡了好久。直到有一次他清理完一条街的垃圾，回头一看，街道焕然一新，一种成就感顿时涌上心头。他想起了别人评价母亲的一句话："宁愿一人脏，换来万家净。"他知道，这句话原本说的是老一辈劳模时传祥，他和母亲一样，都是环卫工。当初，无论是对这句话，还是对母亲扫马路时的那份勤劳、忘我，马希军都只有一个模模糊糊的理解。直到他亲自干上这份工作，才慢慢揣摩出个中滋味——看着人们生活在自己创造的整洁环境中，仿佛他们的幸福美满都与自己有关了。那种自豪感，真的可以让人忘掉一身的疲惫。

马希军工作越发起劲了。每次清运，他都先铲后扫，再用苫布将车斗里的垃圾盖好，用绳子勒紧，生怕在运输中洒落。单位认可他的工作，选派他做清运司机。每到一个垃圾点，他都下车和清运工一起往车上装垃圾，再帮着清理消毒，清运效率提高了不少。这期间，马希军也收获了爱情，妻子张静也是清运管理站的工作人员。

马希军在工作中，见证了城市的变化。街角和公园的卫生间已是"旱改冲"，过去小山似的露天垃圾堆也变成了封闭式压缩处理站。清运的垃圾从填埋到无害化处理，再到焚烧发电，垃圾变废为宝，城市欣欣向荣。

如今，马希军已经是廊坊市环境卫生事务中心清运管理站的副站长。他每天凌晨到岗第一件事就是清点人数，随时准备替岗到一线；晚上等所有司机回来后，总结工作，检查所有车辆，最后一个回家。每一辆车的性能和检修状况，每一位司机的姓名、驾龄和家庭情况，他都清清楚楚。

## 四

"三百六十行，行行出状元。"在年复一年的工作中，马希军练就了

"听扫帚声音，知清扫进度"的本领。轻快，就是垃圾不多；沉闷，就是垃圾多；短粗，就是在清扫角落；单一，就是清扫的尾声。清运管理站的单臂吊车、压缩车、消杀车、吸污车、挖掘车、抑尘车、洗桶车、路面养护车等工作车辆，马希军都能熟练驾驶和操作。

说到马希军，清运管理站职工都是一个字：服！每年站里举行职工技能大赛，用铲车把摆好的5层砖块，一层层移动到别处，码成同样的5层，马希军最快只需20秒，在站里无人能够超越。用单臂吊车挂链子勾箱子，移动摆放，车辆出库完成操作再入库，马希军同样创造了1分20秒的纪录。

大家敬佩的不只是马希军的岗位技能，还有他在工作中下心思、肯琢磨的那股劲儿。

2018年，住在市区的一位60多岁大妈，跟一处垃圾站"较上劲"了。她在一个新建小区购房，效果图上没看到附近有个垃圾中转站，交完房才发现。她为此三番五次打市长热线，坚决要求把垃圾站迁走。协调处理的任务落到了马希军头上。马希军知道，这个站位置重要，不能简单地一搬了之。于是他来到大妈家，想先站在居民的角度，感受一下垃圾站给生活带来的不便。他在房间四处观察，楼里楼外跑了好几趟，发现垃圾站的影响虽没有大妈说的那么大，但确实存在。他向大妈承诺：尽快解决问题，把影响降到最低。大妈见马希军调研认真、态度诚恳，思忖一阵，留下一句"观后效"。

这让马希军看到了希望。他认真拟定了改造计划：将露天处理改成半封闭处理；调整清运时间；按时喷洒消毒液进行除臭驱虫……改造计划经批准后一一落地，这个垃圾中转站一跃成为全市最干净的标准站。大妈看到了改进的成效，也理解了环卫人的辛苦，便不再坚持迁走垃圾站，还不时给工作人员送去开水和食物，大家处成了好邻居。

2019年秋天，马希军被安排到昆明疗养。他对景点兴趣不大，和团队领导沟通后，就开始满城寻访垃圾处理站。他想，昆明作为知名的旅游城市，肯定有很多先进的技术设备。几个垃圾处理站转下来，马希军被智能除尘、消毒、驱虫设备吸引了。他将这套系统的情况摸清后，回来汇报给领导。很快，廊坊各垃圾处理场所的消杀设备又上了一个档次。

环卫工作，劳动辛苦，考核严格，员工们压力不小。马希军那次去云南，还学习了当地的管理模式，在日常管理中强化奖励机制，提高奖励标准。员工们获得感、荣誉感大增，很多员工因为这里的良好氛围，选择了长留下来，一干好多年。马希军到站里检查工作，不是只动嘴，而是看到什么活，就抄起家伙一起干，一边干一边处理问题，他的意见同事们都很乐意接受。

## 五

马希军工作认真勤奋，屡获嘉奖。如今，光荣的时刻再次到来。

2月27日凌晨，躺在床上的石淑敏老人听见了门响。儿子回来了。她起床，拉亮了灯。

"娘，怎么这么早就醒啦？"

"娘高兴，睡不着。你忙了一宿？"

"没有，下午单位有个会，然后我又去检查了一下车辆设备，干完就后半夜了，怕打扰你们休息，就在单位眯了一会儿。"

"那还好，赶紧洗洗，换身衣服准备出发吧。"

张静也醒了，去厨房张罗早餐。大米粥、热馒头、两碟咸菜、一个煮鸡蛋，和平时一样。马希芹夫妇也早早过来，还有马凤元，一家人都聚到了一起。

"希军啊，你一定要记住，我们只是做了应该做的事情，组织就给了我们这么高的荣誉，比我们优秀的人多着呢，咱们不能有任何的骄傲。记住，这是责任，是大家对你的信任，一定要多向其他代表学习。"说着，石淑敏的眼睛湿润了。

"记住了，娘，您放心吧。"马希军把老母亲石淑敏拥抱在怀里。

在全家欢送马希军的场景中，还少了一个人，她就是正在天津上大学的马希军的女儿马洁。

马洁心中的父亲，踏实而不张扬。2016年马希军获得全国五一劳动奖章，马洁过了很久才知道。她自豪地发了朋友圈，却被父亲好一顿批评："荣誉是大家的，咱个人没什么好显摆的。"马洁在成长过程中，一天天读懂了环卫工奶奶，读懂了父母和姑姑。她常在朋友圈里宣传保护环境，普及如何处理各种垃圾的常识。

未来在青年。马希军说，女儿的思想转变，反映了一代年轻人的思想转变。未来，环卫人一定会得到社会更多的认可和支持。

## 六

"马站回来了！"

3月14日凌晨，清运管理站出早车的司机们看到马希军像往常一样出现在他们面前，高兴地大声喊。马希军惦记工作，也惦记同事们，会议结束当晚就搭顺风车回到廊坊。

"马站，我在新闻里看到你了！""我也看到了！"同事们纷纷亮出一张张手机截图，他们的"马站"穿着西服，佩戴代表证，还蛮帅气。他们知道，两会关乎国计民生，非常重要，自己身边的同事出席两会，让他们一下子觉得这盛会是如此亲近。

马希军的眼睛有些湿润。他深知，有了同事们的大力支持和配合，才有他今天的成绩和荣誉。他也只有回到同事们中间、回到站里，才真正感到踏实。

两天后，在我要求下，马希军答应带我一起转点。早上4点整，马希军给早班车司机们做出发前的安全动员："越是车辆少的时段，越要注意安全，不能大意。遛早的行人、出早车的车说不定从哪里就冒出来，一定加倍小心。"

出发前，第一班20辆车排成长队，马希军拿着酒精检测棒一个个地检测，严防酒驾。20辆车组成的清洁车队，在早春的清晨里，涌进睡眼惺忪的城市。东南角的天幕上，几颗星星慢慢隐退，让出天空的舞台给那即将升起的一轮红日。

我随马希军和业务科小侯开车向市区出发。先是辛庄道垃圾中转站，站内白炽灯亮如白昼，站管员立在出入口，迎接着清运车到来。在裕华路垃圾中转站，7辆大三轮车排着队等待把垃圾送入压缩箱，站管员逐一记录垃圾送来的时间、来源、重量等信息。

马希军和小侯检查完设备，开始动手帮忙清扫。马希军拍拍压缩箱，就知道快满了——这是他从箱体震动的情况判断出的。果然，"箱内已满"的指示灯很快亮起。单臂吊车迅速就位，"啪嗒"，准确地将挂钩挂上压缩箱。伴随几声机械声响，压缩箱已经稳稳地落在车上，准备下一步的运输。

我们来到城南的垃圾转运站。运来的垃圾在这里称重后，被倒入三层楼高的圆形大罐里，被沉重的大锤一下下夯击、压缩起来，一个大罐能装20多吨。一楼有重型车辆将装满垃圾的大罐送去进行后续处理和焚烧，前前后后有10道工序之多。"丢垃圾"这件我们生活中的小事，背后有多少环卫人的汗水？我们对此又了解多少呢？看着马希军忙碌的身影，我不由感慨。

"丁零零"，马希军的手机响起，又有新的问题需要他去处理。我看看表，时间是上午 8 点 20 分，已经工作了 4 个多小时的马希军抖擞精神，整装再出发。

此刻，城市已经醒来。马路上车来车往，人们穿行在整洁、现代化的城市中，筹划着今天的工作和生活，无限的生机正在升腾——新的一天开始了。

《人民日报》2023 年 4 月 1 日第 8 版

# 大漠里的坚守

徐<br>剑

　　风掠过叶尔羌河，河边的胡杨傲然挺立。叶尔羌河的河水一路往下流，与和田河交汇，汇入塔里木河。在这里，凡有河水流过的地方，常常可以看到胡杨的伟岸身影。

一

　　车出和田城，雷本军坐在采购车副驾上，远眺冬天的落日，红球光晕朦胧，宛如胡杨树上挂了一个红灯笼。

　　太阳啊，请慢点走，再陪我一程吧。雷本军的心在轻轻呼唤着。巡管线太辛苦了。每周一次随生活车到和田市集贸市场采购，等司机将一周的副食、牛羊肉和蔬菜买好后，他们就从和田市驶出，溯玉龙喀什河走一程，然后转向墨玉县，差不多要走60公里，就到了喀瓦克乡墩库勒村和田河输气站。下车后，雷本军开始一周一次的巡线工作。此后，车行1公里，他下一次车，巡查管线一个点，然后返回车中，再行1公里，再下车，如此循环往复。

　　前方，是一片胡杨，像野外跋涉的人群，向100多公里外的麻扎塔格山走去。雷本军没有想到，自己在这条巡线路上，一走就是10年。

　　他想起14岁那年，妈妈塞给他一封信，说是父亲从喀喇昆仑山下柯克亚寄来的，让他们转了户口，到塔西南去上小学。

　　于是，母子三人揣着迁移手续，从四川自贡市富顺县坐汽车，再换火车，再改乘汽车，千里迢迢，来到塔克拉玛干沙漠深处。他和弟弟到泽普县奎依巴格小镇上学，妈妈在家里操持家务，日子过得单调而平静。而父亲的形象，对他来说始终是一片模糊。父亲总是像漠风一样吹进门，又像风一样离去。当年，父亲脱下军装后，分到柯克亚上班，开油车，穿行于喀喇昆仑山下，几个月一轮休，几个月他才能见上父亲一面。

那个冬天，奎依巴格小镇很冷，寒风吹透了胡杨，光秃秃的枝丫在风中颤抖。彼时，雷本军读初三，弟弟上初一。他忘不了那个多雪的冬夜，乌云如铅块一样朝他们压了下来。他和弟弟被校长带进职工医院，他的父亲躺在白色床单上。早晨，他父亲驾车去装器皿，爬到一个大罐上，脚踩滑了，从高处摔了下来，送到泽普油田职工医院时，生命体征都没有了。他的父亲，就这样在他面前永远离开了。

三年技校学习毕业后，为了追逐父亲那模糊的身影，雷本军选择去柯克亚。结婚，生子，像父亲一样，分居两地，工作40天，回来休息20天。

2003年，和田河发现一个大油气田，日产80万吨天然气。在挑选精兵强将增援时，雷本军与22个职工从柯克亚被调往麻扎塔格山之西。他当了作业班班长，在那里一干就是20年。20年后，当时一起来的23个人，仅剩他一人还在坚守。

雷本军坐在卡车副驾上，追着麻扎塔格山的落日。太阳暗淡了，雷本军希望司机跑得快一点，再快一点，赶在天黑前到达和田河输气站的零公里处。车驶过一片黄沙瀚漠，胡杨渐次多了起来，他们终于在落日还未被黑夜吞噬前，赶到了目的地。雷本军下车，检查、维护油气管道。他查过一处，退出来，坐上大卡车，再前行1公里，到下个桩点，看有没有气漏，将闸室的黄沙清扫干净……沿路共有19个闸室，每个六七平方米，围着铁栅栏，他都要将其扫干净。

车子走过一村又一村，村庄越来越少。漠海无风，静得可以听到自己的心跳，一种巨大的孤独感将雷本军淹没。他极目远方，地平线上，白昼与黑夜正缠绵相搏。往北看，大卡车停于路边，车还在发动中，车灯射出两束柔和的光芒。风高夜黑，星星隐匿，红柳丛中，不时有沙狐出没。偶然因他的走动，惊起一只只波斑鸪，拍着翅膀飞翔的响动，划破了夜幕的寂静。

最苦的还是夏天，地表温度陡升至70摄氏度，房间里开着空调都无法入睡。许多人受不了，调走了，雷本军却坚持了下来。或许是因为父亲的缘故，后来，他还考取了安全工程师的资格。

雷本军说，因为少年丧父，母子相依为命，他对家庭婚姻充满了无限期待，特别渴望有一个稳定的家。他至今都不能原谅自己的事，是爱人怀着儿子时，正值冬天，爱人挺着大肚子，傍晚下班回家，走出职工医院大门时，"咣当"摔了一跤，差点流了产，让雷本军愧恨不已。20年来，每逢回塔西南轮休，雷本军将家里的活全包了，买菜、做饭、涮锅、洗碗，全不让爱人沾手，算是对她的一种补偿。

天亮了。雷本军巡完最后1公里，坐着大卡车，驶下麻扎塔格山。从车窗远眺，朝阳正将沙漠燃成一片红海。

## 二

离天黑还早呢，中秋的白月亮却在喀喇昆仑上若隐若现。

盖志如早早提了一把折叠椅，放在板房门前，坐看石油公司工会演出队装台。十几个演员在忙着化装，布景和场地很大，大漠明月，观众却只有他一个，再加上两只狗、一只猫。

昨天和田河采油采气作业区打来电话，说工会演出队要来慰问玛东

3井。盖志如说工友轮白班，只有他一个观众，这场戏咋看啊？

照演不误，采油采气作业区领导说，一个人也要演，就是唱给你看的，好好观赏。

盖志如的眼泪涌了出来。

玛东3井，位置非常偏。六间集装箱板房，一口采气井，一套架在半空的输气设备，两只狗、一只猫，被长方形的铁栏围着，构成了他们的世界。

盖志如来到这里已经两年了。两年前的某天傍晚，采区班长找到他，说志如啊，你熟悉塔克拉玛干沙漠的脾气，带上一个工友到玛东3井当值吧，一定要守好了，不能出丝毫的纰漏。

盖志如说，请放心，我是老职工，人在井就在。

盖志如走出和田河宿舍，山东大汉的身躯，将大门遮了一大半。那一年，他已五十有三，虽在库车长大，老家却在山东，跟着父母学了一口山东话。

第二天，他与工友苟建华来到玛东3井。从车中搬下行李，等车子绝尘而去，盖志如环顾四周，觉得自己和工友仿佛被送到月球上来了，四周是彻骨的荒凉，数百公里内没有人烟。采气区被铁栏围成一个长方形，东西南北不过四五百米，油井直对那间值班的小板房。他的后边，一前一后，跟着两只狗，而一只猫则远远地蹲在食堂窗台上，望着新来的主人。

沙漠上见不到人。盖志如和苟建华本来就相熟，交往时间久，说话也多。可到了玛东3井，反倒生疏起来。每个人一间卧室，白天，一个上班，值守采气，一个休息，负责一日三餐，交集时间反倒少了。只有送饭和一起干活的时候，才多说几句话。日复一日，月复一月，年复一年，该说的话都说完了，便沉默不语。或一个人与猫、狗独处。

每逢车子送补给，两个人都争着与司机搭讪，多说几句，那是鲜有的热闹时刻。

今晚太热闹了，玛东3井一下子涌来这么多人。有歌手，有舞蹈演员，有琴师，还有工会的领导。他们打起鼓，唱起歌，演出马上就要开始了。

天气真好。盖志如坐在折叠椅上，身后是一座立式采油机，旁边有六间活动板房，远处是一望无际的沙丘，沙丘起伏，一波又一波，宛如音乐的浪花掠过。笛声唤醒胡杨，玛东3井上演了一台音乐的盛典。

这是一场只有一个观众的演出。

演唱的人，满目含情，她唱得那么动情，那么投入。盖志如独坐在大漠上，为台上的演出鼓掌。那一刻，天空中一轮月，舞台上一个人，舞台下一个人。黄沙映照着天空，歌声在人心里吹起了波纹。

盖志如与家人相聚很少，跟孩子相处的时间更少，对家人基本照顾不上。他在一线工作的时间，每年都在200天以上。在玛东3井的经历，他从未与家人讲过半句，他觉得一个塔克拉玛干沙漠的石油人，应该将万里黄沙挡在家门外边。

当初，刚到玛东3井时，家里有个急事要打电话，他得跑到室外，站在高高的沙丘上找信号。现在条件好了，信号、网速都很好。盖志如说，油田领导对玛东3井很关心，每周都会派人送肉、蔬菜、水果及其他食物过来。领导也经常来这里慰问。如果重新选择，他应该还会选择在这里工作。

那天，台上的女歌手唱了什么，盖志如已经不记得了。他只记得歌手的眼睛里噙着泪花。女歌手唱完，麦西来甫的胡琴声就响起了，欢快的旋律中，一个独舞演员登了场，那旋律、那音乐、那舞姿，都是盖志如从小就熟悉的。听着熟悉的旋律，他的眼睛湿润了。但是，男儿有泪不轻弹。为了谁？为了南疆人民，为了国家，为了大漠月儿圆，还为了那片金色的胡杨林。

听说，再过一个月，玛东3井将改为自动化无人值守，在这黄沙深处的孤独坚守，将永远成为历史……

## 三

秋里塔格山就在前方，黄少英叫司机停车，说不能再往前开了，就在这里下车，我们从北边进山，步行过去。

此时，天空晴朗，阳光灿烂。9个人下车后，两名司机驾车绝尘而去。

这是南疆夏天的早晨，黄少英带了构造室8个人准备翻越秋里塔格山，这可是连鸟儿都飞不过去的高山。可是，地球物理专业出身的黄少英执意要翻越过去。他与司机约好了，晚上到山那一边接他们一行。

沿着沟底而行，一直朝前走，南边横亘着一排山，翻过去，就可以下山了。可是这排山都是五六十米高的绝壁，无路可攀，下边又是一个水塘子，将路阻断了。他们好不容易过了水塘，却没有爬山的绳子。彼时已经是下午5点半了，手机没有信号，按照约定，晚上10点之前，必须给单位报平安的。无可奈何，只好往下撤，沿路返回，再沿着河谷往下走。雪来云拥，天气冷极了，又走了6个小时，已经到了晚上11点，才走回下车处，终于有信号了，赶紧向单位报了一个平安。

悻悻而归，黄少英有一种挫败感。但是，他决定，下次还来，带着绳子来！过了三年，他与外国专家合作，决心走另一条道，从南边往北走，翻越秋里塔格山。可是，当他们进入中间河谷地带，本来晴空万里的天气，突然间乌云翻滚，又是风又是雨又是冰雹，再次把他们给逼回来了。

从北向南，抑或从南向北，都没有穿越秋里塔格山，黄少英饮憾而归。

为何要一而再，再而三地翻越秋里塔格山？我问黄少英。

因为秋里塔格山和北边的克拉苏构造带是库车坳陷盐构造发育的主要地区。它们的露头点都可写进教科书。那里各种盐上层的构造变形样式都有，是研究盐下层变形的基础，是库车盐相关构造理论研究的起点。

盐相关构造理论？我问。

是的。黄少英说，我们坚信，库车的盐相关构造是最具典型性的，油气就藏在盐下成排成带的构造里。

哦！我对眼前这位年轻的地质学家有点刮目相看。

你们关于这盐相关构造的研究，取得了什么成果？

国家科学技术进步奖二等奖。

坐在对面的黄少英个子并不高，老家在广西田东县那拔镇坝平村，从小读书就争气。后来考上北京的著名学府，从本科念到博士。2004年，他博士毕业时，恰逢塔里木油田到北京招人。那一年，塔里木油田招了两位青年博士和几名硕士研究生，黄少英是其中之一。

黄少英还不是一个人来，他是夫妻双双入南疆。彼时，库车的石油勘探遇到难题，仍以20世纪80年代初外国科学家提出的断层褶皱理论找油。按这个理论，找到背斜，就等于找到了油。可是，实际情况并不乐观，库车的石油勘探遇到了巨大挑战。黄少英在废井基地跑了三年，经过认真研究，向技术专家们建议，可否用"盐相关构造理论"找油，并请来有关专家赴南疆联合考察研究，在库车等地展开勘探。2008年，克深2井开钻，次年获得成功，黄少英功不可没。

在黄少英的眼里，塔克拉玛干沙漠是中国地质的百科全书，他立志要在40岁前，徒步考察塔克拉玛干沙漠。

我问他，大漠中迷过路、遇过险吗？

有惊无险。黄少英淡然地说，现在通信手段很先进，不大可能在大漠中迷路。环漠地质考察，最让人担惊受怕的是天气。出发前，还是晴空万里，走着走着，天气就变了，一阵云来，一片雨过，河谷洪水陡涨，野马般从峡谷中冲出，一个躲闪不及，就可能被卷走……

我还关心喀喇昆仑山下的柯克亚，就问他，那里还有油吗？

有油！黄少英坚定地说，它可能藏得有点深。塔西南的盆地，属于低洼地带，在石炭纪、二叠纪产生了油层。这几年我们一直在做柯克亚昆仑山的钻探，昆探1井已经打了7000米了，到了目的层，有比较好的显示，有气喷，后边还会有好的显示。

正是凭着对塔里木盆地的行走踏勘，2020年，年近不惑的黄少英获得"黄汲清青年地质科学技术奖"。两年一次的评奖，每次获奖人数不超过15名。

没有想过离开？我问。

没有。黄少英摇了摇头。

为什么？没有机会吗？

机会多多，很多企业挖我，甚至国内一流的大学也挖我。黄少英平静地说，可是，塔克拉玛干沙漠是中国地质百科全书啊，搞地质的人，都会被它迷住的。这样好的平台，我怎么会放弃？

窗外，漠北的早樱开了。而到了秋天，叶尔羌河、塔里木河，又将是一片金色的胡杨……

# 波尔村的诚信牌

李明春

近段时间，新津的朋友约我去他那里看看，好像有非看不可的宝贝，若是不去会后悔一辈子。成都新津确实是个好地方，名胜古迹、名家名人不少。朋友声称这次不同，不看古迹，不品小吃，不访名人。那看啥？难不成有了新发现？

"看村民家的诚信牌。"朋友给我一句简单的回答。

带着好奇，选一个风和日丽的周末，我走进了新津区兴义镇波尔村。

## 一

波尔村，位于川西平原羊马河畔，水清岸美，阡陌纵横，四季如画。眼下正是初夏，沿乡间小道信步漫游，见白鹭起舞，枫堤烟水，芳草青青，流水潺潺，惬意得很。

那天，来波尔村旅游的人很多，一拨接一拨，游客挨家欣赏村民家门外的木牌，边看边啧啧称赞，兴奋得像观灯展。

听闻，波尔村得名，还得追溯至明朝的"不二"。不二出生在一户姓万的贫寒人家，从小乡亲们叫他万老么，长大后万老么替人送货。有一次到了送货时，突发洪水，没人敢行船，收货的蔡老板焦急万分。这时，忽然一艘货船如期而至，冒死送货的正是万老么。事后，蔡老板逢人便夸万老么"说一不二"，渐渐地人们便管万老么叫"万不二"。

　　这件事四乡传播。久而久之，此村称作不二村，因当地方言"不二"与"波尔"音近，误传为波尔村。

　　"这就是诚信牌！"同行的人指着大小样式一致、呈不规则形状的木牌对我说。波尔村人在门前挂诚信牌的习俗，已有几百年。诚信牌依波尔村地域图形绘制，是这方水土的独特物件。浅黄木纹底上书红字，由村民自己撰写。字迹稚嫩的是上中小学的小主人的作品，笔力雄健的多是当家男女主人的墨宝，也有厚重苍劲的，定是出自家中长辈之手。因是村民亲笔，字迹里多了份真实与亲切，更添了一份信任。

　　诚信牌内容丰富多彩，少则几个字，多则十余字，一字一句，各具意蕴。如同艺术创作，各家各户量身定做，内容绝不雷同抄袭。那是从土地里长出来的信念，散发着泥土气息，实在、真挚。诚信牌展示家风家教，袒露乡风民情，传承富有仪式感，令人赞叹。

　　在篾匠家门前，主人正做竹椅，木牌上写着："客人坐得稳，我才坐得住"。见一群人围观，主人冲我们笑笑说："不信，买两把试试？再不信，你问问我们村里段书记，托他买我椅子的人可不少呢。"

　　另一家做木活的，木牌上语言硬朗："说话不掺假，木活不走样"。主人正聚精会神地干活儿，老手艺，一锤下去，榫卯严丝合缝。

　　有户人家，木牌上写着8个字："小不撒谎，大不耍赖"。据说这户人家去年与人有过经济纠纷，痛定思痛，有感而发。

　　下一家木牌上是"孝心对村民，艰辛留自己"。一旁的村干部说，这是我家的。

## 二

　　路过村委会时，遇上一班人正讨论门前的诚信牌要写啥。有人说写振奋精神，"振兴乡村，鼓劲提神"；有人说写奋斗目标，"苦干五年，产值创亿"；有人反对，不行，还是村民家个人写得好，一块牌子一句话，传承几代人。

驻村第一书记姓段，是镇上派下来的年轻人，说："我也想过，'一颗真心，两袖清风'，怎么样？"段书记把脸转向吴老说，"还得请老前辈指点指点。"

吴老叫吴文全，是新津区有名的文化人，退休后专注党建工作。这些年，吴老向相关部门反映基层情况，提了许多建议，单是被有关部门采纳的就有9项之多，他的见识令村里人信服。

吴老没直接回答，而是启发小段："你好好想想，这一年你都做了些什么？"

小段书记仔细回忆："没什么呀！就几件小事。"

第一件事是修路。波尔村离进城的大公路仅100来米，因被一排住房和菜园地隔开，村民进城得绕一个大圈，村里议了三年就是修不通。小段书记实在想不明白，不就100米距离，每天修10厘米也用不了三年。大姐大婶见他不知内情，半开玩笑半认真地说，你段书记若说到做到，把路修好了，我们对你心服口服。

不同意修路的有好几户村民。路需贴着他们家后院走，菜园地损了，灰尘喧嚣来了，这几户村民不愿意吃这个亏。

为了村子的发展，路，不仅要修，还要修好。小段书记逐家拜访，将心捧出来，以心换心。其中有一家孩子转学遇到困难，眼见新学期将近，一家人着急万分。另有一家的小货车缺一个进城手续，赚钱的生意无法接……一个小本本记满了村民们的诉求，件件与修路一样迫切。

小段书记这才知道路修不通的原因——干部与村民没有急到一块，各想各的。个别干部对村民家的小事不上心，村民对村里的大事也不在乎，天天相见的人，竟不知对方的喜怒哀乐在哪里。

　　承诺交换承诺，干部为村民解难，村民为干部分忧。小段书记开始四处奔波，把村民的小事当大事办好，村民把吃亏的大事化成小事一桩。结果是交心一整天，奔波两个月，修路仅用了三周。

　　路修好了，为吸引游客，村里一致决定，楼栋之间的狗棚鸡圈一律拆除，再不让鸡鸭猫狗出面招惹游客。可正要开工时，不少村民变了腔调——拆别人的行，拆自家的不行。

　　一天时间过去，一家也没拆下来。小段书记和村委会一班人坐下来反思：过去干不成事，总以为是干部魄力不够，现在看来是获得村民信任不足。当初定的是栋与栋之间的空地谁也不准占用，鸡鸭猫狗不准占用，人也不准占用。那样的话，一块空地既不能种庄稼，又不能晒粮食，摆在那里就能证明村干部办事有魄力？村民肯定不相信。

　　小段书记一跺脚，决定换个思路：地不能空着，给鸡鸭猫狗用不行，但给人用可以。由村两委申报手续，统一规划设计，经有关部门批准，变独栋为联并，不留空地，增加住房面积，皆大欢喜。结果是不花一毛钱，没有一个人反对，新农村风貌出来了，村干部实事求是的口碑出来了。就这样，一件难事在反对声中开始，在欢笑声中结束。

　　其实，干部说话做事算数不算数，一言一行村民都看在眼里。小段书记对村里建酒店的事思考最深。

　　眼见游客一天比一天多，村里决定建一家小酒店，增加就业岗位，提高乡村旅游品位。这是一件大事，是一件好事，还是令人眼馋的投资项目，想不赚钱都不行。

　　修建的钱从何来？酒店"跟谁姓"？无数双眼睛盯着。

　　省事的办法莫过于招商引资。许多有实力的商人早已闻讯而来，拍胸脯承诺独自包下来的人不知有多少个。小段书记摇摇头，一个个都拒绝了。

讲实惠的办法是由亲朋好友出面，众筹兴办，合规合法。小段书记头摇得更厉害，不仅自己股份不沾，连工程建筑和材料购买也一并免谈。他私下里对家人说，我在管这件事，我若沾一根草，村里会损失一根梁。

最后，小段书记做出了选择——股份制，由村两委和村民集资入股，给村里添一份产业，给村民多一条财路。而今村民已集资近100万元。

有人替他惋惜，自己放着钱不挣，何苦？

小段书记回答，我向村民承诺过，不沾一分一厘，建好酒店，留一份产业给村里和村民。

### 三

有人想起了篾匠的诚信牌，问小段书记，那位篾匠姓啥？他诚信牌上写的"客人坐得稳，我才坐得住"是啥意思？

小段书记对这位篾匠很了解，向大家介绍：他叫舒康健，是村里有名的舒篾匠。那两句话是他的家训，椅子买回去人家坐得稳，篾匠才坐得住，本意是手艺人要以质量取信于人。受塑料制品市场挤压，现在竹器销路很不好，看他成天愁眉苦脸坐不住，我也坐不稳，到四周的茶坊、农家乐帮他推销，只因他竹椅质量好。现在生意火了，店里还请了帮手。

小段书记言语中含些许小得意。

说起舒篾匠，有一次，他接到一位经营农家乐的客户来电，说收到的竹椅质量有问题，不要退货，只要舒篾匠派人过去修补。舒篾匠这下坐不住了，亲自带上工具材料赶去，结果发现不是他的货不行，而是他的货把客户原有的旧竹椅比下去了。客户诉苦，新旧两种椅子摆在一起，谁也不愿坐旧的，扔了又亏不起。请舒篾匠过去，是想让他把旧椅子翻新。

舒篾匠没有多想，脑子里只有诚信牌上那两句话——"客人坐得稳，我才坐得住"。打电话叫来徒弟，两人忙了好多天才翻新完毕。徒弟心中不乐意，埋怨师父不会算账，这一趟下来，费工费料不挣钱。舒篾匠慢条斯理地说，不要紧，谁叫我们是波尔村的人呢，客人坐得稳，我们才坐得住嘛。

有了诚信牌，古老的习俗焕发生机，村民之间信任多了，纠纷少了。有两位村民曾为一件小事赌气多年，解不开心里的"疙瘩"。有一天，在村委会的调解下，两人在诚信牌前坦诚相见，一方指着另一方的诚信牌说："你那上面写的什么？'不取无义之财，不做无信之人'，你做到了吗？"

被指责这家的媳妇是从外地嫁过来的，不以为然："一块木牌子，你愿摘就摘吧，过去没它也照样过日子。"话还没说完，就被自家人喝止："过去大家都没有挂牌子，你可以不在乎，现在大家的牌子好好的，唯独你家的牌子被摘了，你让过路的人怎么看？"媳妇不再言语。村委会一番劝解，两家人各自反思、相互理解，终于在诚信牌前握手言和。

诚信牌成了波尔村的一道风景，挂在村民家门前，也挂在村民心里。诚信牌代代传承，新的村风正蔚然生长。

《人民日报》2023 年 6 月 19 日第 20 版

# 好光景，一村连着一村

马涌

初夏，行走于浙江衢州的村庄间，倍感绿意升腾，生机涌动。

20年前，"千村示范、万村整治"的口号，响彻之江大地。今天，接续的耕耘已化作甜果，点缀乡野。走过一村又一村，等待我的是一个又一个蕴着时光芬芳的故事……

一

黄土岭村，"黄土岭"上，其实绿得很。漫山的毛竹修长、挺拔，给山岭笼上一层青翠的云海。

靠山吃山，靠竹吃竹。毛竹土法造纸，曾是乡亲们的生计来源。混杂盐酸、石灰的生产废水，则由穿村而过的石梁溪默默承受。

2003年，"千万工程"的号角吹响。2005年，黄土岭村所在的衢州柯城区、七里乡两级政府推动，对村里土法造纸进行整治，全部关停。

听到这个消息，乡亲们不意外。毕竟，石梁溪的水什么样子，谁心里还没数吗？清溪变黄溪，鸭子在溪里扎个猛子，都要染上一身黄。挑水浇菜，菜不活；溪水洗衣，不敢穿。

山里生，水边长，对这山山水水，咋会没感情？只是平时埋头过日子，没工夫细想；家家户户都如此，谁带头改变？"千万工程"，给了乡亲们一个契机，给了村子新的可能。

靠山吃山，不止一种"吃"法。如何能让山越绿、水越清，大家的收入越高？一个答案呼之欲出：乡村旅游。一个当时乡亲们还很陌生的名词浮出水面：农家乐。

有的人还在琢磨农家怎么乐，有的人已经按捺不住跃跃欲试的心。

村民赖月春，听到"农家乐"3个字，心里一动：这桩事，她琢磨好些年了！赖月春和丈夫在外打工，靠着勤劳肯干，小日子过得挺热乎。可她总是怀念村里的凉爽，也渴望有自己的事业。她去过杭州，在梅家坞，她见识了何为农家乐。守着好山好水在家门口赚钱，这样的活法在她心里扎下了根。

前脚村里说要搞农家乐，后脚赖月春就去说服家人。那时她正怀着孕，家人不解：怀着孩子还折腾啥？但最后，还是拗不过她心意已决。

2005年"五一"假期，黄土岭村第一批农家乐开张。尽管有政府支持，不少乡亲心里还是没底：咱们这偏远村、农家菜，城里人能愿意花钱来玩？哪承想，一开张，就火爆。观望的乡亲们没想到，开店的乡亲们自己也没想到，预备一周用的食材，开张第一天就卖光了。怎么办？又是发愁，又是暗喜。

赖月春没赶上这波"开门红"。但她不着急。她砸下一笔钱，把自家老房子大改一番。她知道，村民自住的老房子，不能和真正的旅馆酒店比，光"独立卫生间"一项，就不是简单装修能解决的。想要做大做强，就不能吝惜功夫。

转眼到了"十一"假期。赖月春的农家乐隆重开业。一个黄金周，收入将近8000元——在当时，多少人一年都赚不了这个数。

这一年，是黄土岭村发展农家乐的第一年。这一年，村民的人均收入，是前一年的5倍。

乡亲们再也坐不住了，纷纷跟进。村里成立"农家乐合作社"，协调客源，规范标准。客人越来越多，需求也五花八门。有的客人问房间有没有干湿分离，乡亲们互问：什么分离？当地政府部门知道了，赶紧安排培训"深造"。乡里的干部，隔三岔五过来指导。你别说，一开口就干货满满：开店要注重仪容仪表，勤洗手勤剪指甲；上菜端碗要注意，手指别探进碗里；开店的人家，家门口统一挂上油纸灯笼，客人远远一看，就知道这里有房……句句是经验，处处是细节。乡亲们听得细，学得快，越干越有信心。

吃上旅游这碗饭的，不光是黄土岭村，还有邻近的大头村。

大头村与黄土岭村，距离不远，环境相近。黄土岭村热热闹闹的农家乐，给大头村的乡亲们指了一条新路："黄土岭能干成的，我们也能干成！"

然而，刚开始规划，就碰到了意想不到的问题：大头村种植业不少，为了方便沤肥浇地，村里的交通要道旁，隔不远就有一座"土厕所"。这光景，这味道，怎么开门迎客？要拆，乡亲们又不答应：那可是实打实的不方便哪！

村干部出面，磨嘴皮，赔笑脸，协调利益，好不容易谈妥几家，整理出一块能搞经营的区域。而那些言之凿凿地表示拒绝的人家，看到大头村农家乐开业后的火爆光景，也都纷纷改变想法。乡村旅游的发展，加上新农村建设的投入，让大头村的面貌焕然一新。

如今的大头村，除农家乐之外，高端民宿也做得有声有色。漫步村中，村道蜿蜒整洁，渠里水声清越，千年银杏投下阴凉，掩映着古意盎然的老房子，推门而入，却是一派清新整洁的现代装潢，古朴与时尚，乡野与舒适，直叫人问今夕何夕……

而黄土岭，如今也成为远近闻名的网红旅游地。经过村庄合并后，新的村名更加优美响亮——桃源村。

竹海微澜，清溪欢唱。70多家农家乐，1700多个床位，"桃源"里盛开的不止远方客人开心的笑脸，更是一方乡亲殷实幸福的生活……

## 二

早上，送走去工作的丈夫和上学的女儿，家住上洋村的小马开始了一天的忙碌：收拾房子，照顾儿子……4口人，4间房，每天的家务不少。有时，也要帮丈夫联系点生意上的事。

偶有闲暇，她会去菜地，侍弄一下种的菜，再拔一些做晚饭。她穿村而过，村民们笑着跟她打招呼："胖墩妈，去菜地啊？"——胖墩，是村里人给她儿子起的小名。她也笑着应着。

到菜地的路，她很熟悉。毕竟，她在这里已经生活了10多年，女儿和儿子都在这里长大。

其实，她并不是上洋村人，而是这里的"房客"。这一方菜地，也是从村集体租来的。但对她，尤其是对她在上洋村"土生土长"的一双儿女来说，这里跟家乡似乎已没有区别。这种几年、十几年的长租户，在上洋村还有很多。

柯城区花园街道上洋村，一个村集体经营性年收入超千万元的富裕村，一个外来常住人口比本村人口还多的村。上洋村的蝶变，也始于"千万工程"启动的2003年。

上洋村的底子不算好。村里的传统产业是种柑橘，但品种老、销路一般，辛苦一年，收入平平。产业不兴，村集体经济薄弱，只靠一点房租，一年只有几千元收入。2003年，大型专业市场落户上洋村附近。村两委抓住机会，利用集体经济办起仓储库房，获得第一桶金。再通过不断建设、招商、投资，扩大集体经济，终于达到了今天的规模。小马和丈夫，正是背靠专业市场，在这里做装修美缝，一干好多年。

听起来，上洋村的发展似乎是一条坦途。但纵有"天时地利"，"人和"也不可或缺。村集体办仓储，如何获得村民支持？专业市场带来大量流动人口，如何管理？集体经济收益颇丰，如何分配？桩桩不容易。

这些问题，或许可以从一个地方找到答案。

在上洋村，有个其他地方难得一见的场所：村规民约馆。这里展示了我国一些地区村规民约的发展历程，但最吸引人的，还是上洋村自己的村规民约。

1992年，上洋村就制定了第一版村规民约，至今已"迭代"到第十版。翻开上洋村的村规民约，一个字：细。从村庄集体经济发展的大事，到使用公勺公筷这样的细节，无不涉及；村集体为不同年龄老人报销医药费的不同比例，村民婚丧嫁娶从村集体中能得到的补贴，精确到具体数字。

村规民约的产生和修订，同样不含糊。从一开始的村民代表表决，到现在的逐户表决，越来越多的村民参与其中；村规修订表决票回收后全部存档，有据可查。

村规民约一版又一版，不仅规范了村里生活的方方面面，更让村民们养成了按章办事、依规表决的习惯。村里有了公认的"理"，许多事情，一通百通。

村两委决定发展仓储产业之初，很多村民不支持，议论纷纷："村里有几个本钱，敢做这么大生意？""仓储能赚啥钱？不如盖门市房。"面对质疑，村两委为村民起草了一份详尽的"可行性报告"。为什么能赚钱，风险怎么担，政府怎么支持，多少商户有意向，一条条掰开、揉碎、讲透。干部坦诚相告，村民将心比心，方案在村民一轮轮热烈讨论中，前后打磨两个多月，表决通过。

集体赚了钱，村民怎么分？在上洋村，当然还是商量表决、写入规章。权益、义务写得明白，矛盾误会自然少了许多。上洋村村民800多人，常住外来人口1000多人，平日里都是和和气气，一些长租户更是和村民亲如一家。小马至今还记得，她婆婆曾来这边短住。婆婆回老家后，上洋村的干部还找过小马好几次："你婆婆过来没？她的疫苗该补种啦。要是最近不过来，一定让她在那边把针打了。"一番叮咛，说得小马心里暖洋洋。

现在的上洋村，党建引领，村民齐心，每年有分红，养老有补助，不少人家还有房租收入。为了避免土地撂荒，村两委将土地流转集中，一部分给种田大户集中经营，另一部分划分成块，分给村民种点菜，不为卖钱，只为吃口新鲜，小马这样的外来户也可租用。

站在菜地眺望，菜畦连绵，连接着远处碧绿的稻田，那是之前"插秧大赛"种下的。再往远看，高铁列车疾驰而过，稻田深处，几只白色水鸟振翅飞出……安宁有序，处处和谐。

三

郑根良画过很多画。可一张口，还是要先讲那一幅。

那是四五十年前了。村子附近闹虫害，政府派飞机过来喷药。郑根良听说了，带上毛笔和纸，找了个视线好的山头，蹲守等候。

郑根良从小喜欢涂涂画画。不光是他，在他的家乡沟溪乡余东村，爱画画的人不少。余东是个"工匠村"，木匠、篾匠、绣工，都要懂点画画。村里的娃娃们有样学样，慢慢也就成了一项爱好。不过，除了"画着玩"消磨时间，没人想过更远。

那天，郑根良在山头等了许久，终于望见一架飞机飞来。青山，机翼，药液凌空飞洒，郑根良兴奋地提笔，将这情景画在纸上。他带着这幅画，请县文化馆的老师"指点"。老师看了很惊讶："没想到，咱们村的农民创作热情这么高！"

当时的郑根良不懂什么叫"创作热情"，但之后的事却让他无比振奋：老师们决定，办一个农民美术创作学习班，邀请郑根良和伙伴们参加。

几十年时光倏忽。今天的郑根良，已是颇有名气的农民画家，不少作品被人高价购入、收藏。平日里外出画墙画，也是一笔不小的收入。

而今天的余东，更是远近闻名的"农民画村"，村里师徒画家、兄弟画家、父女画家接连涌现，诞生了多位中国美协、浙江美协会员。余东的名号也出现在了全国、全省美术比赛的领奖台，更有作品走出了国门。农民画成了村子的"金名片"、发展的"金钥匙"……

对郑根良来说，当年的学习班算得上是农民画创作的起点。而对余东村来说，半个世纪前的故事只是村子大发展的"序曲"。

学习班只能满足对知识的渴望，却解决不了生计问题。"土画家"们凭着质朴的热爱，白天扛锄头，晚上握画笔，创作的水平不断精进，创作的氛围也愈发浓厚。

进入21世纪，随着"千万工程"的推进，田野上的新鲜事越来越多。有美术院校在邻近乡村建写生基地，好山好水激发了学生们的创意，但他们也有不满足的地方：画画之余，想跟乡亲们聊聊，却没啥共同话题。有没有民间艺人可以交流座谈一下？需求报上去，区里的同志一下子想到了余东。

当时的余东村，已有了一批经常交流的"画家"，还组建了农民画创作协会。规模有了一点儿，但谈不上产业。大家画完了，互相展示一下，点评一番，然后就拿回家挂起来。

谁能想到，突然会有美术院校的高才生过来交流？收到通知，大家七手八脚做准备。平时"画家"集会的狭小民房，仔细打扫，腾出空间。用来"交流"的作品，也都精挑细选，人家都是专业的，咱们也得拿出高水平！

交流当天，会场热闹非凡。学生和村民，"科班画家"和"农民画家"，不约而同地感慨"大开眼界"。最感慨的是区里来的同志：只知道余东村有人搞农民画，没想到村民的热情这么高，画得这么好！这农民画大有可为！借着"千万工程"的东风，区里很快做出决定，大力支持余东农民画，助力余东村实现新发展。

第二年，政府部门拨款，在余东村建起农民文化中心，农民画家们有了专门的交流、展示场所。市里为农民画办展览，进一步扩大影响。后来，在省里领导关怀下，画展更是办到省会杭州，现场人头攒动，农民画那源自乡土、热烈独特的艺术品格，令观者叹服。

余东农民画，名气打响了。但画画到底能不能当"营生"？义乌文博会，余东农民画设立展台，经受市场检验。惊喜的是，标价800元、1000元一张的画作，很快就销售一空。买家多是开饭店、农家乐的，"这农民画摆在我们店里，再合适不过！"文博会归来，农民画家们的腰杆子都挺直了不少，跟媳妇挥挥手里的钞票：你看看，谁说画画不挣钱、不养家？

农民画"变现"了，农民画家们赚钱了，但这距离"惠及全村的新产业"，还有不短的路。为此，各级政府没少花心思。

参加文博会能把画卖出去，那能不能把买家"请"进来？乡村旅游如火如荼，余东在上级政府部门支持下，也搞起"油菜花节"。油菜花不稀罕，但油菜花掩映下的画家村，丰富的文化活动、多彩的村舍墙画，就蛮新鲜了。一批批游客闻讯而来，不仅拉动农民画销售，还带动更多产业。村民肖美仙，原本在上海做水果生意，现在回村带着10多名农村妇女经营小吃"妈妈饼"，人均年增收2万元。她不是画家，却对农民画感情不浅："要不是'画家'们把客人吸引来，我的生意哪能做得这么好？"

"卖画"的方式，也不断推陈出新。从原来的一张一张卖，到现在与丝绸、瓷器"联名设计"，通过网络销售"数字藏品"，与企业合作、以农民画版权入股获得分红……政府部门关注、扶植不断，余东发展农民画产业的新点子层出不穷，路子越走越宽。

梦想照进现实，现实照进艺术。今天的余东农民画里，新题材越来越多：高铁、无人机、美丽乡村……杭州亚运会将近，余东村的农民画家们还特意创作了一幅长卷，捐赠给杭州亚组委。

回头望去，我在这片土地上一路所见所闻，不也是一幅绿色发展、产业兴村的长卷吗？这长卷串起一个又一个蓬勃向上的村庄，好故事一个接着一个，好光景一村连着一村……

《人民日报》2023年6月28日第20版

# 芙蓉花开正芬芳

纪红建

芙蓉，是花儿，还是灌木？

都不是。

这里的"芙蓉"，是一个底蕴深厚、文脉绵延的钟秀之区。它位于湖南长沙主城区东部，浏阳河从它怀中蜿蜒而过。仲夏时节，氤氲着烟火气的芙蓉，正娓娓讲述心灵的故事……

## 一

"莫着急，潘姨！"陈伟轻轻拍着潘铁辉的肩膀说，"姐的手术一定会顺利的。"

"真是让大家操心了。"潘铁辉声音有些微弱，"都已经深夜1点多了，你们辛苦了，赶紧回家休息吧。"

"潘姨，我们必须等到姐做完手术，醒了麻药。"陈伟说。

"有我们在，您就不要担心。"社区的其他两名工作人员握紧了潘铁辉的手。

"可是，这样麻烦你们，真是过意不去……"

"潘姨，您是我们社区的居民，谁家还不会遇到一些困难呀，您家的事，就是社区的事。"陈伟又拍了拍潘铁辉的肩膀。

潘铁辉想要说些什么，但话到嘴边又咽了回去。她低下头，拿出纸巾，擦了擦眼角的泪水。

那是2022年元月，一个雨夹雪的夜晚。

陈伟，80后，是长沙市芙蓉区凌霄社区党委书记。从警校毕业后，他一头扎进社区，一干就是20年，辗转社区多个岗位，与社区居民结下了深厚的友情。

68岁的潘铁辉，大家喊她潘姨，是长沙一家饮食公司的退休职工，家住凌霄社区。前几年，老伴脑出血去世，潘姨与女儿相依为命。人生无常，女儿又突遇疾病，需要紧急进行开颅手术。

此刻，坐在手术室外的潘铁辉焦急万分，陈伟的话像一粒定心丸，让她心情平静了些。这几年社区对她家关照的一幕幕，就像电影一样在潘铁辉脑海中播放。

老伴刚刚离开时她无比悲痛，患上了轻度抑郁症。社区工作人员得知情况后，轮番到家里来陪伴她、疏导她，让她的心灵得到慰藉，最终帮助她走出了心理阴影。

后来，女儿做生意亏了钱，家庭再度陷入困境，她和女儿变得迷茫。关键时刻，又是陈伟带着社区工作人员上门帮母女俩出主意、想办法，陪着她们熬过了最艰难的日子。

对于陈伟书记，潘铁辉与其他居民一样，充满感激，甚至有点心疼他。

一次，社区对环境进行改造。时间紧，任务重，在这个节骨眼上，陈伟生病了，但他连妻子都没敢告诉，晚上一个人偷偷跑到附近的医院打吊针。后来病情加重，陈伟走起路来一瘸一拐，才向家人吐露实情。

还有一次……

半夜两点半，潘铁辉听见手术室传来好消息：手术成功！

半年后，潘铁辉的女儿身体完全康复，随后又考了幼师资格证、厨师证、营养师证，找到了新工作。母女俩热情地拥抱新生活。

家庭步入正轨，潘铁辉坐不住了，想找点事做。

她是一名有着40年党龄的老党员，年轻时干什么事都冲在前面，是单位里的优秀共产党员；退休后也没闲下来，喜欢参加志愿活动，还获得了市级志愿者证书。

"陈书记，我申请回到志愿服务队。"潘铁辉来到陈伟的办公室，直接明了地说，"现在老年组还缺个组长，我有决心和信心当好这个组长。"

凌霄社区有支志愿服务队，叫"'凌聚力'志愿服务队"，由社区的热心居民组成。这支队伍不仅协助社区进行矛盾调解、文艺宣传、文明劝导，还参与到了社区环保督查、励志帮扶、食安帮查、治安巡逻等多方面的工作中。刚成立时，队里只有13人，如今发展到了50余人，其中不乏退休老人。

对于潘铁辉的申请，陈伟一点都不意外，但考虑到她的家庭情况，他委婉地说："潘姨，您都快70岁了，在社区里组织大家唱唱歌、跳跳舞就行了。"

潘铁辉脸色一变，认真起来："书记，你这是嫌我岁数大？"

陈伟一时不知说什么。他知道，在志愿服务队，有不少年龄比潘铁辉还大的老人，积极性与她一样高。

"我是社区一名普通居民，但我也是一名党员，党员干事难道还讲条件？"潘铁辉说，"在我最困难的时候，社区给了最大的帮助，社区就是我娘家。给娘家做事，还有错？"

第二天，潘铁辉以老年组组长的身份，奔走在社区居民需要的地方。

爱如春风，融化坚冰。

凌霄社区建立于20世纪90年代，是典型的老旧开放式社区，人员构成较为复杂，基础设施普遍陈旧，公共文化与休闲场地缺失……工作千头万绪，关系盘根错节，但有陈伟和社区居民们的勤劳和智慧，一块又一块"坚冰"被融化，一个又一个角落旧貌换新颜。

此刻，满街的凌霄花正吐露着芬芳，清香怡人，同心广场上，居民们三五成群地惬意游览，畅聊社区的变化……

## 二

丰泉，长沙芙蓉区一口古井的名字。

这口古井是近200年前由当地60户百姓集资兴建的，井旁竖有石碑两块。后因年久失修，古井曾一度被毁。2006年，长沙市政部门在古井原址重新修复，命名"丰泉古井"。临井的社区得名"丰泉古井社区"。

2017年春，古老的街巷洋溢着新风。

"什么是有机更新呀？"有居民不解。

会议上，居民将疑惑的眼神投向时任丰泉古井社区党委书记龙欣。外表文静的龙欣，干起事来风风火火，典型的湘妹子性格。

"有机更新是对街巷中已不适应城市社会生活的地方进行改建，激发它的活力，让它重新发展和繁荣。"龙欣简明地回答。

"更新到什么程度呢？"居民继续问。

"具体来说，就是在不大拆大建、不破坏街巷体系、不破坏社区生态、不破坏建筑风貌的基础上因地制宜，留住古城长沙的历史记忆，留住湖湘文化的文脉精髓，留住城市发展的风格脉络；改造乱象提升品质，改造设施完善功能，改善环境宜居宜游……"龙欣微笑着，条分缕析地继续解释，"简单说，就是老建筑修旧如旧，留住城市的记忆，也留下大家的乡愁。"

"白果园巷那么多古建筑，是拆还是修？"周罗生老人问道。68岁的他在白果园巷住了50年，这里的一切都融进了他的生命。

"周爹，这里的房子大多建于20世纪50年代前，甚至不少是C、D级危房，已经不符合现代都市生活的要求了。我们不仅要拆除违章建筑，还要对一些古建筑进行修复，修旧如旧，根据照片一比一还原。"龙欣说。

"我家还是老棚屋，没有单独的厕所，也没有厨房，屋内昏暗，院子破旧，屋外下大雨，屋内下小雨，像我家这样的情况能不能更新？"周罗生又问。

"肯定更新！必须更新！"龙欣提高声音说，"我们就是要在保留原有建筑风貌的同时，提升大家的生活品质，这就是'有机更新'的目的。"

…………

居民动员会上，大家相视而笑，互相点头称赞。

不过，尽管居民基本认同有机更新理念，也都希望留下文化根脉，但要真正落到实处，谈何容易。

单是老旧小区改造这件事，让所有居民都能达成统一意见，就花了不少力气。

"施工改建会不会扰民？"

"我们个人要不要花钱？"

"改造后大概是什么样子？"

…………

面对居民一系列的疑问，龙欣他们联合街道，联系相关部门答疑解惑，并将改造效果图一一送达居民手中，充分征求居民意见。

问需于民，问计于民。几番沟通协调，居民从一开始的不理解，甚至个别人反对，到慢慢支持建设、主动参与治理。

古建筑的修复，需要精细到近乎苛刻的工艺水平。白果园巷努力复原历史步道，重新拾起一批曾掩埋于街头巷尾的文化碎片，拆下一砖一瓦都予以编号，都尽量使用原部件，替换时选同类旧材，以保存悠长古韵。

这不同于一般的棚改。老民居、老建筑、老风貌、老情怀得留存，居民的安居梦得实现。

第一次上门，项目组就给房子做了个全面"体检"，开出了"药方"：更换楼梯、加盖厨厕、修补漏水、改建花园……

但项目组也提出三个要求：拆除违章棚子，施工期间自找住处，改建完自行装修室内。

"政策已经很好了，没理由不配合。"周罗生带头主动腾房。

其他居民二话没说，也纷纷行动起来。

"这次改造不仅让环境发生巨大的变化，小区共治的理念更是深入人心。"丰泉古井社区现任90后党委书记唐可，对于社区的这次有机更新深有感触，"留住了文化，就留住了根脉。"

这是芙蓉区的一个缩影。一个又一个温馨的场景，一处又一处迷人的美景，如雨后春笋般在芙蓉区涌现……

漫步丰泉古街巷，古香古色的建筑，悠长的麻石路，开阔的花园，便民的桌椅，市民、游客正享受着下午茶的慢时光。

一边是保存完好、充满烟火气的老街巷，一边是日新月异的城市化建设，许多与老街巷相得益彰的新业态正悄然生长……这一老一新，谱写了这座城市里的动人旋律。

## 三

来到郭天金的特色卤粉店，已近傍晚。街巷里人来人往，卤粉店前更是排起了长队。

郭天金的卤粉店位于芙蓉区走马楼社区青石井巷，那是长沙老城区具有悠久历史的古巷之一，也是一条美食文化街，有180多米长。

郭天金实在忙得抽不开身，女婿王勇前来帮忙。王勇也忙，一边干活，一边抽空与我聊天。

以前的青石井巷是出了名的脏乱差，商铺招牌五花八门，垃圾堆放混乱，下水道经常堵塞，街巷地面满是油污，行人滑倒的情况屡见不鲜。

环境不佳，管理不到位，顾客不愿意来，卤粉店的生意自然也不怎么样。刚开始，郭天金的店铺只有24平方米，烧的还是煤球，没有油烟净化器，一天到晚店面灰头土脸，只能勉强维持生意。

这样下去可不行啊，怎么办？

关键时候，社区出面了。

"能不能社区引领、商家参与，成立青石井巷商家'自治联盟'，实行商家'自治'？"走马楼社区公共服务中心里，一位社区负责人提议。

社区把想法跟20多名商铺经营者一说，他们异口同声地赞成。

每月召开一次商家"自治会议"，大家根据自己的情况发表意见，只要有利于青石井巷的，社区一一采纳。

每月开展门前五包评比会，评五好门店、网红门店等，既鼓励了商家，也招揽了顾客。

反复宣传垃圾分类，厨余垃圾定时定点统一收集和清运，每天清理下水道油污，每周五清洗青石井巷街面。

统一制作花箱、灯笼、椅子、遮阳伞，规范修建绿化带……

环境好了，他们的生意越来越兴旺，顾客对青石井巷的评价也越来越高。郭天金由开始的一个门面发展到三个门面，排队吃粉的队伍越来越长。

走马楼社区党委书记丁娟告诉我，他们社区虽然面积不大，但这里所处的五一商圈中心地带，是长沙城市主轴中心，也是"城市会客厅"。他们加强党建引领，实行楼长制，各级领导担任楼长，并将整个社区划分为六大网格，配备网格力量。

青石井巷情况复杂，仅仅靠网格力量还不够。家住新世纪商贸城的戴友如大姐，退休后依然发挥余热，成为五一商圈志愿服务站的一名志愿者。

她给我讲了一个故事。去年"五一"的一个晚上，正在巡逻的她碰到一对来自江苏苏州的母女。看着她们背着大包，提着行李，急得满头大汗，戴友如跑上前问需要提供什么帮助，原来她们是为找不到宾馆发愁。戴友如立即给社区内的宾馆挨个打电话，总算找到一家还有空房的。戴友如不仅带这对母女到了宾馆，还向她们介绍长沙的名胜古迹和网红打卡地，为她们规划旅游线路。直到把母女俩安顿好，戴友如才离开。

让戴友如没想到的是，这一个小小的举动，温暖了这对母女的心。母亲是老师，女儿是新媒体从业者。回到苏州后，母亲逢人便说长沙的风景和温情，女儿制作了一系列关于长沙美景美食的短视频，发布到网络上，引来点赞一片。

凌霄社区、丰泉古井社区、走马楼社区……它们是城市的"细胞"，是城市治理的最小"单元格"，但只有每一个细胞都健康，城市才能焕发生命的活力。

烟火气是城市生活中不可或缺的味道，是人们寻找的安全感与归属感，还是一种传承，一种繁华，一种安宁，是来自大地的生生不息的精神力量。

　　夜色渐浓，数千个青石井巷、数百个走马楼社区亮起来了，星城长沙一片璀璨，变成了灯的海洋、光的世界。哦，我沉浸在这美妙的夜色与烟火中……

《人民日报》2023年7月5日第20版

# 大漠戍边的情怀

牛鑫

越野车在一片古老的土地上碾过。此行目的地是位于我国边境一线一个叫查干扎德盖嘎查（村）的地方，我们要去见战友徐乃超和他的妻子李文娜。他们俩，组成了内蒙古自治区第一家戍边夫妻警务室。

车从阿拉善左旗巴彦浩特镇驶出，一路向北颠簸了300多公里。要是在内地，这距离恐怕早已穿县过市甚至跨省，然而在这里还只是在一个旗（县）里转悠。目之所及处，只有黑色戈壁和漫漫黄沙，除了偶尔遇见的骆驼，我们很少能看见走动的生物。

车猛然停下，终于到达目的地。眼前出现一片整齐的院落，门口是两座砖混结构的蒙古包，院内，庄严的国旗迎风飘扬，这便是我们心心念念的戍边夫妻警务室了。站立着的两个人，我认出了徐乃超，而旁边的女警，想必就是他的妻子、戍边夫妻警务室辅警李文娜。

许久不见徐乃超，他依旧如故，制服笔挺，言语不多，但双目炯炯有神。与李文娜则是第一次见面，令我意外的是，她非常爽朗健谈，而且特别爱笑。

突然，昏黄的戈壁滩上，大风卷着沙尘扑面而来。还没等寒暄上几句，徐乃超夫妇连忙把我们拉进了他们的家。

在这里，跟随他们的讲述，我走进了这对夫妻的戍边生活，走进了他们的情感世界……

# 一

时间回到 2022 年初，内蒙古阿拉善盟阿拉善左旗，一对年轻的新婚夫妇正经历着"选择"带来的现实考验——

"上级决定成立抵边警务室，我想去！去了那里，我可就是警长啦，管着 3000 多平方公里的边境管理区呢。"

"那是不是离我更远了？"

"那里的风光特别美，大漠落日，巍巍界碑，去了那里，我可以帮助群众办好多事情。"

"那儿的条件是不是特别艰苦？"

"我不怕吃苦！只不过你要做好准备，我可能不能随时接上你的电话……"

刚结婚没多久，徐乃超给李文娜打来这样一个电话。当时，徐乃超是阿拉善边境管理支队乌力吉边境派出所民警，李文娜是阿拉善左旗公安局情指中心辅警。二人虽说在一个旗，但相距也有 270 公里。

戍边人的生活似乎总跳不出一个定律，选择了边防就意味着两地分居，这是无法回避的家庭困难。当初，徐乃超也曾谈过几个对象，但到最后无一例外的是，对方接受不了两地生活。直到遇见李文娜，徐乃超的大龄未婚问题才得以解决。结婚时也曾谈及两地分居的问题，包容大度的李文娜对此态度是：可以两地分居，但必须保持电话畅通，既然没办法天天在一起，至少可以做到随时随地保持联系。

可现在，结婚不到 100 天，这一条底线也要被徐乃超"无情"地冲破。

李文娜内心的担忧不难理解：从 270 公里到 360 公里，变换的不是简单的数字，它意味着地理位置更加偏远、自然环境更加恶劣、工作任务更加繁重。最重要的，边境线上信息不畅、交通不便，无论是徐乃超还是李文娜，但凡遇到突发情况，极有可能联系不到对方。

作为在阿拉善戍边十几年的老兵，徐乃超自然懂得李文娜的担忧，但是，出于对这份职业的荣誉感，他一直对边境一线的工作生活怀有一种向往，他渴望着能在边境一线最大限度地发挥自己的光和热。

两人的交流不欢而散，直到睡梦中的徐乃超被一个电话惊醒。电话那头，李文娜嗓音嘶哑，似乎一夜未眠：

"乃超，我想和你一起去戍边。你打你的申请，我交我的报告，与其两地分居，不如我们一起去边境一线共同战斗！"

"可是，那里的条件很艰苦。"

"你不是说有大漠落日、巍巍界碑吗？有你在，我不怕。就这样吧。"

"嘟、嘟、嘟……"电话那头已经挂断。

经过徐乃超所在阿拉善边境管理支队和李文娜所在阿拉善左旗公安局协商，内蒙古自治区首家"戍边夫妻警务室"正式成立。徐乃超和李文娜打起背包，奔赴边境一线，在距离边境线几公里的地方安营扎寨，升起了袅袅的炊烟。

来到边境的第一天，老天爷似乎就想给这对年轻的夫妻一个下马威，刮起了长达3天的沙尘暴。狂躁的大风怒吼着，似乎要把房屋的顶棚掀翻才作罢，尘土拼命地朝着每一处缝隙里钻，小小的警务室到处弥漫着呛人的味道。小两口只能戴上口罩睡觉。沙尘暴过后，房门被沙土掩埋，徐乃超不得不从窗子里跳出，将半米深的沙子铲走，李文娜才能走出房门。

"边疆确实是遥远的存在，这里没有风花只有风沙，没有雪月只有清苦，不过，还好有我在他身边！"李文娜有写日记的习惯，在收到这场强沙尘暴的"见面礼"之后，她在日记本上写下这样一段话。

艰苦的挑战远不止这些。吃水要到20公里外的边防连队去拉，菜由85公里外的银根边境派出所供给，仅有的风力发电只能维持4个小时的夜晚照明，通信则只能靠信号扩大器勉强维持手机基本通话，走出警务室几公里，信号就一点没有了。洗澡、看电视、网购更是只能存在于脑海中的奢侈。面对困难，小两口自己想办法，炉子坏了自己动手修理，没有柴火就到野外去拾枯树枝，没有网络信号就听收音机娱乐。不过，最难熬的是午夜。一阵阵呼啸的风夹杂着野狼的嚎叫，听得直叫人脊背发凉。

当新鲜和激情退却，如此艰苦的条件下，城市女孩李文娜能否在边境待得住？这成了压在徐乃超心上的一块石头，但很快，这个顾虑就打消了。

警务室有5间房，分别是厨房、办公室、宿舍、库房和供往来群众歇脚的休息室。在两人宿舍的墙上有一张大大的结婚照，格外引人注目。原来，为了营造家的温馨，李文娜费了九牛二虎之力，将这张结婚照带到了警务室。徐乃超问及原因，李文娜说："家要有家的样子。从今以后，进了家门，我说了算！"

"对，你说了算。"徐乃超掩饰着内心的喜悦，帮助李文娜一天天把这个"家"布置了起来。

彼此之间有了爱人的陪伴，徐乃超和李文娜战胜了一次次挑战，成功在边境一线安下了家、扎稳了根。

每当夜深人静时，李文娜总是嚷着让徐乃超讲述他的经历。二人相恋1年，结婚3个月，在一起的时间加起来不到60天。现在好了，他们可以有大把时间回忆过去，畅想未来。

## 二

1991年，徐乃超出生于内蒙古呼和浩特。家中不少长辈都在部队当兵，这让小乃超对军旅生活充满了向往。

2008年12月，徐乃超终于穿上这身橄榄绿。新兵下连后，他被分配到内蒙古最西部的武警阿拉善盟边防支队（阿拉善边境管理支队前身）服役。火热的部队生活让他每天都在成长。两年义务兵服役期满，他毫不犹豫地递交了继续服役申请书："这个兵我还没有当够！"

2011年，黄河阿拉善段发生险情，部队立即进行抢险救灾。徐乃超毅然报名，奔赴抗洪一线。在堵住一个缺口时，战士们将沙袋填进去，却眼见着一个个沙袋被冲走。怎么办？现场指挥当即决定派人深入水中去钉木桩，以阻挡沙袋被冲走。"我来！"关键时候，徐乃超又是第一时间报名。任务圆满完成，他获得了军旅生涯的第一次嘉奖。

"要组建维和警察防暴队了，听说是去非洲利比里亚。"2014年初，正在老家休假的徐乃超接到战友的电话。

"这是很多军人梦寐以求而不得的机会，我应该报名！"虽然对"维和警察防暴队"知之甚少，也不清楚那个遥远的国度究竟如何，但身为军人的徐乃超本能地觉得，出国维和也是报效祖国的一种方式，是值得一辈子骄傲自豪的事。

第二天当确定消息属实后，徐乃超立即取消休假返回部队，递交了报名表，参与选拔训练。"训练3个月，需要熟悉掌握30多个训练课目，一天只能睡6个小时，光作战靴就磨坏了6双。"那是徐乃超所经历的人生中最严酷的军事磨炼。凭借着一股不服输的劲儿，最终他从几千名报名者中脱颖而出，和其他139名战友一道如愿戴上了蓝色贝雷帽。

胸前佩戴国旗的徐乃超终于到达了遥远的西非大陆。"蚂蚁有蜜蜂那么大；一不留神毒蛇就会出现在你的面前；那种半米多长绿色的蜥蜴，就像我们这里的'沙爬爬'（阿拉善沙漠地区的沙蜥）一样随处可见……"

那里的天气会"变脸"，一会儿晴空万里，炎热无比，一会儿电闪雷鸣，倾盆大雨。长期的暴晒和风沙，使得几乎没有人能逃脱皮肤皲裂、脱皮的折磨。

2014年埃博拉病毒肆虐西非，面对随时到来的危险，徐乃超所在的中国第二支赴利比里亚维和警察防暴队没有一人退却。

"还有一件事情令我非常难忘，每次我们出去执行任务，利比里亚的小娃娃都会跟着我们的汽车跑。非洲的孩子认识中国国旗，他们知道我们是文明之师、威武之师，所以特别喜欢和我们打交道。"

"维和的经历使我真切地意识到：我们并非生在和平的年代，而是生在和平的国度，身为中华儿女，是何等幸福！"

…………

"这就是那枚'联合国和平勋章'的故事。"

李文娜被徐乃超的讲述吸引着。"人非生而无畏，只是心有担当。我们一定能守好祖国的边境。"望着大漠戈壁中的繁星点点，李文娜发出感慨。

当晚，她在日记本中写下一句话："有一种经历，叫忠诚！"

## 三

在警务室3000多平方公里的边境辖区里，仅居住着8户群众。徐乃超夫妇的到来绝对算得上轰动辖区的事情。牧民们热闹地议论着这对夫妻民警的到来。当然，淳朴的他们知道小两口初来乍到，肯定会遇到很多困难，自发地伸出了援手。怕夫妻俩冻着，恩图格日勒送来柴火；怕警务室没有水吃，胡日岱送来一车饮用水……

"人心换人心，不干出个样子来，就对不住辖区的老百姓。"夫妻俩下定决心。

警务室组建后不久，徐乃超夫妇就开始了警务工作，下乡走访、边境踏查、抢险救援……他们要尽快熟悉辖区的情况。

"咱们能不能申请一个医疗室，我负责管理。"一天，李文娜跟徐乃超提出了一个想法。原来，夫妻二人在下乡走访时得知，年逾古稀的蒙古族额吉（妈妈）敖云高娃患有老年慢性病，每天都得到85公里外的银根苏木去做理疗，来回170公里的搓板路，既耽搁了牧业生产，又加剧了病情发展。李文娜看在眼里，急在心里。徐乃超当即表示赞成，并很快向上级反映了情况。10天后，便民医疗室组建，不仅配备了20件医疗器材，还随车带来3000元常备药品。后来，在李文娜的精心照顾下，敖云高娃的病情有了很大改善。现在，她已经可以骑上小摩托追赶骆驼、牧羊了。

牧民焦多文夫妇年事渐高，儿女又常年不在身边，家中许多重活都积攒下来。徐乃超夫妻定期到老人家中劳动，从饮羊喂羊到盖圈垛草，小两口练就了一身干牧活的本领。牧民们竖起大拇指："小徐警官干起活儿来，就是个牧民的样子嘛！"

"便民商店成立了，都是米面粮油等日常生活用品，有需要的随时联系我。"

"告诉大家一个好消息，便民快递点开通了，谁需要寄快递来警务室，大家的快递我也帮着签收，下乡时带过去。"

"警务室新来了一批图书，主要是牛羊防疫和沙生植物种植的，大家感兴趣的可以来看看。"

徐乃超和李文娜不断延伸着服务群众的触角，短短一年多时间里，小小的警务室变成了阿拉善左旗北部边境地区的"文化中心"。而他们也成功完成了由"外来户"到"自家人"的转变，牧民家里有大事小情，第一个想到的就是他们，连做顿好吃的，也一定让小两口来吃一口。

徐乃超还将附近群众纳入群防群治组织，牧民在放牧的同时，自愿当起了哨兵。徐乃超这边有任务安排时，哪怕家里的活儿再忙，大家都会二话不说受领任务。用牧民的话说："咱自己的国家，自己的土地，必须要守好！"

斗转星移、日升日落，大漠边境的岁月里，徐乃超、李文娜奔波在边境一线，耕耘着夫妻俩共同的事业。每一次和丈夫共同巡逻踏查边境线，在庄严的界碑面前，李文娜总感觉有一种无形的力量使她变得坚强勇敢。"和爱人共守边疆，用脚步丈量祖国土地，这种油然而生的自豪感，绝不是三言两语就能说清的。"李文娜说。

2023年5月，徐乃超获得中国青年五四奖章。颁奖结束后，不爱拍照的他专门请别人给自己照相："这枚奖章里有妻子一半的功劳，我想拍一张最好看的照片发给她。"千里之外的李文娜也抑制不住内心的激动："他是我的骄傲，是我们全家人的骄傲。"

如今的徐乃超，依旧会给李文娜讲故事，不同的是，听众由一个人变成了两个人。2023年6月7日，徐乃超和李文娜的女儿出生了，夫妻俩给孩子取的小名叫漠漠。徐乃超说，是为了纪念他和妻子守护的这片沙漠。徐乃超计划着，等到明年，就让李文娜带着孩子来边境，一家三口一起戍守边疆。他说，在边境成长的童年，更有爱国情怀，也更有责任感。

眼下，徐乃超的工作还有很多，帮牧民们的阿拉善奇石找销路，想办法出售牧民们的羊和骆驼，为群众安装净化水设备……他一直在忙，忙着他所热爱的边防，忙在祖国和群众需要他的地方！

《人民日报》2023年7月24日第20版

# 播种信念的人

谢沁立

这是他第1574次讲座。

他慢慢走上讲台，双手微微撑住讲桌，桌上没有讲稿。他清癯的面庞略带病容，声音洪亮，吐字清晰，抑扬顿挫，丝毫不像一位已经83岁的老人。

2023年6月2日下午，天津师范大学教师思政大课堂，他为2022年入职的年轻老师讲党课——"矢志追求更有品位的人生"。

他叫王辅成，是"最美奋斗者"，也是一名有着50年党龄的老党员。

两个小时的讲座，他一如既往站着讲、脱稿讲、不计报酬讲。这是从29年前第一次讲座开始，他给自己定下的规矩。两年前他做过手术，眼下身体仍在恢复期，这次讲座学校为他备了轮椅，他摆手拒绝："我会一直站着讲下去，直到我讲不动了为止。"

多年来，王辅成全情投入、倾情奔走，将青少年如何树立正确世界观、人生观、价值观等主题，化作精彩的宣讲，把信念的种子播撒到一个个倾听者的心田……

一

清晨5点钟，83岁的王辅成已开始每天的"晨诵"。王辅成的"晨诵"不是机械地背诵，500多字的《黄州快哉亭记》，他吟诵起来行云流水、感情充沛。年轻时，他就养成了背诵名篇的习惯，半个多世纪坚持不懈。

在天津师专中文系上学时，王辅成的日历上不变地写着两个字——读书。1963年从天津师专毕业后，王辅成成为一名中学语文老师。学生们都喜欢博学多才的王老师。他也沉醉于讲课之中，每次站在讲台上都旁征博引、激情澎湃。

"读书"是王辅成坚持了一辈子的习惯。多少个夜晚，台灯下，是他孜孜求索的身影。他搜集着那些鲜活的事例和精彩的文章，然后记在本子上和大脑里。本子上，密密麻麻的文字、遍布的符号标记，记录着他的勤奋与深思。到今天，王辅成每天都要读书看报五六个小时。

在王辅成的一生中，有两个人对他的影响很大。一位是雷锋。王辅成是雷锋的同龄人。雷锋牺牲之后，全国掀起"向雷锋同志学习"的热潮。那时，王辅成就下定决心，要像雷锋那样，自己活着，就是为了使别人过得更美好。

另一位是"中国的保尔·柯察金"吴运铎。1982年，作为天津市劳动模范，王辅成在北京人民大会堂参加了全国劳动模范和先进人物座谈会。正是在这次会上，他遇到了吴运铎，并得到了吴老"把一切献给党——王辅成同志共勉"的珍贵签名。从此，"把一切献给党"这简短而不简单的6个字，成为王辅成的人生准则与崇高追求。

## 二

1994年，当时已在天津市环卫局工作的王辅成，被调到天津市教育学院（后合并到天津师范大学）工作，任副局级巡视员。这一年，他54岁。

重回校园，这一次王辅成面对的是中小学老师。自己应该怎样与他们交流呢？走进校园的第一天，王辅成就开始思考这个问题。

经学校研究决定，王辅成为参加培训的学员们讲授教师职业道德等课程。

像一位刚刚走上教师岗位的新人一样，王辅成仔细翻阅着自己的剪报册，找资料，翻书本，写讲义。

第一课，就讲师德。他特意给这堂课起了一个诗意的题目——"思考在远航的帆影下"。

走进教室，眼前的年轻面孔让王辅成感慨。他在心底对自己说，必须要持之以恒地读书、学习，经常与学生交流，否则就会落后于时代，跟不上年轻人的思维。

站在讲台前的王辅成很镇定。他站姿挺拔，嗓音洪亮，他有那么多话要对这些年轻人说。

第一堂课上，他由当时的教育现象，引申到教师本身的素养，还与学员们分享自己的读书、学习体会。一堂课结束，他意犹未尽，学生也意犹未尽，他们忽然发现，原以为枯燥的课程竟然被王老师讲得那么有趣，生动之余引人思考，深刻之中启人智慧。

大家纷纷点赞王辅成的课——实例丰富，语言通俗，富有激情。

王辅成的课渐渐成了"明星课"。随着讲课次数不断增加，他的讲课内容从单纯的师德层面提升到如何正确树立"三观"、做一个大写的"人"。他将"三观"的具体内容、培养途径、重要意义等内容设计为四大主题56学时的教学大纲，根据不同听课对象、不同需要推出不同组合。

从此，王辅成踏上了"三观"宣讲之路。通读多遍的理论著作，为他的讲课奠定了坚实的理论基础；反复吟诵的中华传统经典，为他提供了充足的文学养分；19年中学老师的历练，让他在讲台上应付自如……

# 三

2001年10月，王辅成从天津师范大学正式退休。退休后的他仍像从前那样忙碌。桌上的日历依旧密密麻麻，他奔走在宣讲"三观"的路上。

南开大学、天津大学、天津医科大学、天津商业大学、天津工业大学等高校的讲堂上，常常能见到他挺拔的身影、听到他铿锵的声音，他的宣讲给很多大学生留下了深刻的印象。

渐渐地，王辅成的宣讲声名远播，他的脚步也从天津延伸到北京、河北、河南、山西等省市。

王辅成相信，正能量的种子就是这样一颗颗播种下去的，只要用心耕种、辛勤浇灌，这些种子一定会发芽、长大、结果。

2006年5月，应河南省安阳二中之邀，王辅成为学生们宣讲"学生时代如何树立理想信念"。5000名学生有序地在操场集合、整齐列队。在操场上，王辅成举着麦克风站着讲了两个小时。温暖的午后，阳光照耀着他，也照耀着孩子们。他和孩子们谈理想，说信念，讲人生，论价值，探讨人活着的意义……5000人的露天讲座，连同他的激情与学生们的共鸣，就这样深深地刻进了学生们的记忆里。

2007年5月，一年之后，安阳二中再次邀请王辅成为全校几千名师生做讲座。再次受邀，王辅成十分高兴。还是畅谈"三观"，还是阳光下的那个操场。第一句话还未出口，王辅成的眼睛已经湿润，他感动不已，为自己有机会站在这个讲台上而无比骄傲。

王辅成的宣讲语言，通俗易懂，便于记忆，又十分精辟。这些话语，有的是他引用的，有的是他化用的，有的是他原创的，不管哪一种，都是从王辅成的思想深处喷薄而出。特别是当他流畅地、一字不差地背诵长长的经典原文时，会场上总会响起掌声，那是听众发自内心的敬佩。而每当他看着听众入神的表情，心底就会涌起甜蜜的成就感。

## 四

在王辅成的身上似乎有这样一种能量，可以无声地影响人，有力地鼓舞人。

2010年10月的一天，应天津大学之邀，王辅成为机械工程学院100多名入党积极分子讲党课。

坐在听众席的工业设计专业大二学生高一歌记得，站在讲台上的王辅成，一开口便与众不同——声音洪亮，双眼有神，充满激情。

时至今日，高一歌还记得那天王老师宣讲的题目是"当代大学生应该自觉牢固地树立正确的'三观'"。他没有板书和课件，就一直站在讲台上讲，讲得平实生动，句句说到人的心里。高一歌的思绪被深深吸引，听到动情之处，泪水忍不住在眼中打转。

这堂党课，同学们都沉浸其中，思想的火花随着王辅成的讲演而绽放……

2011年5月，高一歌参加入党宣誓，脑海中又闪现出听王辅成讲党课的情景。她在心里对自己和王老师说："我一定会走好人生之路。"硕士毕业回到家乡，她与王辅成一样成为一名教师。今天，已是家乡一所高校老师的高一歌，经常在班会上和学生们讨论"三观"话题，引导学生成为弘扬正能量、有责任感的人。

2017年10月15日下午1点50分，天津大学马克思主义学院中共党史专业在读研究生龙凌云早早坐在报告厅里，等待学校为新当选的学生党支部书记举办的讲座开始。

龙凌云是贵州毕节人，是他们村里的第一个大学生和研究生。大学期间，他入了党；大四那年，他圆了从军梦。以优秀士兵身份退役后，他又考入天津大学读研。

1点57分，主讲人王辅成站到讲台上。大屏幕上显示着演讲主题——"活着树一面旗帜，倒下铸一座丰碑"。

2点整，王辅成准时开讲。"同学们，我是王辅成。我想先问大家一个问题，作为一名共产党员，首先要回答好人生的一道必答题，人活着为了什么？"

沉默片刻，同学们纷纷说出答案。

"非常好，谢谢同学们的答案……"

那一次讲座，龙凌云久久难忘。下课后，他走到王辅成面前："王老师，我喜欢听您的课，我现在在天津大学马克思主义学院读研，希望您今后多多指导我。"

从此，只要有时间，龙凌云就会追随王辅成的脚步，聆听他在其他高校的讲座。在这样的熏陶下，龙凌云郑重决定，硕士毕业后，要做一个脚踏实地的小分子，投身到国家的大事业里。2020年8月，他在黑龙江省哈尔滨市巴彦县冬青村驻村；2023年6月，他主动申请到乡镇工作，为黑龙江的乡村振兴再添一份力。

时代在发展，社会在进步，理论在提升，王辅成讲稿的内容也在不断变化。讲台上的王辅成喜欢与学生互动，同学们也喜欢向王老师提问。通过这些提问，王辅成及时了解当代大学生的思想状况，不断补充素材、调整视角，用更有说服力也更符合大学生接受心理的案例和解释，化解他们思想上的困惑。

## 五

不光是宣讲，在生活中王辅成也时时处处为青少年做榜样。每月他只给自己留几百元零花钱，钱攒到一定数额，就找机会捐出去。他从不吝啬自己的爱心，也不愿意被捐助人知道自己的存在。

多年来，王辅成把劳模补贴、各种奖励和自己每月的大部分零花钱，都用于助弱帮残，至今已经捐款50余万元。

几十年来，王辅成的身份、地位、角色在变化，但始终不变的，是他传播信念的初心和行动。从1994年宣讲至今，29年间，他从年近花甲讲到岁至耄耋。他将信念从大学播种到中小学，将感悟从机关辐射到企业，将正气从城市传递到乡村。1500多场的义务宣讲，50万听众的思想共鸣，彰显着一位教育工作者的情怀，书写着一位共产党员的执着，大写着"最美奋斗者"的情操。

只要时间允许，他对所有宣讲邀请都不拒绝。站在讲台上的那一刻，他仿佛在履行一项使命。他不止一次说，我要用尽全部心力让自己的这抹夕阳红染到更多更远的地方。

2019年，王辅成与他心目中的英雄雷锋、吴运铎的名字，同时出现在"最美奋斗者"名单中。他知道，这是让他将传播信念、传承精神、传递爱心的接力棒接过来，执着地走下去。

《人民日报》2023年8月28日第20版

# 让爱心传递

方欣来

## 一

杭州的 6 月，夏天才算是真正拉开序幕。蝉在行道树上不知疲倦地歌唱，潮湿的空气中涌动着一股闷热。

那天下午，彭清林像往日一样，骑着电动车从出租屋出发。他刚刚接到一个单子，把一部手机送到滨江区。这是个阴天，天幕上铺着灰色的云层。彭清林穿过熙熙攘攘的街道，周围的一切都那么熟悉，毕竟，他在这座城市里来回穿梭已经快两年了。

1 点多的时候，彭清林到达西兴大桥。桥上围了很多人，黑压压一片，目光齐刷刷地望着桥下的钱塘江。

彭清林不知道发生了什么事情，好奇心让他停了下来，往江面望去。这时，他看到一名长发女子正在水里挣扎，眼看着就要没进水里。周围一片嘈杂，有人在拨打报警电话，有人跺着脚对女子喊着什么。

再不救就晚了！彭清林来不及多想，三两下脱下外套和鞋子，就往前冲。

身边一个人对他喊："你要干什么？"

"救人呀！"丢下这句话，他麻利地翻过桥边的围栏，站在桥栏外面一条窄窄的水泥缝上，面对江面，双手反抓住栏杆。

眼前豁然变得空旷，他这才发现，这比隔着栏杆看到的要高很多。

他一边掏出手机往地上一丢，一边惊叫了一声："有点高呀！"

他目测了一下，桥面离江面有四五层楼那么高，在那一两秒的时间内，他心里涌来一阵害怕，这样跳下去十分危险，但他顾不上想后果，只是在大脑里飞快地一闪而过——以什么样的姿势落水才会对身体的伤害小一点。

彭清林出生在湖南桑植县走马坪白族乡的一个小山村，小时候经常去河里玩水，有过一次难忘的经历。

那一次，他从桥上直接往水里跳，3米多的高度，整个身子直接拍在水面上，他顿时觉得像扑倒在坚硬的泥土上一样，身上传来一阵剧痛，过了1个多月才缓过劲来。后来，有人告诉他，跳水时最好是双脚先入水，这样接触面积小，既不用担心呛水，又能将伤害减少到最小。

回过神来，他双手一伸一缩，活动了一下身体，有人好心地提醒他："慢点，慢点。"他似乎没听见，再没有任何犹豫，猛地凌空一跃，伴随着人群的惊叫和"嘭"的一声巨响，身子直直地砸进水里，江面溅起一团高高的水花。

那一瞬间，他的身体像铅块一样重重地往下坠，鼻子里灌满了水，一种眩晕感席卷而来，脑子顿时一片空白。头浮出水面后，彭清林奋力地游向落水女子，双手抓住她的身体，一边吃力地游动，一边四处张望，他发现桥墩是最近的地方，上面有供攀缘的铁条，只要游到那里就安全了。

呛水加上惊吓，女子已说不出话来，但意识还清醒，她没有挣扎，尽力配合营救，任凭彭清林带着她往桥墩游。桥上有人抛下几个救生圈，两人抓住救生圈，好不容易游到了桥墩，等待救援。

很快，杭州上城和滨江分局的派出所民警、水上治安分局的快艇都赶来了。民警把女子拉上快艇，要彭清林一起乘快艇去码头。彭清林打量了一下，码头离桥有一段路程，一来一往，要耽误不少时间。他惦记着没送完的订单，要是延时送达，得扣分，对方可能给差评。他婉言谢绝后，以最快的速度向岸边游去。

上岸后，他麻利地穿上鞋子，套上外套，抹了把脸上的水，捡起地上的手机，不由自主地喊了一声"来不及了！"顾不上全身滴滴答答正掉着水珠，在众人的欢呼和目送中骑车离开。

一路紧赶慢赶，结果还是迟到了十几分钟。彭清林一再表达歉意，对方只是微微一笑，并未和他计较。彭清林悬着的心终于放了下来。

## 二

彭清林赶紧往回走。闷热的风掀起他的头发，很快把湿透的衣服吹干了。天还是阴沉沉的，太阳藏在灰蒙蒙的云层里，对快递职业来说，这是难得的好天气，不用淋雨，也不用承受暴晒。彭清林想趁着这样的好天气多送几单。

接着送完一单后，一阵疲惫突然袭来，尤其是屁股特别痛，几乎不能挨坐凳，腰也不能左右摆动。他想，也许是落水时姿势没调好，几乎是坐下去的，受力面积大，受到了冲击。疼痛难耐，他决定不再接新单子，掉转车头，回到了西湖区古荡街道的出租屋。

推开门，还来不及歇息，杭州市公安局上城分局望江派出所打来电话，让他过去一趟，做个简单的笔录。

一进派出所，媒体记者们围了上来，话筒、闪光灯、摄像机一齐对着他。这样的场面，彭清林还是第一次见到，突然间被夹在人群中，他脑子有些恍惚——一件小事而已，怎么弄出了这么大的动静？彭清林还不知道，有人把他跳水救人的视频发到了网上，现在，他已经成了这座城市的名人。

接受完采访，回到出租屋，屁股比刚才更痛了，背也开始痛，一躺到床板上，一阵剧痛传来，只能勉强靠在床头，尽量让屁股和背部悬空。

第二天，疼痛难耐的彭清林来到医院，经过全面检查，医生说，由于从桥上跳下冲击力太大，导致他胸椎压缩性骨折，需要住院治疗，幸好内脏没有损伤，不会留下什么后遗症。

这样的结果让医生长长地吁了口气，他们说："不可思议，真是太幸运了。"那天，正是退潮的时候，事后经过测量，桥面离江面有12米，从这么高的地方跳下去，胸腔所承受的压力相当于5个成年人同时压下来，腿部所受的压力高达六七百斤。

听医生这么一说，彭清林感到一阵后怕。有记者问他："当时你怕不怕？"彭清林不假思索地回答："怕，当然怕啊，这么高谁不怕呢？但救人要紧，顾不上怕。"

在医院里，彭清林想得最多的事就是尽早康复，好离开这里，继续自己的工作。救人的事，他没有告诉任何人。父亲彭辉义在温州打工，看了朋友当天晚上发来的视频后才知道这事，赶紧打电话给儿子，一再询问感觉怎么样。电话那头，父亲显然十分焦急："你总说没事没事，看完视频，我吓得差点晕过去了，从那么高跳下去，我担心你受伤。"

彭清林轻描淡写地说："爸，我没事，你只管放心。"

## 三

住院期间，有一天，被彭清林救起的女孩来到医院。这个女孩20来岁，被救起后身体没有大碍。看到躺在病床上的彭清林，她泪流满面，觉得是自己把他害成这样，只怪自己一时糊涂做了傻事。

投水的那一刻，她万念俱灰，到水里后，却猛然省悟过来……她对彭清林说："感谢你给了我第二次生命。"

彭清林见女孩依然郁郁寡欢，便将自己的经历讲给她听。

选择杭州之前，彭清林去过很多地方，从事过多种职业。温州、上海、广州，卖过饭团，摆过烧烤摊，在工厂的流水线上干过。身材单薄的他，和很多年轻人一样，不甘平庸，心里始终装着梦想。

在攒下一笔钱后，2016年，他做了一件很多人想都不敢想的事情。骑上一辆自行车，背上最简单的行囊，他独自从广州出发，一路穿山越水，到达拉萨后，坐车到北京，再从北京骑行回到广州。

那年6月，一个晴朗的日子，彭清林骑着车经过藏区时，突然下起了冰雹，气温急剧下降。穿着单薄的他冻得直打哆嗦，冰雹砸在身上，一阵阵刺痛。

"年轻人，快进来！"循声望去，彭清林看到一位大叔正在朝他挥手，他跌跌撞撞地进了屋子。

屋子不大，陈设简单，中间放的盆烧着通红的火炭，一种家的温暖扑面而来。"快把衣服脱了，要不感冒了就麻烦了。"大叔呵呵笑着，端来一杯热茶，还拿来了一件羊皮袄。

穿上暖和的羊皮袄，连喝了几口热茶，彭清林眼眶突然红了。

这趟千里走单骑，他见识了不同地方的风土人情，更见证了陌生人的善意。这让他坚定了内心的想法，继续走下去，去一座理想中的城市，在那里安顿下来，认真生活。

2021年秋天，彭清林来到杭州，游历过西湖和周边的一些景点后，他辗转于街头，留意到这座城市一个特别的地方，但凡行人过斑马线时，不管有无红绿灯，车辆都会主动停下来，让行人优先通过。这个细节打动了他，他决定留在这里。喜欢骑行的彭清林，成了一名奔波于大街小巷的外卖小哥。

外卖生意不错，每天早上7点出去，到凌晨回来，生意好的时候，一天能跑100多单，虽然累了些，但收入还算不错。

彭清林对女孩说，我们都是年轻人，在外打拼，难免有压力，给自己放个假，看看祖国大地上的美景，想想美好的事情，调整心态，好好生活。

从医院出来后，彭清林依然像以前一样，骑着那辆电动车早出晚归，走街串巷送外卖。他觉得，健康真好，每天都能踏踏实实地工作，真好！

# 四

好事传千里。

临危不惧，凌空一跃，浪涛之上那个矫健的身影，感动了杭州，也感动了许多人。

因为彭清林的义举，杭州给予他奖励，可以在三年内向评选推荐地申报户口迁入登记，并给他颁发了"见义勇为二等功"，杭州市公安局上城分局授予他"一等治安荣誉奖章"，外卖平台授予彭清林"先锋骑手"称号……最让彭清林想不到的是，当地一所高校向他发出了学习深造的邀请。"真是没有想到，这辈子我还能上大学。"彭清林感到特别开心。

家乡也没忘记他。桑植县委、县政府给他10万元慰问金，为的就是弘扬善意行为，匡扶人间正气。有一位株洲的网友联系到他，要给他捐赠10万元，彭清林几次谢绝，但对方执意要捐。彭清林说，那你就捐给我们的教育部门吧，用来改善学校的条件，让孩子们有更好的学习环境，接受更好的教育。后来，那10万元捐给了县教育局。

初秋，彭清林从杭州回到了桑植，这是他救人后第二次回乡。彭清林回了趟走马坪白族乡的老家。那是个偏僻的小山村，离县城有1个多小时的车程，山路七弯八拐。外婆家的红砖房子坐落在山脚，门前的田垄里，稻穗低垂着头颅，正在由青转黄。东一片西一片的玉米，叶子已晕染上秋色，高高的玉米棒举在秆上，等待着主人收回家。

这里的一山一水一草一木，对他来说是那么熟悉。父母在温州打工，几年难得见上一面，他打小就学会了自立，喂猪、放牛、做饭，甚至是种花生、收玉米，这些事都会干……彭清林徘徊在长满荒草的屋坪里，31岁的他想起了许多过去的事情。寂静的山野，夏天悠闲的午后，漫长冬天里的风雪，孤独的童年，对远方的憧憬，还有爷爷奶奶跟他讲过无数遍的贺龙元帅两把菜刀闹革命的故事。

9月初，一个阳光灿烂的上午，在桑植县举办的"彭清林爱心公益中心"捐赠现场，彭清林将之前获赠的部分爱心款，捐赠给24名家乡贫困学子。他说："因为以前被人帮助过，温暖过，改变过，所以我要尽自己最大的努力传递爱心、帮助他人。"

爱心在传递，善举正延续……

《人民日报》2023年10月11日第20版

# 科技小院种粮记

李春雷
董波

## 一

河北省曲周县——这个地名，有些人或许感到陌生。

科技小院——这个名字，却被越来越多人知晓。

2009年，中国农业大学在河北省曲周县探索成立科技小院。但中国农业大学和曲周县"结缘"，却在更早之前……

曲周县地处河北省南部，这里是黄淮海平原盐碱化的典型。20世纪70年代，围绕地下水的开发和旱涝盐碱的综合治理，一场"科学会战"打响了。北京农业大学（现中国农业大学）派出石元春、辛德惠等专家组成的盐碱土改良研究组，住进了该县盐碱程度最严重的张庄村。专家们常年吃住在农家小院，没日没夜地实地勘验，经过大量调研，获得了一系列可喜成果。

2004年春节期间，中国农业大学张福锁教授探望老校长石元春。交谈间，石元春院士说："你这个年龄，和我下曲周的时候差不多。"

仿佛是被这一番话牵引着，2006年春节过后，张福锁教授的团队来到曲周。

曲周县委、县政府专门提供土地，作为中国农大试验田。专家们围绕粮食增产、保护环境、节约资源、改善品质、提高收入五个方面，布置了一系列瞄准华北地区未来农业高水平发展的试验。

大批教授和研究生，从北京实验室搬到了曲周试验田。

几度寒暑，张福锁团队在这里收获了丰硕的科研成果。但是，一个奇怪的现象出现了：虽然成果丰硕，但只是在实验站和试验田。一旦走到农民地里，一切还是原样，产量比试验田降低30%左右。

2009年5月，张福锁团队再次来到曲周县。经过反复研究，县校双方决定共同启动白寨乡万亩小麦、玉米高产高效"双高"示范基地建设。

与过去不同的是，这一次张福锁团队没有接受当地成方连片的良田，而是选择了分属不同家庭的普通农田。

如果仍然选用整块大田，那不等于还是试验田吗？试验田再成功，也不能解决现实问题。

然而，这些大大小小的地块，归属不同家庭。种什么？怎么种？怎么管？乡亲们各有各的想法。

第一步就是统一思想。这就需要与农民面对面沟通。

5月，正是农忙季节。早晨8点半，专家们从实验站开车前往城南的现场，赶到时已是9点半，大田里竟然一个农民也没有。原来，夏天里，农民习惯早起干活，4点多钟下地。9点半左右，气温上升，便收工回家。

原来想着印一张纸，广播一下，或者开一个群众会就可以解决问题，现在看来，根本不行。

## 二

李晓林，留学归来，博士学位，时为中国农业大学二级教授。他想，当年石先生、辛先生等老一辈治碱时，虽然条件艰苦，却事事顺利，为什么？就是因为吃住在农家，与农民打成一片。如果咱们也在现场安家落户，不也一样可以吗？况且，现在的条件比过去好多了。

这个想法，立即得到白寨乡政府支持，马上在白寨村协调出了一个闲置的农家小院。简单收拾一下后，李晓林、张宏彦和王冲三位老师就住进去了。

情况马上发生了变化。

乡亲们十分惊奇："你们还真要和我们一起种地？"

看到老乡们在门口驻足，专家们忙打招呼，欢迎进来。进门后，倒上茶水，切开西瓜。

一来二去，人熟了，心近了，话匣子打开了。

群众认可了，一切就变得简单起来。

"双高"示范基地第一季要种玉米。

过去，乡亲们图便宜，购买常规品种，播种量很大，出苗后还需要间苗。现在，专家们推广优良品种，普及单粒精量播种技术，不浪费一粒种子，也不用间苗。管理期间，更是施行全流程配方施肥。

几位老师还有教课任务，不能常年驻村。于是，新招的研究生曹国鑫、雷友就留在了小院。

曹国鑫从东北农村考取硕士研究生，本想在北京学习两年，没想到竟然跑到了距离北京400多公里的农村，但不久也就习惯了。半个月时间，他和雷友都晒得黑黢黢，变成了农民模样。

玉米苗长出来了，绿油油，很喜人。不承想，一场暴风雨，高大粗壮的玉米都倒伏在地。半夜里，两个学生哭着打来电话：这是新品种，没有经验，倒了要不要扶？

接到电话后，李晓林马上与制种专家和当地农业局技术员会诊。结果是，玉米还没有抽穗，不用扶。果然，几天后，玉米又恢复了原样。

收玉米时，专家们又要求老乡们改变习惯，延迟采收。最后测产，不仅产量增加了16.7%，亩成本还降低了100多元。

第二季要种小麦。

如何提高产量？调查后发现，所有土地已经多年没有深耕了，底层土越来越硬，根系不易深扎。但包产到户之后，农户们都是分散浅种，深耕的大机器早已不见踪影。即便有了机器也不行，土地零散，分片深耕不仅进度慢，每块地头还会出现一道深深的犁沟。

师生和村干部们一起坐下来研究，终于想出来一个办法：群众分头施肥，统一耕地、播种、田间管理，成熟后分头采收。这样，大片土地只有一个犁沟。统一与分头行动相结合，不仅节省了成本，也保持了大家的积极性。

一年后，万亩"双高"示范田小麦增产65万公斤，玉米增产110万公斤。

…………

小院不仅成了师生们的根据地，也是老乡们串门最多的地方。

曹国鑫的爱人经常给他寄生活和学习用品，可寄到村里，没有具体地址。于是，大家就想着给小院起一个名字。

曹国鑫最先想到了老师们，他们可都是农学界的专家，就叫"专家大院"吧。张宏彦说，咱们是来推广农业科技的，不如叫"科技大院"。李晓林说，还是不够低调，不如就叫"科技小院"吧。

"科技小院，这个名字好！"张福锁一锤定音。

# 三

王庄村历史上是重碱区。20世纪70年代，该村在县里工作的党员王怀义，回村任党支部书记，跟着专家治碱。这些年，如何提高农民收入成为新课题。于是，他三番五次上门求教中国农业大学专家。王怀义的儿子在外地工作，宅院经常空置。他就腾出来，作为科技小院，供专家长期使用。

2011年3月，23岁的黄志坚来到了王庄村。

黄志坚是广东佛山人，刚刚考上研究生。从南方到北方，生活和气候都有诸多不适应，但他还是住进小院，开始了与这片陌生土地的全面融合。

春暖花开，浇小麦返青水是头等大事，可黄志坚不让浇，也不让施肥。

过去，村民种小麦，习惯浇五水：上冻水、返青水、拔节水、扬花水、灌浆水。黄志坚的意见，大部分群众都不采纳，尽管春寒料峭，仍是裹着大衣，踩着泥水，把地浇透。

王怀义组织了几户，硬着头皮没有浇水施肥，直到过了清明节，黄志坚才通知浇地。少施一次肥、少浇一遍水的小麦，明显瘦弱，能行吗？这几户人家心里打鼓。

不久，情况出现反转。早浇水施肥的地块，灌浆时节出现了倒伏；延迟水肥的地块则小麦整壮、颗粒饱满。收麦时，少浇水施肥的地块，产量反而上升了。

刚开始，黄志坚说粤普，群众说土话，互相听不懂。他就把技术要领写下来，请王怀义用大喇叭广播。不久，人熟了，双方都能听懂了，黄志坚就把大喇叭从村办公室搬到了科技小院，利用晚上和吃饭时间讲解科技知识。在田间地头，他还制作了展板，让群众无论到哪里，都能听到、看到新的、实用的生产技术。

半年后，黄志坚与全村人都成了朋友。

后来，因为学习和生活需要，黄志坚离开了王庄村。但这个科技小院还在，而且越来越红火。农大师生们不但推广了水肥后移技术，还为每一块土地进行营养状况"体检"，根据种植作物的需求调配施肥，让农作物更好地成长。

大河道乡后老营村，是一个西瓜种植专业村。但由于连年种植，重茬严重，导致产量降低、品质下滑。在村党支部书记的请求下，李晓林的研究生黄成东和李宝深住进了小村。

他们住下后，开始深入研究西瓜重茬原理，分析土壤营养结构。春天，两个研究生在小院里搭起一个塑料棚，种植黑籽南瓜和西瓜。待两种瓜苗都长出几个叶片后，剪去南瓜茎叶，将西瓜苗嫁接上去。很快，两者浑然一体。但大部分乡亲对这样的"花招"不以为意："南瓜根上种西瓜？没听说过！"

夏季到了，西瓜成熟。两相对比，差距巨大——按照小院技术种出来的西瓜，个大瓤红，甜度更上一层楼。

这一下子，乡亲们都惊叹了，服气了。

接着，他们又对群众探索出的"小麦＋西瓜＋玉米"间作套种模式进行改良。改良后的套种模式，可以在不影响小麦和玉米产量的情况下，多收一季西瓜。后老营村和周边村，西瓜种植迅速发展到1.5万多亩。

前衙村种植葡萄40多年了，虽然种植时间长，但一直是传统管理，产量不高，葡萄园经常出现烂果、裂果、大小粒不均匀等现象。2018年3月，中国农业大学2017级硕士研究生王晓奕住进了该村的科技小院。

王晓奕自筹2000元，承包了村民1.3亩葡萄园。每天清晨，王晓奕都会骑着电动三轮车，到葡萄园里劳作，研究葡萄生长各个时期的管理需要、营养需求、病虫害防治。

"春天风特别刺骨，干一会儿又开始出汗，衣服怎么穿都不对；夏天热，钻进不透风的葡萄园里抹芽、疏果疏粒、套袋……套50个袋，浑身就湿透了。"王晓奕在日志中写道。

早晨5点，开始干活；9点，阳光强烈了，就回去整理种植中遇到的问题，形成文本，还要查文献、请教老师；下午4点以后，又要回到地里劳作。晚上，继续研究资料，写日志，向老师汇报。

一年之后，一整套技术成熟了，还探索出水肥一体化在小农户地块上使用的可行性，葡萄的产量和质量都有了保证。

2022年2月，硕士研究生张桂花入驻前衡科技小院。由于上一年遭遇大雨，葡萄歉收。张桂花发现，村里大部分是树龄大、经济效益低的品种，她决心借此时机，带领村民种植附加值高的新品种。

张桂花和师兄一起前往辽宁营口、河北邢台等地，学习阳光玫瑰种植技术，从浇水施肥，到剪枝插枝、抹芽疏果……每一步注意事项都记下来，拍成视频，教给种植户。当年，引进的阳光玫瑰，平均每亩增收万元以上。

他们对村里的土壤进行样本采集、检测分析，根据土壤特征为种植葡萄的农户提供技术支持。同时，还尝试引进了"蓝宝石""红巴拉多"等葡萄新品种……

## 四

依托中国农业大学这个平台，师生们把国内外农业生产的最新信息和技术，持续引进曲周。

他们提出的"三密一疏"小麦耕作模式，配合北斗导航无人驾驶技术，使小麦亩均增产50公斤；通过无人机红外线检测，了解不同地块的营养情况；联合村民创办了多个配肥中心，一粒粒复合肥像一个个黑色药丸子，为土地"包治百病"；还大力推广耐密高产优良品种应用技术、增密晚收高产栽培技术、秸秆还田和土壤培肥技术……

几年来，科技小院先后创新集成技术16项，引进新型农业机械13

种，基本实现粮食生产的全程机械化。全新的理念，从方方面面改变着农民传统的生产习惯和方式。

科技小院，也是一种集人才培养、科技创新、社会服务于一体的研究生培养模式。

最初，中国农业大学资源与环境学院的硕士研究生学习时间是两年。在课堂上学习半年，在科技小院待一年零两个月，再用几个月写论文、找工作。但是这样时间短，达不到预期目标。于是，学期调整为三年。

这样，研究生入学，理论学习半年之后，在导师指导下，在科技小院里边学习边实践，与农民生活在一起，面对现实问题，解决现实问题，把论文写在大地上。

时光荏苒。从合作治碱到共建科技小院，转眼间，中国农业大学与曲周的校地合作已经50年了。

曲周科技小院成功后，中国农业大学又先后在吉林梨树县、黑龙江建三江垦区等地建设科技小院，研究玉米、小麦和水稻的高产、高效推广问题，在广东徐闻县建设"菠萝小院"，在广西隆安县建设"香蕉小院"……目前，中国农业大学已在24个省区市的91个县市区旗建立了139个科技小院。

2022年，教育部、农业农村部、中国科学技术协会联合发文，决定推广科技小院研究生培养模式，助力乡村人才振兴。

科技和农业，校园和乡村，相互携手，双向奔赴，正在大地上孕育更多惊喜。

《人民日报》2023年10月18日第19版

# 850米河线的巡守

杨辉素

一河贯穿南北，烟波浩渺几千里。

中国大运河，由隋唐大运河、京杭大运河、浙东运河3部分组成。运河流经的地方，曾经商贾云集，帆樯林立，一座座繁华富庶的城镇应运而生。

然而，在汛期，运河有时会险情迭生，河水决堤，良田被毁，沿岸人民的生命和财产安全受到损害。

运河安澜，百业兴旺。守护运河，就是守护家园。

一

在河北省邯郸市馆陶县王桥镇徐万仓村，野马般奔腾的漳河与君子般稳健的卫河汇流，一路蜿蜒北去。从徐万仓村至山东德州四女寺的这一河段，被称为"卫运河"，是隋唐大运河的重要一段。

徐万仓村，又是卫运河中最危险的工段，徐俊峰是这个工段的河长。20年来，他义务守护着这段850米长的河线。

850米，连接着不计其数的日日夜夜，更连接着沉甸甸的责任。

历史上，徐万仓村是卫运河重要的漕运码头，是随着运河生长起来的小村庄。百里州县的粮秣建材皆汇聚于此，为了方便仓储、货运，离河最近的徐万仓村便建起无数仓库。放眼望去，万仓矗立，煞是壮观。仓内物品经查验后，被装上船舶，或北上或南下，军需民用，万舟骈集，商贸鼎盛。村内徐姓居多，徐万仓村因此得名。

徐俊峰，1977 年出生在徐万仓村。小时候，他在卫运河里摸鱼捉虾，卫运河的涛声伴他入眠。初中毕业后，他入伍参军，2003 年退伍回到家乡。

心灵手巧的他很快就学得一手木工手艺，出门在外给房子制作梁、柱子、楼梯、窗户、门的模板。这项手艺一天能挣六七百元，以这样的速度挣钱，让妻子儿女过上好日子不成问题。

这时候，村党支部书记徐振江却找到他。老书记开门见山地说："俊峰，我想让你回村里帮帮我。"

"老书记，我行吗？"

"你在部队上历练多年，有想法也有干劲，你看咱村这情况，乡亲们都还没过上好日子，你得多费点心啊。"

徐俊峰沉默了。他想到乡亲们靠着种植小麦、玉米的收入，生活还不算富裕；想到挚爱的卫运河已经污染严重；想到每到汛期时，那让乡亲们提心吊胆、睡不安稳的大堤……

他抬起头，目光与老书记的目光撞在一起。

"老书记，我答应你，回来干！"

"我就知道你一定会答应的！"老书记笑了。

妻子知道后，埋怨他："放着挣钱的工作你不干，你傻不傻呀！"

"我是党员呢。"

他一句话出口，妻子便没再言语，她知道，丈夫觉悟高，拦不住他。

徐俊峰成了徐万仓村的治保主任，治安、巡逻、民事调解，他干得有声有色。尤其是对卫运河，更是尽心尽力。

人们经常看到徐俊峰肩扛铁锹或者长竹竿走在河边的身影。他不是用铁锹在这里挖挖、那里填填，把一些刚冒头的小险情排除掉，就是用长竹竿一头绑上钩子、网兜，把漂浮在河里的生活垃圾打捞上岸。

走完了河边，他要再走一遍河堤。河堤是用压实的土堆堆成的，有十几米高，上面打了水泥，硬化过了，小轿车可以在上面通过。这条堤路也是通往徐万仓村的必经之路，沿着大堤的后坡走下去，经过一片防护林，就是徐万仓村了。徐俊峰走河堤路的时候，主要是检查路面上是否有新的裂缝，有裂缝就说明堤坝下面有险情，要及时上报、排除险情。

从河边到大堤之间，是一大片绿色的河滩地。过去，村民家里盖房垫院，随意从河滩地上起土。从他回村那天起，不管是谁，河滩地里一锹土都不许挖。他盯得紧，谁要想往堤坝边倾倒生活垃圾，或者在卫运河里炸鱼、毒鱼，更是不可能。

一年又一年，徐俊峰像守护亲人一般守护着卫运河，守护着大堤。河边哪里有个小缺口，哪天飞来了新的小鸟，河堤上哪里坑洼不平，他都一清二楚。

## 二

2021年，徐俊峰担任徐万仓村党支部书记，肩上的担子更重了。

他也同时成了卫运河在徐万仓段的"村级河长"，一个不拿工资的"运河官"。

就在这年夏天，因为连降大雨，卫运河水位暴涨，几次突破警戒线。从进入汛期，徐俊峰就将"家"安到大堤上。他知道，假若洪水决堤，不要说离大堤最近的徐万仓村会被洪水淹没，就是整个王桥镇的39座村庄、4万多人口，都将失去家园。

大堤在，家就在。严防死守，是他的责任！

村里的父老乡亲纷纷赶来相助，很快就组成了几十人的防汛突击队，就连放暑假在家的学生们，也加入了巡堤队伍，其中包括徐俊峰的女儿和儿子。孩子们顶着烈日，挨着雨淋，认真巡检着，发现有游客靠近河边，及时劝离。徐俊峰把防汛突击队的队员分为3组，堤上堤下交叉巡检，一天24小时，每半小时巡检一次。

徐俊峰总是选择去堤下巡检，因为堤下的问题最多。他穿着橘黄色志愿者马甲，半条腿陷到烂泥巴里，每拔出一条腿，脚上都像挂着秤砣一般沉重。他的双眼四处搜寻，任何蛛丝马迹都逃不过他目光的"扫描"。

850米的长度，40多米的宽度，每天他往往要巡检好几趟。看堤身是否有裂缝、孔洞、管涌；看堤下有无鼓泡、漩涡、浑水现象。一旦发现险情，立即做好标记，并拍照上传给水利部门。

最难的是夜间巡堤。夜色深沉，河水乌金般滚动着，发出哗哗巨响。徐俊峰一手拿竹竿，一手拿手电，又来到堤坝下面。他已经记不清一天中跑了多少次堤下了。水已经没过了大片的植物，脚下都是烂泥沼泽，布满草根、藤条，人走得趔趔趄趄。不时还有水蛇出没，滑溜溜地爬上脚背。他不慌张，一手抓住蛇的七寸，猛地甩出去。有蛇的地方就有洞，蛇洞鼠窝是险情点，发现了就用黏土堵死压实。

他给队友们传授经验，巡堤要做到五到，即脚到、手到、眼到、耳到、心到。要用脚试探深浅，有无下陷；要用手探测水下，有无裂缝；要用眼观察水面，有无漩涡；要用耳倾听声音，有无"滋滋""咕噜"异常的声音；要用心判断，异常属于哪一种情况，裂缝、管涌、漏洞？要做出准确判断并及时上报。

轮流休息的间隙，徐俊峰在做巡堤记录，督查巡堤值守情况，他一刻也没闲过。他的胃不好，却常常要靠吃泡面充饥。他一天只睡三四个小时，在大堤上搭起的简易板房里，身体一躺下，就酣然入梦，蚊虫叮咬也浑然不觉。他太累了，身体已经达到了极限。

妻子心疼他："你就不能在家里歇一天吗？"

他说："这算什么，比起我在抗洪中牺牲的战友，我做的还差得远。"

1998年，他的一位战友在南方抗洪救灾中牺牲了。每当说起这件事，他都喉咙哽咽："我们要沿着战友的足迹继续前行。"

## 三

夏汛过去，秋汛又来了。一场接着一场秋雨，卫运河的水位依旧处在高位。

徐俊峰从7月下旬就搬到了大堤上，到10月，他已经在大堤上驻守70天了。

10月3日，下着秋季少见的大雨，徐俊峰在巡堤中发现，徐万仓村南堤外的农田里突然出现很多积水，挖沟排水也排不完。他凭借丰富经验，判断是河堤出了问题。他把险情记录上报，技术专家迅速拿出处置方案——采取临河黏土截渗、填筑月牙堤等抢护措施，避免了险情进一步扩大。

一波刚平，一波又起。10月4日，徐俊峰又在堤坝背坡处发现大片管涌区域。用通俗的话讲，管涌是大堤内部各种虫蚁鼠洞的孔隙连通了，导致在大堤上出现像小针眼般的孔洞，往外滋水。随着水位差压力的增大，管涌区域渗水不断增多。如果不及时处理，管涌将会掏空地基，导致溃堤。

专家的意见，要立即铺设防渗布堵住管涌。

夜色漆黑，大雨如注。徐俊峰深知，多等一秒，危险就多增加一分！他带领20多名防汛突击队员，连夜投入管涌区的"大会战"。

他们穿着雨衣，在晦暗不明的路灯灯光映照下，沿着松软泥泞的斜坡下到管涌区。管涌区的地面上布满碎石、树枝、荆棘等尖利杂物，首先就要把它们清理干净。而且，由于积水严重，只能徒手清除。

地面终于露了出来，管涌的孔洞暴露无遗，徐俊峰指挥大家快速铺设防渗布，接着，就用沙袋压在防渗布上。管涌携带的泥沙被沙袋压住后，泥沙会越聚越多，最后自己把孔洞堵死。

他们从大堤上往管涌处运送沙袋。几十斤的沙袋，徐俊峰扛起就走。大斜坡遇雨湿滑，成了泥浆路，他接连摔了几个跟头，滑倒了，再爬起来。别人运两袋，他已经运了三袋。记不清自己摔了多少次，汗水、雨水、泥水，让他变成一个沉重的泥人。其他队友，情况也和他差不多。

到了后半夜，雨总算小了一些，冷风却刮了起来。风吹在湿透了的衣服上，彻骨寒冷。徐俊峰打了一个寒战，鼓励队友们："我们动作再快一点儿，快一点儿就不冷了。"大家早已筋疲力尽，哪里还能再快一点儿？徐俊峰就自己跑起来，边跑边给大家加油鼓劲。渐渐地，一个人跑起来了，两个人跑起来了……每个人都像被注入了新的力量，他们与寒冷抗衡着，与疲惫抗衡着，心中的信念愈加坚定了！

一夜奋战，管涌区被成功封堵，而徐俊峰和队友们都累得瘫倒在地。

这是一次对身体的巨大考验，更是一次对精神和意志的巨大考验。

直到这时，徐俊峰才发现自己的右手大拇指指甲盖被蹭掉了，也不知道流了多少血，伤口都被泥糊住了，又黑又硬，肿胀成一截黑黑的"木棍"。

妻子看到后，心疼得流下了眼泪，他却说："这下好了，左手和右手都有记号了。"原来，他的左手食指在部队上搞维修的时候，被电刨子刨去一截。

大堤上一面面鲜红的党旗在迎风飘扬。他们终于战胜了这场夏秋连汛。

## 四

一年又一年，徐俊峰守护着卫运河，守护着大堤。

2023年汛期来临之际，他早早就做好了防汛方案，储备了铁锹、绳索、救生圈、抽水机、沙袋、防渗布等物品。他还带人清除了堤下河滩里的高秆植物，防止出现小流量、高水位的情况。

当暴雨倾盆、一些地方在告急的时候，徐万仓段却因为准备充分，防守得力，平稳度过了汛期。村里人都说："有老徐在，我们就能睡安稳觉了。"不管比他大的小的，大家都习惯叫他一声"老徐"，这是乡亲们对最信任的人的亲切称呼。而家长们和学校老师们也都把心放在肚子里："有老徐看着呢，不用担心孩子们下河游泳。"

徐俊峰守堤20年，徐万仓段没有发生过一次决堤事故，没有发生过一例溺水事件。

其实，不仅仅是防汛，还要防止运河缺水。历史上，卫运河曾多次断流。贯通补水，是水利专家们一直在努力的一项工作。

徐俊峰在护河巡堤外又有了一个新的任务，检测卫运河的水流量。每天，当他走在卫运河边，都要打开智慧巡河系统，把位置定住，填写相关内容，给卫运河拍摄照片，再将照片上传。水利部门的工程师收到他上传的巡河图片，用数据分析出卫运河水势是否平稳，水量是否丰沛。如果缺水，就会统筹调度南水北调东线的引江水，潘庄引黄的引黄水，还有当地岳城水库的蓄水等几大水源，来共同保证卫运河的水量。

这一汪充满希望和活力的水啊，凝聚着多少人的辛勤和汗水！

　　徐俊峰也时常思索着，如何让卫运河成为徐万仓村乡亲们的幸福河。他努力钻研农业技术，发现沿河土壤富含有机质，疏松肥沃，最适合种植大蒜。他请来技术员，手把手地教乡亲们种植大蒜。

　　为了解决乡亲们的后顾之忧，他又建起大蒜仓储、物流园区，农民种好的蒜薹、大蒜被运送到各地，乡亲们的收入大幅提高。

　　徐俊峰站在卫运河的大堤上，清风徐来，他感受着河畅、水清、岸绿、景美，感受着卫运河为乡亲们带来的巨大变化，他看到了人与河流的共生、共融、共兴……

　　河边，鸟儿在翻飞，身姿优美的白鹭，漂亮的绿头鸭，还有红嘴鸥、灰喜鹊、金翅雀……太多太多的鸟儿，是随着生态环境的持续改善而飞来的，它们扑棱着翅膀在河面上划出美丽的弧线。徐俊峰喜欢它们漂亮的羽毛和动听的叫声。鸟儿们是运河的精灵啊！

　　850米，大运河里一段说短也不短的距离，徐俊峰在此中守护着，他巡堤的脚步，走得越来越坚实……

《人民日报》2023年11月1日第20版

# 在这片丰饶的土地上

李朝全

这是一片流金淌银的土地。郁郁葱葱、生机勃勃的玉米、水稻和大豆，横卧在一望无垠的东北平原上，如此浩瀚，如此辽阔。

这，就是中国的东北粮仓，中国人最牢靠的饭碗。

"你闻闻，这空气里有庄稼甜甜的味道。"同行的伙伴打开车窗，真诚地说。

我用力嗅嗅，嗅出了那熟悉的气味。我是农家子弟，从小懂得稼穑之苦，坚信只有像我父母那样埋头耕耘，才是农人的本分，才能保证大地丰收、家人衣食无忧。

可是，我被眼前的景象惊呆了——茫茫无际的农田里，只见拔节生长的庄稼，几乎看不到弯腰忙碌的农人。当我真正走进村镇，更是大为吃惊。如今的农人，早已不像我幼年时父母那样含辛茹苦，"汗滴禾下土"，依靠汗水来换取丰衣足食了。

## 稻田鸭与鸭田稻

"前面就是我们的高标准农田了！"顺着徐禹庆手指的方向，我好奇地望过去。

农田里，种着挨挨挤挤的翠绿的水稻，横竖笔直，像是在打好格子的稿纸上，写下了一行行端正工整的文字。三五声鸭叫不时传来，几只灰黄色的半大花麻鸭正在稻丛间穿梭，吃草吃虫，忙得不亦乐乎。

　　徐禹庆是吉林省榆树市保寿镇红旗村民悦合作社的理事长。这是一位朴实憨厚的农民，方正的脸庞被太阳晒成红铜色，额头上头发已然稀疏，但是双眼却很有神采，一看就特别机灵、有想法。对于这片数十公顷的高标准农田，徐禹庆如数家珍。

　　这些农田都是按照85米×85米的正方形划成的标准地块。这样的大小，刚好适宜机械化耕作。地块之间用塑料田埂隔开，土地空间得以扩大，比传统的土筑田埂节省不少耕地。

　　每年6月初，当稻田插秧完毕，就会有数千只花麻鸭被放养进水稻田里。"一垧地（一公顷）放养小鸭130到150只。"徐禹庆说。在稻田里放养鸭子，可以帮助稻田除草除虫，减少农药的使用量，同时鸭粪又可以肥田，增加土壤的有机质。

　　这些鸭子白天就放养在稻田之间，鸭子在稻间穿梭寻食，可以让土壤含氧量更高，有利于水稻根系成长。而鸭子脚掌不断地踩踏，就把土壤顺势踩向了水稻根内侧，起到培土作用，可以增强水稻的抗倒伏能力。通过稻田养鸭，徐禹庆他们实现了"一水两用，一地双收"。

　　"早上都不喂食，晚上之前也只喂个七分饱。"说起稻田养鸭的讲究，徐禹庆很有心得。饿着肚子的鸭子，才肯下地"干活"，用它们扁扁的嘴巴在泥水里啄泥觅食，帮着稻田松土、除虫除草。

　　鸭子6月放养，8月便可以出栏。到出栏时几乎每只鸭子都能长到3斤多。这种稻田鸭，整天在田里跑来跑去，肉质紧实细嫩，市场销路很好。

　　徐禹庆在稻田养鸭是从2016年开始的。养得不错，他们便注册了"鸭寨村"的稻米商标。通过巧妙地利用鸭子除虫除草，他们一举两得，同时收获了鸭田稻和稻田鸭。红旗村也因为鸭田稻而被农业农村部认定为全国"一村一品"示范村。

民悦合作社还修建了多个养牛大棚。这些大棚与种植蔬菜的温室大棚相似，空间开阔，通风透气。每一头牛都有宽裕的活动空间，能够保证养殖过程的卫生和安全。社员们把稻田里收来的稻草秸秆掺上豆粕、玉米，再经过酶解、发酵等多道程序，一道营养可口的饲料大餐就被送到牛的嘴边。原本秸秆只能做焚烧处理，如今经回收和加工，摇身一变，成了有用的饲料资源。

稻草经过牛胃的反刍消化，变成了牛粪，牛粪发酵后可以反哺大地，给黑土地增施有机肥。这样生产出来的稻米就是绿色有机大米。

黑土地上，聪明智慧的新农人，借助鸭子和牛，就能把秸秆变成肥料，把稻田变成肥田。每逢金秋时节，便有三重收获：一是有机稻米，二是肥肥的有机麻鸭，三是牛肉和乳制品，真是一举多得。

## 不会"种地"的他，种着万亩粮

不会"种地"的丛百元，种着万亩粮。这在广隆村，是个趣谈。

我们驱车来到榆树市五棵树镇广隆村，万亩大田里，玉米正在茁壮生长。听说别的地方1公顷种5万棵苗，这里却能种9万棵，密植的玉米1公顷产量能比普通种植的高出一大截……一个个数字，更勾起了我对丛百元的好奇。

见到丛百元，我细细打量起他：长得魁梧壮实，留着板寸，清爽利落。丛百元说，他其实并不会种地，从小就跟随做生意的父母去了扶余，后来学着自己干，卖通信器材，开小旅馆……2014年，一次偶然的机会，听说种地种好了，也能赚不少钱，于是他尝试着办起合作社。

在合作社的院子里，摆放着数十台农业机械。其中，最吸引人的是两台十二行播种机，一天就能播种六七百亩地，半个月就能播完1万亩。没有机械的年代，若要播种万亩地，没日没夜地干都要一个月。缩短了播种时间，也就意味着延长了作物的生长期。

丛百元最为得意的，是自家的物联网水肥一体化系统。这套先进的滴灌供水供肥系统看起来并不复杂。在田头的一间低矮简易的小屋里，摆放着几台机器和几个硕大的水肥塑料桶。在中央操控机两侧，右边是地下水抽吸系统，用电泵把地下水抽上来，再分别通过砂石过滤器和一组叠片过滤器，对水源进行净化。左边是4只蓝色、黄色的大塑料桶，里面盛满了氮、磷、钾等微量元素液态肥料，这便是供肥系统。它外接滴灌系统，通过中央操控机让水肥充分混合，再通过滴灌管线把水肥输送到每一棵玉米的根部。

种地用上了高科技，田间管理便轻松多了。土壤里事先埋好水分肥料探测器，农人只要一部手机在手，随时可查看天气状况，查看玉米地里的土壤水肥是否缺乏补给。若手机软件上弹出水肥需求的预警信号，他只消轻轻点击几个按键，给设在田头的系统发出指令，水肥阀门便可自动打开，即刻给作物"上菜""加餐"。

合作社的农民，手上可以不见土，腿上也没有泥，甚至可以坐在家里，一边悠闲自在地喝着茶，一边照管着成千上万亩地里的庄稼。

再看大田里。土层下铺设着黑色的橡胶滴灌管，这些密集分布的滴灌管，就像是延伸到大田里的一根根毛细血管，如同打通了土壤的经脉，为土壤源源不断地输送着新鲜的营养。使用这套水肥一体化系统，彻底改变了过去"一炮轰"的施肥模式和大水漫灌的浇水方式，让作物享受上了"一对一""点对点"的精准滋养。用上这套系统，肥料和水分利用率都上来了，每亩地需施肥量减少了一半，灌溉用水能节约5/6。

面对着合作社满院子的机械，我很纳闷，丛百元到底如何通过这些现代化的设备就把地种好了？

好像看出了我的疑惑似的，丛百元告诉我说："我的老师是互联网，有问题就在网上搜索，都能找到答案！说到底，是互联网教我在种地。"

不会种地的丛百元，却成了经验老到的农民。现在，合作社成员有41人，经营团队17人都是年轻人，都掌握了操作农机的技术，一共租种着1万亩地。

这，可真是不一样的新农人！

## 从"望天田"到高产田

有件事，让种地的乡亲们发愁了好多年。

过去，村里农户的田块特别分散、零碎，阡陌纵横，田埂密布，许多都是小块的"斗笠田"，或是纯粹靠天吃饭的"望天田"，经不了旱，也受不了涝。久而久之，产量上不来，村民们种地的意愿也降低了。

村里便合计，成立一个合作社，把大家的资源统筹起来，建设高标准农田，统一规划，科学耕作。马占有见多识广，便担任了增益农业机械种植专业合作社社长。他知道，从传统的"望天田"，到现在的高产田，耕种效率的大幅度提升，得益于合作社土地集中连片机械化耕作。

高标准农田究竟"高"在哪儿？又是如何建成的？"在农田里实行田、土、水、路、林、电、技、管综合配套，积极采取培肥地力、保水保肥、控污修复等单一措施或综合措施。"榆树市农业农村局相关负责人道出了其中的关键。

"合作"，先得让地块"合作"起来。经过土地集约化，小块的土地合并起来，集中修整，使之连接成片。过去烧饼一样不规则的田块，如今横成排、竖成行，实现了"田成方、路相通、渠相连、旱能灌、涝能排"，华丽转身为"万亩田""丰产田"。

泥泞的土埂也是个大问题。农民备耕最头疼的就是整修田埂，高度不够还得加高，出现侧漏就得修补，一垧地整修一遍就得耗费10多天时间。而且，传统土筑田埂既占地方，还容易长杂草。马占有多方求教，得知高强度塑料制成的田埂，不但使用寿命长，还不用年年整修。

于是，土埂不见了，取而代之的是统一的塑料田埂，一垧地就能多出将近一亩地的可利用空间，每公顷还能节省2000元左右的维护成本。

"硬件"到位了，要打造成真正的高标准智慧农田，"软件"也得跟上。村里与榆树市农业技术推广服务中心的实验室合作，给农民置办了一整套智能系统，通过施肥卡、公示牌或土肥管家APP等方式，站在地里，借助GPS卫星定位，实时查询获取自家任何一块地测土配方施肥的数据。这些数据由榆树市农业农村局免费提供。一整套下来，该怎么种地怎么施肥，农民自己几乎不用操一丁点儿的心。

谈起每年的备耕计划，大伙儿各个胸有成竹：4月初育苗，中旬检修农机，下旬整地……从前过完春节就得开忙，连续要忙上三四个月的活儿，现在一个月就能搞定。

如今，榆树市的粮食产量已经连续19年夺得全国县（市）级第一名。这片仅占全国不到1/2000面积的土地，只有区区数万的农民，每年却能生产出占全国近1/200的粮食，可以养活2000万的人口。

阳光普照大地，作物自由地舒展茎叶，用力吮吸着黑土地的乳汁，尽情地拔节生长，开枝散叶，绽花结果……

这，不能不说是今天的乡村巨变，不能不说是黑土地上正在谱写的一部现代诗篇。

《人民日报》2023年11月15日第20版

# 追寻·遇见

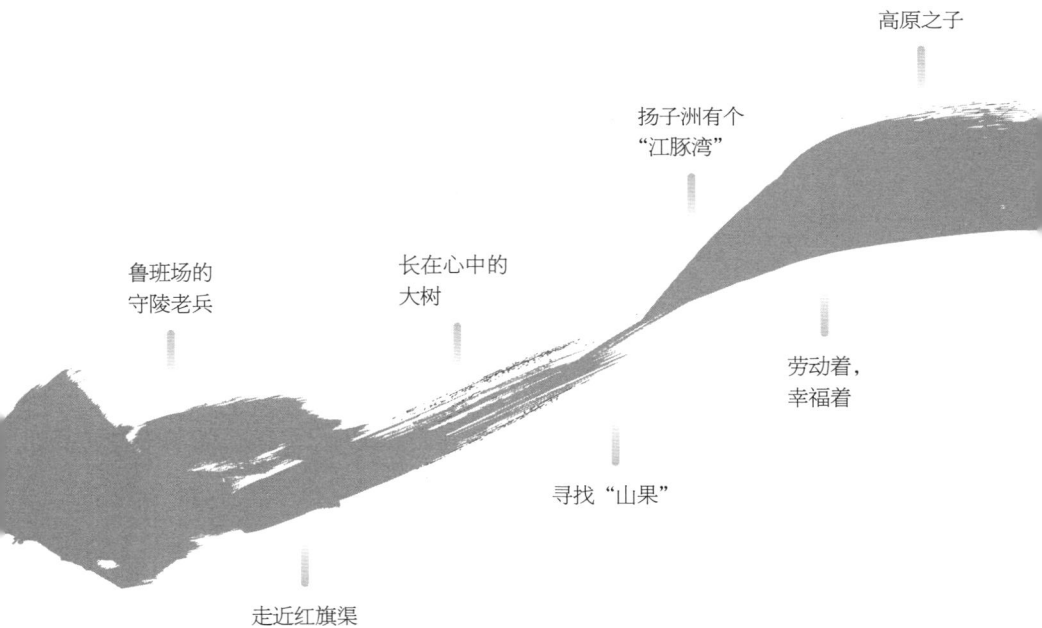

高原之子

扬子洲有个
"江豚湾"

鲁班场的
守陵老兵

长在心中的
大树

劳动着，
幸福着

寻找"山果"

走近红旗渠

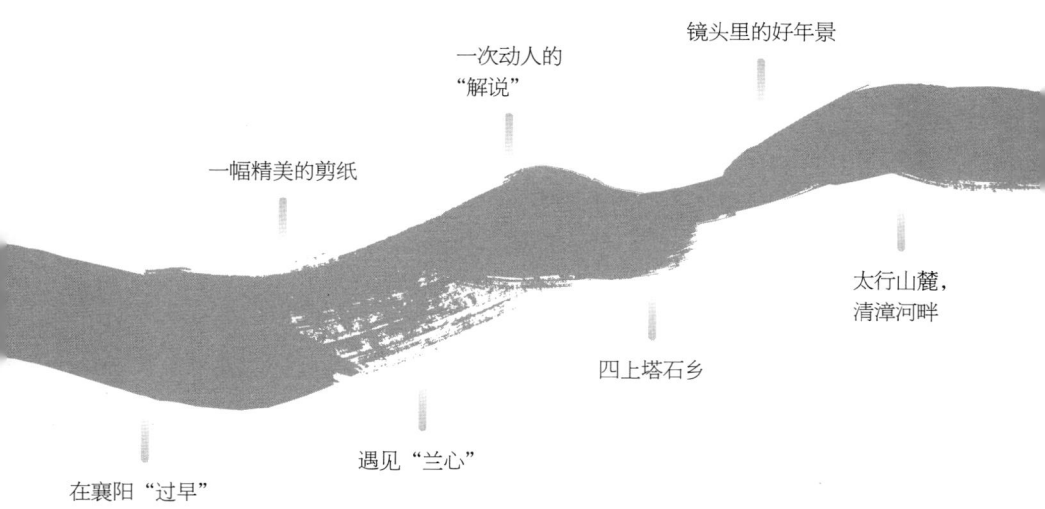

镜头里的好年景

一次动人的
"解说"

一幅精美的剪纸

太行山麓,
清漳河畔

四上塔石乡

遇见"兰心"

在襄阳"过早"

# 鲁班场的守陵老兵

周小霞

南风轻轻地摇动着道路两旁的香樟，空气中弥漫着湿润的水汽。古朴的鲁班场，宛若一颗珍珠镶嵌在赤水河畔的贵州仁怀市南郊。

80多年前，红军战士途经此地，血战鲁班场。80多年过去了，赤水河畔的故事，人们耳熟能详，红军留下的红色基因早已融入此地，薪火相传。

一

鲁班场红军烈士陵园在这里的一个小山坡上。一级一级的台阶从山脚连到山顶，台阶两边是郁郁葱葱的松柏和苍翠的万年青。山顶，刻有"生的伟大，死的光荣"字样的巨型纪念碑前，一位老人正在为前来开展党史学习教育的党员们讲述陵园往事。

老人说，这里先前是一片乱石滩，光秃秃的，没有土，也没有树。后来刘老就带人从山下背土上来，把乱石清理干净，种上了树。你看这些树，都是他几十年来一棵一棵种下的。它们安安静静地生长着，荫庇着这个陵园，年年岁岁。

在这占地6300平方米的陵园里，长眠着146位在鲁班场战斗中牺牲的先烈。正在讲话的老人名叫郭德刚，今年70多岁了，是鲁班场红军烈士陵园的第二代守陵人。他口中所说的刘老，是他的师父，鲁班场红军烈士陵园的第一代守陵人刘付昌。

说话间，又有人来祭奠英烈了。

郭德刚赶紧让来访者登记入园信息，然后为前来祭扫的人带路，讲鲁班场战役的历史、讲英烈们的故事。这些都是除了清扫陵园、擦拭墓碑、整理群众敬献的鲜花以外，他每天要做的工作。

现在他还会为大家讲述师父刘付昌的守陵故事……

## 二

鲁班场战斗，对于刘付昌来说，是难以忘却的童年记忆。

那一年，年仅11岁的刘付昌躲在茂密的山林里，目睹了惨烈的鲁班场战斗，第一次看见先烈们如何用鲜血染红了河山。战斗结束后，他也目睹了村里的大人们是如何冒着生命危险，含泪掩埋了战士们的遗体。

那时的他，还不知道，几年以后，自己也会成为一名保家卫国的军人。更不知道，多年以后，自己会守护着鲁班场战斗中牺牲的先烈，直到生命的尽头。

1944年，刘付昌参加了中国远征军，一路颠簸到云南，然后出境到缅甸。不久后，为抵御日军的进攻，刘付昌所在的部队被紧急调回贵州，在都匀、独山与日军激战。在一次近距离搏杀中，刘付昌干掉了两个日本兵，也被日本兵的刺刀在左臂上留下了一条10多厘米长的伤疤。

1948年，中国人民解放军发起了著名的淮海战役。刘付昌在团长带领下，毅然在战场上起义，由此成为中国人民解放军第三野战军10兵团第9纵队的一名战士。在随后的解放江苏、浙江、福建等战役中，因作战英勇，刘付昌先后荣立两次三等功、一次二等功。

新中国成立后，刘付昌退伍回到家乡，他将军装、军功章收起来，当了一名普通农民，默默耕耘在黔北的乡野。

在贵州，在遵义，在大娄山麓，在赤水河畔……在革命先辈曾留下足迹、播下火种的老区，人们对红军有着难以言说的崇敬。新中国成立前，父母送儿当红军、妻子送郎上战场的比比皆是，还有很多老百姓冒着生命危险，为红军带路、收留掉队的战士、为红军送吃送喝……新中国成立后，沿着红军战斗足迹走访，收集、整理红军遗留的宝贵文物的人更是数不胜数。

1968年，当地政府为了更好地保护红军烈士墓，决定修筑陵园。当地领导找到家住附近的刘付昌，征求他的意见，请他负责维修烈士陵园、守护烈士墓。刘付昌想都没想，就爽快答应："我一定守好，守到老！"

这是刘付昌的承诺，他说到做到了。这一守，就是50个春秋冬夏，就是一辈子。

## 三

子夜时分，寂静的陵园显得格外空旷。我不知道那无数个夜晚，老兵刘付昌是怎样与孤独为伴，守在烈士墓旁的。我也不知道那50个春秋冬夏，是如何让一个风华正茂的青年人，变成了一位两鬓斑白的耄耋老人的。

起初是维修烈士墓。刘付昌带着几名工人，筑围墙、修道路、砌墓地，一干就是三年。这三年中，他带领着工人们从山脚下背砖上山，一块砖一块砖地修砌。条件艰苦，只能天天吃苞谷饭、喝南瓜汤，但是刘付昌坚持了下来。

然后是绿化。陵园里光秃秃的，他就从山下背泥巴到山上，将石旮旯凿出洞，再培上土，种草种树。半个世纪过去了，他在陵园栽下的树多达千余棵，如今小一些的树约有碗口粗，大一些的树一个人已经环抱不住了。

修完烈士陵园后，刘付昌就在烈士墓旁边搭起了一个简易的工棚，从此这里就成了他的家，长眠于此的146位红军烈士就是他日夜守护的亲人。守墓之初，没有一分工资，待遇就是政府提供的两餐饭。他还在陵园树林下种菜种瓜。瓜果成熟后，他总是要先祭奠英烈，剩下的才拿来自己吃。

在陵园里，他是清洁工。无论刮风下雨，他总是坚持6点前就起床把陵园打扫干净。这些年，他扫坏的扫帚就有千余把。

他也是讲解员。每当有人来祭奠烈士时，他就耐心地为大家讲述那段峥嵘岁月。这些年，他讲述红色故事已有上万次。

他更是烈士们的亲人。陵园闭园时，他常常围绕烈士墓静静地走，与先烈们"对话"，生怕把先烈们冷落了。

50个春秋，树叶青了又黄，黄了又青。2018年7月，刘付昌老人与世长辞。生前，他交代家人，把他葬在烈士陵园对面的山堡上，他要继续"守护"这些先烈们。

## 四

映山红在开，鸢尾花在开，樟树和柏树发出了新芽。岁月轮转，赤水河自西向东滚滚流淌。

阳光落在鲁班场，落在昔日刘付昌日夜守护的红军烈士陵园，也落在今天郭德刚日夜守护的红军烈士陵园。

那是在刘付昌守陵的第30个年头，他等来了陵园的第二代守陵人郭德刚。在此后20年的时间里，守好红军陵园这份庄严而沉重的任务，刘付昌用自己的一言一行传给了这位后来人。

也许是命运的安排，也许是注定的缘分。和刘老一样，郭德刚也是一名老兵。

1973年1月，为响应国家号召，刚满22岁的郭德刚应征入伍，在云南保山边防部队服役，四年后退伍回乡。

回到家乡后，郭德刚在生产队带领乡亲们从事农业生产。他始终以一名军人的标准严格要求自己，拼力从事农业生产。然而他的风湿病日益严重，这是在部队执行任务时落下的，渐渐地他干不了重活了。这成为郭德刚心中的遗憾，他觉得自己愧对"军人"这个称谓。

一次偶然的机会，郭德刚来到陵园参观，得知刘付昌老人的感人事迹，知道了他和自己一样，都是退役军人，又看到老人年事已高，便打算接续守护烈士陵园。

经过有关部门考察后，郭德刚如愿以偿，成为鲁班场红军烈士陵园第二代守陵人。

## 五

郭德刚是个好学的人，来到陵园第一天就拜师学艺，向刘付昌了解陵园情况，熟悉守陵工作。刘付昌对郭德刚的认真感到十分欣慰，但他除了介绍烈士、介绍陵园修建历史外，并无其他交代。

第二天，天蒙蒙亮，刘付昌就起床了。洗漱结束后，他立即拿起扫帚，出门开始清扫广场、台阶、路道……等郭德刚醒来，刘付昌已经在门外扫了好一阵子，郭德刚很是愧疚，赶紧跟在这位少言寡语的师父背后打扫。

郭德刚始终忘不了，老人的脊梁像一张弓，每日里张着，在日出之前，在风雨之中。经年累月，弓的弹性也弱了。一次，老人在修剪万年青时被绊倒了，磕破了太阳穴，缝了5针才止住血。当地政府考虑到刘付昌年岁大了，让他回家休息，他却一直不舍得离开，直到有一次摔伤了坐骨神经，不能动弹，他才肯回家短暂休养。老人踉跄的步态，在后来的无数个夜晚，常常出现在郭德刚的梦境里。在鲁班场烈士陵园，那个身影就像一盏灯，时时照亮着郭德刚。

刘付昌在弥留之际嘱咐郭德刚，一定要把陵园守好。

刘付昌说，曾经的鲁班场穷得连一间像样的房子都没有，要是没有红军，没有革命先烈的流血牺牲，大家哪能过上好日子。我上过战场，晓得先烈们有多不易，烈士陵园里的英灵，我们一定要守护好。

绿草茵茵，苍柏青青。风，顺着山的脊梁，吹拂过鲁班场，也吹走日复一日的时光。陵园里，郭德刚仍然在讲述着那些难忘的故事。

师父走了。如今，故事的讲述者也成了另一个故事里的主角。他和他，还有更多的他，用忠诚、用诚信，以庄严之心、勤勉之力书写着新的深情故事……

《人民日报》2023年1月4日第20版

# 走近红旗渠

时
国
金

　　走在一块块太行山石垒砌的渠堤上，一面是斧劈刀斫的峭壁，一面是望之胆寒的万丈深渊。清澈的渠水顺着山势缓缓地流淌，就像一条碧绿的飘带，紧紧地绕在太行山腰。

　　岁月在这里仿佛停滞了。隆隆的炮声，铿锵的锤钎敲击声，在每一个来到这里的人们心间响起。站在红旗渠坚固的石堤上，我终于明白，为什么有人把它称为"世界奇迹"。

　　回望历史的深处，位于太行山麓的河南林县（今林州市），自古山高坡陡，土薄石厚，十年九旱，水源奇缺。

　　人们不会忘记，1954年，26岁的杨贵任林县县委书记。他深入基层，调查研究，提出了"水字当头，全面发展"的方针，带领干部群众治山治水，改变林县缺水的面貌。经过连续几年的水利兴修，全县先后建成多条引水渠道和几座中型水库。

　　然而，5年后，林县再次遭遇特大旱灾，从春到秋，没下过一场透雨。

　　艰难困苦在强者面前，有时却成了激发斗志、创造辉煌的巨大动力。这年年底，一个壮举——"引漳入林"工程诞生了。从山西平顺将漳河水拦腰截流，把河水引上太行山、引进林县。

　　林县县委向全县人民发出"重新安排林县河山"的号召。这个号召，顺应了世世代代林县人民摆脱缺水之困的夙愿，一经提出就得到热烈响应。

元宵佳节，杨贵和县委全体同志率领由3万多民工组成的修渠大军，冒着寒风，踏着霜冻，浩浩荡荡开上了太行山，扑到荒无人烟的漳河滩和"引漳入林"工程的各个施工段。过去峰峦叠嶂、冷壁清寒的太行山间，顿时成了红旗招展、热火朝天的战场。

多少年没人烟的漳河滩，从渠首到分水岭间的渠线上，无数没有名字的荒山野沟里，一下子热闹起来。在寒冷的太行山深处，铁锤声、钢钎声打破了太行山几千年的宁静，坚硬的岩石和血肉之躯开始碰撞。千军万马战太行，那是人与大自然的较量。

这战场一摆就是十年。

今天，在老鹰嘴，我仰头注视着那几欲下坠的绝壁悬崖，试图复原出当年建设者之一任羊成和他的除险队凌空除险的场景和心境。难以想象，在这飞鸟不能驻足、猿猴难以攀缘的石壁上悬空作业，需要多强的意志和多大的勇气！

当时，为保证安全，总指挥部决定组成一支专业除险队，实施凌空除险。除险队员用绳索捆住腰，手持长杆抓钩，身背铁锤钢钎等工具，将一块块浮石勾撬、掀落下来。因腰部长时间被粗绳捆绑系磨，久而久之，任羊成的腰部形成了厚厚一层老茧，粗糙如老榆树的树皮。一次，任羊成去排除塌方险情，炸药突然爆炸，他一下子被崩裂的烂石埋住，瞬间失去知觉。人们赶紧东找西寻，终于从乱石堆中拽出了血肉模糊的任羊成。

在红旗渠干部学院的课堂上，我们通过现场连线的方式，见到了已经九旬高龄的老英雄任羊成。他的手虽然已经抖得厉害，可说起当年的故事，眉宇间依然充溢着一股豪迈之气。他说，人需要有种精神，苦熬没个尽头，苦干才有出路。假如再修红旗渠，他还是要去参加除险队。

历史这样记载着：从1960年2月动工，到1969年7月建成，杨贵带领林县人民历经10年，削平了1250座山头，凿通了211个隧洞，架设152座渡槽，挖砌土石方2225万立方米，在万仞壁立的太行山上，建成了全长1500公里的人工天河——红旗渠，终于结束了林县"十年九旱、水贵如油"的苦难历史。

一个人靠着责任和情怀、意志和精神，究竟能达到何种人生的高度？在这里，杨贵和他带领的红旗渠建设者们，用行动乃至生命给出了答案。

这种精神，后来被人们提炼为"自力更生、艰苦创业、团结协作、无私奉献"的红旗渠精神。

漳河南岸，太行山腰的轰山炸石、锤钎叮当已过去半个多世纪。在林州人的接续奋斗下，放眼望去，如今的林州俨然已是"银龙舞太行，千里谷米香"。

20世纪80年代，一批在红旗渠建设中锻炼成长的能工巧匠，奔赴各地从事建筑行业。他们从红旗渠带向各地的，不仅仅是在修渠战斗中锻造出来的一流建筑技术，还有红旗渠中流淌的吃苦耐劳、敢打硬仗的精神。凭着太行山石般过硬的质量，他们为林州市打造出"中国建筑之乡"的金字招牌。林州人王付银有一支建筑队，专接别人不愿干的苦活难活。在汉十高铁关键控制性工程崔家营汉江特大桥的施工中，王付银的队伍接活后日夜施工，圆满完成任务。

站在庙荒村红旗渠旁的板栗树下，我发现日新月异的林州城可以尽收眼底。10年前，坐落在太行山脚下的庙荒村还是个贫困村。这里土薄石厚，房屋破旧。2012年，郁林英担任庙荒村党支部书记。在村民眼里，这是个敢拼敢做的"女汉子"。上任伊始，郁林英铁了心带领村民改变村里的贫穷面貌。随着脱贫攻坚战的打响，在相关政策的支持下，她与乡亲们一起，不等不靠，立足村子背靠太行山、红旗渠穿村而过的优势，发展乡村旅游。这几年，庙荒村成立了旅游开发公司，打造起特色民宿旅游村，被红旗渠干部学院挂牌为"研、学、游"基地。如今，村里已建成农家院14户，特色院20户，每年接待游客10余万人，小山村的面貌焕然一新。郁林英被评为全国优秀共产党员，并当选为党的二十大代表。

红旗渠的故事并未远去，红旗渠精神始终闪耀着历久弥新的光芒，在林州大地上代代流传……

《人民日报》2023年1月9日第20版

# 长在心中的大树

谭仲池

　　我曾读过作家贺捷生大姐写的一篇散文《去看一棵大树》。她在文章中满怀深情地说："父亲，你还记得吗？当你站在这棵大树下的时候，我也快要来到这世界。你看，我和你们与这片深沉又肥沃的土地，这棵死而复生的树，彼此命运相连，已经难舍难分了……"这棵大树在贺大姐心中的重要位置，于字里行间看得真真切切，让人感触至深。

　　2022年11月的一天，我去张家界采访。突然想起那棵心仪的大树，便萌发去看这棵大树的念头。当天下午，我们便驱车去慈利县溪口镇樟树村，看这棵贺大姐笔下的大树。

　　从张家界市区到樟树村，车子大约行驶了1个多小时。一路上，放眼山川，阳光明媚，白云飞渡，青山连绵，绿水潺潺，梯田层叠。栋栋新修的农舍点缀滴翠的山野，如诗如画，美不胜收。尤其是在路边不断出现的各种形状、呈淡青色的嶙峋巨石，给这个氤氲着神秘色彩的大山怀抱，增添了雄壮和凝重的气息。

　　我想，这应该就是湘西的独特风情和古老乡韵。

　　溪口镇樟树村位于澧水河岸。河岸长年生长着一排排枝叶茂盛的樟树。樟树的苍绿流进河里，河水变得柔软深幽，在微风吹拂下，荡漾着绿融融的光波。此番景致，让人心情悠然，舒展宁静。耸立在河岸的这棵古樟树，树龄已超过1200年。

　　我怀着深深的眷恋和虔诚，跑向这棵大树。

　　我跑进了遥远的古老溪口的萧瑟秋风和吊脚楼的如水月光里；我跑进了风雨如磐、潮起潮落的壮阔和苍凉里；我跑进了血火升腾、马蹄声碎、曙光初照的黎明里；我跑进了东风万里、春潮澎湃、歌声飞扬的艳阳里；我跑进了崭新时代、追梦圆梦的花海里。

　　我绕着这棵如巨人伟岸、如山峰巍峨的大树转圈。我的身体贴向大树，我在用心用情拥抱心中的这棵大树。我终于静下心来，在离树100米外的山丘坐下来，打开画夹。我要为它描容，为它抒写，为它歌吟，为它记录千年的跋涉履痕、蓬勃的绿色期待和恒久的红色记忆！

　　这时，在我的身边，悄悄地围来了不少老乡。他们默默地看着我为这棵大树画像。画它经受的那些风霜雨雪、酷暑流火、雷鸣电闪赐予的沉重、悲苦、坚韧、挺立与壮烈；画它那一枝一叶的遒劲繁茂，躯干枯皮和根须的皲裂、伤痕和复活。这是一棵怎样的大树呵！我仿佛觉得它就是一条河、一座山、一杆旗、一部书！

　　在我潜心画画时，有一位上了年纪的老乡主动告诉我，2000年夏天，一次雷击点燃了古樟树枝，顿时火光冲天，浓烟滚滚。乡亲们跑来，不顾危险，全力扑火，才阻止了火势。可是大树还是烧焦了一半。未曾想到，两年后，这棵古樟奇迹般复活，变成现在一半枯萎一半青翠的样子。听着老乡的诉说，我心里有酸楚，更有欣慰。眼前这棵树，告诉我们伟力和坚强的根源，也让我洞悉了天地的造化和大自然的奇美。

　　我特别珍惜并记住了樟树村村民的纯洁情怀。是他们捡来石头，围了栅栏，给大树裹上红布。让前来瞻仰、看望大树的客人，感知这棵大树的千年沧桑与厚重的红色文化底蕴。

　　画着画着，我仿佛置身于贺龙手持两把菜刀，带领乡亲们闹革命的现场，也高举梭镖大刀，挤进队伍中去。我更清晰地看见贺龙、萧克等红军将士就在这棵大树下谈论天下大事。这时，有号角声声传来，有红旗引路，有步伐整齐的队伍走过身边，有如惊雷滚动，飚风掀起。我放下画笔，凝神细看、倾听，感到有一股浩然之气，直冲云霄。我站起身来，情不自禁向树的四周凝望。我看见在离大树几百米处，那座典型的土家吊脚楼建筑，就像是一座钢浇铁铸的战斗堡垒站立在澧水河畔。我知道这座经历了100多年风雨洗礼、有近千平方米的老屋，就是当年苏维埃溪口区政府旧址。1934年，贺龙、萧克率领红二、红六军团，在此建立苏维埃政权，成立了地方革命委员会，发动群众开展革命活动。当时人口很少的溪口镇，一次就有700多人加入革命队伍。

想到这一切，我笔下勾画出的大树的根和干、枝和叶，自然就融入了大树的意志和信念；我用钢笔精心为大树描绘，描绘它胸中的向往和坚守，描绘大树的情和义、善和美。我要把大树的思想和寄托画进流动的时光里、画在大地的锦绣里、画到人们的心坎上。

我明白了大树守望岁月青葱的一往情深；我看到了大树呼唤斑斓明天的梦想追寻。现在的溪口镇和樟树村山水绿了，村庄美了，乡亲富了，日子火了。这里的新楼在绿荫里绽放欢乐；这里的瓜果在山坡飘香；这里绿色生态，清新怡人，成了旅游打卡的天堂；这里的红色故事，润心铸魂，让人的精神受到洗礼；这里的四季，花开如云；这里的人们，带着大树的美好祝福，走向四面八方、天涯海角。

我要跟着古樟树下的脚印，走进炮火硝烟的战场，去凝望贺龙手中的小烟斗，品味红旗漫卷过雄关的悲壮。我要从古樟深深的纹理里，拾回大树含情送别红军的朵朵泪花……

此刻的我，止不住泪珠盈眶。我要对大树说：今天，我来到你的身边，用笔雕刻你精神的伟岸，感悟你的平凡、豁达和伟大，再一次倾听你的深情叮嘱和召唤。你是长在我心中的大树，永远为在新征程上踔厉前行的追梦者，撑开绿荫，遮挡风雪，播洒春光……

《人民日报》2023年1月30日第20版

# 寻找"山果"

徐元锋

车子在金沙江边的群山中穿行，山势雄壮巍峨，之字形的公路展线层层叠叠，崖壁是亘古风化的沉积岩，干枯的荒草在视野里疯长，偶遇一两株高大俊朗的木棉，小灯笼似的花朵，反倒增添了山谷的寂静。越往上走，树木越多起来，有些山头郁郁成林。远处江水一线，山风猎猎，吹来春天的气息。

很早以前，我读过一篇写川滇边界深山故事的散文，题目叫《山果》。"山果"是文章主人公的名字，一个14岁的小姑娘。那个故事发生在14年前。彼时的云南，不仅金沙江沿岸，众多大山的褶皱里都掩藏着贫困，而"山果"格外令人心疼：她背着满满一篓核桃的瘦弱身影，她妈妈的病情，她追着火车的呼喊，每次读来都让人眼窝发热。近些年来，云南大山深处的变化让人振奋，寻访"山果"成了我的一个心愿。今年，"山果"该是28岁了，时光如金沙江水滔滔流逝，"山果"和那片山里的人们，怎么样了？

不过我也清楚，找到"山果"本人几乎无望——连绿皮车停留2分钟的"沙窝站"，现实中也查而未有。但在那时候，"山果"的形象基本真实，一个"山果"折射出一群山里孩子的命运。行走云南山区多年，我也见过类似的"山果"，无论是张桂梅老师所在的丽江滇西北，还是怒江边的高黎贡山上，还有许多偏远的村寨，孩子们都和这个时代一起变迁成长。即使找不到现实中的"山果"，也能于走访中了却一桩心愿。

这便是我从昆明奔赴楚雄彝族自治州元谋县的因由，况且我还是个记者。

一

《山果》作者黄兴蓉老人回忆，2009年她从北京去元谋探亲，在金沙江边的沙窝车站，偶遇挤上车卖核桃的"山果"，那趟火车是6161次绿皮车。6161次列车是从攀枝花到昆明的"慢火车"，全程约6小时45分钟，中间经过元谋站。如今从昆明到攀枝花，坐动车2个半小时就够了，车经过新的元谋西站。因乌东德水电站蓄水淹没部分线路，攀枝花到元谋段的"慢火车"已于2020年停运。但从昆明到元谋西还有绿皮"慢火车"，车次改为7466次，全程约4个半小时。

我放弃动车，改乘早上6点半发车的7466次去元谋，既为了感受曾经的"慢火车"，又为了领略老成昆铁路线的沧桑雄奇。赶到昆明站时天还未亮，站前广场附近几个卖早点的小摊挑着电灯，锅里的煮玉米、茶叶蛋冒着热气。我在小餐馆吃了碗面条，匆匆上了车。

7466次列车是G25型号的，6节车厢带空调，白色座椅套洗得干干净净，厕所里也没有异味，一节车厢还不到10个乘客，舒适到让人讶异——印象中曾经"脏乱差"的绿皮车呢？列车长杨兆祥肤色黝黑，语气和善，54岁的他在铁路上干了38年，跑过几条"扶贫慢车"，拿手的是给坐车的老乡介绍务工信息。老杨和我聊起"山果"，说当年在车上卖山货的确实多，如今早已没了。"山里的路越修越好，大家谋生法子也多了。你看坐慢车的都少了，东西卖给谁？"老杨的眼神飘向窗外。

从攀枝花到昆明，老成昆铁路经过的地方多是山区，当年还多是深度贫困之地。铁路大动脉连接起无数毛细血管般的羊肠小道，接引群众走出大山。如今弯弯曲曲的山路已经硬化拓宽，跑起了小汽车；铁路边的土坯房人家，要么搬迁，要么换成水泥房，10多年来的变迁都在老杨眼里。"编织袋少了，拉杆箱多了，看我们'大盖帽'的眼神都变了"，他笑起来。

当年车上的几个"稳定商贩"大家都记得，却想不起有个叫"山果"的姑娘。一路穿山越岭，我在车上也没遇见10多岁的少年，虽然那天是周日。老杨说得在理："这么大的孩子正读初中，哪个不在学校？"

## 二

"山果"出现在沙窝站。虽然这站并不存在，但金沙江边的红江站和向阳乘降所附近，有个法窝村。"附近"是从地图上看，法窝属于元谋县江边乡中村村委会，深藏在山肚子里，属于全县最偏僻、最困难的村。当年"山果"用"很难懂的话"和黄兴蓉交流，作者会不会把村名记成站名？其实那一路的小站，好多名字都是民族语谐音翻译的，停靠两三分钟想记住也不易。对于这个想法，江边乡的董奎书记挺赞同，说那就去法窝！

说时容易去时难。在大山里兜兜转转一个多小时，从山脚下的江边乡集镇爬升到山顶，再百转千回才来到山坳里的法窝村。这一路几乎荒无人烟：金沙江干热河谷寸草难生，蒸发量是降雨量的四五倍，强烈的焚风效应让这里水贵如油；雨季一般集中在5月到11月，绿色亦是稀疏浅淡，看上去像荒山野岭。眼下已是春天，山顶的棠梨花一树树雪白，簇簇戟叶酸模染红了山坡，遍地茅草等待着一场雨返青，时而撞见的黑山羊如同野物……

法窝是个小山村，50多户人家200多口人，村民基本打工外迁，只剩下不到30人，49岁的村民小组组长最年轻。法窝这么偏的地方也已通了水泥路，中村村委会副主任杨建伟告诉我，小时候走小路到红江车站得四五个小时，不过"山果"即使背着一篓核桃，也用不了一天一夜，而且法窝从来没有核桃，倒是准备种牛油果。

先不管有没有"山果"，我要去村里最困难的人家看一看。杨建伟领我来到杞自成家——67岁的杞自成，女儿出嫁，老伴去世，领着个30岁的智障儿生活。老杞家是土木结构的老房子，脱贫攻坚中维修加固过，院里收拾得很干净。憨厚的杞自成搓着手说，他和儿子享受低保，每月有800元的保洁公益岗补助，村里正给他家申请五保户，日子比以前好多了。

牛油果是怎么回事？原来，这片山里有500亩牛油果基地，就在附近的面前村小组。我一听来了兴趣，经营者浙江台州人孔庆波开皮卡车来接我们。通往面前村的路正在浇灌水泥，孔庆波对此百感交集：这条路我5年里开废了20多条轮胎。在人迹罕至的大山里种牛油果，孔庆波看中的是这里的气候：干热河谷地带，牛油果不容易得根腐病，昼夜温差大，果子甜度刚刚好，"我们考察了几个省才选中这里，只要有水，荒山秃岭也是金山银山！"

法窝村没核桃，不可能是"山果"家，但更远的卡莫村有，那里是元谋县最高峰。日头偏西，我们直奔卡莫而去。拜村里4300多亩烤烟所赐，卡莫村1457人，外出务工只有200多人。村里368户人家，曾有169户是建档立卡贫困户。整村脱贫后，去年农民人均纯收入有1万多元。村民黄兴强比"山果"大8岁，经历相似：他初中没毕业就出去闯，没少去红江车站卖黄梨、大豆，再换大米吃。"现在核桃卖不上价，不过2010年那会儿价格倒是高，至少十几块钱一公斤"，黄兴强挺内行，"当时赶着骡子去，一趟要走五六个小时，如今翻山越岭的苦跟女儿说起来，她完全无感。"黄兴强的女儿今年正好14岁，与10多年前的"山果"年龄相仿，正在江边中学读初二，老爸每周开车接送。卡莫村现在有10多个适龄读初中的女孩，无一辍学。

山风吹凉村委会的小院，几名村干部反复回忆，卡莫村没找出"山果"。"虽是10多年前，穿补丁盖补丁的衣服，这里尚不至于，再说也早不吃红薯饼子了"，卡莫村村支书李康宝说。

## 三

为了获得"山果"的更多消息，也为了看看如今"小山果"们的生活，我来到江边中学。学校里那些14岁左右的青少年，对"山果"的经历颇有隔膜感。1980年出生的语文老师蔡兴凤回忆起和姐姐一起去红江车站卖甘蔗的经历，孩子们睁大了眼睛听着——这些坐过绿皮车的孩子，也对"火车集市"记忆模糊了。

老成昆铁路从攀枝花的师庄站进入云南元谋，一路沿金沙江前行，经过姜驿乡和江边乡，也就是大湾子站和红江站，两个站辐射的山区是元谋最困难的地方，再往前走就是平地坝区的黄瓜园站了。如今大湾子站沉入水底，红江站按清库要求夷为平地，只剩下站口的凤凰树。在废弃的轨道边，铁路工作人员王国民话更少了，从24岁到34岁，他都在这条线上工作，走过每根枕木，"白天数道钉，晚上数星星"。如今，渔洗1号隧道口被一面砖墙封了起来，再往前的轨道已拆除。王国民手抚轨道边的油桐树，说他也没见过"山果"，而且在2020年火车停运前，与铁路相依相伴的群众已陆陆续续搬走了。

新时代脱贫攻坚以来，江边乡整村搬迁了28个村小组，撤销两个村委会。除了易地扶贫搬迁安置，还有水电开发移民。搬去了哪里？部分在江边乡集镇边，部分去了县城边的甘塘等地。

甘塘片区的百果村，整村搬迁自姜驿乡，以前叫白果村，村里230户人家，曾有140户是贫困户。白果村以前缺水，有的小组只有筷子粗的一股水，各家轮流去接。那时白果村人卖点东西是去镇上，若去车站还得坐船过江。54岁的村民李正春回忆，村里种过红薯，他还吃过红薯干。村里现在生活如何？以前一家四五口人一年赚不到2万块，搬迁后一人打工一年，2万块就不在话下。活好找吗？元谋是著名的蔬菜和水果之乡，用工量大，只要不懒，就有活干。其实，因为农业产业搞得好，元谋县的农民人均纯收入，已连续20年在楚雄州排第一。

江边乡集镇搬迁安置点里的变化，三天三夜也说不完。渔洗村小组的小组长李加助对比：以前土木房子多，现在都是两层楼；以前村里路烂，骑摩托都困难，现在135户有110多辆车；以前喝山泉水下雨就浑，现在自来水清亮亮的……村民看病难吗？我想起"山果"母亲的病。李加助说，去乡卫生院只要3分钟，花费报销八九成。

从渔洗村前的观景台望出去，金沙江和龙川江蜿蜒交汇，浮光跃金里，元谋县五角星造型的"红军长征纪念馆"熠熠生辉。当年红军将士就是在这里的龙街渡浴血奋战，掩护中央红军渡过下游皎平渡，创造了"巧渡金沙江"的军事奇迹。山峦静穆，江河无言，但又仿佛能听见山乡巨变拔节生长的声响。

我最终没找到"山果"，但已深切感知到：山还是那山，果已不是那果了……

《人民日报》2023年4月3日第20版

# 扬子洲有个"江豚湾"

王<br>芸

"巡逻艇来了，准备好！"江边顿时静了声。5部相机，清一色大炮筒式的镜头，齐齐对准了江面。坐在各自相机前的拍摄者，将手放在了快门键上，眼睛紧盯取景框。

我站在王筱华身边，顺着他缓缓移动的镜头，注视江面。巡逻艇由远而近，身后拖着长长的水花。空阔的江面上，只见一只白色的江鸥时飞时落。刚刚还不时将背脊露出水面的江豚，此时不见了踪影，可江鸥标示着它们的存在。王筱华告诉我："这只江鸥今天一直跟着这两只江豚，它等着吃江豚拱起来的鱼呢。"

"跳了！跳了！"王筱华一边轻声提示同伴，一边锁定取景框，手指频频按动快门，喃喃低语："今天应该有'大片'……3只……又跳了……太好了！"

巡逻艇过处，几叠波浪涌向江岸。拍摄者们守候的这个地方，是位于江西省南昌市扬子洲镇渔业村的一处江湾，"江湾处水流速度变缓，鱼就多，有鱼就吸引江豚。"这是王筱华的解释。几年前，王筱华常常跑余干，守在赣江、信江、抚河交汇处拍江豚，那里的水质、水深、食料条件适宜，是江豚往来鄱阳湖的必经之地，最多时有200多头江豚聚集，因而被命名为"江豚湾"。三年前，王筱华得知南昌赣江扬子洲段也有了江豚，近在家门口，他便一年365天几乎天天在这里守候了。一部相机、一个背包，风雨无阻，早出晚归。

我初识他，是被他发布的江豚短视频吸引，通过微信联系上他，才知道扬子洲有个"江豚湾"，近几年每年有10多头江豚在这里栖息。王筱华和摄友们成了赣江边的守候者，也是江豚的义务守护人。

一个午后，我到达时，5部相机已经在江边守候了一上午。王筱华说："今天运气好，有太阳，江豚活跃得很。"

有一家三口来到江边，好奇为何这么多相机对着江面。得知江里有江豚，6岁男孩缠着王筱华给他看拍到的江豚照片。白色江鸥和江豚同时出现的画面，让男孩兴奋不已。

今天果然拍到了"大片"：镜头捕捉到一只江豚出水的正面照片，大半个身子跃出了江面，那微微上翘的唇形清晰可见，这就是著名的"豚式微笑"，也被称为"长江的微笑"。还有江鸥和江豚同时出水的画面，巧的是，江鸥嘴里叼着一尾银色的小鱼。

王筱华满脸止不住的兴奋。我好奇："你拍了三年，天天这样从早守到晚，拍的画面是不是差不多，你不厌倦？""不会不会，每天拍的都不一样，比如今天运气好，拍到迎面的，有时候拍到江豚转身，还有一次拍到了母子豚嬉戏的镜头……"

爱上江豚的王筱华，也当上了江豚保护志愿者，还将摄友们发展成了同行人。他告诉我，上午江对岸有人用甩杆钓鱼，被他用手机拍下来，发给了渔政部门的工作人员。

像王筱华这样的江豚守候者，我还认识一位——余会功，是王筱华的摄友。有一年，余会功坐船去鄱阳湖，停船时看到许多江豚在江面腾跃，那欢腾的画面让他一见难忘。后来，他无意中发现江湾处有许多江豚，兴奋地拍了一个多小时。那时他还不清楚江豚的特点，拍到的多是江豚露出水面的脊背、侧影。

后来，真的专注于拍江豚了，余会功才知道，江豚不好拍。但余会功铁了心拍江豚，每天开车去余干，来回3个小时，其余时间都在江边蹲守。余会功边拍边琢磨江豚的特点，他发现江豚每隔几米就需要出水呼吸，找准它的呼吸节奏，便能预测到它的下一个出水点，提前对好焦，"咔嚓"一下，一拍一个准。他还发现水流速度越快，江豚就跳得越活跃，风大的时候也是，他这才明白了古人所写"江豚吹浪夜还风"。江豚觅食喜欢围捕，几只江豚合伙吐水赶鱼，将鱼赶到一处……终于，他拍到了江豚的眼睛，拍到了江豚捕鱼的画面。照片登上了报纸，摄友看到了，不禁赞叹："不得了，这个都能拍到！"

　　拍照将余会功和江豚连接在了一起，也将他与江豚保护联系在了一起。他被人介绍到中国科学院水生生物研究所讲解，开会前，余会功做足了功课，将拍摄的照片制作成视频，并对鄱阳湖的现状、江豚的生存环境进行了梳理。他拍摄的资料给了研究江豚的专家很大帮助。

　　让余会功感到欣慰的是，江豚的生存问题得到了全社会的关注。2021年，江豚由国家二级保护野生动物提升为一级，长江流域和鄱阳湖湖区的生态环境保护力度也不断加大。余会功、王筱华与越来越多的普通人，志愿加入"江豚卫士"队伍，他们沿江拍摄挖砂船，清理湖区、江域的残存渔网……

　　自从志愿者在赣江扬子洲江段发现江豚的身影，此后江豚年年到来，一年在扬子洲水域栖息的时间长达9至10个月，可以目见的幼豚数量明显增多。

　　因为江豚的到来，赣江边多了一群守候者。人们经由他们拍摄的一张张照片、一段段视频，看到了追风逐浪的江豚，看到了母子豚相伴嬉戏的画面，看到了跃出水面的"微笑天使"的面容。

　　经由余会功和王筱华的镜头，我也成了一名守候者，守候着那天然而珍贵的"豚式微笑"。

# 劳动着，幸福着

周舒艺

　　群山连绵，山杏遍开。这个春天，我走进河北滦平金沟屯镇下营子村。在燕山深处的这个小山村里，我见得最多的，最难以忘记的，是一幅幅火热的劳动场景。

　　清晨6点多钟，乡亲们就已经上山植树了。他们背着松树苗，一步一步攀登上高高的山坡，一棵、两棵、三棵……将小树苗稳稳地牢牢地栽进土里。几个钟头过去了，抬头望去，那些身影越来越小，直到成为山坡上的一个个小点——人们越攀越高，他们要将这山坡植满新绿。山坡上，"花海小镇"四个大字引人注目。九年前，从这个偏僻的小山村走出去的能人孙士河回到家乡，开始建设中药材种植基地。从那以后，乡亲们开垦梯田、治理荒山、种下药材、栽下果树……他们用勤劳的双手，靠不懈的奋斗，让这片土地一天天发生着改变。如今，这里已建成"热河中药花海小镇"。再过几个月，坡坡岭岭将是一片翠绿，田地里，美丽的药花四处盛开摇曳。劳动，染绿了山村，美丽了家乡！

　　骑上新买的电动三轮车，村民王瑞珍的心情格外好——走，干活儿去！她在村里的企业务工，这段日子忙个不停。前几天刚上那块地里栽了苹果树，这几天又忙着在山楂树地里搂草，接下来还要去其他田里整地……前些日子，王瑞珍去了趟石家庄，儿子接她去旅游。但她是个闲不住的人。回到村里，每天都有活儿干，每天都有工钱挣，多好！自家还有10多亩地要收拾，去年收的玉米还没卖。闲不住的王瑞珍又参加了企业的文艺宣传队，学会了扭秧歌、打快板、跳扇子舞，还上县城去演出呢。文艺宣传队有一个响亮的名字——"在希望的田野上"。在这片希望的田野上，到处充满了希望：去年种下的苍术、山楂树下的柴胡已经长出了新芽，满山的黄芩也已静静地躺在地里头，乡亲们盼着能卖个好价钱。劳动，鼓起了腰包，振奋了精神！

　　瘦弱的身躯，小小的个子，闫秀云抱起一箱啤酒朝院子里的电动三轮车走去。闫秀云家在村里开了一个小超市，她经常骑着电动三轮车给村民家送货。老伴楚志来一大早就到地里去了。家里种了70亩地，是全村种地最多的人家，楚志来每天都起早贪黑在地里忙碌。地里的活儿都是楚志来在忙，闫秀云就在家里打点这个小超市。说起他们家的闺女，村里人都啧啧称赞。女儿正在读研究生，是下营子村为数不多的硕士研究生，眼下正准备考博。闫秀云两口子都支持孩子，说孩子有这个志向，就让她读。孩子也很懂事，知道父母身体不好，每次打电话回来，首先问的就是父母的身体情况。去年，闫秀云家被承德市文联、承德市文明办评为"书香门第"。村民们竖起大拇指——"这是真正的书香门第！"劳动，撑起了家庭，改变了命运！

　　忙完一天的工作，赵春凤坐到电脑前，上网查阅资料。一到周末，城里的孩子们来花海小镇研学，她要给孩子们讲解中草药知识。如何让孩子们听得懂、感兴趣，成为赵春凤眼下的难题。在网上找资料、下载保存，赵春凤熟练地操作着。别看这些操作简单，可对于以前的她来说却很难。那时候，她在村里的企业干些打扫卫生、后厨烧饭的活儿。干活的时候，她看见驻村干部在电脑前整理材料，就跟着学习使用电脑。初中只读了几天的她哪里接触过这些，她一遍遍向城里来的干部们请教，慢慢地学会了用电脑，学会了操作常用办公软件。接着，又学会了整理各种资料乃至写文稿，全靠自己边学边悟。现在，赵春凤已在企业里身兼数职——党支部书记、办公室主任、文艺宣传队队长……忙着这么多事儿，累吗？不累！赵春凤说，她觉得特充实。劳动，提升了自我，充实了人生！

　　夜幕降临。这个燕山环抱的小山村渐渐进入了梦乡。山村一片寂静，唯有天上的星星眨着眼睛，亲昵地望向这片淳朴的山乡。明天，当小山村醒来，处处又将是一派火热劳动的场景。乡亲们用勤劳的双手，靠自身的奋斗，建设着美丽的山乡，创造着幸福的生活。

《人民日报》2023年5月1日第7版

# 高原之子

姜峰

　　高原的午后，他依然是那身鲜明的装扮——个子不高、身材瘦削，戴一顶藏式毡帽，稀疏的发梢已由白色转成黄色；身穿白大褂，左胸前别着工作证，还有一枚鲜红的党徽；白大褂里面，还是那件酒红色毛衣，那是女儿给他织的，已经穿了20多年。

　　面前这位年近九旬的老者，就是"七一勋章"获得者、我国低氧生理和高原医学的开拓者吴天一。

　　采访吴老，再次听他畅聊人生。反应敏捷的他，讲到动情处慷慨激昂，谈到欢笑时前仰后合。在他的感染下，我似乎忘记了时间，采访不觉至日暮。

　　老旧的红木色办公桌，翻皮的黑沙发，文件资料、报纸刊物堆放如山。在吴老的书房，时光仿佛被拉长……

一

　　1950年，战火即将烧到鸭绿江边。还在读书的吴天一投笔从戎。本想扛枪上战场，却因为文化底子不错，被分配到中国医科大学，"误打误撞"当上了军医。从那以后，这身白大褂，一穿就是70多年。

　　几年后，吴天一刚刚从抗美援朝战场归国，又远上高原。脱下戎装、转业地方，他和同为军医的妻子刘敏生响应国家号召，来到自然环境恶劣的青海，甘为高原开发建设、各族群众健康保驾护航。这一来，从此扎下了根，再没有离开。

这次选择，让吴天一的医学道路聚焦到了高原病研究上。彼时，国内的高原病防治领域还一片空白，不少来青海支援建设的知识青年得上了"怪病"，甚至长眠于高原，但政府、社会各方对此却缺少了解、束手无策。

"在高原搞经济和国防建设，不解决人的适应问题，不行！"频繁出现的高原病伤亡情况，深深触动了吴天一。他敏锐地意识到，面前是一片无人涉足过的领域，少不了荆棘丛生，但总得有人带头闯出一条路。

天降大任。以行医为业、以青海为根的吴天一，义无反顾地向高原病研究这座山峰攀登。

经过多年的积累，从20世纪80年代起，时任青海高原医学科学研究所副所长的吴天一，开始主持一场前无古人的大型田野调查——历时10年，深入青海、西藏、四川、甘肃等地的高海拔乡镇牧村，对发生在青藏高原的各型急慢性高原病，从流行病学、病理生理学和临床学角度，进行了具有开拓意义的科学系统研究，影响深远。

当时刚刚参加工作的更登，被分配到吴天一身边做助手兼翻译。他至今念念不忘那些年田野调查时的艰辛："从西宁出发，到果洛藏族自治州玛沁县雪山乡，路途遥远、交通不便，开车就走了整整3天。到了乡里，租上牧民的牦牛，把心电图、血压、血氧、呼吸、心率等检测设备驮上。然后，吴老带着我们骑马挨家挨户去收集数据。吃的是馍馍咸菜，住的是自己搭的'马脊梁'帐篷。"

所谓"马脊梁"帐篷，是用羊的腰椎骨头，把两根长木棍固定成"T"字形，再把白色帆布往上一披，就成了一个面积不过3平方米的简易帐篷。"'马脊梁'帐篷白天热，夜里冷，外面下大雨，帐篷里下小雨。"更登清楚记得，地处高原腹地的雪山乡天气突变，半夜竟下起了大雪，把帐篷都给压塌了……

与翻山越岭、风餐露宿的艰辛相比，如何取得牧民群众的认同，更是一大难关。对此，吴天一有"绝招"：戴上毡帽、裹着皮袄、脚蹬马靴，和牧民们亲切地交流，牧民们亲热地拉他坐进帐篷——聊到这里，吴老有些"得意"地笑了。

熟悉吴天一的人，都说他是语言天才。到青海后，他自学藏语，成了藏语通。但吴老并不认为自己天赋异禀："语言既是工作的需要，也是与患者沟通的桥梁。只要钻进去，没有学不会的语言。"关于这一点，更登深有感触："白天跋山涉水，晚上窝在'马脊梁'帐篷里，吴老还坚持每天写日记，把手电筒挂起来当作灯。日记里既有调查心得，也有当地的风土人情、俚语方言。"

一个雪山乡，3000多个样本，就需要5个月时间收集。10年高原田野调查，走过多少山山水水，经历多少风吹雨打，吴天一已无法尽数。"我当过军人，困难面前，决不当逃兵。"借助收集到的海量临床资料，吴天一最终在国际上首次提出我国藏族已获得"最佳高原适应性"的突破性论点，潜心研究的慢性高原病量化标准被国际高山医学协会确定为国际标准，取得重要的学术成果，为我国高原医学发展做出了开拓性贡献。

回首来路，吴老觉得成就他的，恰恰是与时代同频共振："祖国的需要，就是我努力的方向。"

一字一顿地倾吐出心声，一时间，老人竟老泪纵横。真情流露，赤子情怀。

## 二

在吴天一的书房里，摆放着一张20岁时的照片：他作为中国医科大学体操队的一员正在训练。"杠上前滚翻，那会儿做100个没问题。"吴老回忆。

有人说，吴天一的身体素质也是"天赋异禀"。与吴老共事了30年、现任青海省高原医学科学研究院中心实验室主任的刘世明，起初也这么认为。直到有一次去北京开会，他和吴老同住一间房，"晚上吴老冲完澡，我再进去冲，却发现水温冰冷，这才知道热水器坏了"。当时20多岁的刘世明冻得哆哆嗦嗦，而吴老却不以为意地说："需要热水吗？我常洗冷水澡健身啊。"那时，吴天一已届花甲之龄。刘世明这才恍然大悟：吴老的体格不是一天练成的。

为获取在特高海拔的人类生理数据，1990年，吴天一组织联合医学考察队，攀登坐落于青海河源地带的阿尼玛卿山。途中，外方人员发生了明显的高原反应，不得不提前放弃。而吴天一继续带领中方人员向上突击。为了鼓舞士气，每天早上他还组织全体队员进行升国旗仪式。最终，在5620米的特高海拔成功建立起了高山实验室——这个位置，比珠峰大本营还高出400多米，是此前高原医学研究领域从未达到过的极限。那时，吴天一已经56岁。次年，国际高山医学协会年会向吴天一授予"高原医学特殊贡献奖"。

对常人来说已近退休、安享天伦的年纪，吴天一却在不断挑战自己的身体极限。

青海省高原医学科学研究院一楼大厅，摆放着一件大型科研设备，这就是吴天一自主设计的高低压综合氧舱，是世界首个可模拟上至高空12000米、下至水下30米环境的综合氧舱。走进厚厚的舱体，里面摆放着各类运动器械以及数据采集设备，以便考察人体在高低压模拟环境下的生理体征。

20世纪90年代初，这个"大家伙"建设完成。可人体实验谁来做呢？吴天一没有二话："我是设计师，我来！"时至今日，刘世明仍清晰记得首次人体实验时的"惊心动魄"——从模拟海拔6000多米下降时，由于降速过快，他从舱体玻璃窗往里看，发现吴老突然捂住耳朵，面容痛苦。原来，吴天一的右耳鼓膜，当时就被击穿了。出舱后，操作设备的空军总医院工程师连忙道歉："真对不住，我把您当成歼击机飞行员了。"

所幸这伤是物理穿孔，两三个月后就能恢复，但总归落下伤疤，影响了听力。1992年，在这座国产高低压综合氧舱启用揭牌仪式上，吴天一登台致辞。他丝毫不提"惊心动魄"的实验经过，而是兴致勃勃地引用了毛主席诗词："可上九天揽月，可下五洋捉鳖，谈笑凯歌还。"

讲到这里，吴老冲我吟诵起来，字字铿锵、眉飞色舞，犹见当年意气。

这首词后面还写道："世上无难事，只要肯登攀。"埋头登攀的吴天一，几乎可以说是用"遍体鳞伤"，换来了一个又一个高原医学难关的攻克：自主设计、技术领先的高低压综合氧舱投用后，国际合作项目纷至沓来，吴天一"好了伤疤忘了疼"，做实验时耳膜又被击穿过数次；受多年来田野调查强烈的紫外线影响，加上伏案工作用眼过度，吴天一40多岁时双眼就患有白内障，后来做手术植入了人工晶体；跋涉在高原牧乡的吴天一，数次遭遇车祸，全身先后有14处骨折，最危险的一次是4根肋骨骨折，一根肋骨差点戳进心脏，险些丧命；直到现在，他的右大腿还装着钢板，以至于走路时一瘸一拐……

前几年，吴天一又装上了心脏起搏器。拍拍胸脯，他一昂头："这些物件都是为人服务的，只要心里头憋足一口气，我还要精神抖擞地继续跟高原病较劲！"

我这才明白，其实，并非吴天一的身体素质异于常人，支撑他这遍体鳞伤的身躯顽强运转、持续登攀的，不仅仅是体格，更是信念。

"如今回想，我真是个'粉身碎骨浑不怕'的逆行者，越是艰险越向前。"吴老这样定义自己，随即笑起来，"不过，我这辈子，也是'自讨苦吃甘自来'。"

## 三

高原医学之于吴天一，既是一次次冲刺顶峰的大勇，更是一回回悬壶济世的大爱。

2006年7月1日，青藏铁路全线通车。那一刻，吴天一感到无比欣慰。作为"天路"工程的高原生理专家组组长，他带领医疗团队无数次奔波于昆仑山口、可可西里、唐古拉山沿途，研究建立了一整套卫生保障措施和急救方案，推动工程全线配置了17个制氧站、25个高压氧舱。"当时有个方案，考虑给筑路工人配备氧气瓶，但我说不行，一是不安全，二是浪费大，一半氧气能吸进口鼻就不错了。"吴天一力主必须全线配置制氧站和高压氧舱，"在海拔4905米、世界最高的风火山隧道，我们设计建造了两条输氧管道，不间断地往隧道内供氧，将施工现场的含氧量提高到了海拔3500米左右的水平。"

正是因为有了吴天一及专家组团队的医疗方案，5年里，青藏铁路14万筑路大军在平均海拔4500米以上地区连续高强度作业，没有一人因高原病死亡，被誉为"高原医学史上的奇迹"。

吴天一犹记得，工程开工前，他被邀请到北京给铁路部门的干部们讲了一堂高原医学课，"我带着自己编的一本小册子，呼吁要让青藏铁路的所有参与人员都读一读，关键时能救命！"后来，这本《高原病防护手册》被广泛印发，14万筑路大军人手一本。

2010年4月14日，青海玉树发生7.1级地震。已经76岁的吴天一，主动请战要求奔赴灾区。他说："玉树人民需要我，我必须要去，现在就去！"当天傍晚，曾经跟着吴天一无数次深入牧区开展田野调查的更登，又一次跟随他一同前往玉树灾区。更登记得："傍晚7点多钟从西宁开车出发，连夜赶路，第二天上午9点多钟到达玉树，吴老带着我们立即投入了救援治疗。"

到达玉树，吴天一和医疗人员争分夺秒奋战在废墟间。第一天晚上，大家的晚饭就是方便面，吴老和大家都在汽车上眯了一宿。第二天，玉树体育场搭起了高低板床，更登睡上铺，吴老睡下铺。就这样，吴天一和大家一同在灾区奋战了整整7天。

从玉树回到西宁后，吴天一顾不上休息，很快组织了一场玉树地震灾后重建卫生保障及高原病防治的课题会，征集到来自国内外的数十篇高质量论文，为玉树灾后重建的卫生保障提供了精准、及时的科学支撑。

聊着聊着，刘世明"搬"出吴天一新近的大部头论著——《吴天一高原医学》。"这部论著对吴老来说有着特殊的意义，几乎是一部囊括吴老数十年研究于一书的总结之作。全书25篇100章、计340万字，是吴老用了整整三年时间写出来的，可谓他的毕生心血。"谈及此，刘世明眼眶有些湿润了。作为与吴天一共事三十载的同事，他深知这本书的分量。

翻开书，令我感到新奇的是，除了大量专业艰深的医学内容，书中还有不少自然、历史与人文内容，有关我国作为高原高山大国及我国的高原人类群体。这部论著，堪称是一位中国高原赤子对母亲的传记与献礼。"中国高原医学好像雪莲花一样在冰峰雪岭中生生不息，成为人类医学的奇葩，一定会有更加灿烂的明天""谨以此书献给为我国高原建设献身和拼搏的人们！"吴老其言千钧。

聊天时，吴老"埋怨"起老伴。"40多岁的时候，凌晨1点钟催我上床睡觉。60多岁了，不许我熬夜过12点。现在呢，晚上11点准时过来关我的电脑。"夫妻二人当年响应国家号召奔赴青海支援西北建设，如今一待已是60多年。他们的女儿、外孙也都扎根在了青海，同样身披白大褂——一家三代四口人，都献身给了高原医学事业。

一下午畅谈，不觉日头西沉。吴老拉着我的手，仿佛有聊不完的话。送别时，他独自伫立在楼道的那头，不停地挥手。

获颁"七一勋章"后，原本就忙碌的吴老更加忙碌了。为了把有限的时间投入科研，他把很多采访、出镜、会议都推掉了。不过有一件事却是例外。每每遇到给年轻人讲话鼓劲的邀约，他从不推辞，再忙也要去。这不，在青海卫生职业技术学院的"开学第一课"上，眼望台下00后莘莘学子的青春面庞，这位已近"90后"的老人坚持站着演说。讲稿都是他自己写的，风格激情澎湃，恰如其人："青藏高原的乳汁，是培育人才的甘露，这就是我们的母亲。青藏人民正展开双臂迎接你，你的事业就在这里。走进大地，走进生活，你一定会成功！"

这些对年轻人的殷切寄语，我想，在这位高原之子的心头，至今仍然激荡。

《人民日报》2023年5月6日第8版

# 在襄阳"过早"

郝敬东

　　湖北襄阳人过早爱吃面。大街小巷，面馆处处可见。闸口路算是个吃面的好去处。这里的面品种多、味道好，有的还配有自家酿制的黄酒。闸口的面因此享誉全城，以至于"接你明早去闸口过早"成了人们加强感情联络时常说的话。

　　在襄阳吃面，一般来说，哪家面馆排的队长，哪家面馆的面便做得好。但我是个急性子，耐不住排队等待。那日，我晨走后来到闸口路，越过几家排队的面馆，停在了一家很是整洁的面馆前。面馆迎街开两门，不甚宽的檐廊上，坐满了以小塑料凳为"椅"、以半高独凳为"桌"的吃面者。从右门入室，两门之间的东墙摆放一张条桌，上面放着消毒柜和瓷碗、粥罐；厅南1/4的空间，则被制作面的各种器具占据。碱面、豆芽、油品、佐料，以丰富的色泽，连同烫锅里翻滚的沸水、料锅里飘溢的香味，绘就了一幅有声有色、有形有味的制面工艺图。

　　做面的师傅年龄五十开外，中等个头，着蓝色罩衣，戴黑色口罩，精气神十足。他手忙嘴也不闲，一边询问和回应着客人所需，一边用左手将碱面、豆芽抓放于漏勺，右手执勺于沸腾的锅中快速搅捞，提勺沥水，左手又取了白瓷碗，将烫面扣入碗内，再按客人所需舀取相应调料，置入面碗，交予食客。全部操作一气呵成，连贯流畅。从他和客人的寒暄里，我知道了他姓张。

　　我前面的顾客端过面后，张师傅招呼我说："您是稀客，之前好像没见过您。来碗啥面？加绿豆芽还是黄豆芽？"

我回答："的确是第一次来尝您的手艺。来碗豆腐面吧，加点黄豆芽。多少钱？扫码付您。"

张师傅爽声道："好嘞！小碗豆腐面5块。苞谷糁粥免费，您自己舀；筷子在消毒柜里，您自己取。吃辣椒不？有煮鸡蛋需不需要？"

"别放辣椒，来个煮鸡蛋吧。"

"鸡蛋另加1块。葱花、陈醋自己添，不急，吃完再付钱不迟。"

端过面碗入座，我开始从蒜碗里挑取蒜瓣。张师傅手里活不停，却好像特别在意我："吃面不吃蒜，香味少一半。看来您蛮懂得吃面。我这蒜瓣看着小，但它是城郊特有的紫皮小瓣蒜，味香，微辣。您不吃辣椒，这蒜适合您。"

张师傅的话，让我明白了他既是做面师傅又是面馆掌柜。面馆环境整洁本合我意，而这番话，更是让我好感倍增——今后过早，就定点这里了。

此刻，一位老伯点了牛肉面。张师傅说："老伯，桌上有一次性筷子，您取了先尝尝牛肉的软硬吧，如果得劲儿，我再给您烫面。"老人取过筷子，从料锅里夹起一小块牛肉嚼了嚼说："还真咬不烂呢。那就还是豆腐面吧，加碗酒。"

张师傅朗声喊道："大姐，倒碗常温嫩酒给老伯。"随着一声"好嘞"，操作台后的里间走出一位和善的大姐，端着满满一碗黄酒，小心翼翼地送到了老伯面前。

张师傅宁用豆腐面换下更贵的牛肉面，少赚那么几元钱，也不做让老人吃得不安逸的买卖。我向他伸出大拇指："想得周全，为您点赞！"

"这是本分呀，做餐饮没德行可不成。"张师傅笑着说，"来我这儿的多半是回头客，要是昧了良心，谁还认我家？"

"那位大姐，是您姐？"

"不呢，是位街坊邻居，人勤手快，请她做帮手。您看，当帮手也不轻松呢。"

的确，大姐片刻都没闲着。从里间到大厅，从厅里到厅外，进进出出，收拾洗涤碗筷，清理桌面残物，添加碱面、豆芽，补充苞谷糁粥，更是应着张师傅"大姐，倒碗无糖豆浆""大姐，倒碗冰冻老酒""大姐，倒碗常温嫩酒"的嘱告，不断为客人端送着黄酒、豆浆……

自此，从夏到秋，我每周至少三次去这家面馆过早。每次去，不用开口，张师傅就会为我下一碗不着辣椒、加一枚煮鸡蛋的清油豆腐面。不仅如此，我还发现，只要是熟客，哪位客人喜好哪类口味的面，添绿豆芽还是黄豆芽，放辣椒油还是清油，加鸡蛋还是海带；哪位客人要老酒还是嫩酒，豆浆要无糖还是有糖，饮品要常温还是冰冻抑或是加热；哪位客人需要打包带走，甚至于需要打包几份……张师傅无一不了然于胸，调配适宜。那种客人无须开口的默契、满屋和谐愉悦的氛围，让这家的面也显得更美味适口了。

我与张师傅的交流也愈来愈多。他说他的祖屋在古城小北门，祖上以做黄酒为生。前些年实施古城保护，才搬到了闸口。他遵从"迁祖屋不迁祖传"的老话，按着父亲的规矩，每天以50斤糯米为限酿制黄酒，坚守不掺水分的底线。然而，闸口一带原住民几乎家家都会做黄酒。他因此决定减少一半黄酒酿制量，腾出精力开面馆，配销自酿黄酒，收益必定增加。于是，他探访多家面馆，品尝、学艺、打探食材、观察食客喜好。接着，租房装修，添置设备，雇请帮手……面馆就这样开起来了。如今面馆除去各项成本，月纯收入在15000元上下，收益大大超过了单纯酿制黄酒。但劳动强度也挺大，每天凌晨4点开始忙碌，直到上午10点收场，整整6个小时人不停步、手不得闲。

忙完面馆的事，下午便要淘洗糯米、沥干清蒸、散凉拌曲、装坛发酵，3天后开坛，米糟绵软化瓤，滤其汁液，即为嫩酒。而制作老酒，则需在嫩酒工艺基础上加大酒曲配量，延长发酵期限至7天，再开坛提料、过滤压榨、保温糖化……张师傅说，自酿黄酒都是即出即卖，隔天的话，酒的纯度与新鲜度就差了，卖给顾客是有昧良心的，这是祖上留下来的规矩，绝不能违背！

听了他的故事，看着他忙碌、辛苦，却忙而不乱、乐此不疲的精神面貌，我忽然想到，在闸口路过早，你不仅仅是在品尝传统手艺，更是在读一本民间烟火之书。

是的，在这个世界上，勤劳、善良的人们都会有一片阔朗的天地。

《人民日报》2023年5月17日第20版

# 一幅精美的剪纸

李培禹

　　清晨早起，赶往北京西站。一辆网约车已准时停靠路边等候。司机是个小伙子，帮我把行李放进后备厢。坐上车后，我对司机说："走二环路吧。"小伙子侧过头来，用手指了一下副驾驶座椅后面，我这才看到一段文字，上面写着："您好，我是听障司机。尊敬的乘客，你有什么需要和问题，必要时，可以用手机打字跟我交流，沟通不便给您带来麻烦，敬请谅解！请给我评个五星好评！到达目的地，请拍下我的肩膀，谢谢！"文字后面是一个笑脸表情。

　　我的心先是一紧：听障司机？我还是第一次听说、遇到。"听障"，能驾驶车辆吗？况且是开网约车载客。小伙子显然察觉到了我的顾虑，他打开手机，把备好的一个页面给我看。上面，有交管部门关于聋哑人申请驾照、驾驶机动车的要求，以及网约车监管方面的要求。我冲他点点头，表示认可。然而心里还是有点不踏实：他能够及时掌握路况吗？可以及时应对可能出现的超车、避让电动车和行人吗？

　　事实证明，我的担忧多余了。车平稳地在二环路上行驶着。前方堵车了，车一步一挪。我怕小伙子着急，打字告诉他：不急，我的时间够用。小伙子回了个"OK"的手势。

　　第一次乘坐"听障司机"的车，我不免有些好奇，不禁打量起车内的环境。车厢整洁。驾驶台风挡玻璃前，卧着一只卡通玩具小老虎。我猜想，小伙子也许属虎。"小老虎"旁是北京冬奥会吉祥物"冰墩墩""雪容融"。后排座椅也是卡通图案布置。在后门车窗框上，还安装有一个小的圆形反视镜，一行小字提醒客人：开门前请注意后方行驶车辆！

赶上"早高峰"了，没想到路上这么拥堵。终于挪到一个出口，"听障司机"没有和我商量，一打轮，车子就开上了辅路。这是要穿胡同走呀！我打字问他：北京人？他点头微笑，右手放在胸前，做了一个"按压"的手势。我立马理解了小伙子的意思，用北京话说就是：放心吧，您哪！咱道儿熟。

这手势一下子也勾起了我的回忆，让我想起多年前生活的胡同里的一个聋哑男孩。

那时，我居住的胡同里有一家靠低保维持生计的特困户"二嫂子"。这位善良、勤劳的农村妇女，含辛茹苦地把一个被遗弃的聋哑男孩拉扯大。她抱回只有1个月大的婴儿时，全然不会想到孩子是个聋哑人。跑遍几家医院后，二嫂子接受了这个残酷的现实，从此更加疼爱这个孩子。胡同里的老街坊们也对这个孩子呵护有加，众人一起帮他上了聋哑学校。孩子格外聪颖，不仅学习成绩优秀，还学会了绘画、剪纸，喜欢上了摄影。我曾把自己的一台相机送给了他。记得有一年春节前，一名在居委会工作的街坊替他报了名，在春节庙会上找了一个残疾人免费摊位。这个懂事的孩子，不停地制作各式剪纸，一一装框。庙会第一天就有收获，卖了18元钱。当他把第一次劳动所得交给二嫂子时，老人忍不住流了泪。后来我搬家离开了胡同。一天，仍在胡同里住的弟弟打来电话说："那个聋哑孩子要去外地了，他一定要送你一幅剪纸，都装好镜框了，你抽空过来取吧。"那幅精美的剪纸，我至今珍存着。

车子鸣笛的声音，把我从回忆中拉了回来。我真心祝愿看着长大的那个聋哑孩子，也能像今天这名"听障司机"小伙子一样，靠自己的勤劳付出过上好日子。

北京西站到了。我按照提示，用手拍了拍小伙子的肩膀。他下车帮我从后备厢里拿出行李，然后抱拳向我道别。我这才发现小伙子胸前的挂牌上写着"胡师傅"和车牌号。我说，谢谢啦，注意安全！胡师傅好像听懂了我的话，依然用右手在胸前做了个"按压"的手势。我知道，他是在说，放心吧，您哪！

写完这篇小文，我忽然想到，那天进站忙着安检，忘记给"听障司机"胡师傅点个五星好评了。赶紧补上！

《人民日报》2023年5月27日第8版

# 遇见"兰心"

苏沧桑

一

此时，江南的芒种时节，杭州西湖孤山路上的平湖秋月荷花初放，我和两位1990年出生的年轻人赵韶华、江泽山相约在此见面，是因为一件"天大的小事"。

一座古朴雅致的两层中式庭院掩映在一片绿影中，既有宋代古韵的历史感，又有现代玻璃建筑的通透感。穿过一条弯曲的小径走过去，迎面是一棵翠绿的罗汉松和一道圆形拱门……沿着庭院右边的木质楼梯拾级而上，是一个独辟一处的憩息之所：露天的空中花园里，坐落着一个极简工业风路线的饮品空间，一整面玻璃墙将平湖秋月的波光绿影折射入室内，通透的空间里，一束束光在简洁的白桌和金属座椅上跳跃，咖啡袅袅的热气和香味在一束束光里如梦如幻。

店主老余迎向我和韶华、泽山，笑着说，世界顶级的猫屎咖啡馆和兰心公厕，绝配吧？

我们不禁莞尔。刚才，沿着庭院右边的木质楼梯拾级而上之前，我已经拥有了刷新认知的惊艳体验——一楼的中式庭院，竟然是一个解决"天大的小事"的地方——兰心公厕——一个为游客提供洁净舒适如厕体验和补给、休憩、导览、文化展示的综合性服务驿站。没有异味，没有噪声，有绿影婆娑、清脆鸟鸣、淡淡香气，有善解人意的立体椭圆形立镜，LED显示屏上有厕所人流量、厕位使用情况、PM2.5数值以及空气中的湿度、硫、氮含量等实时数据。手纸箱是感应的，一体化的水龙头洗手和烘干功能也是感应的，保洁员仿佛也是感应的，我一出来，她不知从哪里冒出来，风一般进去打扫起来。

立镜里的自己，像站在一幅画里，又像站在自己家的卫生间里，整洁、放松、舒适。久远记忆中的厕所，是午夜时分摸黑寻找的痰盂，是笨重的木粪桶，是田野里让人害怕的茅厕，是旅途中无从下脚的旱厕……厕所，自诞生之日起，就关乎每一个人的健康和生活、福祉和尊严，并经历了无数次的革命，和人类文明如影随形。

彼时，我一点儿都不急着离开。慢悠悠走出来，看见一些游客正在兰心公厕的便利店里买饮料和小吃，几个年轻人坐在罗汉松旁说笑着自拍。我想，他们一定和我一样，被这个深具美感和艺术性的地方彻底刷新了以往对公共厕所的认知，解锁了另类新体验。

此刻，服务员微笑着端上手做的厚椰咖啡，一股浓郁的醇香无声地弥漫开来，我抬头看向眼前这两个"异想天开"的年轻人——兰心公厕的创始人赵韶华、江泽山。

## 二

从咖啡馆望出去，望不到西湖，但能望到芒种时节满眼葱茏的绿意，绿意间掩映着几个白色雕塑，其中有一匹白马。

韶华和泽山同属马，同是宁波人，毕业于国外同一所大学。此刻，同样穿着一件白色T恤衫、一条黑色休闲裤，同样短短的寸头、健硕的身材，同样清亮的眼神、谦和的语调，同样喜欢打篮球和旅游，像两匹年轻的白色骏马。

他们一定记得五年前那个平常的夜晚。留学回来后，他们各自回到了家族企业工作，一个做制造业，一个做文旅，但两人同样都时时感觉有一股去闯闯的激情。那天夜里，一个电话将两股年轻的力量链接在一起，火花迸溅，一拍即合。

文旅中，什么是最大的痛点？什么是公众需求最紧迫的？什么是别人不愿意做或者一直很难做好又符合社会意义的？

公厕。

两个年轻人一瞬间便锁定了这个人们避之不及又无法避开的词。有很大的提升空间，就是一个突破点。公共厕所这个领域体量非常大，但设计、建造、景观绿化、物业管养等各管各，没有形成一个系统。似乎少有这样的团队，能把设计、建设、运营、保洁做成一体化，在公厕这个领域做成一个品牌、一种文化。

我们做！重新定义公共厕所，在如厕这一件小事上做到极致，让每一个人都能无差别地感受更舒适的如厕体验。

于是，这个"天大的小事"，从此进入了两个年轻人的生命里。

无数个白天黑夜的煎熬之后，他们终于走过了最难的第一步。兰心公厕终于从构想到落地，苏堤的锁澜桥与望山桥之间，第一个兰心公厕正式亮相——白墙黛瓦，修竹婆娑，外墙水波状的粗糙纹理，仿佛西湖的波光潋滟，走道自东向西对着西湖完全敞开，朝迎太阳东升，暮送太阳西落。

人们会接受吗？会喜欢吗？如果有人留意，会发现那几天有两个很奇怪的"游客"，不停地在苏堤兰心公厕进进出出，神情紧张，东张西望。韶华和泽山偷偷充当体验员，注意观察着每一个游客出来后的表情，有时也会鼓足勇气上前询问。

作为创意生态公厕，兰心公厕"融厕于景"的创意可见可感，而它的科技感和生态意识尤其值得细说：独立研发的"公厕大脑"自动调节光照、水电等能耗，过滤器可去除99.9％的细菌，零触感水龙头让洗手干手一步到位……在新材料应用方面，外墙水波状的粗糙纹理，实际上采用的是一种叫光触媒涂层墙面板的新型材料，可以有效吸收并分解厕所内排出的臭气。这种板材有污物粘在上面时，只要有阳光照射，污物就会自动分解，非常便于打理。

与兰心公厕配套的还有兰心小店，配备了满足游客多种需求的自动售卖机，提供矿泉水、冷热饮、方便食品以及与西湖景区相关的文创产品等。游客如厕，再也不是来也匆匆、去也匆匆，脚步和心灵忽然间会不自觉地慢下来。

一个个放松愉悦的表情、惊艳到想不出形容词的赞美，让韶华和泽山松了一大口气。而游客提的每一条有价值的建议，他们都一一记下、一一整改。西湖管委会每年两次接听电话听取杭州市民对西湖的建议，好多市民专门打电话给管委会表示对兰心公厕的认可，甚至希望西湖景区里的公厕全部做成兰心公厕。至此，他们的心终于放了下来。

"居然是厕所，走过的时候还以为是景点。"

"太赞了！完美！极具科技感未来感，人性化！大杭州温暖人心！"

"用纸量刚刚好，发现自己平时用纸太浪费了，惭愧。"

"对于经常逛西湖的人来说，去兰心上厕所变成了一种享受，第一次去真的很震惊。"

"江南园林的元素让这里颠覆了我对卫生间的理解！"

"西湖边荡一圈，来上个厕所被迷倒了。"

…………

这些来自出纸机扫码评价、公众号评论、相关网站的评价，他们会一条条读，一次次热泪盈眶。

西湖边的兰心公厕成了网红点。杭州宋城旅游景区找上门来了，诸暨、桐庐等地也来找他们了，5年来，几十个兰心公厕在浙江大地上渐次开花，不一样的模式，一样的高品质。他们让越来越多的人刷新了对公厕的不佳印象，人们的肯定也回馈给他们更大的信心。

# 三

从杭州转塘艺创小院的第一栋白色小楼二楼平台望出去，有4棵叫不出名字的大树，蓬蓬勃勃，结满了果子。韶华、泽山轻轻推开玻璃门走进他们的大本营时，十几个小伙伴都安静地坐着，各忙各的，没有人起身打招呼，没有人在闲聊或玩手机，他们中大多是95后，也有00后。小楼里没有他俩单独的办公室，天气好的时候，他们喜欢围坐在大树旁开会，讨论，也争论。大树轻轻摇曳，仿佛向他们输送着永不枯竭的灵感。韶华说，这些树到了冬天叶子都会掉光，春天一来，一个星期就全绿了。

十年树木，百年树人。养一个品牌就像种一棵树，也许十年，也许百年。

韶华和泽山都已经是孩子的父亲。周末，他们常带孩子们到兰心公厕前的大草坪上搭帐篷、野餐、喝咖啡。韶华的儿子5岁了，别人问他，你爸爸是做什么的？他很大声地说，做公共厕所的！别人听了很惊讶，他发自内心地为父亲自豪。5岁的孩子不懂爸爸具体在做什么，却懂得干净和美。

韶华最喜欢听的一首歌是一部纪录片的插曲，那部纪录片讲述的是在各个领域里孜孜以求把一件事做到极致的人们。节奏感极强的鼓点给人一种一步一步向前的感觉，让人勇气倍增。当韶华、泽山和小伙伴们连续通宵在工地加班赶进度时，在国外不同国家不断寻找、学习时，加班加点整改提升为杭州亚运会助力时，在自己选择的道路上不停地寻找着自我时，他们心中笃定的正是这样的信念：再前进一步，再前进一步。

接下来他们要做的，是扩大片区效应，由单个公厕的改造，扩大到整个园区公共厕所的改造和运营，让品牌为区域赋能，让兰心公厕成为杭州的一张新名片，进而致力于改变中国公共厕所的现状，提供设计建设、商业运营、数字科技、管养保洁等公共厕所的全产业服务，探索以商养厕、以商建厕等可持续的发展模式。

做一件有价值的事，就像树的生长一样，有更广阔的仰望，才会长得更直更高。解决了建筑物的美学和使用功能后，当兰心公厕越来越多后，排放物是否可以做成有机肥变废为宝，进行零碳低碳处理？未来的兰心公厕、兰心驿站是否也能承担更多的社会责任呢？

泽山说，兰心，如兰般洁净芳香，如兰般温馨美好，是江南文化的一部分，也是他们的初心。这个词，让我想起一个意象：创新、执着和爱融合锻造而成的兰花般精美的一把钥匙，它打开了一扇创意之门、未来之门。

《人民日报》2023年7月17日第20版

# 一次动人的"解说"

蒋
殊

那天上午，我们走进了山西平陆的傅相祠。

还在大门外时，便听到锣鼓喧天，进去才发现是一些村民在偏殿门前演练锣鼓，为即将到来的庙会做准备。直奔大殿，遇到两人正往外走，加上我们一行4人，就是当时傅相祠的所有来客。

一组塑像，两墙壁画，就是大殿的全部。当然，这不是唐大历年间的傅相祠，而是从1992年起历时3年重新修建的。"钦承殿"3个字高高悬挂在大门上方。

傅说，原本只是一个做苦役的奴隶。可是，他遇到了商朝第22任君主武丁。武丁启用傅说，本就才华出众的傅说如鱼得水，助力武丁实现了"武丁中兴"。傅说也因此被尊奉为与伊尹齐名的商朝名相。

钦承殿内，左右两面墙绘制有满满的壁画。正当我们研究壁画内容时，一位男子走向我们。他的一只手急急指向壁画中我们眼神所停留处，开了口。

然而，他却不能说话，他说不了话。

细看，他正是刚刚出门的两人之一。此刻我才明白，他是看管殿堂的人，刚送别了一位客人。

他主动来到我们面前，连比带画，急切又激情地当起了"解说员"。确实，这里没有其他解说员。很快反应过来的我们，跟着他进入了角色。他比画着，我们应和着。他用手势，我们用声音。在他的引领下，我们从左墙到右墙，一一解读了壁画上的故事：从傅说出生，到当奴隶版筑护路；从武丁梦到傅说，到通过一张画像找到傅说，再到傅说助力武丁将国家推向兴盛……

眼前的"解说员"，无论是他嘴里偶尔发出的"吧""啊"这些字眼，还是他较为形象的手势，以及极富神态的表情，都能看得出，他非常了解这些壁画里的故事，也非常了解傅说这个人。

或许是我们极其配合，整个解说过程他都非常自信。他不停歇地"说"，我们不间断地点头，让他热烈而顺畅地完成了一次不同寻常的"讲解"。

当殿内再没有内容可讲时，他又把我们一个一个拉到一块已经看不清字迹的牌匾前，示意摄影老师帮我们留影。

这个殿堂的参观，也因此延长了几倍的时间。

之后想想，如果不是他突然加入进来，我们绝不会如此认真地将两墙壁画完整地研读一遍。

要离开时，我从他的脸上看出了不舍。而我此刻也有想进一步了解他的意愿。门口桌子上，一张信纸和一支笔适时映入我的眼帘。我急忙走过去，写下第一个问题："您叫什么名字？"

他非常开心地拿起笔，认真而专注地写下"焦杰鹏"3个字。抬头看我一眼后，跟着又写下另外3个字——聋哑人。

我心里一惊，原来刚才我们的一系列附和，他根本就听不到。

我又问："今年多大了？"

"47岁。"一算，他是1976年生人。这时，同行的一位朋友冲他一笑："我们同龄！"然而从面相上看，焦杰鹏却要大出很多。

"你们是好人。"没想到，在我准备提下一个问题时，他写下这5个字。一瞬间，我的内心充满温暖。我明白，他并非是说我们做了什么善事，而是觉得我们耐心听完了他的"讲解"。这个过程中，大多数时候都没有听懂的我们，谁也没有表现出一丝疑惑或者不耐烦。

我们与他，彼此取得了信任。于是，他将这5个字捧出来，回报给我们。

作为回馈，我很快写下"您更是好人"几个字，我们几人同时向他伸出大拇指。他开心极了，双手合在胸前，连连表达感谢。

一来一往，与他在一张纸上对着话，我得知他在太原一所学校读过3年书，多年来并无固定职业，一直从事门卫这样的工作。

他到傅相祠，只有一年时间。一年的时间里，他把自己深深融了进去。他将自己了解的所有知识，传递给每一位进入傅相祠的游客。

这是他主动给自己增加的工作量。他原本只是一个门卫。也许这是他的爱好，也许他是想用这样的努力赢得信任，那样便可以长久地留在这个地方。

他的内心，该是很热爱这个地方。他何尝不是用自己的方式守护着心目中的美好，守护着中华民族的一段古老历史？

我很好奇，他用什么办法知道傅说以及壁画上的故事？

他又提起笔："没有别的办法，看书。"

一个聋哑人，一个读书人，一个身体力行传承文化的人。

殿堂中，依旧没有客人进入。但确实，到平陆看看傅说，值得；看看守护傅相祠的聋哑人焦杰鹏，也值得。他不仅在无声无语的世界里读懂了傅说，更用自己的方式将前贤的故事努力传递。

要离开时，他把我俩刚刚对话的那张纸拿起来，要撕掉。一直盯着这张纸的我急忙阻止了他，拿过来工工整整叠好，放进包里。

他惊讶了一下，接着便笑了，笑得更加开心。

走出大殿，与焦杰鹏告别时，阳光正洒在他满含笑容的脸上。

《人民日报》2023年7月19日第20版

# 四上塔石乡

陈培德

　　今年盛夏，我邀请朋友们一起，第四次到浙江金华的塔石乡，再度住在当地一家民宿。

　　塔石是个山乡，盛夏至此，正好避都市之热浪，享山区之清凉，躲车水马龙之喧嚣，度溪水潺潺之静安。住在住过的民宿里，免了买菜烧饭的劳顿。虽是山乡民宿，条件却不比正式的宾馆差，而且百元包吃住，用餐时十人一桌，荤素搭配十菜一汤，餐餐变花样，既省了在家买菜水电的消耗，食物源头亦可以信赖，没有污染之忧，都是无公害的菜肴。晨起，开门即见山，满目绿水青山。漫步山边溪水旁，看云雾绕山峦。黄昏，一起到溪边享清凉，观白云蓝天，直至皓月当空照。这样度过了好多天，吸够了山间富氧的空气。

　　更令我关注的是乡间的人文风景。闲来漫步塔石村，只见这村庄黛瓦粉墙，街巷整洁光亮，处处摆放着分类垃圾箱。据说塔石村有3个保洁员，负责一天几次打扫公共卫生，村民也逐渐自觉养成卫生习惯，才有今日的面貌。振兴更有良方，利用山区消夏的"冷资源"，这村里办起多家民宿驿站。硬件或许没有那么高档，环境功能卫生却敢与星级宾馆试比高，服务更能叫一些酒店汗颜。不会有一杯茶水几十元，客人再多，都是一人一杯高山茶，不收一分钱。我住的枫溪驿栈，民宿主人袁路有免费开车送旅客上医院、游景点，名声在外，据说夏天还未到，早有游客网上预约以防客满订不到房间。品质可靠的旅游带动了这里的各行各业。来旅行住宿的客人一般都会带些当地的土特产回家，常见路边酒店摆出小吃摊，麻糍糕点任品尝。原本沉寂的山乡充满勃勃生气。

不只这个村庄，塔石乡处处可见这样的风景，生活品质今非昔比。乡里的公共服务设施日益完善，原来只在城里见到的塑胶步道、健身器材等在这里也逐渐变得寻常。柏油公路从深山直铺到金华市区，每半个小时一班公交车往来便利，徒步进城早成历史记忆。不少人家的子女工作在城里，到周末就驱车回家看爹娘。村村都有老年人食堂，老人们吃饭足可无忧。到了周末，常遇到文化下乡，更显热闹，溪上廊桥挤满了人，吹拉弹唱，曲音绕梁。看病也不用烦心，塔石村有卫生室，塔石乡有正规的卫生院。乡卫生院条件更要好些，是三层的楼房，门口停着崭新的救护车，院里中西医兼有，科室基本齐全，可独立做各种检验。院长傅卫明在这里行医32年，建特色中医科目，擅长针灸推拿，经常带队下村行医做科普宣传，深受乡亲称道欢迎。

山乡变的是村容村貌，不变的是民俗民风。没有久为邻居如隔山、关门闭户不来往的忧虑，十里八乡都认识，仿佛知根知底自家人，有难有困互相帮。我这样偶来的外乡人，在塔石只住了一个月，常遇老乡待我如亲人，常见房东给陌生客人让座上茶开空调，开怀畅谈，也常见乡村干部深入农户，问寒问暖。乡间俗语说老百姓对干部考核有自己的标准，哪个干部进村狗不吠，是熟人，可见常来；狗吠，是生人，可见不常来。想来，这里的人们，已是再熟不过。塔石有底蕴，是当年粟裕将军率部转战浙西南开展革命斗争的老区之一。据说，如今包括塔石在内，这里许多乡镇还成立了乡贤会，聚集德高望重的长辈、社会达人、有知识的文化人、乐善好施的企业家，齐力捐资修桥补路，收集整理不可复制的物质与非物质文化遗产，甚至出版丛书，在青山秀水间留下浓郁的乡愁。

我到塔石，亲身体验着一个地方社会发展、旅游兴旺、文化赓续，正合力绘就一幅美丽乡村的时代画卷，所以，愿意一遍又一遍上这山乡来。

《人民日报》2023年9月4日第20版

# 镜头里的好年景

李建永

　　人们说，坎肩、裤子上要是没有鼓鼓囊囊的口袋，就不像一个摄影家。25年前初见福哥，他就给我留下了这样的印象。

　　福哥喜欢鼓捣相机，是受哥哥的影响。20世纪70年代，福哥刚上初中，十二三岁的年纪，而他的哥哥已经工作，跟三个好友合伙买了一架120红梅照相机，一人一个月，轮流玩。轮到哥哥的这个月，哥哥很高兴，手把手教他怎么玩，然后留下几个胶卷，说，我不玩的时候你只管玩。就这样，福哥一头钻进了镜头里。

　　后来，福哥参军三年，退伍回到老家阳泉。由于平时喜欢摄影，不时在市报上"见图"，便被调整到单位里的资料室，管资料，搞摄影。有一年，得知有一场全国财税系统书法美术摄影大赛，他便拿出最近的新作报名参赛——单位里刚举行职工拔河比赛，"胜利者"向后倒下的那一刻，比赛双方和观众们笑成海洋。这幅《乐在其中》荣获大赛二等奖，奖品是一辆令人艳羡的"飞鸽"牌自行车。骑上自行车，福哥对摄影的热爱从此真的"飞"起来了！

　　福哥常说，咱的镜头主要是对准脚下，用镜头留下生活记忆。我每次回到阳泉，福哥总会向我展示他的最新作品，让我"看图说话"。

　　福哥很得意的一幅作品，叫《盂县十八盘》。十八盘位于晋冀交界处，西边是山西盂县，东边是河北平山，处于黄土高原和冀中平原的过渡地段，山势落差较大，山高，峰奇，关险，道路高低起伏、蜿蜒曲折。摄影是个技术活儿，也是个辛苦活儿，为了取一个好镜头，就得用心思。福哥常常利用节假日，一个月跑七八回十八盘，就是为了捕捉雾中山路的美景。起雾即起身，可等赶到了，雾也散了。跑得次数多了，周边村子里都有他的"线人"。一天早晨，"线人"打电话说："福哥，看样子要起雾了，你快来！"

福哥打车赶到十八盘，正是近午时分，云雾弥漫升腾，山路掩映，若隐若现，令人兴奋！福哥扛着相机跑上跑下，拍了半个多小时，大雾渐渐散去，回看镜头里的图像，哦，浑如一幅幅苍茫遒劲的泼墨大写意画卷！

有一年，阳泉突降大雪，有人告诉福哥，晋中的昔阳县闫庄村有"好景儿"。他立马喊上两个战友，开车出发。

闫庄村到了，天也放晴了。福哥被眼前的景象惊到了：阳光下，一排排整整齐齐码成长墙的玉米垛，被一尺多厚的大雪覆盖着，广阔的银色世界里闪耀出成排成垛的金玉米，那图景，美好又气派，震撼又壮观，是一幅天然的"瑞雪丰年图"！那一刻，《太行山上的好年景》诞生了，获得当年山西省第十八届摄影艺术展银奖。

又一年农历正月二十，按照阳泉北舁村的老风俗，生旦净末丑穿着古戏装，扭秧歌，"闹红火"，男女老幼摩肩接踵，人山人海，红红绿绿，热闹得很！福哥端着相机，在场子里钻来钻去，登高爬低，仔细搜寻着最完美的摄影机位。

有了！只有趴在"这个"地方，仰角取景，才能全景式收入那些主角观众、高台低垒、里三层外三层生动而宏阔的大场面，就叫它"黄土地上的狂欢节"吧！第二年见面时，福哥笑着对我说，过了一年，正月二十又来到北舁村看"红火"，一个摄影的朋友都没见着，当他走到去年取景的那个地方，嘿，"长枪短炮"全在这儿趴着呢！

踏遍青山人未老。前不久，福哥向我"炫耀"他的新装备——无人机智能摄影设备。他把一张张广阔而美好的雪山梯田图片铺开向我展示，说，你猜猜这是哪里？我仔细端详了一番，还真是没看出来。福哥得意地一笑，说，这是今年春节刚拍的，咱平定县的张庄梯田。别说你老兄看不出来，就连当地的老人们都说，在这块土地上生活了一辈子，从来没见过咱家乡这么好看！福哥说，我们站在大地上，谁能看到"天的视角"呢？多亏有这新玩意儿！

福哥本是一个"门外汉"，因为热爱和钻研，把自己练成了中国摄影家协会会员，并出版了自己的摄影作品集。福哥说，搞摄影，没诀窍，咱就是真心喜爱，动真情，下苦功，甘愿付出一切！他几乎利用所有的节假日"跑景儿"，为家乡留下许多珍贵的镜头。譬如，驰名国内外的盂县大汖古村落，经过开发，已不是原来的样貌，但福哥的镜头里保留着它的"本来面目"。这些年，福哥的作品先后获得了很多大奖，《枕河人家》入选第十九届全国摄影艺术展，《烟雨浩渺显奇峰》入选第十届北京国际影展，《候补队员》入选第七届上海国际影展……一张张照片，保存了珍贵的记忆。

福哥对我悄悄说，咱嘴拙，不善言辞，就用镜头来说话吧。

《人民日报》2023年10月16日第20版

# 太行山麓，清漳河畔

李东东

今年国庆节前，我回到山西省晋中市左权县，与烈士亲属一道祭拜了牺牲在太行山抗日根据地的英烈。

在就学、参军和参加工作的所有填表中，我的籍贯一直填为河北徐水——那里是爸爸的老家。但我始终认为，我的故乡既是河北，也是山西。妈妈的祖籍是山西辽县。1942年5月，八路军副参谋长左权于辽县麻田镇十字岭壮烈牺牲，辽县后来更名为左权县。麻田是当年八路军前方总指挥部驻扎的地方，也是我父母在抗日战争、解放战争期间工作、战斗过的地方。

一

我们一行寻访祭扫的第一处，是位于左权县下丰堠村的宋家祖茔——这里安葬着宋耕如烈士和同为烈士的他弟弟，以及他们的父母。宋耕如烈士既是我妈妈的老师，也是她参加革命的领路人。他1934年参加革命，1937年入党，曾担任中共左权县第四区分委书记等职。1943年5月，日军进犯太行地区，他积极发动地方军民配合八路军作战。后来在一次激战中英勇牺牲，时年30岁。他的弟弟于1940年参加百团大战作战时光荣牺牲，年仅23岁。兄弟二人的父亲是开明人士，他只有两个儿子，都送上了抗日战场，并且都为国捐躯。

在村党总支书记、村委会主任王震的引领下，我们先寻到了宋家老屋。南北两个院子相连，百年老宅早已残旧，但风吹雨打褪了漆的大门上，"耕读之家"四字仍隐隐可见。接着，村民引我们来到村边，遥指对面远山的平顶说，那里就是当年日本侵略者炸平山顶建炮台的地方。

今年，山西的雨水特别好，庄稼也长得特别好。穿过一片片密密的玉米地，又穿过一片片压弯了腰的谷子地，我们终于来到大槐树大柳树下的宋家墓地。我们敬献上黄白两色菊花花篮，并按照山西家乡的老礼，摆好贡品，焚香祭拜。晴空朗日，槐柳依依。此刻，故乡、英烈，这两个词汇反复交织在我的脑海里，不尽的思念盘桓在心头……

我们衷心感谢村两委对英烈墓地的妥善保护，同时欣慰地看到，红色基因已深深融入这片土地上后来人的血脉中，激发出乡村振兴发展的生机活力。

祖辈父辈都在下丰堠村生活的王震，今年不过30岁出头。他曾在武警北京总队服役，退伍后，先是在太原打拼了10年，后来响应号召回乡创业。因为当过兵，入党多年，在大城市闯荡过，回村后他先担任村党总支书记，后又当选村委会主任，是个"一肩挑"的年轻基层干部。如今，这个充满干劲的年轻人，正领着乡亲们走在乡村振兴的大道上。

站在村头广场，我们听着王震对这个老区山村的介绍：下丰堠村共290户、近800人，有52名党员，属于左权县重点规划和建设的34个行政村之一。村子的主导产业有种植、养殖、煤炭、运输，村域内有煤业公司、养鸡场、养牛场、养羊场、煤炭运输公司、汽修厂等。村里建有标准化卫生室，修建了村民活动室、篮球场等健身场地，设有村委会办公室及党风廉政、警示教育室，还设立了民情接待室和便民服务室。除此之外，村里的百亩设施农业蔬菜基地已经建成，百亩树苗培育基地也正在筹建中。在发展经济的同时，村里也非常注重精神文明建设和耕读传家教育，考入重点高中和重点大学的学生逐年增加……

看到当年的革命老区正朝着宜居宜业和美乡村不断发展，我们不禁感到欣慰。故乡英烈用热血与生命换来了后人的幸福安宁，这红色精神已成为最深沉持久的力量，滋养和砥砺着青年一代为增进家乡人民的福祉不断奋进。

村庄面貌一新，县城的面貌也发生了巨大改变。从北向南穿行左权县城，只见街道笔直宽阔，仍在扩建优化；路旁栽满绿植，树种各不相同；楼房高低错落，建筑式样各异。蓝天白云下的左权县城，干净整洁，色彩斑斓。我不禁想起2001年回左权县城时的情景，变化之大，着实令人惊喜。

## 二

这次回山西，意外得知一个新的消息——宋耕如烈士的照片和事迹早已进入八路军总部纪念馆展陈。于是，我们又赶往位于麻田镇的八路军总部纪念馆和八路军前方总部旧址。

从纪念馆北门进入展厅后，讲解员张建勇将我们直接引到宋耕如烈士照片前。在展厅廊道墙上熠熠红烛的映衬下，烈士的形象格外醒目、庄重。敬献花篮后，我们向烈士行注目礼；礼毕，听取烈士事迹讲解。待转过身来，我们看到廊道对面的烈士事迹。在宋耕如等烈士事迹的正对面，是太行新闻烈士群像，他们牺牲在太行山上。

1942年5月下旬，日军对八路军总部驻地辽县麻田和《新华日报》华北版、新华社华北总分社驻地山庄村进行大"扫荡"。《新华日报》总编辑何云和报社全体人员，在反击日军"扫荡"、处境极为困难的情况下，不顾个人安危，一面同敌人周旋，一面坚持出版报纸，并向延安新华总社发战报。在这次反"扫荡"中，《新华日报》牺牲了46位同志。

"……5月28日黎明，他们被搜山的敌人发现，何云同志开枪击毙接近他的敌人，随之也被敌人乱枪击中，壮烈牺牲……"张建勇表情凝重地介绍着。

张建勇是麻田镇本地人。家中祖辈、父辈都擅长养殖，父亲还是养殖大户。虽然祖辈父辈一直没有离开世代居住的故乡，但他们十分支持青年一代走向山外。张建勇先是到县城读书，后来又到省城太原读大学。毕业后，本可以走出太行山，但那种渗透在血液里的故乡情结，让他在找工作时又回到了太行深处的左权麻田，成为八路军总部纪念馆的一名讲解员，向来自天南海北的人们宣传红色家乡。

充满青春朝气的张建勇告诉我们，近年来，前来纪念馆追寻红色记忆的人很多，2019年纪念馆接待游客达80多万人次。2023年6月，纪念馆扩建、提升后再次开馆，通过主题展览、互动展览、开展主题活动等，让游客以各种形式进一步学习和了解红色历史。2023年仅"十一"期间，纪念馆接待人数就达1.7万多人。参观的游客中，近的来自山西省内，远的来自国内其他省份甚至国外。有的是家长带着孩子过来，有的是企事业单位组成团队前来。很多游客在参观后，会寻找留言簿，写下饱含感情的话，表达心中的缅怀和敬仰之情。

三

从八路军总部纪念馆正门走下台阶，我们心中萦绕不去的是《在太行山上》那舒缓又雄壮的旋律："红日照遍了东方，自由之神在纵情歌唱。看吧！千山万壑，铜壁铁墙，抗日的烽火燃烧在太行山上。气焰千万丈！"

眼前的纪念馆广场上，人们正在紧张忙碌地搭设舞台，准备唱新歌。纪念馆位于龙山和虎山之间、清漳河畔。宽阔的广场上，背靠虎山的一面，搭起了巨大的舞台；高高的金属天幕已经架起，正在布设灯光。

从工作人员那里得知，由中央广播电视总台打造的《原声天籁——中国民歌盛典》节目正在纪念馆广场上录制。节目选址在"比户弦歌，文风颇盛"的左权县，可见用心。太行山麓、清漳河畔，民歌盛典与民歌之乡交相辉映。

左权不仅是闻名全国的革命老区，而且是独具特色的"中国民间文化艺术之乡"。在这片土地上，民歌历史悠久，持续绽放光彩。抗战期间，党的文化工作者和民间艺人还曾一起发掘整理左权民歌，古老的左权民歌再次焕发青春，一些新民歌有力地宣传了团结抗日的主题。如今，左权民歌仍在孕育着新的生机，不断散发独特的魅力，左权开花调已入选国家级非物质文化遗产代表性项目名录。

我曾听过左权民歌，不同于山西其他地方的民歌，左权民歌曲调清丽优美、风格委婉温柔。那一曲曲动人的家乡民歌，一直让我难以忘怀。

祖祖辈辈生活在"山窝子"里的左权人，是左权民歌的最佳传承者。这里的人们有着传唱民歌的美好传统，在这片土地上，村村唱民歌，人人唱民歌。因此，有音乐家形象地称左权为"歌窝子"。

如今，人们更加高兴地看到，这片"山窝子""歌窝子"正在一步步迈向"金窝子""银窝子"。

"太行儿女志豪迈，巧手描绘山和水，金山银水无价宝，小康路上添异彩……"当人们走进太行百里画廊中的莲花岩风景区时，无不陶醉在美妙动听的歌声中。当地的朋友告诉我，2019年，左权县创办了"左权民歌汇"活动。最初举办时，主会场就设在风景如画的莲花岩风景区。连续举办两届的左权民歌汇，带动了7000多名贫困人口增收致富。左权当地通过打"民歌牌"，激活了文旅资源，聚了人气，闯了市场，实现了经济效益、社会效益的双赢。2019年，左权县农村居民人均可支配收入达7182元，增幅18.6%。2022年，农村居民人均可支配收入达

9656元。

让人倍感振奋的是，左权人追求进步的脚步不停歇，他们不断开拓，又把更大的舞台，搭在了龙虎山间、清漳河畔的八路军总部纪念馆广场上。从"民歌汇"到"民歌盛典"，左权民歌越唱越响，舞台越来越大，歌声越飞越远，产生的经济效益、社会效益越来越强，"红色左权""艺术之乡"两张名片愈发耀眼。身在"歌窝子"的左权人，也愈发从心底为家乡感到自豪，他们要把家乡的歌唱给更多人听。

一方水土养一方人，一方水土更养一方歌。红色故乡左权，曾是抗日英烈流血牺牲的战场，昔日军民携手唱着"红日照遍了东方""抗日的烽火燃烧在太行山上"，打败了日本侵略者；今朝的左权，正在以高亢和激越追逐梦想，继续唱响新时代新征程上的新民歌。

《人民日报》2023年11月29日第20版

# 自然·感悟

利川有棵
"神奇树"

奋力生长的希望

破冰迎春归

采山的滋味

插柳莫让春知晓

种下阳春

诗意的冬季

山岭上那
绵延的苍翠

翩翩兮朱鹮

巡护猫儿山的
一天

晶莹的雪花

探秘神农架

美丽的得耳布尔

# 破冰迎春归

乔忠延

立春时节，黄河湾。

风在刮，冰在响。随着冰面的破裂，粗犷的吼声喷薄而出：春天醒来吧——

冰面的窟窿越破越大，吼声越来越高：

春天门开啦！

春天回家吧！

破冰，破冰！一群腰粗膀圆的彪形大汉，持钢钎，舞棍棒，砸的砸，撬的撬，化作一幅碎裂黄河坚冰的雄浑画作。这画面雄壮豪迈，看一眼，就像是一碗火辣辣的酒咕咚咚下肚，滚烫了脸膛也滚烫了胸口，只想甩掉帽子，扔下棉袄，扎进破冰的人群中干他个满身大汗！

这是何处？

你一定听说过鹳雀楼吧。"白日依山尽，黄河入海流。欲穷千里目，更上一层楼。"就在此地，更上一层楼，朝西南眺望，夏日的滚滚波涛不见了，黄河不黄了，变白了，白得像落下九天的银河。黄河就在那个西南角里拐了个弯，朝大海蜿蜒而去。目光锁定河湾的边沿，那里的袅袅炊烟定会缭绕进你的眼眶。炊烟生根的地方，镶嵌着一个偏远得似乎可以忽略的村落。但看见这破冰的场景，从此想忽略也难了。记住吧，这里是山西省永济市的长旺村。

春江水暖鸭先知，黄河水暖草先绿。紧靠黄河的长旺村，乡亲们早早就看到了鲜嫩的绿草。别看这春色不多彩，不纷纭，没有花开时的五颜六色，仅仅只是一色翠绿，却让人爱得像是抱着襁褓里的婴儿，一刻也放不下。或许正是因为这份纯真的爱心，尽管长旺村的春色来得比别处早，可乡亲们总嫌迟，早早就想冰消雪融，将漫长冬天里被严寒覆盖的生机解放出来。

是啊，春天一到，雪化了，冰消了，冻土如铁的大地松软了。不待百花竞艳，就可以赶着黄牛犁地播种了。撒下的是种子，收获的是粮食，是棉花，是囤里粮冒尖，是身上衣服暖，是一家人欢乐的笑颜。无数个冬夜里的美梦，早就与春天交融在一起了：地已耕好，肥已施足，种子躺在里面舒服得使劲往上长，长得小麦金黄金黄，长得棉花雪白雪白，长得豆角好长好长，长得西瓜好甜好甜……这哪是做梦，分明是农家在早早谋划春天、构思春天。一年之计在于春，早筹措，早动手，把一冬天积蓄在血脉里、骨骼中的劲头释放出来，才会有好光景、好日子。人勤春早，这是祖祖辈辈的信条。那不仅是书页里记载的文字，更是黄河湾里令人陡生豪情的生动场景——

破冰迎春归！

抡起钢钎破冰，挥舞棍棒破冰，硬生生把河面覆盖的冰打破，戳开一个大窟窿。看吧，冰下奔腾着滚滚激流，翻卷着腾腾热浪。那激流，那热浪，恰似春潮扑面而来。

突然，有人俯下身去，背起撬开的冰块，跑上岸去，边跑边喊：河冰破开了——

有人紧跟着效仿，不过他那举止更威猛，甩掉棉袄，光着膀子，背起冰块，跑往村里，边跑边喊：春天来到了——

光着脊梁的人们，背冰迅跑，竞相结队，呐喊声形成黄河岸边的第一波春潮。春潮震荡了村庄，惊动了暖屋里的老老少少。男男女女簇拥着跑到了村巷，看着光脊背冰的汉子，禁不住喝彩叫好。孩童们更是蹦蹦跳跳，手舞足蹈。几位年迈的长者，激动地竖着拇指连声夸道：背冰！亮膘！

背冰！亮膘！

破冰年年干，背冰代代传，春潮岁岁涌，相沿成习，早已成为这里极具魅力的迎春风俗。

如今，这风俗已成为国家级非物质文化遗产。也就是在申报项目的这一年，那口口相传多少代的话语需要凝结在纸面。"背冰"好写，"亮膘"则有不同见解。有人写"亮膘"，有人写"亮彪"。不同写法的人，后来握手言和，二者共存。亮膘，亮出健壮肢体！亮彪，亮出彪悍胆魄！踔厉奋发，敢为人先，攻坚克难，势不可当！

岁月更迭，日新月异。如今这背冰非遗，更具时代风采。你看，他们来了——

一个个光脊梁的黄河汉，黄帻巾，绿短裤，背着红绸带拴牢的雪白冰块，好彪悍，好威武。最威武的当数背冰阵前的领头旗，莫说那旗有多长、有多宽，单说旗杆，那是一根撑顶瓦房的立柱，粗如木桶，重达百斤。若不是"力拔山兮气盖世"的豪杰，哪个扛得起这稀世罕见的旗帜？只见阵前旗一摆，霹雳轰鸣，震耳欲聋，声浪直冲云霄。哈呀，背冰汉手中的锣鼓敲响了，这排山倒海之势，飞扬出石破天惊的豪气！

破冰迎春归，人勤春来早，黄河湾早早翻滚起春天的大潮。春潮汹涌澎湃，涌向五湖四海，涌向八方九州！

《人民日报》2023年2月4日第8版

# 种下阳春

彭学明

　　姐姐姐夫为兔年春天做准备时，还是虎年的寒冬腊月，距离温暖春天的到来还有一段光景。农人在春天里干活叫种阳春，为种阳春做准备叫备春。

　　在湘西，每一个新年的阳春，都是从先一年的寒冬腊月就开始准备的。寒冬腊月的湘西，就像一个大冰窟，零上五六度，却是透骨的冷。在火塘边烤火，胸膛烫得冒汗，后背冷得发抖。姐姐和姐夫，就在这样的寒冬腊月下地，从冬眠的土地里抢来年的收成。

　　一大早，姐姐姐夫就开着农用三轮车上山了。农用三轮车上，放着锄头、筛灰篮，和一架小型的农耕机。一栋栋木屋农舍，一声声鸡鸣犬吠，一坝坝田园田野，和一山山青翠秀色，都擦着姐姐姐夫身边而来，又从姐姐姐夫身后倒去。寒气和雾气跟着，将姐姐姐夫包裹。山色和山影跟着，与姐姐姐夫同行。

　　姐姐姐夫先要烧制草木灰，这是乡间最易得也最实惠的有机肥料。烧制时腾起的浓浓白烟，像一支巨大的狼毫在婉转运笔，为农事增添了飘荡的诗意，那是严冬里最温暖柔美的一笔。当它徐徐收笔时，姐姐姐夫用筛灰篮把灰一篮篮筛下，顺着筛眼飒飒漏下的草木灰用于肥土肥泥，剩下的炭渣用来烤火取暖。

　　烧好草木灰，姐姐把灰均匀铺撒在坡地上，姐夫则开动农耕机翻耕。农耕机来到姐姐姐夫家好几年了，不但熟悉了家里的一切，也熟悉了山坡上的一切。姐姐姐夫更是熟悉农耕机的脾气，把农耕机驯服得比耕牛还要听话、勤快、有力。偌大一块坡地，很快就犁完了。要是以往，夫妻俩要挖一整天。

在姐姐姐夫眼里，满地铺撒的草木灰，就是满地的乌金碎银。一整片泥土被农耕机像翻面团一样一溜溜翻开，被一锄锄翻晒，草木灰也与泥土紧紧交融，成为喂肥庄稼的养料。

翻耕完后，姐姐把翻耕的土地平整好，姐夫开着农用车一趟趟把备好的粪肥运到地里，一层层泼洒。这片跟了姐姐姐夫几十年的地，在他们年复一年的精心伺候下，一年比一年黑，一年比一年肥，黑得发亮，肥得流油。尽管虎年里半年都没下雨，那泥土还是带着湿气和地气，一捏，就能像海绵一样捏成一团、蓬松开去。

姐姐姐夫都是在泥土里生、泥土里长的，伺候了泥土大半辈子，他们生命的颜色已是泥土的颜色，他们的情感和寄托与泥土紧紧相连。他们已是泥土的一部分。他们最懂土地对人间的意义，他们像疼爱子孙一样疼爱土地。

在另一个村庄的哥哥嫂子，一样不会让他们的农田吃亏、挨饿。哥哥虽然也70多岁了，身体却比姐姐姐夫好，还挑得起100多斤的担子，背得起100多斤的东西。干涸了半年的农田，已经坼裂了，哥哥得抢在雨水来临前先翻耕一遍。

哥哥上了年纪，耳朵已经不太好使了。嫂子骂他，他笑呵呵的，听不见；天上打雷，他懵懵懂懂的，听不见。但田土和庄稼的一呼一息，他听得清清楚楚。一坝子干涸得没有一滴水的稻田，只剩下收割后的稻草桩子和茬子，排着整齐的队列，有如待阅的方阵。哥哥犁田用的是旋耕机，比姐姐姐夫家的农耕机更加先进。旋耕机一进农田，那板结的泥土就一下子翻开松散、搅碎平整了，那满田的稻草桩子和茬子也都被打成细碎的粉末了。

以前，村庄里家家户户都有人在农田里忙碌，到处都可以看见一头牛、一架犁、一个人、一丘田的乡村风情。现在，人们只能看到哥哥一个人犁田了，因为一个村的人都请哥哥用他最先进的旋耕机帮着犁。有了旋耕机，全村的牛都可以放假了。全村人只要准备稻种、谷种和蔬菜种子就可以了。

在后辈心里，这些农活辛苦，他们心疼老人。可在哥哥姐姐这辈人眼里，这根本不苦，反倒乐在其中。姐姐说，有什么苦的呢？现在耕田有耕田机，犁地有犁地机，收割有收割机，打米有打米机，榨油有榨油机。秋收时，也不用像以前一样翻山越岭地一担担往屋里挑，乡村公路通到了每一个村，机耕道通到了每一面坡，家家户户门前都有了整洁的水泥路。条件好的，开着小车、三轮车就把粮食运到家了；条件差点的，推着板车，就把粮食推到家了。哥哥说，现在不用交农业税，国家还给种粮补贴、植树补贴，到哪里找这样的好日子呢？

如是，乡村的土地最先醒来、最先温暖、最先立春。播下风，风就协调和畅；种下雨，雨就百依百顺；撒下万物，万物竞相生长。农人的辛劳，农人的希望，农人的梦想，就最先生根发芽、最先美满收获、最先激动人心。

春光和秋色，永远不会辜负哥哥姐姐这样种阳春的人。

《人民日报》2023年2月4日第8版

# 奋力生长的希望

黄咏梅

　　春天是四季轮回的开端。但在人们心里，春天不只是一个季节的名称，更代表着复苏、解冻、生长、温暖、美好等一切与希望息息相关的信念。"冬天到了，春天还会远吗？"这句雪莱的名诗，不是疑问，而是确信。然而，春天并不是轻轻来临的，我甚至觉得它比任何一个季节都要用力，如小草冲破泥土才能芳草萋萋，如河水解冻消融才会迸发欢声笑语，如小鸟越冬迁徙的长途跋涉，如冷暖季风在高空往返对弈……

　　这两年，因为出行不易，我开始坚持在小区慢跑锻炼。有慢跑经验的朋友告诉我，每次起跑后10分钟左右，会出现一个耐受力的"适应点"，只要坚持跨过，便会渐入佳境，不容易半途弃跑。也就是说，在跑到那个"适应点"之前，我需要一些精神鼓励。一番摸索后，我找到了一种方法：在跑第一圈的时候，我就会锁定途中的一个目标，有时是一棵冠顶开花的栾树，有时是一棵仿佛要燃烧起来的枫树，有时是一株香气袭人的桂花树，也有可能是一丛白茶花、一树虬枝上的红梅……转角遇见它，转角又遇见它，如此往复。它们被我当作这种重复运动中的"亮点"，当作一种精神的"犒赏"。这种"精神鼓励法"的确有效，偶有弃跑的念头升起，我就会在心里对自己说，再跑几分钟，那株美丽的梅花就等到我了……跑到那个拐弯处，就能闻到桂花的芳香了……跑到亭子那边，那簇闹春的桃花就会扑进我眼里了，春天就不远了……就是在这些"不远"的鼓舞下，我坚持跑了下来。

　　南方的小区里植物多，除了绿这种基础色外，每个季节都不乏色彩点缀，寻找慢跑中的"亮点"并不是难事。但不记得从哪天开始，我不再刻意地去锁定一个目标，那棵小叶榕成为我跑步途中必然的"遇见"。

　　第一次注意到这棵树，是在一个花红柳绿的春天。它夹杂在香樟树、柚子树、柳树等树木当中，要刚好从某个位置看过去，它的身影才能引起人的注意。它的根并没有深深地扎在泥土里，而是从那堵围墙中部的砖缝上挣扎出来，树叶顺墙低低生长，有的地方茂密，有的地方寥寥数叶，使人乍一看以为是爬山虎之类的攀缘植物。但是在它越过围墙之后，竟凌空长成了榕树应有的形状，壮实的躯干，浑圆的树冠。它的枝条上生出很多根须，有的随风飘荡，有的正在努力往下生长，有的已经触到砖隙的泥土，正在变成另一条根脉。我讶异于它的树形，跑近细看，是墙缝里一条条气生根壮大为支柱根，支撑起了墙外整棵树的形态，绿叶婆娑，根须起舞，亦庇荫墙下的路人。处于一片桃红柳绿之中，这棵墙上的树确有一种"孤勇者"的气质。

　　自从看见这棵树之后，我的跑步就有了固定的目标。一次一次用力奔跑，为了经过那个位置，为了踏入一个最好的角度看到它，不知不觉间，发现自己已然跑过了那个"适应点"。很奇怪的是，如同形成了某种肌肉记忆，现在我无论在什么地方跑步，在校园的跑道上，在西湖的堤岸边，甚至在一条无名的小河绿道上，只要我开始向前奔跑，我的脑海里都会在某个瞬间出现这棵树的形象。它牢牢地攀住那堵墙，又用力地越过那堵墙，我跑过盛夏时它在那里，我跑过冬季时它也在那里。因为脑海里的这棵榕树，我觉得我在任何地方、任何时间都能跑下去，只要一直跑下去，就会有那抹像春天一样温润的绿在前面等着我。

　　是的，在我心里，我觉得榕树很像春天。我在广东、福建、云南等很多地方看到过榕树。即便是在全然不同的季节里，榕树都是满树的郁郁葱葱，凛冬不凋，总是让人感到春意盎然。我从来没有看到过榕树枯黄颓败的样子，它被人们称为"万年青"，大概是因为那些千条万条的气根，从潮湿的空气里吸收水分，源源不断地输送给树干。更重要的是，那些幼细的气根成长后，深深扎入泥土里，将大地的营养回馈给了主树，柱根相连，柱根相托。与其赞叹榕树的生命力，不如感佩它不放弃任何生长的可能性。虽然它本身毫不在意季节，虽然它不会姹紫嫣红热热闹闹，只会开出与它身形极不匹配的含蓄细花，常常让人忘记它开花的样子；但它跟春天一样用力，用力生长，用力向地，用力成林。那一条条垂挂下来的气根，就像它生长出来的希望之脚，朝着泥土无声地奔跑，如同世间所有奔向春天的脚步。

《人民日报》2023年2月4日第8版

# 插柳莫让春知晓

徐
鲁

在鄂南山垮里，听到一句谚语"插柳莫让春知晓"，很美，有淡淡的诗意，似乎又包含着些许乡愁。我向一位撑渡阿姐询问这谚语的准确含义，阿姐扬了扬湿漉漉的船篙，笑着说："河边插柳，落地生根，插得早发芽早，等春天真的到了，河岸早就绿成一片了。"原来，这谚语是在变着法子表达新芽回春、人勤春来早的意思。

不过，垮子四周青翠的茶山上，斑鸠和鹧鸪们好像要故意走漏春的消息。斑鸠喜欢站在高高的屋脊、檐角和树头，一声声地高叫："春天来了，春天来了！"鹧鸪似乎也不甘示弱，叫起来的声音更加嘹亮。

每块水田和每道窄窄的田埂，都静静地睡过了一冬。醒来时，田埂和小路带着几分惺忪，添了几许泥泞。青竹笠，绿蓑衣，流连在这2月松软的田埂上，走走、停停、听听，我觉得自己也像一滴湿漉漉的江南雨，萌生在温暖发亮的水田里，滴落在绿茵如织的春溪畔。

这山，这水，这湖岸，还有一座古老的文峰塔，是我再熟悉不过的了，似乎也从来没有分离过。

"有一座宝塔，巍然立在阳新河岸上。年代久了，已有了不少的剥落，它的耳环，那会叮珰地响的铃子，早从那些尖的角上消失。那脂粉似的宝塔的色彩也褪掉了不知多少年。但是它至少还没有废弃……"作家徐迟1940年春天写的一篇小说里，开头就描写过这片水和这座塔。

因为这座塔的存在，这里的地名就叫作宝塔村。村子边上有一片湖，叫宝塔湖。村和湖，都归属湖北省阳新县兴国镇。

犹记得17岁那年，我高中毕业的那个暑假，为了挣一点念大学的学费，我在这里的富水河边，抬过一个夏天的石头。石头是从附近一座山上开采出来的，需要从山脚运到河边，再一块块地抬上船，顺着富水河运到下游去。一个暑假干下来，尖利而沉重的巨石，把我的手掌和双肩不知磨破了多少次。

介绍我去打这份工的人，是我的高中同班同学田守福，他家就在宝塔村。有时装船装得太晚，肚子饿了，守福就带我到他家里，吃上两碗掺和着干薯丝的稀饭，然后趁着月光，骑上自行车把我送出宝塔村，送回到兴国镇上。那个暑假里，我正在读作家艾芜的《南行记》，也牢牢记住了小说里那些励志的句子。

40多年后，我再次来到宝塔村。古老的文峰塔还高高地矗立在湖水旁，但宝塔村已不再是昔日那个风吹荒滩、遍地野蒿、人烟稀落的山坞，而早已变成了一个闻名遐迩、车水马龙的"亿元村"。在农业农村部公布的2020年全国乡村特色产业亿元村名单中，宝塔村榜上有名。不过，没有谁能想到，宝塔村的乡亲们致富的宝贝，竟然是生长在这片泥土中和湖岸边不起眼的湖蒿。

湖蒿，也叫蒌蒿，是江南地区百姓喜欢食用的乡土野菜，湘鄂赣一带的湖区人家称其为"湖蒿"，湖北人称之为"藜蒿"或"泥蒿"。荆楚是千湖之省，河网密布，春夏两季都盛产蒌蒿。早春时节，在湖畔、河边和池塘四周，刚刚生长出来的嫩嫩的野生蒌蒿，嫩茎是春天的时令野菜，是湖区人家开春时特有的美味。蒌蒿脆嫩、清新、风味独特，可清炒，也可配以熏肉片，藜蒿配熏肉为最佳，即湖北人爱吃的"熏肉炒藜蒿"。蒌蒿在二三月间吃时最鲜嫩，到三四月时就变老了。

蒌蒿要去哪里采？当然是沼泽、沙洲、溪流边了。富水河两岸和水网密集的宝塔湖一带，每年早春，湖岸返青时，遍地都是野蒿。正是这遍地的野蒿，发展成了闻名遐迩的"湖蒿经济"，让宝塔村这个曾经的贫困村，走上了一条致富路。

今天的宝塔村，是个有6000多人口的大村，全村种植湖蒿的合作社和农户有上百家，年收入过10万元的农户就有100多家，村集体年收入超过了200万元。到2022年底，全村特色产业收入超过2亿元，其中湖蒿收入占70%。

守福和他的二哥守仁合种了大约5亩湖蒿，算不上是宝塔村种湖蒿的大户，但每年的收入，兄弟俩已很知足。

"宝塔村今非昔比喽！"守福笑着说，"当年你在我家歇脚，只拿得出干薯丝煮稀饭招待你，如今想起来，觉得很对不起老同学！"

"可不能这么说！那个年代，一碗干薯丝煮稀饭就是人间最美味的食物哪！"回想到从前，再看看眼前的日子，我感慨，"守福，你家和你的垮子过上今天这样的好日子，真是赶上了好时代！"

宝塔村的湖蒿，有一部分种在野地里，产量较低；能形成基地产业规模的，是种植在一片片大棚里的湖蒿。大棚又分竹架棚、钢架棚两种。"柯愈义，你还记得吧？他现在是村里湖蒿种植的老手，算是大户，生产资料投入也大，所以搭的都是钢架大棚。"守福边干活边和我聊起来，"我和二哥算是'小本经营'，先搭个竹棚过渡一下。"每年小雪节气前后，趁着寒流到来之前，湖蒿种植户都会提早分批搭好棚子，打桩、铺布、压土，每个环节都不敢马虎，这样才能确保宝塔村的湖蒿可以在不同时段供给到市场上。

"有大棚和没有大棚有啥区别呢？仅仅是为了产量高一些吗？野生湖蒿不是更好吃一些吗？"我问守福。守福笑了："蒿子都是从一样的水土里长出来的，味道没有变。不过，篷布一盖，棚子里的温度至少能提高2到3摄氏度。湖蒿喜暖，长在大棚里的湖蒿，一般能提前8到10天上市。今年春节来得早，就是说，春节前后，第一批青嫩的早蒿，就已经端到千家万户的饭桌上了。"

守福这么一说，我明白了。他接着说道："种湖蒿，二哥比我有经验，也吃得了苦。当年，到县里读书，本来应该是二哥去读的，但二哥情愿在村里种田，把读书的机会让给了我。可惜，我也没有读好，高中一毕业，又回到了村里，书都白念了。"说到这里，守福似是有些羞惭。

"守福，你和二哥现在都是湖蒿种植专业户了，在宝塔村也称得上是致富能手，怎么能说书白念了呢？你把自己的智慧和汗水献给家乡的这片土地，靠自己的双手去致富，不也是在奋斗，也是一种本领吗？"

"嘿嘿，听你这么一说，我心里舒坦多了。"

"本来嘛，只要坚定信心，双脚走得踏实，这人生就是值得的。"我对守福说，"你看眼前这百里青绿的大湖，这车来车往的繁忙景象，这远近闻名的'亿元村'金字招牌，还有这幕阜山岭、富水河两岸，不是有足够的力量托起你们兄弟俩更好的日子吗？"

"说得也是。"守福接过话来，"县里的领导说，现在宝塔村算是进入了致富的'快车道'。今年的湖蒿产量不会比去年差，'芝麻开花节节高'。"

不过，宝塔村能靠种湖蒿走上致富这条路，当初可没少费周折。守福将其中的故事娓娓道来。20年前，村里有个叫柯旺梅的细妹子，在南京打工时认识了一个在当地八卦洲种湖蒿的小伙子。旺梅的父亲到南京看女儿，特意跑到八卦洲，仔细看了那里的湖蒿。回家时，旺梅的父亲用蛇皮袋装回了一些湖蒿的根茎，扦插在自家的自留地里。没想到，当年春天就有了收获，一茬青嫩的湖蒿卖了2000多元。村支书和几个村干部听说了这件事，觉得是一个"商机"，很快，村里就从南京引进了一批新品种湖蒿苗。但是村民们对此将信将疑，私下里嘀咕：靠种植野蒿子，能发家致富？宝塔村人谁不晓得野蒿子？一到春天，湖岸、河边的湿地里，不是到处都生长着这种东西吗？

村干部拿着蒿苗挨家推介："种苗不要一分钱。"可还是没人敢种。怎么办呢？村里便召开动员会，让几名党员先给大伙儿带个头，就算是给乡亲们"探探路"，实在种不成的话，也不至于损失到老百姓家里。于是，全村13名党员，一个都不少，带头给乡亲们"探路"，他们分别领取了蒿苗，种了200多亩湖蒿。

第一年，13名党员试种的湖蒿略有利润。眼见为实。第二年，全村呼啦啦一下子种植了1000多亩湖蒿。可是，蒿子的销售渠道没有建起来，有了湖蒿一下子又卖不出去。有的村民气呼呼地把割起来的湖蒿堆放在村委会门口，发誓再也不种了。

好在村里的党员干部没有气馁。为了打开市场，村里的几个带头人绞尽脑汁，吃了不少苦头，拜托在外地打工的老乡，向那些城市里的餐馆一次一次地推销"试水"。有个在湖南岳阳开出租车的宝塔村年轻人，打电话给村里说，岳阳人特别爱吃湖北的湖蒿。村里就赶紧发了一车最新鲜的湖蒿过去，分头送到岳阳的餐馆。

到了第三年，宝塔村湖蒿平均亩产3000斤，地头价差不多是2元1斤。有的村民一算账，每亩纯收入达2500元以上，比原来种苎麻、种棉花的收入翻了一番！

有了党员干部带头种湖蒿，第三年、第四年，就有30余户人家跟着种了起来。湖蒿的种植规模和销路，就这样一点一点地慢慢打开了。

"真是'出水才看两腿泥'哪！没有当初的那13名党员带头，哪里会有如今宝塔村的万亩湖蒿基地？"得知这当中的来龙去脉后，我很是感慨。

话题又回到了守福身上。"守福，我听说你当初在种不种湖蒿这个问题上，表现得不如你二哥积极，老想着去温州那些地方务工。后来还是二哥跟着人家党员种湖蒿，尝到了甜头，才算把你从外地给'拽'了回来。怎么样，现在'收心'了吧？"

"嘿嘿，早就收了。现在，村里每年能提供的劳务岗位这么多，村里的年轻人哪里还用得着去外地务工？"

守福说得没错。只有栽下了梧桐树，才能引得凤凰来。重返今天的宝塔村，我已寻觅不到半点记忆中那个甚是萧条的湖中村的踪影了。现在的村子，按照统一的规划和设计，建起了一排排新房。村子内外环境，全部实现了绿化。村中心还建了一座休闲式的广场花园。往日里，只要清晨一听见鸡子叫，村民们就得起来下田干活，现在不一样啦，清晨起来第一件事，是先到村中心花园里活动活动。每天早晨和傍晚，都会有一些爹爹、婆婆带着细伢子，还有一些年轻人，在花园里健身、跳舞。城里人最时兴的广场舞，宝塔村的年轻人，第一时间就能学会然后"引进"到村子里。

更让全村人对未来的日子充满信心的是，全村依托沿富水河、网湖的水资源优势，已经形成了以万亩湖蒿基地为主，以优质稻、水产品种养殖为辅的产业架构。其中湖蒿种植面积上万亩，蔬菜基地上千亩，水生莲藕3000亩，还有5000亩特色水产养殖和3000亩稻虾种养殖。产业越做越大，越做越稳。让村里的年轻人更有底气的是，村里不时请来农业科技部门的技术专家，指导蒿农测土施肥、改良土壤、休耕轮作、秸秆还田。湖蒿的品质口碑有了，种植规模不断扩大，又带动起运输、运销等服务业发展，还辐射带动全县沿江、沿河10余个乡镇和农场30多个垸子都种起了湖蒿。

"真好！什么叫乡村振兴？这不就是活生生的例子吗？"我由衷地赞叹，"不过，不论种植什么、发展什么，肯定都不容易，都得靠实干。"

"是呀，种湖蒿首先还是肯吃苦。你晓得的，收湖蒿的时候，全靠纯手工采收。逢年过节时，别人休息，蒿农们却更加忙碌。春节前后，往往也是各地采买湖蒿的旺季。"

说到逢年过节，我想起一件事。"我听说，以前外村人嫌宝塔村穷，逢年过节时，谁也不肯去宝塔村走亲戚，现在应该不一样了吧？"

"那肯定是不一样了。不过，你可能想不到，现在条件好了，村里富起来了，逢年过节时，还是没人愿意来这里走亲戚。"

"哦？那是为什么？"

"你想呀，只要有人来到宝塔村，马上就被当成劳动力'抓'到田里和大棚里帮着割湖蒿、扯湖蒿去了。"

"哈哈哈，湖蒿好吃难收摘。水涨船高，湖蒿值钱了，劳动力也越来越金贵了……"我和守福都笑了。

眼下，正是春工忙忙的时节，山坳人家，清晨鸡鸣山谷，傍晚炊烟四起、灯火朦胧，犁早田的牛铃铛，从村东响到村西，又从村西传回村东。早春二月天，也是孩子们放风筝的天，明亮的柳笛声伴着紫燕的呢喃，在村子的上空回荡，高处飘着长长的蜈蚣风筝，低处飘着小小的燕子风筝。

"插柳莫让春知晓"，假如春天真的也有姗姗来迟的时候，那么，这或许能给春天一些意外的惊喜？只不过，春江水暖，芦芽浸溪，处处都是春光的行脚、春雨的踪迹，这遍布山岭和湖岸的春的消息，谁又能藏得住呢？

更何况，天道酬勤，春天从来不会辜负质朴的土地，更不会辜负勤劳的插柳人和耕耘者。你看这早春时节丰沛的雨水，不是正在细细密密地与河边的新柳、与青嫩的湖蒿、与泥土下的种子们，悄悄商议着萌发和生长的时机吗？

《人民日报》2023年2月6日第20版

# 利川有棵"神奇树"

叶为宝

　　在鄂西南的一个小山村，有一棵神奇的树。它为植物分类学树立了一座丰碑，让80多个国家和地区的专家学者来此考察；它令这个偏远小山村声名远播，甚至改变了这里人们的生活。

　　夏至刚过，我从江西驱车千里，来到这个鄂西南山村——湖北省恩施土家族苗族自治州利川市谋道镇磨刀溪村，感受这棵树的雄奇。

　　这是一棵被国家标号为"0001"的"水杉模式标本树"，高大挺拔，屹立在齐岳山下、磨刀溪边，被誉为"水杉之母"，很受国际植物学界关注。

　　我站在它的面前，仔细端详。它的树冠虽略有残缺，但仍是铁干虬枝，苍翠欲滴。树冠下，围栏内，母树四周长满了寸许高的水杉苗，它们都由母树掉落的种子长成。一道道阳光打在水杉苗的身上，格外亮眼。陪同的利川市林业局高级工程师范深厚介绍，这棵母树树龄超过660年，树高35米，胸径达2.4米，需四五个人方可合抱；这些幼苗早已被订购，它们将移栽到国内外，装点地球村。

　　水杉是起源于中生代白垩纪的古老珍稀濒危树种，曾广布于北纬35度以北地区。第四纪冰川时，水杉类植物多为巨大的冰川摧毁。幸运的是，部分水杉在中国保存了下来。水杉属于杉科水杉属，落叶大乔木，是优良的庭院观赏和造林绿化树种，为我国国家一级重点保护野生植物，也是武汉的市树。

范工介绍，鄂西南现存5700多棵水杉母树，而这棵水杉树龄最长、基部最粗、树冠最大，因此被称为"水杉王"。

为什么在世界上的水杉多已灭绝之时，鄂西南方圆600多平方公里版图上的水杉却"香火"不灭，延续至今？范工似乎看出了我的疑问，他说，利川得天独厚的自然和人文环境，让这里成为呵护水杉存续至今的"方舟"。利川平均海拔1100米，而磨刀溪海拔达1400米，这里四周都是高山峡谷，飞瀑流泉，冬无严寒，夏无酷暑；地势南低北高，夏天南风浩荡，雨量充沛，冬季朔风被阻，严寒难侵，很适宜水杉的生长，而土壤中富含稀有元素硒，更是大大增强了植物抵御自然灾害的能力。

往远说，这里的地质也很好，是侏罗纪时期形成的紫色砂岩，侏罗纪以来很少变化，也未受燕山运动的影响，所以，古生植物得以留存。

还有一个重要因素，就是鄂西南的人民世世代代有爱绿、敬绿、植绿、护绿的传统。人们把先祖种植的或自然生长的水杉树当作祖传家珍，青年男女结婚时，要亲手栽一对"夫妻树"，以志百年偕老；家里添了子孙，也要种一棵水杉，以示祝福。

这棵"0001"号巨型水杉虽然已经600多岁，却依然年年春来滴翠，岁岁秋后结籽，把丰硕的果实献给人类。作为世界生物学界公认的"水杉模式标本树"，其"子子孙孙"已遍及80多个国家和地区。在我国，南至雷州半岛，东北至辽东半岛，西至黄土高原，东至黄海、东海沿岸，都有这棵母杉的"子孙后代"播撒的绿荫。

利川人珍视这棵历经千难万劫而留存下来的古树，视为珍宝。为防雷电击伤"水杉王"，人们在它周围安装了3座50米高的避雷针；为防水土流失，伤害根系，人们挑来沃土，加厚土层；当地政府还成立了"水杉保护委员会"和"水杉母树管理站"。

　　靠山吃山，种树致富，勤劳的利川人秋采水杉籽，春植水杉苗，把水杉的种子和树苗，通过互联网销往各地，把民宿和旅游生意做得红火热闹。新时代的利川，山川秀美，产业兴旺，把水杉"文章"写得精彩传神，写得生机盎然。

《人民日报》2023年7月31日第20版

# 采山的滋味

朱明东

"采山忙，采山忙，采山的人儿最繁忙。清早起来就进山，日落时分才回还。"歌罢，我哈哈一笑，顺着山路向林间走去。

在大兴安岭，谁不知道采山呢？靠山吃山，采山曾经是大兴安岭人赖以生存的活计。早年间，大到烧柴，小到山丁子，哪一样不是从山上采下来的？那时候，采山是穷日子的贴补剂；如今，采山成了好生活的调味品。不采山就难以真正了解大兴安岭。有了采山，生活就更有了滋味；有了采山，才读懂恩泽自然来的道理。春时，老山芹、山蕨菜、柳蒿芽、婆婆丁、鸭嘴菜、四叶菜，一大堆山野菜排着队等你采。夏日，木耳、蘑菇是山珍，都柿、雅格达、托莫果、水葡萄还有羊奶子是山果，它们都兴奋地向你招手。若感兴趣，不用爬树你就会采到松树塔。要是会识别，你还能轻松地挖到黄芩、赤芍、玉竹、防风等中草药。等到了秋天，你可尽情采摘山丁子、稠李子，还有那颗粒饱满的大榛子。

初到大兴安岭，我对采山有些抵触。不是怕累，而是怕在山里走丢了。大兴安岭太大了，山连山岭挨岭，绵绵延延，真要迷了路，可不是闹着玩的。母亲把我的担心和邻家大姐说了，邻家大姐隔着板杖子脆脆地笑："哎呀，也不是那样。别贪心，别在山里走太远就没事。这也怕那也怕，那日子还咋过，人还咋活呀？"母亲笑道："我就说嘛，哪有那么多危险。大妹子，你啥时候去采山，把我家小子也带上，让他尝尝采山是啥滋味儿。"

　　入夏，大兴安岭草丰林密，枝繁叶茂。我挎着土篮子，跟在包括邻家大姐在内的七八个女人身后进了山。沿着山道向坡上走没几步，就是密不透风的老林子。这老林子可比我老家的小树林大多了。放眼望去，葱葱郁郁，幽深无际。我满眼新奇，脚下却走得磕磕绊绊，新买的鞋子不知啥时候灌进了水。我暗自叫苦，可苦了没几分钟，我就感到了一种快乐。濡湿的林间，碧草茵茵，鲜花绽放。花草丛中，大大小小不同色泽的蘑菇一簇簇、一排排向我行注目礼，好像在说："欢迎你来采山。"我欣喜地刚想喊，邻家大姐们已蹲下身子采起蘑菇来。见我还傻站着，她们喊道："傻小子，杵在那儿干啥？赶紧采蘑菇啊。"林间一片笑声，那些黄蘑、榛蘑似乎也跟着笑。我嘟囔着"小姑娘才采蘑菇呢"，身子却已蹲了下来，跟着她们采起了蘑菇。哎呀，这林子里的蘑菇真可爱！金黄的、浅黄的、褐色的，采到手里，一种特有的芳香就蔓延到了身上。蘑菇采得可真过瘾，不一会儿，篮子里就装满了。

　　最美好的事情还要数采都柿。那些年，父母经常领我采都柿，这个都柿就是野生蓝莓。大兴安岭密树森罗，矮矮的都柿树，不显山不露水，在林间和草丛中大片大片地生长着。入伏后，那上面就会密密匝匝地结满果实。它们个个都比豆粒大、比豆粒圆，那蓝黑蓝黑的脸上还覆着淡淡的果霜。摘一颗放进嘴里，滋味甜中带酸，酸中有凉，可真美。我边采边吃，边吃边采，采得乐陶陶，吃得肚皮圆。父亲提醒我，只采熟的，不熟的等几天给后来人采。想想今天，有些采山人图省事，弄了一种类似搓子的工具，一搓下去，大的、小的、熟的、生的，一股脑都给采下来，不仅粗暴，甚至有点自私。如今，大兴安岭有的地方发展起了人工种植都柿的蓝莓小镇，深加工的都柿产品逐渐俏销各地。

　　春天，种完最后一垄土豆，朋友翠翠开车进了山。翠翠采山不采别的，专采细嫩细嫩的老山芹。我问她有没有迷过山，她笑着说有过，但没转悠几步，就遇见了其他的采山人。我笑了，眼前浮现出邻家大姐带我采蘑菇的情景。采山就是转悠，边玩边劳动，如果不留神，即便不迷山，也容易弄丢采来的成果。这不，翠翠刚采到的一堆老山芹已经不知道搁哪儿了。看来，她还要多忙活一会儿。

采山采了数十年，花样早已翻新。每逢采山的旺季，一些商贩专门在山口收购采山人丰硕的收获。价格好商量，品相是重点。采山本小利大变现快，又能集户外散心、休闲、游玩于一身，何乐而不为？网络营销兴起后，采山的人多了起来，有的人甚至远道而来，就为了采一次山，体验一回采山的滋味。"得注意安全秩序！"山路旁，我小声对护林员小李说。小李一脸严肃："放心，朱老师。林场早就安排了专人24小时值班，不会有事的。"山路旁停着大大小小的车辆，支着数十座小帐篷。一些刚收工的采山人正和收购者讨价还价，更多的人则提着袋子返回了林间。而几个年轻人，正对着手机屏幕忘情地说着采山的乐趣。

末伏后的大兴安岭天蓝岭绿，清风徐徐。这拨采山的人还没散去，那边又热热闹闹地走来一队提篮子的人……

《人民日报》2023年8月21日第20版

# 巡护猫儿山的一天

任林举

## 一

王绍能醒来时，差5分钟就是清晨5点整，这时候，离猫儿山的日出还有47分钟。精准无误的生物钟是多年来的环境保护工作对他的馈赠，似乎牢固地"安装"在他身体的某个部位，每到固定时间，一定将他"闹"醒无疑。

自从猫儿山国家级自然保护区管理处从山上搬到桂林市里后，王绍能终止了每天早起就到山里转一圈的习惯，但他还是会因为各种原因不断往山里跑。这是他的工作职责，也是他的最大爱好。按单位的规定，他可以每半个月上山一次，对他所管辖的13个管理站进行检查、督导，但实际上，他差不多每周都要跑那么一两趟。

昨天，管理处的领导把他叫过去叮嘱了一番："去年桂林大旱，我们猫儿山平安无事，离不开你们的严防死守。今年眼看着雨季要来了，但这山区里一场雨都还没有下，一定要提防出现极端天气，千万不能够掉以轻心！"

王绍能听了，点了点头。他知道这里面的利害，关键时期，只有工作人员守在一线，人的心里才感到踏实。正好，王绍能也愿意待在山里，那里不但凉快、空气清新，而且有很多自己喜欢的、关心的事物。他二话没说，决定再回到山里去，"蹲"上一阵子，度过这个雨季。

此刻，王绍能走出大门，山上的雾已经散去，一轮弯月还挂在山头。一群群登山看日出的人们已经陆陆续续出发，向刻有"华南之巅"的顶峰方向走去。然而，王绍能的目标并不是要去看日出。他等两位同事聚齐之后，一起掉头朝山下走去。趁清早没有车辆和行人的干扰，他们要仔细察看一下猫儿山的生态状况。

王绍能想去看一看那些高大挺拔的铁杉树，还有红豆杉、长叶槭、红茶树。特别是那几十棵珍稀的红茶树，只有他和少数管护员知道它们长在哪里。如果运气好，还能在沿途看到藏酋猴、麂和一些珍稀的鸟类。每到清晨，山路上有时可以看到浅吟低唱的灰腹地莺和蓝短翅鸫、喜欢在灌丛间穿行的小仙鹟，还有不爱抛头露面的金头缝叶莺和小鳞胸鹪鹛，以及性格羞涩的眼纹噪鹛。

王绍能觉得，猫儿山处处都可亲、可爱、可敬。论风景，它可以说是独一无二。猫儿山是漓江、资江和浔江三大江的发源地，涵养着三大水系8000多平方公里流域的生态。特别对于漓江，猫儿山显得尤为重要，发源于猫儿山的河流有39条，其中19条流入漓江。学术上的漓江源就在猫儿山八角田的高山湿地之中。

因为生态意义上的重要性，猫儿山自古以来就备受各方重视。20世纪70年代，猫儿山自然保护站正式成立，自此有了专门保护猫儿山的组织机构。2003年，猫儿山成了国家级自然保护区。近些年来，智能化管控手段的应用，加大了保护区内的管控力度和水平，猫儿山自然生态系统的完整性和原真性得到很好的保护、修复和提升。有科研团队在猫儿山自然保护区考察时，意外发现了多个动植物新物种。动物中有猫儿山小鲵、猫儿山林蛙、猫儿山掌突蟾、莫氏肥螈，植物中有猫儿山大戟，极大丰富了我国的生物图谱。如今，猫儿山已成为名副其实的动植物王国和天然绿色水库。

## 二

王绍能是管护员出身，十分理解几十名管护员的艰辛。每当有管护员被山上的动物咬伤、巡护时摔伤了身体，或是遇到盗伐、盗猎者的威胁，王绍能总是挺身而出，第一时间给予帮助。在他的眼里，这些人不光是自己的同事，更是命运与共的兄弟，他像了解自己一样，了解他们每一个人的状况。

过去那些年，猫儿山的管护员们没有交通工具，下一趟山，回一趟家，不仅要间隔半个多月，而且要走七八个小时的山路。近几年，随着国家对漓江流域包括源头猫儿山的保护力度不断加大，山上的工作条件已经大为改善，原来狭窄简陋的工棚变成宽敞的固定房，劳累一天的管护员们有了遮风挡雨、放松休息的地方。通信设施和防护装备也都有了大幅提升。虽然工资不算高，劳动强度依然很大，但因为生态环境变好了，在家从事养殖业和种植业的家属们的收入增加了，管护员们的生活水平逐步提高，队伍相对稳定。

5点40分左右，王绍能来到庵塘坪管理站附近。他远远就看到有一公二母三只漂亮的白鹇在管理站左侧那个小池塘边吃东西。原来，管护员在池塘上安了一盏电灯，吸引了众多飞虫，一些虫子直接成了池塘里鱼儿的食物。虫子还招来了白鹇，每天早晨，都有白鹇飞来进餐。白鹇是山里最美的动物之一，洁白的羽毛、长长的尾翎，常让人联想到霓裳飘飘的仙子。当王绍能走近一点时，几只白鹇不约而同展开了翅膀，朝着太阳升起的东方飞去。逆光中，白鹇的身影变得更加明亮，似乎一下子就把山间草木以及王绍能的心都给映亮了。

今天，王绍能隐约感觉同行的王华生有心事，他特意问王华生："没什么事吧？"

王华生被突然的询问搞得不知所措，信口回了一句"没事"。

"真没事？别瞒着。"

王华生沉默片刻，说出了原委。

原来，他的老伴最近确诊了乳腺癌。考虑到不给家里增加负担，老伴执意不肯住院治疗。说起老伴，王华生的眼里涌出了泪水，他是自愧这辈子没有好好地照顾家、照顾老伴。

王绍能深深理解这些同甘共苦的弟兄。想了片刻，王绍能说："从今天开始，你暂时放下手头的工作，全力陪嫂子看病，你的巡护任务由我们几个轮流替代。该住院就得住院，至于治疗费用，我们一起想办法。不要太担心，你后边还有咱们大家，还有管理处……"

大约9点多钟，王绍能开始赶往两水管理站。中午前，他得赶到那里安排近期的森林防火防汛工作。车子经过毛竹山管理站，王绍能拿起电话，打给站长刘崇华，主要是告知一声，路过不停了。前两天，王绍能刚从毛竹山管理站离开，近期重点工作和针对季节性资源保护的一系列工作，已经落实完毕了，王绍能不打算在这里多作停留。况且，事先没有打招呼，管理站的工作人员估计都进山了，这会儿，说不定都在十几公里外的深山里巡查呢。

管护员这个工作，条件差、劳动强度高、生活单调。很多年轻人宁可选择去城里打零工，也不愿意来大山里摸爬滚打。很长一个时期，管理站的年轻人来来去去，基本没有留下几个，在岗的管护员大多年龄偏大。像刘崇华这样的80后，实属凤毛麟角，管理处和保护科都重点培养，精心扶持。有事没事，王绍能都要跟刘崇华聊一聊，问问近期的情况，或者叮嘱几句工作。

说起刘崇华，王绍能最欣赏的还是他的勇敢和担当。刘崇华不但腿勤、眼尖、心细，总能捕捉到不法分子的行踪，而且，管得严，不畏惧，敢于亮剑，绝不留情。多年来，他先后参与处理了"盗伐毛竹案"等多起案件，10余次荣获猫儿山自然保护区"优秀管护员"等荣誉。

## 三

在一个岔路口，王绍能把车开进一条杂草丛生、只有两道隐约车辙的山间砂石路。路很难走，除了颠簸摇晃，还有树枝划过车体的刺耳之声。20分钟后，车停在一个叫百合冲的沟口。百合冲是山蛙的聚集地，每年到了这个季节，不时会有个别山民在这附近转悠，等着钻空子、捉山蛙。只有看护得严，才能保护好这些山蛙。

确定百合冲没有什么异常情况后，王绍能才继续赶路。七拐八转，终于到了两水管理站，时间已经是下午1点多钟了。站长侯勇生和几个管护员已经完成了当天的巡护任务，一边用毛巾擦汗，一边等着王绍能的到来。这些山里汉子往往是大清早趁着气温低就上山巡查，一个上午走下来，体能消耗巨大，这时候已经饥肠辘辘了。

王绍能赶紧招呼大家坐下来吃饭。没吃几口，他就迫不及待地问："最近有新情况没有？"

副站长王和羽心直口快："这里又有熊来过了。"王和羽从头至尾讲述了熊吃羊和事件处理的全过程。王和羽讲得还意犹未尽，另一个管护员已经插进了话头："我前两天还遇到很大一群藏酋猴，以前从来没有见过这么大的群。"于是，绘声绘色地讲了一遍他遇见大群藏酋猴的经历。

队员们兴致勃勃地讲着林间见闻，侯勇生没有插话，这些故事他已经听过好几遍了。直到轮到他说话时，他才直奔重点主题，汇报了站里的防火防汛情况、重要点位的监督情况，以及卡点的布设情况。

2007年，27岁的侯勇生来到猫儿山自然保护区，成为一名管护员。

刚来保护区时，侯勇生看到保护区周边的放牧情况比较严重，森林植被遭到破坏，他暗下决心，一定要做好自己的工作，改变这种状况。侯勇生曾在道路沿线张贴标语，还挨家挨户找老乡谈心，给老乡发放环保资料。渐渐地，老乡们对保护区管护员的态度有了转变，从最开始的抱怨抵触，到后来的积极配合，直到自觉维护保护区的环境。如今，遇到受伤的野生动物，老乡们会打电话给他，或者直接把动物送到管理处。

第二个孩子出生后，侯勇生正好当上管理站的站长，回家的次数变得更少了。偶尔回家去亲近亲近孩子，还没等孩子记住爸爸的样子，他又回岗位上去了，只给家人和孩子留下一个来去匆匆的背影。

这些年，管理处不仅与保护区周边的村民签订了村民小组看管委托书，共同管护森林植被，还引导、帮助乡亲们利用独特的生态优势发展特色经济。管理处每年都会派人为保护区周边的居民送鱼苗、送蜜蜂，并请来专家传授相关养殖技术。

几年过去，猫儿山的居民都成了生态旅游的受益者，日子过得越来越好。猫儿山山脚下的高寨村300多户1200多人，经营民宿、农家乐50多家，相当于平均每6户有1家民宿、农家乐，超过半数村民吃上了生态旅游饭。得益于猫儿山自然保护区的帮扶措施，经营农家乐的村民在猫儿山的溪流里养出一种"生态瘦身鱼"，市场价格比普通鱼高出两倍多，还供不应求。

对于王绍能来说，这一天是平平常常的一天，也是十分忙碌的一天。他还要去几个关键点位查看情况，要同管护员们一起散发生态保护宣传品……直到傍晚时分，他才赶回山上，在山路上走一走。对他来说，在猫儿山的山路上散步，是最佳的休息方式。

路上，他遇到一个匆匆赶路的登山者，热情地跟他打招呼："老哥，抓紧往前走啊，今天天气好，可以看到最美的日落。"

　　他笑了笑，猫儿山的日出日落，对他来说，早已是再熟悉不过的风景了。一闭上眼睛，他就能想象出日出日落的美景，他就憧憬着猫儿山更加美好的明天。

《人民日报》2023年8月21日第20版

# 美丽的得耳布尔

李青松

得耳布尔，是大兴安岭林区的一个小镇，隶属于内蒙古自治区呼伦贝尔市。从版图上看，它已经很靠近边境了，西边的界河就是额尔古纳河。

一

得耳布尔的情况有些特殊。在这里，先有林业局，后有小镇。也就是说，得耳布尔林业局的开发历史要早于得耳布尔建镇的历史。得耳布尔小镇是在得耳布尔林业局发展到一定程度后，才有的行政建制。当地人把得耳布尔林业局简称"得局"，把得耳布尔小镇简称"得镇"。

对于大兴安岭林区来说，得耳布尔的生态地位非常重要。大兴安岭的朋友恩和特布沁告诉我，得耳布尔这种复合型的生态系统主要有四大生态作用——大兴安岭生态功能区的重要依托，额尔古纳河流域的水源涵养区，呼伦贝尔草原的生态屏障，大兴安岭重要的物种基因库和生物多样性保护地。

当年，那些向各地延伸的铁路，哪个没有用大兴安岭林区的木材做枕木呢？那些向地下深处开掘的矿山，哪个没有用大兴安岭林区的木材做矿木呢？那时候的大兴安岭林区，真叫热闹非常，工人们也忙碌非常，铁路线上汽笛声声，一列列装满木材的火车不停驶向各地。

在林区，说到树，无法绕开落叶松。老舍先生曾说："兴安岭上千般宝，第一应夸落叶松。"1961年，老舍来大兴安岭林区采风，盛赞落叶松的品格和精神。

在得耳布尔，乃至整个大兴安岭林区，森林的主体都是落叶松，分布面积大体占森林面积的七成，有落叶松分布的森林，又被称为"明亮的针叶林"。通常，松树属于常青树种，而落叶松绝对是个例外。落叶松喜光耐湿，夏季的松林间清爽葱郁。入秋后，一簇簇针叶迅速变黄，灿烂明媚。紧接着，变黄的针叶相约飘落，在地面累积成厚厚的"松毯"。

落叶松的球果，每颗有32个鳞片，每个鳞片裹着2粒种子。种子长着翅膀，御风而飞，能达百余米。风是落叶松种子的主要传播者。除此，还有松鼠、桦鼠、黑琴鸡、花尾榛鸡等野生动物，也在觅食时不经意传播落叶松的种子。在得耳布尔，越是阴坡，落叶松越是长得茂盛。落叶松品性坚韧而内敛，在秋天集中落叶是为了保存能量，以度过严寒的冬季。

与落叶松伴生的往往是白桦树。白桦树是阔叶树，在落叶松林里散落分布。在林区，我们通常看到的白桦树，往往都是以个体面貌出现，很少有成片生长的情况。让我想不到的是，在得耳布尔的卡鲁奔山上居然有成片的白桦林，而且面积很大，非常壮观。近年来，林区人还开发出了桦树汁饮料——从成年白桦树干中提取汁液，制成饮料，口感微甜微涩，涩不压甜，回甘绵润，且有一种奇异的芳香。

## 二

把目光投向得耳布尔小镇吧。

一座座崭新的楼房之间，体现林区风格的木刻楞建筑尚有遗存，木板条围栏也间或可见。小镇有两条主干街道，横一条，竖一条。横竖之外还有若干条，但那些算不得街道，应该归类为小巷子了。主干街道两边店铺林立，多是些饭店酒馆，以及土产山货行和日用品超市。若问当地有什么美食，连娃娃也能脱口而出——柳蒿芽炖排骨、黄花菜炒鸡蛋、老山芹包子、四叶菜馅饺子。

这里常住人口不过1万人。当年刚刚开发时，伐木人来自四面八方，有本地猎户，有转业军人，有闯关东的汉子，有刚毕业的大学生……他们怀着不同的梦想，操着不同的口音，在得耳布尔落户安家。

现年88岁的徐殿荣曾经是一名志愿军战士。1959年，他转业来到得耳布尔青年岭林场，成为一名林业工人。先是做运材司机助手，后来做了小工队的物资管理员，一串钥匙挂在腰间，一走路，哗哗直响。那时，考虑到家里人口多，劳力少，日子拮据，他主动要求去当伐木工。不过半年，他就成了林区里远近闻名的出色油锯手。

1991年11月，徐殿荣光荣退休。

晚辈们问他："爷爷，你这辈子伐了多少木头啊？"

"伐了多少木头？——哎呀，没数！"他看了一眼置于墙角的那把锈迹斑斑的油锯，自言自语地说，"堆起来是一座山，放倒了是一片海！"

徐殿荣有两个愿望，一个愿望就是希望儿女们吃喝不愁，日子过得平安幸福；另一个愿望就是盼着林子快快长起来。林子大了鸟才多，林子大了，林区才像个林区。

徐崇方是"林二代"，徐殿荣的四儿子。1986年高中毕业时，因为林场小工队有一个接班名额，他放弃了高考，当上了采伐工。由于他头脑灵活，手脚勤快，2021年，被调到林业宾馆当经理。现在呢，担任康达岭民宿的店长。

我问他："你父亲对你有什么影响？"

徐崇方沉思片刻，说："他教我们怎样做一个好人。"他接着说：

"他们那一辈人，肯吃苦，对林子有感情，对国家的林业事业怀着赤胆忠心。"

"我有时间的时候，会陪他去林子里转转。只要一进林子，他就兴奋，眼睛就发亮！"徐崇方说。

## 三

得耳布尔，因得耳布尔河而得名。

得耳布尔是宽阔的河谷之意。得耳布尔河发源于得耳布尔境内的青年岭林场，全长272公里，由东北向西南流经得耳布尔镇，以及二道河、康达岭、永青等林场，汩汩滔滔，于额尔古纳市注入额尔古纳河。

得耳布尔河的水源来自森林里的融雪和降雨，每年发生两次汛期：一曰春汛——由于积雪融化时间过于集中，地下永冻层无法渗透，导致5、6月间河水暴涨；二曰夏汛——夏季里，森林里腐殖层含水量达到饱和，加之降雨继续增多，至8月初时，夏汛暴发，河水横冲直撞，甚至发出呜呜的叫声。

得耳布尔河里鱼很多。当地朋友说，河里能叫出名字的鱼有哲罗鱼、细鳞鱼、柳根鱼、老头鱼、鲇鱼、狗鱼等。我在林区行走期间，吃过红烧哲罗鱼、酱炖细鳞鱼，还有油炸柳根鱼。哲罗鱼与细鳞鱼肉质细腻紧实，入口极香。柳根鱼个头不大，长不过一个指头，经油炸后，酥香脆爽。这几种鱼都是冷水鱼，别处很少见，但在大兴安岭林区，在得耳布尔这样的地方，却可以吃到。

须笼是林区人捕鱼的渔具。须笼是用柳条编制的，小口窄颈，腹阔而长，颈前装有柳条倒须。捕鱼时，用木壳子将河水横拦，中间留一小口，将须笼小口与之对接，鱼进入笼内，因有倒须而不得出。人们为了把鱼诱进须笼内，常常将一块骨头置于笼中。

不过，得耳布尔人更喜欢冬天凿冰眼捕鱼。有史料记载："冬则河水尽冻，厚四五尺。夜间，凿一隙如井，以火照之，鱼辄聚其下，以铁叉叉之，必得大鱼。"——那大鱼，想必是哲罗鱼吧。

凿冰眼捕鱼，也有用丝网挂的。有经验的捕鱼人往往选择水深流急的地方凿冰眼——每隔两三米凿一个冰眼，冰眼凿妥后，用长杆把丝网一个眼一个眼地穿过去布网。布网完毕，尽可回家睡觉。次日清晨，再把冰眼凿开起网，丝网上就会挂满鱼。

## 四

在得耳布尔，有两个卡鲁奔，一个是卡鲁奔山，一个是卡鲁奔湿地。卡鲁奔，意思是有宝藏的地方。早年间，当地的猎人在这座山上狩猎，遇雨，就到一个山洞里躲避，并拢起一堆篝火，烘烤衣服。离开时，却发现灰烬下的石块融化了，那融化了的东西又凝结成大小不一的颗粒。猎人看着那些闪亮的颗粒惊愕不已，于是，就给这座山起了一个名字——卡鲁奔。

卡鲁奔山确实是一个奇特的地方。

卡鲁奔山的东坡山腰上有一个洞，洞口阔不到1米，洞深则不可测。为何说不可测呢？因为现有测量工具都无法测到它的底儿通到什么地方。

山洞名曰冰凌洞。由洞名就可以看出，这个山洞并不温暖。洞口终年挂霜，寒气袭人。洞里更是如同冰窖，厚冰相叠，且有怪音回响。于是，这个冰凌洞就不免有了一些传奇的味道了。

早年间，当地猎人捕到大动物，不方便弄下山去，就存放在冰凌洞里，待得耳布尔河结冰后，再用马拉爬犁运回去。伐木人作业期间，带的食物也存放在冰凌洞里保鲜。

　　这里更是雷电密集区域。每逢雨季，卡鲁奔山的上空常常雷声轰鸣。据当地人说，雷声是与地下的金属矿物质对应的，雷声密集的地方，一定有丰富的矿藏。

　　果然，后来地质勘探部门探得，这里既有铅锌铜等金属矿，也有黄金白银等稀有矿藏，成矿带蜿蜒数里，矿脉深厚，面积广阔。

　　有宝藏的地方，就有看守宝藏的眼睛。

　　卡鲁奔山上耸立着一座瞭望塔，有18米高，常年有护林员在上面值守。这里曾多次发生雷击木火情，幸亏被瞭望塔上的护林员及时发现，迅速扑救，才没有酿成大的火灾。过去，护林员在山上的生活相当艰苦，所需物资都要靠马匹驮载运上山去，生活用水则要到山下的得耳布尔河里打取。

　　为了解决山上护林员的吃水问题，某日，林场请来水文专家进行勘探，在卡鲁奔山北坡找到一个点位。可是，钻探设备和打井机器轰隆隆凿了7天，生生凿了800米深，也没有凿出一滴水，大家极为沮丧。就在打井队停止操作、拆卸设备、准备次日下山的时候，有人说，再往下打1米看看情况。结果，1米下去，奇迹出现了——一股水流喷涌而出。

　　我在卡鲁奔山上，找到了那口井，特意留影纪念。刚要转身的时候，有人悄悄告诉我："这口井通着得耳布尔河呢！"

　　"是吗？"我瞪大了惊愕的眼睛。

　　"喏，那就是卡鲁奔湿地。"

　　站在卡鲁奔山上，向南看到的得耳布尔河谷，就是卡鲁奔湿地了。

　　湿地，被称为地球的"肾"，是一种独特的生态系统。湿地既有涵养水源和净化水质的功能，又有蓄洪防洪的功能。湿地，还是鸟类和水生生物的重要栖息地。

20世纪，卡鲁奔湿地曾施行过"湿地改造计划"——在湿地上种落叶松、白桦树。可惜，湿地含水量大，落叶松和白桦树容易烂根，种下的落叶松和白桦树活了几年后，就大片大片枯萎了。

时间改变一切。如今，"湿地改造计划"的痕迹已经踪影皆无，代之而起的是天然生长的蒿柳、兴安柳和茂盛的小叶樟。

卡鲁奔湿地边有一处牧场，被改造成了"康达岭林场民宿"。我在那里住过一夜，被安排在一顶帐篷里。那里的夜晚安静得很，打开帐篷的小窗，可以望见天空的星星，一颗一颗，清清楚楚。渐渐地，星星就密集了，就成了星星的河了。我甚至怀疑，夜晚泛着亮光的得耳布尔河，是一些野性的、不守规矩的星星，把天上的银河掘开一个口子，悄悄溜下来造成的吧。

忽然，天上的星星一下就隐去了。星星呢？星星的河呢？起雾了，大雾遮蔽了星星，也遮蔽了星星的河。帐篷的小窗口有浓重的雾气往里涌，我明显感觉到寒意袭身。

我赶紧关上小窗，回到床上，倒头便睡。

次日清晨醒来，听到外面同行的朋友们正在议论早起看日出的情景，话语间满是兴奋之情。

我虽没有去看，但我不后悔，因为在得耳布尔，处处都有美景。

得耳布尔，森林涵养美。

得耳布尔，生态涵养传奇。

《人民日报》2023年10月16日第20版

# 翩翩兮朱鹮

陈剑萍

晨曦中，我们驱车从陕西洋县县城出发，穿行在秦岭深处。经过3个多小时崎岖的山路后，来到了这个叫三岔河的小山村。

地处秦岭深处的三岔河，如今已通了公路。停好车，我们踏上一座小桥，望见前方的小山坡上，有十几棵高大的青冈树。

看到那些树，曾任陕西汉中朱鹮国家级自然保护区管理局朱鹮人工繁育中心主任的王跃进，赶紧向前走了几步，然后停下来。那一刻，他仿佛被定格了一般，似乎想起了什么……

## 一

1984年仲春的一天，洋县朱鹮保护站站长路宝忠突然接到窑坪乡来电，得知在该乡三岔河村发现了朱鹮。路宝忠连忙派保护站的年轻队员王跃进和雍水生赶往三岔河查找。

进村的山口狭小，从山口前行数十步，豁然开朗。流水声隔着葱郁的竹林传来。不远处，农家的鸡啼声一声比一声高亢，小山村的清晨苏醒了。

王跃进和雍水生在村中寻找，突然发现远处水田里站着一只沐浴着曙光的朱鹮，朱鹮振翅起飞，他们一路追寻着它到了老坟山。这里有不少高大的青冈树，最高的一棵树丫间，有一个枯枝搭建的鸟巢。为了防止朱鹮雏鸟坠地受伤，他们很快在树下绷起了塑料软网。随后，路宝忠也从县城赶来，一起给大树钉上耙钉，爬到枝端，终于看清巢中共有3只雏鸟。

历史上，朱鹮种群曾极为繁盛。然而20世纪30年代以后，朱鹮渐渐从人们的视线中消失了，各国报告中相继宣布朱鹮绝迹。1978年全国科学大会召开后，由中国科学院动物研究所中国现代鸟类学奠基人郑作新牵头，动物所刘荫增带领朱鹮调查小组，足迹踏遍大半个中国，终于在1981年5月23日，在陕西省洋县八里关乡姚家沟及附近的金家河，发现了7只野生朱鹮。

然而，金家河发现的2只朱鹮命运多舛。这对朱鹮亲鸟先飞往姚家沟，后又到其他地方筑巢、产卵，却因种种原因，繁育均未能成功。1984年早春，新一年的繁殖季即将到来，它们是经过了怎样千辛万苦的搜寻，才找到三岔河老坟山上这片高大的青冈树？

寻找到朱鹮的大伙儿兴奋不已。王跃进、雍水生白天忙着观察朱鹮，晚上写工作日志。转眼到了6月，王跃进在一篇日志里写道："从1984年6月14日起接连三天，在三岔河都看不见朱鹮的影子，听不到'啊嗷啊嗷'的叫声。"朱鹮已经结束当年在三岔河的繁殖，飞往更辽阔的天地了。

转眼，1985年的初春又来临了。朱鹮的繁殖季也将到来。那对朱鹮还会回到三岔河吗？

王跃进、雍水生和乡亲们紧锣密鼓地为迎接朱鹮做准备。一天早晨，寂静的三岔河突然响起久违的清脆鸣叫声："啊嗷——啊嗷——"小山村的人们奔走相告，去年的那对朱鹮亲鸟回来了！

## 二

当漫山遍野的山桃花盛开时，朱鹮的4只雏鸟相继出壳。几天后，朱鹮亲鸟外出捕食，正在观测的王跃进，发现巢中有东西掉下来，原来是只拳头般大小的雏鸟。

王跃进他们给这只坠落的雏鸟取名叫青青。青青不能被放回巢中，被挤出巢坠落的雏鸟会因有异味而被亲鸟抛弃。可要是把青青带回临时工作的观察点，路途也不近。可以到附近村民家借宿，但王跃进担心，村民家里的家禽家畜会给雏鸟带来传染病。所以，那一夜，他们就把小小的青青揣在怀里，蜷缩在大青冈树下，和衣度过了一个山村不眠夜。

接下来，王跃进、雍水生在朱鹮栖息的大树下搭建了一个小窝棚，晚上就住在这里。白天，他们观察朱鹮亲鸟飞出、采食、飞进、喂养等情况，晚上还要写朱鹮日志。

他们扎了个大筐，倒扣在地上，把青青放在其中喂养，又在大树旁用竹篱笆圈了地，搭好栖架，青青可以在围栏中走动、上下栖架、低空飞行。

青青一天天长大。一天上午，青青向前奔跑了几步，接着扑扇翅膀展翅飞向了蓝天，不一会儿就汇入了亲鸟的行列。看着青青渐飞渐远，王跃进的眼睛潮湿了。

青青飞走两天后，路宝忠接到通知，人工救助的朱鹮交由北京动物园人工饲养开展异地保护研究，专家正在赶往三岔河。

可青青已经飞走了，这让大家犯了难。

那时夏收刚刚开始，好久没回家的王跃进刚踏进家门，路宝忠的车就到了。王跃进的媳妇眼圈一下子红了，正想着丈夫回来帮忙夏收，不承想很久未见的丈夫马上又要走。王跃进立即往三岔河赶。

可是，上哪里去寻找青青？而且，青青在野外更多地接触了亲鸟，已经开始回避人了。如果处置不当出现意外，伤了青青怎么办？

王跃进每天仔细观察，终于在一处冬水田里发现了青青的身影。一天，一早，他用平时喂青青的小桶准备好泥鳅和小螃蟹放在田里，同时支好盘套。他和雍水生目不转睛盯着盘套，在青青踏进盘套的瞬间，王跃进轻声呼唤着青青，蹑手蹑脚迅速上前抱起它，雍水生轻柔地解开盘套，就这样终于把青青安全地"请"了回来。

王跃进又忙活了大半个晚上，把自己的爱心编进了一个精致的大鸟笼里。第二天一早，在王跃进、雍水生的注视下，青青被带离了三岔河。

今天，说起当年与青青的离别，王跃进眼中仍流露出不舍。王跃进一辈子都从事朱鹮保护相关工作，朱鹮成为他割舍不去的情愫。

## 三

下一站，我们要去花园保护站。花园保护站位于洋县县城以北15公里。保护站管辖区是朱鹮保护区的核心地带，植物茂盛，气候湿润，生物资源丰富，为朱鹮在此营巢和栖息繁衍提供了有利条件。

花园保护站管辖区内的溢水镇等地，自1990年以后，是朱鹮繁育营巢最密集的地区。据不完全统计，30多年间，这里共计繁育成活出飞朱鹮千余只。

我们去看朱鹮巢。车在村路上行驶，十几分钟后，转过一座小山岗后停下。山边传来潺潺的流水声，眼前是三面青山环绕的小盆地，远近的十几块稻田里，金黄的稻子弯着腰，远方偶尔传来朱鹮的叫声。百米开外的小山坡上，有白墙灰瓦的人家，屋旁不远处是十几棵高大的青冈树，树上有朱鹮巢。

在这溢水镇的刘庄村，同样的小山坳、小盆地、清溪小河、冬水田，同样高大的青冈树，同样的山里人家，我仿佛看到了42年前重新发现朱鹮的姚家沟，39年前朱鹮繁衍的三岔河。村民们育苗、插秧、割稻、蓄水，朱鹮在田里捉鱼觅虫，在青冈树上筑巢产卵。绿水青山间，四季轮回，一片生机。

为缓解部分朱鹮重点活动区水稻田大面积撂荒、水田生态系统退化、朱鹮觅食地面积减少、食物资源不足等问题所产生的不良影响，朱鹮保护区积极争取到补助项目，与相关企业展开合作，保护区组成技术指导团队，共同营建"朱鹮—稻田—鱼虾"共生生态系统的"稻鱼共生项目"。可喜的是，目前仅在刘庄村项目地，就已经有了优质的朱鹮觅食水田，20余只野生朱鹮长期在这里觅食、活动，且已有朱鹮在此营巢。这对于朱鹮保护来说无疑是个好消息。

晚霞洒满山间，暮归的朱鹮展翅集群。面对山清水秀的刘庄村，一路同行、后来担任汉中朱鹮国家级自然保护区管理局副局长的路宝忠高兴地说："当年的姚家沟是朱鹮的重新发现地，之后的三岔河是朱鹮发展、壮大的奠基地，今天来到的刘庄村是野外朱鹮繁衍生息的桃花源。"

## 四

正是有了从陕西洋县野外救护的包括朱鹮青青在内的六只幼鸟，北京动物园建立了中国第一个朱鹮人工种群。1992年在北京动物园，世界上首次人工孵化、育幼成活3只朱鹮雏鸟，它们是青青的后代。青青是朱鹮异地保护的先驱，也是中国实施异地保护朱鹮成功的范例。雌性的青青长寿至2021年，寿龄36岁，有后代27只。

从1981年朱鹮被重新发现成立朱鹮保护站，到2005年成立汉中朱鹮国家级自然保护区，朱鹮保护事业经一代代牧鹮人薪火相传，动人的故事一直在传扬。

当年，中国科学院动物研究所刘荫增带领朱鹮调查小组历经艰辛重新发现了朱鹮，带领路宝忠、王跃进、赵志厚、陈有平在姚家沟建立了"秦岭一号"保护站，第一代牧鹮人为朱鹮的保护、科研、发展做出了奠基性的工作。如今已经86岁的刘荫增，在第二故乡洋县与朱鹮为伴安度晚年。他为朱鹮发现与保护历程赋诗《牧鹮谣》，题字"牧鹮路上"被鎏刻在去往姚家沟路边的山石上。

说起保护朱鹮，第二代牧鹮人的代表刘义、庆保平有一肚子的故事。在保护区繁育中心工作的刘义记得，有一年为了救护朱鹮，他们与大蛇搏斗，那情景至今难忘。还有一年，刘义家中夏收油菜籽，可正赶上朱鹮繁殖，他实在脱不开身，结果油菜籽来不及收回，收入损失不少。但这些都不算什么，最高兴的事是看到自己参与繁殖的朱鹮出壳。

在朱鹮疫源疫病工作中成绩斐然的庆保平高级工程师，与同事们利用科学技术的进步为朱鹮保护作出贡献：从当年的无线电遥测到如今的GPS追踪器、红外相机、无人机等先进设备的应用，到疫源疫病工作中抗原快速检测卡、DNA指纹识别、基因高通量测序等新产品新技术的使用……

多年以前，一位母亲带着小女儿走进了朱鹮保护站。当朱鹮展翅起飞时，翅膀下那红宝石般的光芒，一下子就映射进了小女孩的心里，从此保护朱鹮的种子就在她的心中种下。20多年过去，当年那个叫高洁的小女孩已成长为第三代牧鹮人。如今担任保护区综合办公室副主任的她和同事们，通过走进学校举办朱鹮科普知识讲座、在电视台做朱鹮慢直播、参与电视台科普节目等方式，把保护朱鹮的声音传播得更广更远。

还有保护区保护科副科长曾键文，在朱鹮野化放归工作中，克服水土不服带来的身体不适，和同事们收集朱鹮活动的每一个细节数据，使用无线电定位追踪设备记录放归种群的活动点位，最终为秦岭北麓首次野化放归朱鹮，留下了完整的监测记录和数据。4年时间里，他累计行程1万余公里，获取关键监测数据千余条。担任朱鹮人工繁育中心副主任时，他带领饲养员24小时值守，确保朱鹮"孵得出、养得活、长得壮、飞得远"，最终朱鹮人工繁育成功率超过90%。

如今，朱鹮已经突破了近亲繁育后代的瓶颈，不论种群数量还是质量，都取得了可喜的成绩。朱鹮在国内已经分布7个省区，野外种群超过7000只。在陕西宁陕、铜川、华阴、千湖国家湿地公园、秦岭植物园及湖南南山国家公园等地，开展了野化放归自然活动，并在野外建立了种群。北京动物园、陕西省珍稀野生动物救护基地、山东东营黄河三角洲湿地、河北北戴河等多地，实施朱鹮饲养繁育研究。河北秦皇岛、江苏南通、辽宁沈阳等地的动物园还开展了朱鹮保护科普教育。

"翩翩兮朱鹭，来泛春塘栖绿树。羽毛如翦色如染，远飞欲下双翅敛。""东方宝石"朱鹮的再生，充分体现了中国科学家和朱鹮保护工作者为人类作出的贡献，是中国生态保护工作的典型范例。

把山河妆成锦绣，将国土绘成丹青。朱鹮的故事还会继续……

《人民日报》2023年10月23日第19版

# 探秘神农架

王剑冰

总觉得它遥不可及，这次，终于有一个机会，从中原出发，过河南南阳再过湖北襄阳，就进入了崇山峻岭。高铁列车在一个个隧道里钻来钻去，若不是现代化的脚步，很难造访这神秘之地。

列车已经刹车减速，却还没有从大山深处钻出来。这无边无际的大山，该是怎样的一种存在？

出来仍是高高的岭，车站架在两个隧道之间，出站要下到深深的底层。下去再仰头看，就看到了高高横亘在两山间的钢筋铁骨。终于来到了神农架。

## 一

神农架，在莽莽三千里的秦巴山间，东瞰荆襄，南邻三峡，西望渝陕，北顾武当，它神秘而雄奇，幽险而峻拔。

神农架不叫山，不叫岭，不称峰，而称"架"，这就显出另类，显出奇特。神农架，它架在什么地方？那个"架"，该是怎样的所在？

什么东西带了"神"字，就有了神秘莫测的感觉；将一派群山以神农氏命名，神秘之外，多了一种崇敬。

进到山里，怀着好奇四处打量，真可谓峰峦叠嶂，丛林密布。绕悬崖，穿森林，向左，又向右，走到头，又开始。云雾缭绕，烟气飘转，一片辽阔都不见，天地融合，乱石穿空……

露水滴答，从高处落下的瞬间，光芒四溅。山石耸立，其中一柱巨石，昂然独立，气势非凡。哦，也许那就是神农氏当年的雄姿。

进来才知晓，原来这神农架，说的是五千年前炎帝神农氏架木为梯，架木为屋，寻山采药。香溪的源头，传说是神农氏的洗药池。那个时候，疾病流行，作为部族首领的神农氏为救济百姓，每天起早贪黑，往返于神农架茫茫林海，采摘、品尝，以牺牲自己的健康为代价，分辨出药草的性质。神农氏的故事，至今为人们称颂传扬。

小路一直往上攀，而香溪急着下山。它跳过一处处断崖，一处处深涧，丢下碎石和杂树，只带了散落的野花匆匆向前。屈原明晓它，所以屈原有了美妙的诗章；昭君喜欢它，因而昭君留下了丽影与芳香。

有人说，神农架是中国最早药学专著《神农本草经》的原创地。或因传说影响广泛，19世纪末到20世纪初，就有外国植物学家历尽艰险来到这里，收集了不少世上罕见的珍稀植物标本。

## 二

黎明刚刚拉开帷帐，大九湖畔就有了人声。大九湖，那是神农架中的9位仙女，她们在海拔1700米的地方被群峰捧着，被日月宠着，所以人们说是"天上九湖"。

此时烟波浩渺，看不清大九湖的真实面目。曚昽中，人们屏住呼吸，不敢发声。天光渐开，渐渐看清四周的山峰。云雾把山水连在了一起，闹不清是天映了水，还是水映了天。等你发愣时，就又有一团雾气再次遮蔽了一切。

什么声音？细细长长的鸣叫，在水上滑得好远。而后有了回应，像是早晨的问候。声音过后，雾气中一只白天鹅，正以它美妙的身姿，轻轻地划开一整块透亮的水玻璃。

是的，就像是水上的慢动作，白天鹅转动着它那倨傲的脖子，打量着几位早行人。哦，它居然慢慢朝我划了过来，亲切友好地打量着我。它就那么静静地挨近岸边，挨近我这个不速之客。而后，又有两只黑天鹅从远处游来。

很想把9个湖都看遍，但是大九湖的面积实在太大，等我跑到第三个湖，太阳已经升到高高的山头，阳光洒下来，为湖以及湖边的草木染上一片红黄。这个时候再看，山湖已经是另一种景象。

大九湖周围有很多落水口，奇妙的落水口，湖水源源不断地流来，却看不到积水，水全渗入了山下的暗河。其中一条就是堵河，堵河一直流向丹江口水库。所以这里也被称为南水北调的源头之一——送往北方的十滴水，就有神农架的一滴。

在神农谷，想象不到云雾是如何出来，如何消散。给人照相，稍微慢一点，那人就被裹挟得不见踪影。

深深的峡谷间，还有一条穿行的川鄂古盐道，从阳日湾到松香坪、鸭子口、长崖屋的一段，布满了当年神农架人运盐的足迹和汗水，也留下了无数歌谣和故事。有一首民谣这样唱道："三道沟、九道梁，打杵子打在黄土上，那时还没有周文王。"可见这条古盐道的久远。

竟然看到了农田，透过茂密的丛林往下看，就看到了人间烟火，看到了小小的村落。

还有茶园，春天的时候，采茶女会唱着山歌，在这里采茶。由神农架的天然野茶变成的一片片茶园，所产的茶叶成了神农架的特产。

## 三

远处，阳光穿透云层，将一个个光柱打在水面上，水面就成了一个硕大的耀眼的镜子。各种飞鸟飞过，为这镜子雕上千姿百态的纹饰。

放眼望去，漫山遍野都是绿色，环绕着水，连通着峰。那些绿色都是什么植物？问林区的讲解员谭羽轩，她一一指点，随口说出植物的名字，那名字就如一串美妙的诗言：圆穗蓼、三叶草、狭苞囊吾、地榆、菖蒲、泥炭藓、拂子茅、小黑三棱、珠光香青、灯笼草……羽轩不光说出名字，还介绍它们的特性和药用价值。

羽轩指着一棵棵神奇的树：秦岭冷杉、麦吊云杉、篦子三尖杉、珙桐、伯乐、领春木、鹅掌楸、连香、厚朴、巴东木莲……她告诉我们，有些树的叶子、花果或皮，也可以入药。

独特的气候条件、复杂的地理地貌、巨大的海拔落差，使神农架成为众多珍稀濒危物种的栖息地。羽轩说，神农架有2500多种亚热带到寒温带的植物，其中珍稀濒危植物229种，国家重点保护植物79种。

问羽轩为何对植物如此关注，羽轩说，作为神农架人，对神农氏有着天然的崇敬，而神农架也确实有着这么多的野生植物，便由衷地喜欢，一棵棵一叶叶地去探究，慢慢地，就都记下了。羽轩说，她已经做了大量的笔记，采集了大量的标本，想着要出一本书。

我不禁感叹，3000多平方公里的神农架，绿色是最鲜明的底色。神农架林区的森林蓄积量在3300万立方米以上。整个林区有七八万人，他们都知道自己所在地方的宝贵和重要，人人都有一种家园意识。这是一种本源意识，同他们的生命紧紧相连。

在一处山林里，一群野餐的游客起身离去，这时来了一位老者，细心地捡拾游人不经意留下的纸屑等垃圾。问起来才知，他叫陈华，是一名护林员，从年轻时就守在林区，走遍了红坪林场的沟沟坎坎。被风霜雕刻的他，看起来比实际年龄要大一些。他开朗地笑着，说他们一线巡护员有120多人，每个月都要在野外徒步巡护，近的当天可返回住地，远程就得带上帐篷，吃住都在林子里。

在神农架林区松柏林场，黄世翠正在把多只花绒寄甲虫放在松树上。这位森林病虫害的防治工程师说，花绒寄甲虫是天牛类昆虫的重要寄生性天敌，在松树林里释放它，可以防范松材线虫病发生。

正是护林防火的重要季节，红坪林场铁厂河护林站职工们在各个道口值守，见到游客便说："您好，进山不能携带火柴、打火机，我们可以暂时帮您寄存。"神农架把森林防火当成天大的事，不仅在神农顶等地设立瞭望塔，还聘请了3000多名生态护林员，走出1800多条巡护线路，探查火灾隐患。

凡我接触的神农架人，都那么热情，充满自信。我走过的地方，都整洁得只有山石，只有植物和流水，其他的烟头纸屑丝毫不见。

夜幕降临，黑得像墨。让你感觉这才是神农架，一派神秘的神农架。黑郁郁的峰岭遮蔽在四周。这个时候你听到了水声，水声潺潺，像是在窃窃私语。

忽然，一座山峰顶上，竟然冒出来一轮红月，是的，是红月，像一枚红宝石挂在那里，那么大，那么温润。它没有发出通常的银辉，因其大，也就显得近，显得亲切。山上，那些错落有致的粉墙黛瓦，层层叠叠的山林，还有山腰间挂着的瀑布——红月，画出了一幅动人的画。

渐渐地，红月变成白色的了，它发出了清雅的光。尘埃的影子，在光线里舞。叫不上名字的飞鸟还在起落，小虫还在鸣唱，野花，还有各种叶子，发出叽叽咕咕的声响。

　　一群群的人，鸟儿般乘着旅游的风飞来飞去，他们有的落在这里，有的错过了这里。我只是想说一声，心源无风雨，浩气养乾坤。来过一次神农架，就会觉得神志高扬、心胸舒展。说是探秘，实际上是给自己来一场洗礼。

《人民日报》2023年11月4日第8版

# 山岭上那绵延的苍翠

陈启文

　　三爪仑，一个奇特的地名，在江西省的靖安县。爬上三爪仑的山巅一看，心胸豁然一下敞开。一眼望开去，那九岭山的三条山脉，沿北潦河自西向东逶迤延伸，恰似在缭绕的云雾中张开的鹰爪。"河以逶蛇故能远，山以陵迟故能高"，而极陡峭的山岭谓之"仑"。一个古老的地名就这样造就了，这是人间的命名，却亦是大自然的造化。

一

　　我就是沿着北潦河一路走过来的，当你与山脉、与水脉保持一致，在这天地间就不会迷失方向。这一条河流，滋养了一座青山，倒映的大树撑开流淌的绿荫，一河碧波在云里雾里悠远地回荡。但若要爬上山巅就太难了。面对这样一座大山，千万不要轻言攀登，你只能俯着身、弓着腰、踩着长满苔藓的岩石、抓紧从岩缝里长出来的藤蔓，一脚一蹬地往上爬。我心里十分清楚，一辈子也许就爬这一次三爪仑，而有的人一爬就是一辈子。朱起夫一家四代在这山上已经爬了60多年，父亲爬过了，自己爬过了，还要一代一代接着往上爬。

　　朱起夫的父亲朱楚乔，是三爪仑的第一批拓荒者，也是新中国成立后的第一代林业工人。那时候，新生的国家几乎是在战争的废墟上建立起来的，一个国营林场应运而生。那一代林业工人以伐木为主业，从城乡建设、修路架桥、铁轨枕木到家里的一个碗柜、一个衣箱，都需要大量木材。朱楚乔初来乍到，三爪仑林场就接到了一个特殊使命：为建设人民大会堂提供优质木材。这个特殊使命，让伐木工眼里都闪烁着特别激动、特别自豪的光芒。

当时，这深山老林里生长着一棵棵大杉树、大松树，都是木质紧实而坚韧的大型乔木。他们挑选那些高大挺拔的、没有窟窿眼和病虫害的采伐。一棵大树有二三十米高，三四条大汉手拉手才能围成一圈。在那样一个没有任何机械设备施工的年代，只能靠人工拉锯将一棵棵大树放倒。这些伐木工一个个都是胳膊粗、力气大的青壮年汉子，一把大锯，两条壮汉，才能抬起，才能拉动，俗称"二人抬"。他们围着一棵大树的根部，你拉过来，我拉过去，锯子拉得呼哧呼哧响，人也呼哧呼哧地喘气。在拉锯的震动和尖锐的噪声中，一棵棵大树在拼命呼喊，感觉一座大山都在摇晃。怕就怕突然坠落的树枝，有时还会掉下一条蛇，甚至会跳下一只短尾巴猕猴，一蹿就不见了踪影。最危险的还是大树倒下时，若躲闪不及或躲错方向，一旦砸在人身上，那可不得了。

一棵大树放倒了，随即就要削枝剁杈，截成一根根粗壮的圆木，全靠一副副肩膀扛到山下去。要扛起这样一根大木头，最少也得三条硬杠，两人一杠，一左一右，还要三副铁打的抓钩，紧紧抓在木头上，才能把一棵大圆木硬生生地抬起来。朱楚乔那时才30多岁，力气大，心眼实，既是"二人抬"的拉锯手，也每次都抢头扛硬杠。这肩膀上的压力无论有多大，他都挺直腰杆和脊梁，还带头喊号子，"嗨嗬、嗨嗬、嗨嗬……"几个人踩着号子的节奏，踩着崎岖的山道，一步一步往山下走。

这山脚下就是北潦河，一根根圆木抬到山下，编成木排，从北潦河运往几十里外的万家埠，在这里走水路可以运到通江达海的九江港，也可以转运到南昌走铁路，条条道路通北京。这是三爪仑林场在新中国建设史上最光荣的一段历史，也是三爪仑人源源不绝的精神动力。

朱楚乔扛了十几年硬杠，在那险峻的山道上爬坡过坎，一直走得稳健而踏实，到了20世纪60年代，终究还是出了闪失。那天，他一声"嗨嗬"把硬杠抬起来，谁知有个工友一脚蹬空，闪了一下。为了扛住倾斜的木头，朱楚乔使劲一扭身体，只听咔嚓一响，感觉骨头扭断了，但他依然没有松手。大伙儿赶紧放下木头，避免了一次更大的伤亡。但这样一个闪失，已经让朱楚乔伤得不轻，在放下木头时他疼得趴在地上了。几个工友揭开他背后的衣服一看，一节脊椎骨露出来了。大伙儿赶紧把他背下山，送往医院。经检查，朱楚乔的第八节脊椎骨断裂。经过手术和康复治疗，朱楚乔虽说没有瘫痪，但也落下了终身残疾。

这样一个总是抢前扛硬杠的汉子，再也扛不起一副硬杠了，但这硬杠还得有人扛，他又把儿子送上了山。

## 二

朱起夫清楚地记得，那是1965年夏天，他初中毕业就当上了一名林业工人。从父亲的身上他早看到了，选择山林，就是选择了这世上既苦又累的一种活法。若没有一双粗壮厚实的大脚板，就走不了这山道；若没有一根压不弯的脊梁骨，就扛不起那硬杠。

朱起夫是三爪仑林场的第二代林业工人，到了这一代，那种"二人抬"的大锯已换成单缸油锯，又称链锯，这在当时是国内最先进的伐木工具。一个人，一把油锯，顶得上以前十几个人的工作量。油锯转速快，油烟大，飞溅的木屑、粉尘和烟雾一阵一阵扑来，呛得伐木工不停地咳嗽。一天干下来，眼眶、鼻子和口腔里都是黑乎乎的。那时候，三爪仑林场每年都需要砍伐几十万立方米木材，若没有这样的效率，这任务就完成不了。但是，眼看着一棵棵大树被放倒、一个个山头被砍光，大伙儿也越来越揪心了。这每年几十万立方米木材该要砍掉多少树啊？这片森林还能砍多久啊？这是三爪仑人下意识的追问，也是他们生态意识的最初觉醒。这最初的觉醒让三爪仑人采取了基本的森林保护措施：砍树绝对不能剃光头，在砍伐后还要及时补栽，你今年把一棵树砍掉了，来年开春就要栽上一棵树，一棵也不能少，决不能把这林子越砍越小。这可能也是那个时代最好的生态保护方式。

从那时开始，三爪仑林场出现了两种反差鲜明的场景：朱赳夫和年轻力壮的伐木工在努力伐树，一个身上有伤的人则带着人在一点一点修复。这是三爪仑林场的两个历史侧面，朱楚乔的一生也可以分成两半，上半辈子砍树，下半辈子栽树。

一棵树苗一个坑，每个人一天要挖上百个坑。一双手，一把铁锹，一天挖下来，那手心里打满了血泡，却没有一个人喊疼。一个月下来，那血泡又变成了老茧，一层覆盖着一层，连疼痛的感觉也没有了。开春后，他们就要把一捆捆树苗扛上山，这不是扛硬杠，这肩膀上扛着未来的一片森林。一棵棵树苗就在血泡和老茧间栽上了，接下来还要浇水、护苗、杀虫……这样的日子不是一天两天，也不是一年两年，人道是"十年树木，聚木成林"，又岂止十年，三爪仑这漫山遍野的人工林，是几代人以最原始的方式栽培出来的。

朱楚乔退休后也闲不住，一天到晚在山上转悠，只要看见哪里有一小块空地，就会栽上一棵树，像是栽上瘾了。他说，自己砍了那么多树，这是他欠大山的债。

眼看着这些小树苗一棵一棵长大了，朱楚乔的年岁也越来越大了。他再也爬不了山，栽不了树，心里却还一直惦记着他最后栽下的那茬小树苗。朱起夫每次下山回家，老爷子都要问他，那些树苗长多高了？弥留之际，朱楚乔的嘴巴一张一翕，朱起夫一看就知道，父亲还在惦念那些小树，他用手比画了一下，那些树长得比他一人搭一手还高了。朱楚乔看看他，嘴里又喃喃说着什么。朱起夫俯下身，把耳朵凑近父亲的嘴边，只听父亲用微弱的声音叮嘱他："看好山林啊……可不能把林子守小了……"

那是1988年，一个身上有伤的老人，带着折磨了他大半生的伤痛走了。而父亲临终的叮嘱，又何尝不是生命的嘱托？只有经历过，才懂得一棵树的意义，这每一棵树都是三爪仑人的命根子。

朱起夫和父亲一样，砍了半辈子树，也栽了半辈子树。到20世纪90年代，他已迈进天命之年。当时，三爪仑林场所在的靖安县，在全省率先提出生态立县、率先禁伐天然阔叶林，而那些曾经无可替代的木材也逐渐被钢筋、铝合金等工业材料替代，人们对木材的需求量越来越小。这是时代的进步，对保护森林资源也是一个利好的消息。然而，随着各地国营林场纷纷改制转型，一直靠山吃山的林业工人怎么生活？这是一个逼着三爪仑人思考的问题，几十年来，他们还很少思考过这个问题。三爪仑林场是江西省十大国营林场之一，几十年来，林业工人们只需按计划完成采伐任务就行。而一夜之间，这一切突然都变了，大伙儿心里没有了着落，除了砍树和栽树，他们还能干什么呢？

那是一段煎熬的日子，工人们一天到晚盯着大山出神。这样久久望着，还真来了灵感。这地方抬头见山，低头见水，山是好山，水是好水，这里的水像空气一样透明，这里的空气像水一样清亮。这就是传说中的世外桃源啊，这不就是一条生路、一条活路？

很多事情，只要换一种眼光去看，情况就变了。那密林深处的骆家坪、飞流直下的虎啸峡、怪石嶙峋的观音岩、凌空屹立的白崖山、深邃莫测的白水洞，还有狮子口、天崖山，这些令人望而生畏的悬崖绝壁，原本就是天地间绝美的风景。于是，当年那些运输木材的木排或竹排，开始载着游客穿行于林海深处、碧浪之间。

## 三

一个昔日的国营林场经历几十年变迁，如今是真正变了。这是煎熬后的蜕变，是一次新生。

三爪仑人从前是靠山吃山，现在也是靠山吃山，但吃法不一样了。近年来，三爪仑生态旅游一直在升温，年均接待游客达100万人次，旅游年均收入超过2亿元。这青山绿水就是金山银山，每一棵树都是最形象的诠释、每一滴水都是最生动的注解。

朱起夫一直没有忘记父亲的嘱托，不能把这片森林守小了。他一直守护着山清水秀的三爪仑。退休之后，这守护的接力棒又被女儿朱非可接上了。

朱非可是70后，在三爪仑林场出生，从小就跟着爷爷、父亲上山栽树、浇水，是和山上的小树苗一起长大的。1996年夏天，朱非可从江西第一林业学校毕业后便投身林业工作。对于她来说，不是别无选择，而是自然选择。那种感觉怎么说呢，她从小就觉得，山就是家，家就是山，三爪仑的每一棵树都像自己的家里人。

到了朱非可这一代，已是新中国的第三代林业人。三爪仑人早已放下了锯子和抓钩，从砍树伐木变成了营林护林，那一茬一茬栽下的小树苗也越长越大了。我见到朱非可时，她已投身林业工作二十五载，这森林的女儿也已人到中年了，但看上去还是那样年轻，一身绿色的工装，一股天生地长的自然气息……

朱非可的女儿都大学毕业了，成为第四代林业人。前人栽树，后人乘凉，这是在绿荫下长大的一代人。三爪仑的森林覆盖率已经高达96%左右，在这山上想要找一块栽树的空地都难了。这一代人的使命，就是守护好祖祖辈辈栽下的这片森林，这也是小姑娘最大的心愿。

到了拄杖之年的朱起夫，时常带着女儿和外孙女到他砍过树、栽过树的森林里转转。他当年栽下的树苗，都长成一棵棵大树了，有的伸开两只手臂都不能合抱，但他还是要使劲地搂一搂、抱一抱。看上去，他的身子骨还挺硬朗，但我感觉他有些喘息，一问，才知道，他虽没像父亲那样受过明伤，却也留下了终身的疾患，油锯的油烟和飞溅的木屑、粉尘让他染上了尘肺病。好在，他守护着这片森林，这片森林也养着他，他的病情没有随着年龄增长而加重，还越来越轻了。

这就是大自然的回报啊，只要你善待它，大自然一定是有回报的。

每次看着这片森林，朱起夫觉得这一辈子的奋斗都值了。他用粗糙的双手摩挲着一棵大树，对女儿和外孙女说："这是我50多年前栽的树，刚种下去时只有膝盖这么高，看看，现在都长到20多米高了，长得多壮实啊！"

看着这祖孙三代，我又想到了第一代林业工人朱楚乔。其实，三爪仑还有很多这样的家庭，都在一代一代栽培和守护着这连绵不绝的大森林。这森林的底下，其实还有一座森林，那是隐秘而庞大的根系，将一切更紧密地联系在一起。这林子里还有无数活跃的生灵，那些失踪多年的云豹、金钱豹、大灵猫、小灵猫、猕猴、穿山甲、娃娃鱼们又纷纷回来了、安家了。这才是一座森林该有的样子，每一个生命都在倾情释放斑斓的色彩和蓬勃的生机。

若把眼光放开，在这秋日高照、层林尽染的季节，随着目光向三条逶迤起伏的山脉延伸，那绿色的海洋如同渲染一般，染绿了靖安的山山水水。我在这山水之间聆听，一阵一阵的涛声像是从林海中传来，又像是从河流中传来。当青山绿水连为一体，当天地万物融为一体时，那种浩大是难以分辨的，一切仿佛都已经没有了边界……

《人民日报》2023年12月6日第19版

# 晶莹的雪花

杜卫东

　　当圆明园的千亩荷池只剩最后一朵残荷时，冬天便如约而至了。

　　一年四季，春夏秋冬，冬天就像幸福常常姗姗来迟，好戏也每每最后出场。它以朔风为前导，"正是霜风飘断处，寒鸥惊起一双双"。不光寒鸥，树上的叶子也被寒风尽数吹落，光影斑驳、色彩相杂，为大地铺就柔软的地毯。如果说，春天是一幅素描，夏天是一张工笔，秋天是一轴山水，那么，冬天就是一帧油画。近看，或许有些驳杂、粗糙，远看则浑厚、丰富。描绘它时，大自然调动了太多的艺术灵感，在超然峻拔中展现山水的雄浑，于苍劲刚毅中又穿插隽永的诗情。它的丰富与质感不同于照片定格的瞬间，仅靠眼睛观赏远远不够，要用心去慢慢领悟。过滤了春天的妩媚、夏天的热情、秋天的萧瑟，冬天带给我们的除了寒冷，还有寒冷后面的细腻、真诚与柔情。

　　不是吗？且看冬天的潇洒亮相："晨起开门雪满山，雪晴云淡日光寒。"清晨推开门，飞雪一下子覆盖了世间万物，倏忽之间大地就披上了一身银装。此时，雪或许停了，白雪堆满枝头、房檐和屋顶，在晨曦中显得晶莹圆润，世界变得纯洁、静谧；或许，雪还在下，一片片晶莹的雪花在天空飞舞，朦朦胧胧，如烟如柳，飘飘洒洒，如诗如画。雪落无声，大道至简，站立窗前的你，一下子心静如水，从容而释然。是呀，雪是冬天洁白的衣衫，把尘埃和浮躁锁定，把落叶和枯草覆盖，在凛冽的寒风中泽被万物，于苍茫的天地间守护温情。随着阳光的照拂，最终不惜化身为水——那是雪的眼泪，也是雪的灵魂，只为促成新的生长。夜半枯树折残枝，晨听新笋拔节声。莫言冬日寒风啸，唯有瑞雪最多情。冬天的美，虽然没有春天的璀璨、夏天的斑斓，也没有秋天的空寂和高远，却深沉而庄重，像是一位阅历丰富的智者，双瞳剪水，慧心巧思，为我们讲述四季的轮回与人生的真谛。

　　下雪，是孩子们的节日。如果赶上春节，就更有仪式感了。小伙伴们会在院子里堆出一个大大的雪人，鼻子是半截胡萝卜，眼睛是两个煤球，头上戴一顶破草帽。嘴巴呢？也许是一个没了捻儿的"钢鞭"，在鼻子下一横，霸气；也许是哪个女孩儿贡献出来的一张糖纸，剪成月牙状，贴上，雪人立马喜笑颜开。然后，小伙伴们分成两拨，开始在雪地里疯跑、鏖战，偶尔有雪球击中脖子，冰水流进前胸和后背，不由一个激灵，战斗意志却丝毫不减。在那个贫瘠的年代，这是我最难忘的童年记忆。一晃，过去了一个多甲子，两鬓的霜雪早已掩埋了曾经的童趣，雪中赏梅成了我最心仪的乐事。

　　梅花，是冬天珍贵的馈赠。常见的梅有两种：红梅和蜡梅。蜡梅的躯干不如红梅高大，但花期长，花朵大。北京的卧佛寺蜡梅树极多。刚开花的时候，只展开两三片花瓣，后来变成七八片，越开越密，越开越盛，在凛冽的寒风中越开越多，越开越艳，一簇簇挤在枝条上绽放，压弯了枝头；冰心玉骨，润泽透明，在冰雪的映衬下，像是一片片落地的云霞。难怪诗人感叹："梅花不肯傍春光，自向深冬著艳阳。"

　　不错，梅花不及芙蓉清幽、玫瑰艳丽，也没有月季的芳菲与牡丹的华贵。可是，它"冰骨清寒瘦一枝"，风骨何等坚毅，"冰雪林中著此身，不同桃李混芳尘"，气节多么高贵。而且，无论百花的艳羡也好，漫天的风雪也罢，都不妨碍它将大爱撒遍人间，"忽然一夜清香发，散作乾坤万里春"，这又是多么纯洁的情怀？难怪梅花历来为人们所钟爱，它已经成了一种品格的象征，一种精神的隐喻。

住到京郊后，离卧佛寺更远了，去一趟大不易。所幸，小区里有几簇蜡梅，邻居说，在严寒中，梅开百花之先，独天下而春。今年不必远行，便可以体会到王安石《梅花》风骨卓然的意境。不过，观赏蜡梅还是要有风雪衬托才好，如饮佳酿，总要有与之相配的酒具。漫步雪中，听脚步落在雪上的声音，感受飘扬的雪花在脸上融化，深吸一口被雪浸润过的空气，看蜡梅迎着风雪傲然绽放，浮躁的思绪会变得像白云一般舒展、轻盈。

踏雪归来，邀三五知己，点一只铜锅，烫两壶老酒，涮一顿羊肉，是冬天最美的享受。肉片是新切的，豆腐洁白嫩滑，白菜晶莹如玉，还有粉丝、糖蒜也必不可少。聊到兴起，妙语迭出，析人生大义；逸兴遄飞，诵历代华章。当然，话题少不了雪与梅花。

《人民日报》2023年12月13日第19版

# 诗意的冬季

杨晓升

　　时序变换，四季轮转。转眼间，窗外的树叶又渐次黄了、枯了。没过几天，北风一来，满树的黄叶枯枝扑簌簌飞落一地。

　　萧瑟的寒冬的确不似春、夏、秋那么可人，那么丰富生动，甚至有些令人望而生畏。就连鲁迅也在《从百草园到三味书屋》里感慨，"冬天的百草园比较的无味"。这也是冬天给人们的一个普遍印象：北风呼啸，万物萧条，外出可看可玩的少，真的是有些无趣。

　　然而世间万物，凡存在便各有优劣长短。君不见，寒冷的冬天在文人墨客的眼里却各美其美，富有诗意。从王安石的"墙角数枝梅，凌寒独自开"，到柳宗元的"孤舟蓑笠翁，独钓寒江雪"，再到李清照的"雪里已知春信至，寒梅点缀琼枝腻"，无不展现出令人心旷神怡的诗意冬景。

　　即便是鲁迅，在《从百草园到三味书屋》中发完感慨后，也转了话锋："雪一下，可就两样了。"是啊，"雪"，或许是冬天带给人们的第一道亮光。李白曾有"燕山雪花大如席，片片吹落轩辕台"的惊叹，杨万里曾有"最爱东山晴后雪，软红光里涌银山"的感慨。雪，是冬天的精灵，无论是飘在空中或者落在树上，甚至落到地上，都那么惹人喜爱。雪构造了一个冰清玉洁的童话世界，那里一切都是晶莹剔透的、纯洁美好的，以至于清代诗人秦廷璧在《咏雪》中情不自禁喜迎飞雪："一夜北风紧，开门雪满沙。铺阶都似玉，着树即成花。"

我自小生长在南方，上大学离开家乡之前，从未见过冰雪。老家广东潮汕，冬天依然满眼青翠。即使是遭遇短暂的寒流，最冷的时候阴雨连绵、寒风刺骨，但大地上的草木依然郁郁葱葱，仿佛绿色是它们身上一年四季都不脱去的外衣。后来我到武汉读大学，酷暑的炎热和冬天的寒冷一如冰火两重天。严寒将我的双手冻得发紫发肿，但平生第一次见到雪时的惊喜与兴奋，还是让我瞬间忘却烦恼，跟随同学们跑到雪地里尽情打闹。那种畅快、开心的体验，令我终生难忘。大学毕业后我到北京工作，户外赏雪观景成为我冬天拥抱大自然不可或缺的选择。

不过，印象最深的一次观雪，还是第一次跟随妻子到哈尔滨娘家过春节。走出火车站，冰雪覆盖的世界让我瞬间从头冷到脚。寒气凛冽，即便我穿上棉裤棉衣棉鞋，将自己从里到外、从上到下紧紧地包裹得像个棉团，可还是缩头缩脑，嘶嘶哈着热气。到了夜晚，一家人兴致勃勃外出观冰灯，我鼓起勇气来到太阳岛的冰雪大世界。好壮观的景色啊！五彩缤纷的灯光映照着玲珑剔透的各式冰雕：鳞次栉比的建筑，栩栩如生的动物，纯洁晶莹，美轮美奂，我不由惊叹于冰雕师们的心灵手巧——水凝结的固体，竟然能塑造出如此美妙的冰雪世界。妻子轻车熟路，跟着玩得正欢的游人开心地滑雪、玩滑梯。我硬着头皮跟在妻子身后，忐忑不安地爬到滑梯的高处。下滑的那一刻，失重的感觉让我紧张不安，闭眼着地的那一刻，却感觉到从未有过的刺激、快乐与轻松。由此，我对冬天有了另一种认识：冬天带给人们的，并非只是严寒，还有洁白世界的纯真与快乐。也难怪世界上有那么多人喜爱冰雪运动，甚至也有了举世瞩目的冬季奥林匹克运动会。

其实，冬天对人类来说还有更高意义上的精神暗示：冰雪是人类情感中纯洁的象征，而严寒是考验人类意志的试金石。"雪虐风饕愈凛然"的勇气与决绝，不仅让人们对凌寒傲雪的梅肃然起敬，更给了人们"宝剑锋从磨砺出，梅花香自苦寒来"的励志与哲悟。冬天还是自然界生命蛰伏与孕育的季节，没有冬天里能量的积攒，就不会有春天的万物复苏和生命的纵情绽放。"夫春生夏长，秋收冬藏，此天道之大经也"，古话中蕴藏了生命节律的智慧，而这正是冬天对于万物生命的意义。

《人民日报》2023年12月16日第7版

# 风物·乡情

明月山之奇

美食背后的
讲究和学问

发现更多
乡村之美

年声如潮

明月出草原

长城脚下
是家乡

初遇商洛

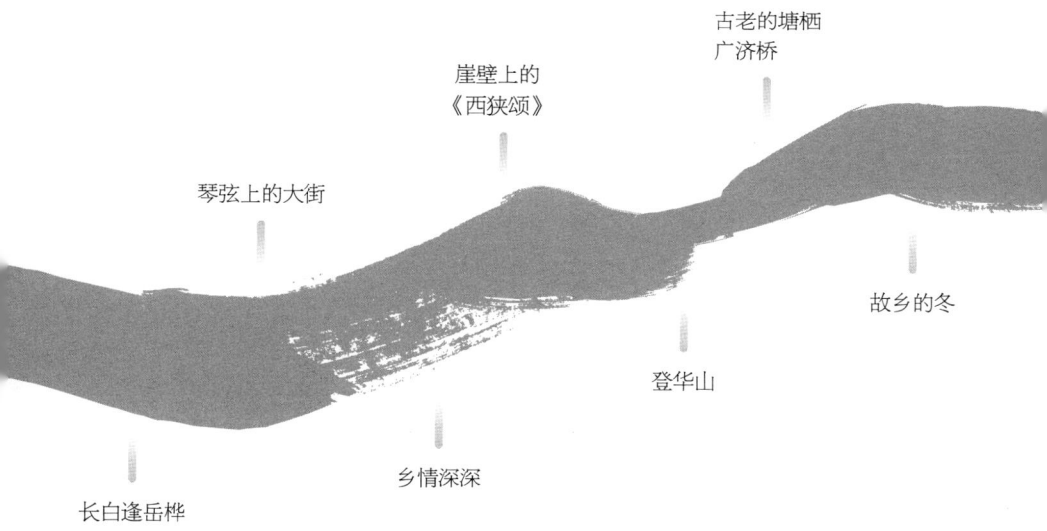

古老的塘栖
广济桥

崖壁上的
《西狭颂》

琴弦上的大街

故乡的冬

登华山

乡情深深

长白逢岳桦

# 年声如潮

赖赛飞

　　表弟的船进了石浦港。年内最后一次出海，带来船上现捕现晒的青豚鲞、黄豚鲞。天干物燥的日子，鲞硬如金石，仍锁不住张扬的气味。有食客专程赶到，满意地搬走并反复称赞：绝妙好味！

　　浙江象山石浦港，周边包括石浦镇、鹤浦镇、高塘岛乡，回港过年的大马力渔轮，将海港填得满满的。渔港马路和东门岛一带，成排的船头直接溢到路边，人猛一抬头，发觉自己正在船底下行走。马路边店铺里的年货也从门口溢出来，堆积在了路边。除了烟花爆竹、粮油瓜果、南北干货，更多的是海产品——多为加工品：虾干、黄鱼鲞、风鳗、淡菜……鲜货都在水产城交易。它们贡献着一阵阵的海腥味，比一路之隔的海水更浓烈。

　　在这里，不管过去了多少年，过年的忙碌都在。穿过镇中小巷，一如既往地听到一片剁声。

　　这大概是渔港过年特有的节拍。用厚厚的刀背对着片下的鱼肉快速剁，制作鱼丸、鱼滋面、鱼米、鱼包肉；剩下的部分接着剁，制作鱼骨酱、鱼露……市场上不乏机器制的成品，但过年，还是亲力亲为最有滋味。浓郁的烟火味，温热活泼地扑面而来，促使行人加快了归家的脚步。

　　吃年夜饭之前，先谢年。谢年的说辞，不仅是一篇年终总结，更是对世间满满的谢意。海边人的谢年之仪多出几重谢意：在家里谢过家堂祖先后，有船人家还会去谢天地谢大海，谢这一年的顺风顺水、满载而归……在一切应该致谢的地方致谢一切。

过年这阵子，渔港周边的街道上堆放了无数年货，偶有占道，也听不到什么抱怨声，想是被这大潮般的年味给暂时淹没了。同时淹没在滔滔谢词里、淹没在笑容可掬里的还有整年风吹浪打的辛苦。眼前，潮水高涨，涌现出来的都是吉祥、欢庆、丰收，还有对新一年无限的期盼。

镇里、村里，人明显多起来了。返航返乡的青壮年与放寒假的孩子，从门里溢满到了门外。他们坐在冬日暖阳里，互通一年的消息。大沙这种民宿村，沉寂了三两个月后忽然订房率大涨。每到正月里，外地游客的人数便远超本村人。他们趁着天朗风轻，云集在沙滩、山野和冬闲田里，如同潮水涨上了岸。

连过年都不得空！村民笑出声来。

其实，除了他们，还有很多的非常住居民，比如新渔民，还有船厂的工人。他们举家在此过年，学着当地人将鱼虾吃出各种花样。各种口音加剧了喧闹，五花八门的谈资在这里交汇，一派市井烟火繁华的气息。

村里人家场地宽，排场也更大，往往几户人家凑一起包制笋团、萝卜团、红豆团、汤团，蒸米馒头、夹沙糕、大糕，做汤包、水晶饺子……现场蒸汽如云海。自家吃得有限，多为赠亲朋游客，另在线上接订单——年头年尾的订单更多，长于经营的人们不会坐等潮水过去。佳肴准备得海溢河满，其中白米饭始终少不得，量明显大，留有余，让自己"明年有饭吃"。

每年的除夕夜，家家户户的窗子都透出亮光，好似清新明亮的眼。街巷两旁挂的鱼灯点燃角角落落，海港里船灯闪烁如繁星灿然。零点的钟声敲响，沿港的千家万户和港里的大小船只，骤然响起爆竹，烟花同时绽放。看惯的屋顶与船台、原野与海面，在焰火的光亮中闪现，令人一次又一次惊艳。如潮的年声，在焰火轰鸣中沸腾起来……

《人民日报》2023年1月25日第8版

# 初遇商洛

云
德

　　世上流行两句截然不同的话语：一句是看景不如听景，一句是百闻不如一见。前者表达了对某些景观名不副实的失望，后者阐发的则是相见恨晚的惊喜。第一次走进陕西商洛，我体验到的就是后一种感受。

　　一说起商洛，脑海里立马联想到的就是古人辞家去国、跨越秦岭的诗句，是贾平凹商州系列小说中诸多的意象、坚韧且心有不甘的生活场景。从"南登秦岭头，回望始堪愁""梁州秦岭西，栈道与云齐""望秦岭上回头立，无限秋风吹白须""云横秦岭家何在，雪拥蓝关马不前""诸峰皆青翠，秦岭独不开"之类的描述中，不难感觉这地方在历史上与穷乡僻壤脱不开干系。岂料，当汽车载着我们穿越数以十计的山间隧道进入商洛地段之后，映入眼帘的却是一望无际由茂密森林覆盖的连绵群山，而群山怀抱的坝子里更是一片山清水秀、满目苍翠的绿洲。这与先前的想象完全不能吻合，现实与想象之间的巨大落差，瞬间令我目瞪口呆。

　　带着一脑门子的疑惑踏上商洛大地，心中充满了渴望探究的百般好奇。尽管行程满满，仍然见缝插针地翻阅随身携带的商洛情况简介小册，以弥补相关地理知识的盲点。几天下来，现场观摩加上书本学习，我对商洛开始有了粗浅的感性认知，立刻对这块历史文化悠久、自然风光秀丽、物质资源雄厚、后发优势明显且发展潜力巨大的神奇土地产生了浓厚兴趣。

秦岭作为横亘于祖国西部地区的一道天然屏障，具有十分重要的战略地位。商洛位于秦岭东段南麓，因商山洛水而得名。战国时期，商鞅分封于此，史称商於，汉朝始名商洛，虽历代称谓稍有差异，但基本名号与建制大体沿用至今。最能体现其源远流长历史和沧海桑田变迁的重要佐证，就是遍布于当地城乡的数以千计的历史文化遗存。像洛南旧石器的发掘、东龙山夏商周遗址、元扈山仓颉授书处摩崖石刻、蓝关遗址、武关遗址、商鞅封邑遗址、闯王寨遗址以及四皓墓、文庙、丰阳塔、商州城垣、二郎庙、城隍庙、龙山双塔等，都有较高知名度。其中，我们所到的山阳漫川古镇或许颇具代表性。

漫川古镇基本保存完好。特别是金钱河畔的水码头和蝎子老街的规模与气势，仍然能够明确无误地彰显出当年商业繁盛的兴旺景象。南北走向的老街依山傍水，卵石路面钤着岁月印痕，琳琅满目的商号、店铺、饭馆、茶楼、酒肆、旅店分列街道两旁，比肩接踵，店面清一色木架板楼，檐下廊柱及板门多有木雕装饰，店铺间以青砖封火墙相隔。原住民依街而居，或独立成户，或前店后室，浑然一体，毫不违和，一看就不是专门为旅游而打造的仿古街区，而是一条活着的带有鲜明历史印记的古色古香的真正老街。老街中段有一宽阔广场，沿山体一侧，依次坐落着由湖北商贾集资修建的武昌会馆和由陕、晋、豫马帮共同出资建造的骡马会馆。骡马会馆又分设马王庙和关帝庙，其并排而设、章法有致的设计匠心，精确映衬出繁盛期各路商会和谐相处、共同协调商帮事务的气派与格局，也隐约标示着漫川作为商贸中心的特殊地位。广场沿河一侧，建有比肩而立的鸳鸯戏楼，这是独特的联璧式戏楼古建筑。九脊重檐歇山顶的北戏楼归属关帝庙，以唱秦腔为主；单檐歇山顶的南侧戏楼归属马王庙，以唱汉剧为主。双台连唱，足见当年文化之盛。

最具特殊意味的是，在武昌会馆和漫川关门楼两侧，分别刻有两副对联：一副是"晨曦动木钟木舌唤醒大雁塔，夕阳下渔舟渔歌唱醉黄鹤楼"，一副是"秦风楚韵金戈铁马觅古道，襟江带湖百业兴盛看雄关"。以大雁塔对仗黄鹤楼，又以秦风楚韵作标榜，一语道出商洛文化的突出特征。这从当地的花鼓、道情、大调和山歌等曲艺表演中即可清晰分辨出来。商洛的戏曲、曲艺大多曲调变换多样，唱腔委婉缠绵，拖腔优雅飘逸，兼有秦腔、汉调、黄梅、大鼓和江南丝竹的神韵，其南北荟萃的呈现方式给人留下难忘的印象。这秦风楚韵和"南腔北调"的文化交融，无疑是先辈留给后人的珍贵文化遗产。

鲜明地域特色不仅归之于历史的馈赠，更在于现实的赋能与呈现。商洛全域皆处在秦岭腹地，它将秦岭作为中国南北方的划界标志和作为亚热带季风气候与温带季风气候、多水带与过渡带以及南方水田与北方旱地分界线的特点，集中、完备而又鲜明地体现出来。商洛境内山脉林立、沟壑纵横、流泉飞瀑、河流密布，"八山一水一分田"的特殊地理特征，造就了它瑰丽多姿的自然风光。复杂而独特的地质构造，既为地下成矿提供了天赐之利，储量可观的稀有矿藏有待开发；同时作为丹江发源地，也为南水北调中线工程涵养了巨量的优质水源。商洛南北相接的地理位置、干湿相宜的气候条件，促成了全域森林覆盖率达到70%，空气负氧离子含量每立方米超过5000个，建构起四季分明、温润宜人的良好生活环境。这些丰厚的自然资源，正在为商洛包括农业、养殖业、中草药、旅游和康养在内的绿色发展，提供源源不断的强劲动力。

一路行走，我们高兴地看到，特色农业的规划与布局正在成为商洛推进乡村振兴中最具发展前景的支柱产业。在柞水县金米村的木耳食用菌实验基地，成片的大棚格外壮观，从棚顶到地面，密密麻麻地悬挂着一串串的食用菌袋，它们排列成阵，整齐有序，四周长满大小不一的新生木耳。这样的培植方法过去少见，请教技术人员，他们解释，常规食用菌栽培基本都在地面堆放，只能两头产菌，而采用悬挂的方式培植，既利于通风透光，四周产菌，又便于采摘，能够大大提升木耳的产量。这里培植的木耳，既有常见的黑木耳，也有不大常见的玉木耳，同时还有他们最新培育属于独家产品的金木耳。当日晚餐，大家纷纷要求品尝这个最新品种。食后发现，金木耳完全不同于习惯中木耳的爽脆，而是带有软糯顺滑、清香回甘的特别口感。如若日后推广开来，估计会有广阔的市场空间。眼下，作为全国食用菌产业发展示范市的商洛，已将史上著名的"上洛耳"在新的时代发扬光大，把"小木耳"做成了"大产业"，实质性地带动了当地农民的可支配收入实现翻番增长。

在商洛期间，我们还在丹凤赶上了一次以游客为对象的红酒品鉴活动。不同的3款干型、半干型和甜葡萄酒供人品尝，让游客眼界大开。原来商洛北纬33度的特殊地理位置以及丹江河谷特有的地质、水源和气候条件，让这里的葡萄很早就声名鹊起。无论是丹凤葡萄果粉厚、糖分足、汁浆浓、味甘美的特性，还是其上百年的酿酒历史，都在业界颇负盛名。这里生产的葡萄酒，色泽晶亮透明、红若宝石，果香浓郁、酒体醇厚，爽而不滞、醇而不酽，单宁丰富、回味绵久，在国内外各类评比中屡创佳绩。不断增长的市场需求，带动了葡萄种植规模的大幅扩张。目前，各家都在努力打造集葡萄酒酿造与储藏、文化展示、采摘观光、研学体验、餐饮食宿与康养于一体的综合性产业基地，发展前景普遍看好。此外，还有茶叶、香菇、核桃、板栗、魔芋等农副产品，均已展开规模化生产布局，作为商洛的特色名产，已经成为各地民众争相订购的网红品牌。

按事先计划，我们回程前准备登上牛背梁主峰，俯瞰商洛的大好河山，无奈天公不作美，淅沥细雨下个不停。大家只好沿着山间小道稍稍转了一下，就在山脚下终南山寨的民俗客栈落脚小歇。品着清香鲜爽的

"商南泉茗"，聆听着飞瀑流溪的浅吟低唱，不由暗自沉思：如果不是改革开放历史大潮的强力推动，如果不是包茂高速打通群山阻隔的300多条隧道，尤其是超过18公里的终南山隧道，商洛的闭塞不可能得到如此巨大的改观。我们既然乐于看到曾经的历史机遇改变了商洛，更愿祝福借助乡村振兴的春风化雨，把商洛这方宝地再度变成更加充满希望的田野。

《人民日报》2023年6月17日第8版

# 发现更多乡村之美

周大新

　　5月末6月初得暇，去浙江中部的浦江县乡间走了一趟，所见所闻与自己原本对乡村的记忆和印象差别很大，心中一时被欣喜填满。令我欣喜的缘由是，在乡村振兴的过程中，随着城市里人员和资本向乡村流动，人们开始发现更多乡村之美。

　　人们最先发现的，是乡间的自然风景之美。过去人们旅游，比较喜欢去城市里看街景和美丽的公园。可如今，大家发现，大城市里的街景和人工建成的那些公园固然值得一看，但乡间那种独有的自然风景也很美，看了同样能带给人心理上的愉悦和心灵上的安恬、舒适之感。比如浦江县境内峭拔的北山和南山上的诸多山峰、山谷、崖壁，蜿蜒的浦阳江、壶源江、大陈江和众多水库里的碧水，山坡上青翠的竹林，树上婉转的鸟鸣，四周清新的空气，天上变化万千的云朵，地上无数的野花绿草，由山中流出的众多条小溪，都能让人感受到一种自然之美。也因此，经政府部门统一规划，浦阳江边的大畈乡上河村和前吴乡通济湖岸边的村民，在江边和湖岸建起了一排排的民宿和饭店，给来这里观看自然风景的人们提供方便，当然，村民们也同时赚了钱。常常是在一个旅游旺季里，一家民宿就能赚几十万元。

　　田园之美，是城里人在浦江县发现的又一种美。前吴乡三江楼周围的层层梯田里种满了油菜，在春天油菜花开的时节，漫山遍野的黄色花朵让人看了心旷神怡，吸引了一拨又一拨的游人。横山村的葡萄长廊，绵延几里长，成千上万串的葡萄悬挂在长廊上方的架子上，给人一种硕果累累的美感，葡萄成熟的季节，能吸引无数游人拍照留念。潘周家村附近的浦江岸边，一长溜枝干盘曲、树冠相叠、葱茏劲秀的古树，村里村外结满桃李和猕猴桃的果树，给村子增添了一层神秘幽深、如梦如幻之美。上河村的大片向日葵田，花开时一片金黄，蝶飞蜂舞，其景色令游人击掌称绝。在粉墙黛瓦的前明村山坡下有垄直行齐的玉米地，有一畦一畦的青菜，有一片又一片的稻田，这都成为乡间吸引城里游人的景观，有的还成为城里中小学生学农和描画乡间田园景致的学习基地。

　　古屋老街的建筑之美，也是今天城里人特别关注的乡间美景。过去，人们都愿意去看大城市里的现代化建筑，可如今，很多人觉得，乡村的一些古屋老街也有一种特别的美。在浦江县的许多村庄里，都还保存着不少古屋老街。比如茜溪岸边的灵岩古庄园，十五六幢古屋规划气派，把花园、住宅、道路、排水、绿化、硬化和雕塑艺术完美结合了起来；庄园里的石子路、石板墙角、石板天井、石窗架、石门架、石门槛、石转角、石用具十分独特；四进的大厅堂和六幢六十六间厢房呈井字形排列；重檐上的"小狮鱼"木刻，诒穀堂上的艺术砖窗，看上去有一种厚重和灵秀交相辉映之美。再如嵩溪村口的古桥亭，打破传统建筑的对称习惯，按出方入圆的哲理设计，出村的门是方形门，寓示出门走四方，为人要方正；进村的门是圆拱形门，寓示进门家人团圆，与人圆融相处，有一种特别的情怀。这个村还有前后两条小溪，前溪为明溪，古屋沿两边溪岸建成；后溪为暗溪，古人用拱桥将溪水覆盖，再在拱桥上盖房起院，明暗两溪在村口交汇，整体设计极具匠心。村里还有许多古屋的山墙是用碎石块砌成的，一行行的碎石组合成的墙面，图案古怪，带有一种魔幻之美。

　　乡村音乐之美和村人自娱的习俗，也让城里人大开眼界。在浦江县的很多乡村里，都有什锦班。这种什锦班，通常由十几个通晓乡间音乐的人组成，主要演唱浦江乱弹、婺剧、越剧等剧种的唱词选段。什锦班的器乐奏响之后，其铿锵之声和热闹之状常令听众精神一振；声乐响起后，那高亢亮丽之音更是让人兴奋不已。茜溪朱宅的什锦班，每次演出时，来旅游的城里人都兴致盎然地围着看，享受着这乡间音乐会的别样美。在浦江的乡村里，每逢春节和其他重要节日，村民们还都要舞板凳龙以示庆祝和抒发欢乐之情，其玩法就是在板凳上扎制灯笼，然后相接成长龙，由多人舞动。这种创制于明朝后期、兴盛于清朝中后期的村民自娱习俗，看上去有一种虎虎生风的律动之美。在潘周家村里，春节期间还会玩"走马灯"，就是用竹篾在底板上扎出真马大小的灯形，然后将其固定在有4个轮子的底架上，马肚前后伸出两根木杆。糊着白油纸的马身上贴满用纸剪成的1寸多长的马毛，有白马、花马，任人选择。晚上出灯时节，马肚和马颈上点有蜡烛，通常是32匹大马一同出行，马队若到邻村迎舞，但见夜色朦胧的乡道上马灯闪烁、马队驰奔，那种壮观之美能使观看的人欢呼雀跃。

城里人在浦江发现的另一种乡间之美，就是乡间美味。在浦江县的乡间，有很多在别的地方见不到吃不到的传统食品。那些食品在色形味上，都有一种别处所没有的美。潘周家村的"一根面"，在经过了揉、割、搓、盘、发酵的工序之后，可以拉几公里长都不断，以长、细、韧、滑的独特风味给食客留下深刻印象，拉一次可供几十个人吃，寓意吃了可以长福长寿。茜溪火糕是一种片状、松脆的时令零食，因食材不同，又有番薯糕、玉米糕、白米糕和混合糕之分。制时将糕粉置于大篾团中，加浓白糖水、芝麻、橘皮粉揉和，之后切片烘烤，吃着又香又脆。茜溪的擂头馃、杨梅馃、荞麦馃和藕粽，嵩溪的米筛爬、麦饼、苦菜汤，都是让游人吃了还想吃的美味。

　　家风族规是人们在浦江乡间发现的一种无形之美。浦江县境内许多村落里的大家族为了保证家族兴旺发达、有一个好家风，都制定有家规族约。郑宅镇上的江南第一家郑氏家族，其祖上传下来的一本《郑氏规范》，竟有168条之多。其中第18条写道："子孙赌博无赖及一应违于礼法之事，家长度其不可容，会众罚拜以愧之，又不悛，则陈于官而放绝之，于宗图上削去名。"第25条写道："择端严公明、可以服众者一人，监视诸事，年龄四十以上方可……"前人留下的这些文字和传下来的家风，确实令我们今人觉得是一种严格的自律。

　　在浦江短暂的行走经历使我相信，随着城乡之间人员更大规模的流动，随着乡村的富裕和振兴，我们曾经忽视的乡村之美会更多地被发现、发掘出来，成为滋养人们心灵的一种美的资源。

《人民日报》2023年6月25日第8版

# 长城脚下是家乡

胡美英

　　天空像一匹没有任何杂色的宝蓝色丝绸，轻轻扣在祁连雪峰与铁灰色的黑山之间，似有蓝色的波纹在涌动。这是西部独有的晴空，真正的万里无云，无比辽阔。

　　铺在黑山脚下戈壁晒场上的红枸杞，在阳光下水一样地漾开来，跳跃着闪闪的光亮。那时是深秋，顺子和种植户们在高一堆、低一堆的枸杞堆间忙碌着，有如游弋在红色的湖面上，阳光照射下来，将他们罩在一层酱红色的光晕之中。远远看着这些在晒场上劳作的身影，我从他们的欢声笑语里闻到了戈壁家园的味道。

　　顺子是我那阵子去乡村走访的几位村党支部书记里的一位。他大学毕业后在外地兜兜转转了好几年，最终还是回到家乡甘肃嘉峪关。他说，在戈壁家乡开个网店，把这儿的高原农特产品卖出去，是一件很有成就感的事情。

　　这里地处巴丹吉林沙漠和蒙新戈壁前沿，环绕村庄东部的新城草湖，曾是驰骋疆场的军马休养栖息的地方，村庄东边出土的驿使图画像砖，是古代通信文明的见证。"一驿过一驿，驿骑如星流。平明发咸阳，暮及陇山头"，曾经的驿使和马匹，仿佛还住在茂密的苇丛深处，静听岁月沉静而绵长的呼吸。现在，许多年轻人和顺子一样回到了这塞上家园，参与到家乡的建设之中。那条条经脉一样的乡村道路，还有那些向北向南、向东向西的交通大道，让年轻人的梦想可以飞得更远。

这时节，长城内侧满园枸杞树已挂满了红色的籽粒，戈壁晒场上又将堆满火色的枸杞红，一垛一垛的，堆成小山的模样；长城外，大片大片的苦豆子苗已长成树丛的模样。一阵一阵的风，把这些排成行的中草药树吹成向着长城倒伏的波浪，拍打着浅灰的长满黄色花粒的地表，发出呼呼啦啦的响声。

有人的家乡是青青翠翠的竹园、云缠雾绕的茶山、水波涟涟的湖泊、金浪翻滚的稻田，而我的家乡是辽远的戈壁大漠、巍峨挺拔的雪山、辽阔无边的草原和温温热热的老土炕。家乡里有温暖的帐篷、光亮的柴火、袅袅的炊烟；家乡里有铁皮炉上热乎乎的烤土豆、雪被下酣睡的青青菜畦……这草追着风长、太阳晒化石头的长城内外，都是我的家乡。

闻着柴火烧烤出的烧壳子香喷喷的味道，走进顺子家对面的农家后院，满园的果实透着喜悦的亮光。户主人说，已经下了很多订单，有海南的，有广东的，都是来这边旅游看上的，网上订购好几年了。密密麻麻紫色的西梅覆了一层厚厚的粉霜，一疙瘩一疙瘩青涩的苹果和梨子仿佛要把树给压倒。环顾满园的果实，女主人的脸上也印上了果实一样圆润的光泽。

这就是家乡的样子啊，我这长城脚下的家乡！

现在，在家乡，车可以开进山、开进沟、开到许多人老屋的门前；现在，打开微信，就可以看见世界各地的山山水水；现在，家乡有动车、高铁，有高速、机场，游人们来自四面八方；现在，家乡除了有现代城市所拥有的便捷生活，还有"鲤鱼跳藻叶，燕子拂兰蕖"的舒适和惬意，以及劈柴、烧火、种菜的悠然和自在……那些曾经背起行囊远走他乡的西北学子们，又背着行囊回到了这土生土长的戈壁家乡。我的长城脚下的家乡，已变了模样！

　　家乡是我们生命出发的地方。家园情结不仅涂抹不掉，随着时间的推移反而还长成了树纹一样的烙印，烙进了我们的生命里。

《人民日报》2023年8月19日第8版

# 美食背后的讲究和学问

陈晓卿

一晃，《舌尖上的中国》播出已经过了十个年头。十年来，作为纪录片从业者和美食研究者，我们见证了食物从满足温饱到追求风味享受的飞跃，见证了餐饮业从规模扩张到精细化经营的转型，见证了中国人从吃饱到吃好，从讲求质量到开始关注食物背后的情感与文化。这其间折射的，不仅是美食的发展与演变，更是经济与社会的进步和变迁。

这期间，人们的口味也发生了巨大的改变，涌现出许多新的饮食风尚。最显著的一个变化，恐怕要谈谈"辣"了。

辣，具有很强的遮蔽性，它不是味道，而是一种触觉，一种痛感。品尝辣度等级高的食物时，人们对其他味道的敏感度会下降。正是这种遮蔽性和轻微的成瘾性，在一定时间内，使辣味特色菜肴火遍各地，川菜、湘菜等地域饮食在中国普及，人们的口味越来越重。

其实，20世纪八九十年代湖南菜的辣度没有现在这么重，四川菜也是如此。尤其是成都地区的川菜，早期是很温和的，能吃到辣，但菜肴的味觉层次非常丰富，从不辣的荔枝肉片到逐渐增加辣度的鱼香肉丝、麻婆豆腐、回锅肉，不同的味型与辣度彼此呼应、相得益彰。然而，当这些菜肴遇到了重庆江湖菜——滋味更加张扬的下河帮菜系，以及辣度更加极致的小河帮菜时，竟有些无法抵抗。一些餐厅甚至会主动"改良"原有的菜品，以迎合更大的市场，吸引更多的客人。人们的味蕾被更加浓烈的味道"征服"了。

有些风味鲜明的地域性美食菜肴在发扬光大，而与此同时，也有传统饮食日渐式微。一道菜慢慢淡出人们视野的原因可能有很多。如果制作过程太过烦琐，或者味道不够特色突出，人们也可能会逐渐放弃它。比如川菜名馔鸡豆花，这是一种用鸡肉蛋白凝固原理制成的菜品，口感如同嫩豆腐，非常细腻、鲜美。传统川菜中形容它"吃鸡不见鸡"。这本是中餐烹饪中变化巧思的最好例证，但是这道菜的制作过程非常费力，时间成本极高，需要经验和耐心。以至于如今在日常饮食中，哪怕是成都平原，都不太容易见到它的身影。

在传承与改良中，美食与数字时代擦出了新的火花。

"高速运转的都市，给年轻人提供更多的创业机遇，也挤压了他们像父辈那样享用午餐的时间。"十年前，在《舌尖上的中国》第二季中，我们写过这样一句解说词。近些年，在整个食物流通的领域，产生了很多现象级的变化。比方说预制菜，它有很强烈的工业文明属性，标准化的速度确实非常快，给忙碌的人们带来了很多方便。

再比如说，以前我曾是很多朋友的美食向导，每当有朋友聚会，他们总会找我咨询哪个地方好吃。我熟悉的不只是那些大餐厅，还有许多路边摊和"苍蝇小馆"。不过，现在情况不同了，人们可以依靠智能设备和网络软件寻找不同风格和类型的餐厅。

这个时代，人人都是美食评论家，都可以拥有与众不同的味觉评价体系。每个人都有机会分享自己的见解，也涌现出了许多美食博主，乃至形成了一种全新的食物经济。这种情况下，公认的美味标准正在逐渐模糊和多元，人们开始根据自己的喜好和需要寻找食物，并构建自己的美食体验。正是数字时代给我们带来了便利，科技成为我们追寻个性化需求、探索文化与传统的一把钥匙。

越来越多人在假期与闲暇时间，会走出家门，依照网络上的美食推荐，"按图索骥"到食物的原产地品尝美食本来的味道，领略当地的风土与人情。在日常生活飞速运转、烹饪与用餐时间不断被挤压的同时，我也很高兴看到，今天的人们对在地美食与文化的兴趣在不断攀升。

"吃"的讲究，也激发了厨师的热情。

我曾遇到一位年轻厨师，他是河南人，曾在集体食堂帮工。我问他是否能全部完成那些点心，他答道：大部分都可以，个别的虽然有些手生，但复习一下肯定没有问题。

这件事让我非常开心。在眼下看似急速变化的环境里，还有这样的年轻厨师，执着于传统烹饪技艺的修炼。我看过他的学徒笔记，厚厚的一本，密密麻麻记满了师父的教诲。

"每隔一段时间，我就拿出来，读一读，练一练……"我问他，这样做是担心遗忘吗？他笑笑说："不完全是。每次做，我都有新的尝试，而且，我能感觉自己功力又长了。"正是这种成就感在伴随这位青年厨师不断前行。

食物中有大世界。真正的美食，无关食材是否昂贵，而是技术和心血的体现。优秀厨师不仅掌握了烹饪的技巧和配方，更重要的是他们将自己对食物的理解，以及个性、创造力和热情融入每一道菜品中。食物中凝聚着他们的自我与世界，这种独特性是无法被简单复制的。

我特别赞同一位作家的观点——美食不是那些我们吃不到的东西，而是对我们日常食物本身越来越多的了解。因为了解它背后的讲究和学问，在享用的时候就多了些知性的愉悦感，无形中提高了我们的生活品质，让我们更加热爱生活。"您看，没多花一分钱，我们的生活品质就提高了。"这位作家说道。

总结我对中国美食的愿景，那就是：根植中华文化，拥抱现代文明。

《人民日报》2023年8月26日第8版

# 明月出草原

艾
平

提到呼伦贝尔，人们总会想到草原。这里的中秋节是银绿色的，那是大地返还给月亮的美丽。秋草的新茬继续长着，上面覆满微霜和月光。

记得那年，我们单位组织了一个草原采风活动。大家年轻而活跃，恋着写生、拍照和喷香的奶茶，意犹未尽。下午5点不到，日光有些暗了。蒙古包前，归来一群马，默默和我们并肩而立。突然，一人跃上马背，飞驰而去。顺着马蹄声望去，你猜我们看到了什么——那就是天边，空旷的草原上，地平线的曲度和刚探出头来的半圆月重叠，那骑手的剪影飞快地印了上去，凝重的大地衬托着这明亮的一切，直把在场的众人看呆。骏马逆光归来，雕塑般矗立在我们眼前。马背上的骑手是作家乌热尔图，他来自森林，书写鄂温克族猎民生活的小说连续三届获全国优秀短篇小说奖。

我们汇聚到蒙古包里用餐，继续骑马的话题。没有电，大家秉烛对酒，吃着肥美的手把肉。歌声四起，人们身上的秋寒一扫而光。这时候，蒙古包的女主人，一位微笑的大姐，拿起根木杆，对着天窗的盖毡一挑，刹那间，月光如水倾泻进来……

回到家里已经过了饭时，家中无人。桌子上的纸条上是女儿稚嫩的笔迹——妈妈，回家过节。呀，今日中秋，我们一行人居然没有谁说起。

去母亲家对我们姊妹兄弟来说永远是"回家"。父亲去世后，每逢中秋，我们都把陪母亲当成最重要的事。果然，一推开家门，就看见兄弟姊妹几家人围着母亲坐在一桌子美味佳肴旁。母亲的爱集中体现在给我们吃什么这件事上。此刻，她的杰作琳琅满目。最引人注目的是那一摞摞成塔状的月饼，拿起一个掰开，里面是野玫瑰、榛子仁、青丝五仁、沙果脯、牛肉脯，都是当地特产做馅，味道各有千秋。主菜自然是不可替代的手把羊排，肥瘦相间；一大盆牛尾炖胡萝卜，香软糯润；还有炒白蘑、熘肝尖、酱牛舌、野菜丸子……我们称赞着母亲的手艺，可她却赞美呼伦贝尔大地。她说，中秋节虽然有点冷了，但是咱这里的稀罕物正好下来：牛羊吃了一春的花、一夏的草，最肥；一场秋雨一地白蘑，那是天赐的，再干净不过；早晨出水的细鳞鲹鱼，满肚子都是夏天攒下的蛋白质，肉瓷实，不放佐料，原汁原味更鲜……她还说，月亮是为亲人的重逢而圆满的，中秋节时咱这里还没有冷到大雪封门，想家的人都能回来。母亲说话时，阳台的门一直敞着，外面的月光把她养的几棵三角梅照得熠熠生辉。

说到当今的中秋节，呼伦贝尔的景象越发丰富多彩、时尚浪漫。虽然不比江南的花前月下、歌舞丝竹，但是家家户户厅堂相守，举杯邀窗外月亮，低头看手机里的月亮，将那些出门创业的青年、在外读书的学子、候鸟一样到南方避寒的老人，拢进了一个天南地北的团圆夜；还有别出心裁的年轻人，开车登山，仰望明月徐徐升起，一洗身心，豪情焕发……

这几天，我特意驱车出行，果然又发现了一番新景象。人们忙碌着过节，吃食添了许多，有哈尔滨的老鼎丰月饼、北京的蒜肠，还有江南的卤水鸭和金华火腿，呼伦贝尔的中秋传统中有了新鲜的味道。在草原湖滨等地，停着来自四面八方的房车，房车里的日子过得滋润，有的晾着牛肉干、挂着蘑菇串，有的支着画架，画面上有锦缎一般的朝霞，也有碧海一般的星空月夜。我上前询问，天凉了，为何不及早"孔雀东南飞"？皆答，等着过一个特别的中秋节。

五湖四海共此时，呼伦贝尔的月亮日臻圆满……

《人民日报》2023年9月28日第18版

# 明月山之奇

蒋子龙

　　江西宜春有一座明月山。此山方圆62平方公里，由12座海拔千米以上的山峰组成，山势逶迤，层峦叠嶂。茂林深丛，怪石嶙峋，千态万状别有奥趣，风骨魁伟而韫奇气。明月山主峰高达1700多米，整体山势呈半圆形，恰似半圆之月，因此得名。

　　不仅山形似月，而且山石明亮，夜晚闪烁如月之光华。明代吴云《古月山考》记载："武功之东有明月山，西有古月山，皆有石能为月之光。"明月山坐落于武功和九岭两大山脉之间，有石夜里发光如月，若月落山中，满山皆明。奇峰出光华，月移山影动，山月相融，自是一奇。自古以来，旅行家就喜欢夜游明月山，有唐代齐己的诗句为证："山称明月好，月出遍山明。要上诸峰去，无妨半夜行。"

　　南宋理学家朱熹曾说："我行宜春野，四顾多奇山。"其实，山如明月只是明月山的一奇，还有一奇是明月山的树。山上山下林木森森，植被极其丰富，或枝叶茂密，浓荫匝地；或高出众木，肃爽凌霄……南国之山森林繁盛原不足奇，奇的是明月山有相对齐整的万顷竹海，站在高处望去，碧涛汹涌，密密匝匝，仿佛有巨石滚落也会被浓绿托住。

　　在明月山绝奇的大峡谷内外及千峰万壑的险峻处，生长着稀有的珍奇古木。如野生红豆杉，世界上公认濒临灭绝的珍稀植物，在地球上已有250万年的历史，是经过了第四纪冰川遗留下来的古老孑遗树种，在明月山一带竟然数量不少，让人惊叹。还有古樟树、金丝楠木、黄檀、乌桕、落叶木莲、南方铁杉等等。

我是在多古木的河北沧州农村长大，对树，特别是老树，有一种特殊的感情，看见古木比看见任何景观都兴奋。在洣溪村，我搂抱了须三人才能抱过来的1100岁的罗汉松，还有千年古樟树，800年的闽楠、栎树……只这一个村子就有上百棵古树，800年以上的有13株。每棵树都有自己的气象，或老干如铁，枝叶扶疏；或拂云百丈，独立无双……

山里还有一个叫水口的小村子，一农户家就有两株红豆杉，一株250岁，一株已逾千岁。上海一严姓游客，知道红豆杉养人，向主人借了一个竹椅，半躺半坐地在树下一觉睡了两个多小时，醒来后便决定要到明月山来建民宿……其实他在树下的竹椅上比在城里的床上睡得沉实，是因为明月山的空气好。一般来说，每立方厘米含负氧离子5000个，就是很清新的空气了，明月山则是7万个，称其为大氧吧也不过分。所以山里的这个村子，人人健康长寿，很少有人得大病。当然，还有其他因素，比如水土。

接下来就该说明月山的第三奇——水。

我读过一篇文章，写到宜春的水。文章中说，远古时代，明月山这片起伏逶迤的黛绿色山峦，原是汪洋大海，"亿万年过去，沧海桑田一瞬间。但是，苍茫的群山峻岭之上，依旧翻腾着汪洋般的云海，蓄积着巨大的水量"。于是，明月山"溪水万千，跳跃宛转，养育了犹如乳汁般滋润大地的袁河、锦河和潦河水系"。

明月山在成为宜春境内河流的源头之前，先是形成了大大小小众多的瀑布群，其中有落差119米的云谷飞瀑，也有落差只有几米的水帘。瀑布多，不算稀奇，稀奇的是这里的水有冷热两种，均富含硒元素。

为什么明月山的溪泉都是富硒水？这要感谢大自然的造化所赐，让宜春成为"全国三大富硒地"之一，且无丝毫污染。山泉经过山上奇石和树木庞大根系的过滤，特别是流经万顷竹海，即通常所说的"竹根水"，其质量自然非一般溪水所能比。那么，硒又有何珍奇处？现代科学已经证明，硒有增强免疫力等五大功效，因此，明月山成为国内名牌矿泉水厂家争抢的水源地。

这一切仍不足奇，最神奇的是明月山的热泉，泉水发烫，也称"温泉"。明月山的温泉蕴藏于400多米深的熔岩裂隙之中，而山体内的裂隙相通，温泉的储量就极丰富，可谓流之不尽。据记载，明月山的温泉每日出水量1万吨，水温常年保持在68至72摄氏度，不受季节及气候变化的影响，也与每年的雨量大小无关。

明月山下的温汤镇建有两侧带板凳的长廊，每到傍晚，就陆陆续续有人提着各式各样的桶，打了温泉水坐在长廊下泡脚，人多时长廊里坐不下就自带板凳，一边泡脚一边聊天，一派其乐融融的祥和景象。此处还有上万户从北京、上海等地迁来的移民，以及来自各地的游客，图的就是明月山的空气和水。难怪早在唐朝时，著名诗人韩愈就曾断言："莫以宜春远，江山多胜游。"

《人民日报》2023年10月2日第8版

# 长白逢岳桦

刘建东

　　长白山，海拔 1800 米之上，一年之中大多数的时间，被肆虐的风、漫天飞舞的雪、任性的寒冷所占据着，残酷的环境，令众多的树种望而却步。只有一种树，跨过自然划定的界线，沿着越来越陡峭的山脊，在越来越贫瘠的土壤上尽可能深地扎下根，迎着风霜，顶着暴雪，勇敢地向更高的高度挺进。

　　这就是岳桦，是我在通往长白山天池的路途中，与之邂逅的一种树。

　　于我而言，这种高山乔木是陌生的，它们的外表并不引人注目，丝毫不出众。它们没有长白松那么高大伟岸，英俊高冷；也没有白桦树那么秀媚端庄，亭亭玉立。它们极其普通，但它们是天生的冒险家，拥有一往无前的气魄。

　　广袤的天空之下，长白山主峰高耸入云，威严而又令人敬畏，山巅未可预知的风景，是所有树种的梦想。无数个白昼与夜晚，山风吹遍树林，到山顶去，到那与云朵最接近的地方去，这个想法炙烤着每一个树种的神经末梢，令它们想入非非，跃跃欲试。而只有少数的树，敢于尝试，敢于脱离自己的舒适区域。在悠长而枯燥的时间里，或许是某个风雪交加的夜晚，或许是某个安宁诗意的清晨，毫不起眼的岳桦，迈出了关键的第一步。接着，一步步，一寸寸，在付出了不计其数的牺牲与失败之后，脚下的土地才渐渐接纳了它们。海拔相对较低的地带，风会相对温和一些，严寒会稍稍收敛一些，它们还可以尽情舒展自己的筋骨，放飞自己的心怀。在背风的山坳里，在相对平缓的山坡上，在清澈的湖水四周，在流动着的冰凉的河水两侧，它们依着地形，借着山势，轻松地舒展着身躯。有的把身躯伸向天空，有的将枝节无所顾忌地向各个方向延展，不追求笔直，不追求方向，也不追求美观，只是尽情挥洒着自己旺盛的生命。

得到短暂休整的岳桦树，并没有让这种相对的平静，这种温和的亲近，消磨了意志。它们选择了继续向上。它们中的一部分，很快开始了又一次无比困苦和单调的跋涉。在上升的过程中，越接近顶峰，恶劣环境的考验越猛烈。所以，为了适应环境，我看到了它们的身体奇妙地发生着变化。它们像是经过长期训练的战士，变得团结而有纪律，井然有序，它们互相勉励着，一律朝着一个方向，背风的方向，弯下了腰，甚至匍匐着，像是在与山脊低语。它们即使弯曲，枝干也坚硬挺拔，如同刺向风暴的剑和枪，以战斗的姿态，抵御着风雪的扫荡、酷寒的威胁。这一次，危险随时存在，可是它们弯曲的身体里充盈着顽强。当它们终于在越来越贫瘠的山坡上扎下了根，喘匀了气，安抚住不安的情绪后，它们就可以放眼四周，独享风景。

此时，阳光晴好，它们看到了从幽深的谷底缓缓升腾起来的白云，白云飘逸、轻盈，轻抚着它们。它们看得更远了，一览众树矮，那些曾经与它们为伍的高大树种们，竟然变得那么渺小。它们陡然发现，时间不知已经过去了多少个世纪，它们已经完成了太多不可能完成的任务，翻越了太多不可逾越的海拔高度。目光似乎有了重量，直抵山的尽头，那里有相对清晰的针叶林带，以及隐约可见的针阔叶混交林带，它们互相簇拥着，互相依偎着，紧紧地拥抱在一起。风越过了岳桦，在丛林中制造了巨大的合唱乐声，丛林快乐地享受着属于自己的幸福，或许，是在嘲笑那个脱离了大家、顶风冒雪踽踽前行的岳桦。丛林一直在观看岳桦孤独而倔强的背影，丛林也只能看到岳桦的背影。

海拔已经接近2100米，山巅触手可及。但是再前进一步都变得异常艰辛。刮过一阵风，岳桦迎接着，把力气本能地用在树的弯曲处。山巅仍然在上方，仍然在迷人地召唤着它们。当我借助汽车，借助人工修建的道路，借助厚厚的衣物，把这些岳桦远远地抛到身后时，我不禁回头观察，我发现，它们的身体更加低矮，更加贴近山体，就像是人类站在跑道的起跑线上，蹲下身子，保持着蓄势待发的姿势，随时等候着来自内心深处的发令枪声。

穿过荒芜的高山苔原地带，我终于踏上了通往山巅的最后阶梯，一步步接近长白山的顶峰。我是幸运的。因为上来之前，他们说，今天能够看到长白山天池的概率只有40%。我替岳桦树看到了长白山最高处的风景。宽阔的火山口四周，被风化的赤褐色山体，萧索荒凉，植物的踪迹难寻。我在众人此起彼伏的惊叹声中，看到了朵朵白云抚慰下，那一池碧蓝色的湖水。这是白云的故乡，它们悠闲甚至有些懒散地悬浮着，把巨大的暗影投射到绸缎一样的湖面上。美丽端庄的天池，可能永远不会知道，有一种叫作岳桦的树，就在几百米之下的山脊上，幸福地怀抱着一个梦想，怀抱着不安分的雄心壮志，梦想登上最高峰。也许，这一时刻还要等上许久，但是对于不知疲倦的攀登者来说，这又有什么呢？因为在攀登的过程中，它们已经领略了一路精彩纷呈的风景……

《人民日报》2023年10月2日第8版

# 琴弦上的大街

蒋巍

哈尔滨，诞生在一朵雪花里。

不必选择哪个夜晚，而是所有的夜晚。当漫天星辰和万家灯火壮丽地倾泻进这座音乐之城，哈尔滨就像在童话世界中一跃而出。那是一朵雪花的怒放，一朵冰花的怒放，一朵浪花的怒放，一簇紫丁香的怒放，一曲欢乐颂的怒放……

这里的孩子从小就徜徉在冰雪世界。每年，冰封千里的松花江都分"文开"和"武开"。"文开"就是随着春天的到来，冰层渐渐融解，化为一江春水向东流；"武开"就是热能在冰层下渐渐积蓄，终于有一天轰然作响，如雷经天，掀起一幅幅史诗的"封面"。

过去，哈尔滨的姑娘们出门，喜欢穿戴好棉大衣和红围巾，眉头睫毛上挂满洁白的霜花，脚上蹬着大大的羊毛毡靴，并排坐在马爬犁上——这是南方人从未见过的传统交通工具。随着师傅甩起红缨大鞭，空中叭的一声脆响，马爬犁便哗哗驰过冰雪覆盖的大街。回到暖洋洋的家，甩掉厚厚的冬装，高大的穿衣镜里，就会突然走出一个个连衣裙女孩。窗外是森然壁立、深情聆听的寒冬，屋内是花红柳绿、青春如火的春夏，一切如梦如幻……

哈尔滨是在琴弦上长大的。只要你走进哈尔滨，走上中央大街，你就仿佛走过时代的交响。只要你走过一块块长圆形的街石，你的心就会融化成一个音符，在时装上流动，在歌舞中流动，在美景中流动，像掀开一封优雅的信笺，寄给你满满的记忆。在大街上，一朵雨花或一朵雪花，就会照亮一个个行人。他们在光影中漫步，亮丽的笑脸如这座城市的光芒。

在爽风徐徐的夏夜，著名百年老店马迭尔宾馆会举办阳台音乐会，国内外的音乐艺术家们闻风而至，或一展歌喉，或尽显器乐才艺。大街上人山人海，时而凝神静听，时而欢声雷动。如果再漫步向北，前面就是雄伟的防洪纪念塔和游船如织的松花江了，一切都像无尽的诗行……

哈尔滨不愧为中国北方的时尚之都。正是在哈尔滨，我第一次听到了交响乐，第一次看到了芭蕾舞，第一次读到了莎士比亚的十四行诗，第一次看到了文艺复兴以来的世界建筑艺术史——它们不再是"凝固的音乐"，而是矗立在大街两边的艺术长廊，放眼望去，宛如"惊涛拍岸，卷起千堆雪"。

这里的建筑并非传统的中式风格，而是汇聚了建筑史上数百年的各类建筑风格，高耸起许多红黄蓝绿的尖顶和穹顶，争先恐后伸向辽阔的天空。还有那些造型雅致的阳台，把整座城市向着阳光和梦想敞开。每天朝霞连着晚霞，林立的商铺次第展示着世界的一角，所有的笑容都涌向这个时代，所有的色彩把姑娘们的布拉吉染得姹紫嫣红、鹅黄淡绿，美不胜收。

哈尔滨不需要时尚，因为它就是时尚。

百年前的那条泥土小路，就这样美成了新的时代窗口——气派的中央大街！

这个夏夜，我再次漫步在这条1000多米长的大街上，成群结队的中外游人一眼望不到头，每块街石都闪耀着绚丽的光彩，荡漾着历史的脚步和时代的回声。1997年，它成为中国第一条商业步行街——有幸，时任哈尔滨市文联主席的我参与过这项工作。从此，它成为哈尔滨市民心中最喜爱的一根琴弦，迄今一切依然是那样的丰姿绰约，魅力非凡。这条街上行走的人，无论青春靓丽还是白发如霜，无论是怎样的肤色和怎样的语言——在这里，全是携手相伴，洋溢着欢笑和爱。

街巷之美，重在人之美，这就是哈尔滨之美。

《人民日报》2023年10月4日第8版

# 乡情深深

张金刚

　　我来自乡下，定居小城。我有很多乡下朋友，他们让我感到快乐与幸运。

　　郑老师就是这样一位朋友。她邀了我数次，终于趁个好天气，与朋友一起前往她在乡下的小院。在乡下有个小院，多么幸福，多么诗意，郑老师与她的爱人杨老师，便坐拥这份幸福与诗意。

　　郑老师，在村小学教书，还写文章；杨老师，在镇政府工作，写文作画，还给村里孩子上公益国学课。那天，郑老师头戴渔夫帽，身着花长裙，在路口迎接我们。穿过整洁的街巷，沐着舒爽的林荫，伴着悦耳的鸟鸣，说笑之间，我们被引至一方漂亮小院前。郑老师紧走几步，推门示意："欢迎光临寒舍！"何"寒"之有？堪称雅居。本是五间北屋檐下的土院，被玻璃屋顶、落地门窗一分为二：院墙内为院，露天，土地面，石甬路，种着应季花蔬；门窗内为厅，连着正房，铺了地砖，摆着盆栽，布了画架、书橱、茶台。

　　杨老师躬身相请："山泉水煮了好茶，请落座！"我环顾一周，称赞道："也就两位老师能有这巧思，起居室、阳光房、会客厅、茶室、书房、画室、小花园，全功能、高品质！"香茶几盏、瓜子一盘、红枣数颗，我们畅聊文学和人生，几乎忘了时间。稍后，阳光房内，又一起包饺子、进午餐、品枣酒，其乐融融！

　　饭后，杨老师端起调色板，在画架前开始创作。郑老师凑到近前，扳过他的头，麻利地给杨老师扎了个马尾小辫："这才有艺术范儿！"我心生感动：他俩家在乡下，小儿有疾，学校、镇上、医院、家里，奔忙不休，却忙里偷闲，将日子过得有滋有味，有情有趣。临走时，郑老师塞给我一瓶珍藏的枣酒、一兜现摘的蔬菜："酒是陈的香，菜是新的鲜，尝尝！"

经人引荐，我认识了乡下爱写作的崔哥。乍看崔哥，朴素的外表、实诚的谈吐，典型的农人形象，与作家好像不搭界。然而，他却是一位坚持梦想数十年、隐在农村山野间的农民作家。他扎根农村，吸吮着大地的灵气、参与村里的事务，将家乡的山水风物、生活的爱恨情愁，甚至他担任村干部、办家庭手工业工厂、带领乡亲们致富的丰富经历，都化进了他的小说，读来真实、朴实、厚实。

事务缠身，崔哥养成了躺在床上用手机写作的习惯。用崔哥的话说："夜深人静，月光如水，虫鸣如歌，亲手让如是故乡，在文字里呼吸，在故事里鲜活，一切烦恼和疲累都烟消云散了。"崔哥写作的精神让我感动，着实不易；也让我羡慕，甚是浪漫。

村里庙会那天，我赴崔哥的家宴。柴火土灶煮的红枣粽子、炖的土猪肉和水库鱼，村里人的真诚与盛情，皆外化于丰盛地道的一菜一饭之间。午餐进行到下午的大戏开场，也不愿散，任铿锵的锣鼓、悠扬的丝竹、婉转的唱腔，做了我们欢聚的背景音。我和崔哥也在农家小院、林荫小路、山前水畔、丘壑沃野相约，若岁月不弃，定写作不休，让挚爱的故乡在我们的文字里绵延永恒。

我的故乡"苍山"，曾一度让我想逃离，现在却常常入梦，让我日思夜想。每次回到故乡，我都会遇见熟悉的乡亲们，他们大都年迈，但只要他们在，故乡就在。他们从小看我长大，是我珍贵的"忘年之交"。

满头白发、步履颤巍的大婶，家住村口，是我回苍山时常遇到的人。她抬起浑浊的双眼，眯着瞅我，说："小刚回来了？"我应了一声，还未来得及寒暄，她已低头专注走路了。我嘱咐"慢点"，她挥下手，算是回应。当年，她亮起大嗓门当"村口小喇叭"，抖搂我们这些孩子的糗事时，是多么健谈！不管咋说，见她安好，我便觉得我的童年"档案"依然被她及其他我乡下的朋友们收藏得完好，随时可以"调取"。

卸任村干部多年的大叔，正在槐荫下与大家攀谈。仅他在任上将深山里的甘泉引至每家每户这一件事，就值得让人敬重和铭记。他也是我的朋友，每次我回村逢着他，他都会将村里的大事小情说与我听，还时不时鼓励或批评我一番。他说的，我都洗耳恭听，反思如何更好地做事做人。

乡下有朋友，即便不常走动，我们也会在不间断的联络中，珍视彼此的情谊。有时，我会为他们身处青山绿水间、遍尝地道土特产而高兴不已；有时，会为他们迎战自然灾害、直面各种挑战而揪心牵挂。虽然他们在最基层，做着最平凡的事，但我却能在他们的日常里，感受到执着的坚守、朴素的温情，以及美丽的风景。

《人民日报》2023年10月11日第20版

# 崖壁上的《西狭颂》

赵
丽
宏

茫茫天地间，峰峦绵延。山中有奇峡深壑，有万仞崖壁，清泉穿过乱石，溅起一片片雪浪。水烟弥漫处，突显远古碑石，神秘的文字，在记忆的云雾中闪烁……

记忆中的景象，距今已经多年。那天下午，我站在一条山间的公路旁，遥望着远处的群山，感觉进退维谷。路边是起伏的农田，田中有小路通向远方。不知道哪条路可以通向我们向往的目的地。

这是在甘肃陇南的成县。来成县，很重要的原因，是想去探访隐藏在深山中的黄龙碑，去看看1800多年前被勒刻在崖壁上的《西狭颂》。这是中国书法史上一个光华耀眼的奇迹。成县的朋友刘君，陪我坐车来到山间公路，下车后，我们一起离开公路，沿着田间的小路，向远处的群山走去。

山在远方，在云雾缭绕处。小路蜿蜒，田野中一片空旷。在山脚下的一片红薯田里，遇见了人，一个老人和一个小孩，蹲在田里干活儿。见有人在小路上急匆匆走来，老人和孩子停下手中的活儿，站起来看着我们，眼神中闪着惊喜。

"你们要去哪里？"站在田里的孩子大声问。

"去看黄龙碑。"我大声回答。

孩子举手指着远处的山峦，笑着叫道："在那里，天井山！"

"在天井山的峡谷里，鱼窍峡。"老人笑着接话，"不太远，走一个小时吧。"

刘君认识路，他走在前面，我跟在后面。看着烟雾迷蒙的远山，感觉我们的目标有些遥远，也有些神秘。以前虽没有见过黄龙碑，但知道这块奇迹般留存在深山中的摩崖石碑，也在出版的碑帖上读过《西狭颂》，那是美妙绝伦的东汉隶书。黄龙碑的碑文全称《汉武都太守汉阳阿阳李翕西狭颂》，所以被人称为《西狭颂》，民间俗称《李翕颂》《黄龙碑》。中国书法史上有著名的"汉三颂"：《石门颂》《郙阁颂》《西狭颂》，这三颂都是摩崖石刻，都是汉代的隶书。三颂中，在原址保存完好的，唯有《西狭颂》。我一直奇怪，为什么《西狭颂》能那么完好无损地保存了1800多年。

山路渐渐陡起来，土路变成了石阶，石头的山峦迎面而来。小路逶迤曲折通向大山深处。路边的景色，也发生了变化，只见山崖迭起，乱石交错，石缝里钻出缤纷的花树。走进山谷中，从四面八方传来流水的声音。水声如交响乐，层层叠叠，此起彼伏，近处的溪流激越喧哗，高处的瀑布如泣如诉，远处的激流如天边传来隐隐约约的雷声。路边的峡谷越来越幽峭，两边的绝壁不断逼近，争相展示着陡峻的面孔。崖壁上，依稀可见古栈道的遗痕。

"黄龙潭！"刘君指着前方，低声喊道。

幽谷间，出现一个水潭，水色墨绿，深不可测。这就是黄龙潭，古时传说，潭中有蛟龙出没。看到黄龙潭，一定是临近黄龙碑了。抬头望去，只见崖壁上横空闪出一个亭子，亭子的飞檐从崖壁上伸展出来，如大鹏羽翼，遮掩着一方崖壁。沿着搭在崖壁上的栈道，我和刘君一起走进了护碑亭。飞檐下那一方凹陷平坦的崖壁，就是黄龙碑。名扬天下的摩崖书法石刻《西狭颂》，突然以最近的距离展现在我的眼前，那种震撼的感觉，可以用"惊心动魄"来形容。

我眼前这块光滑如玉的崖壁上，密密麻麻刻着一大片隶书汉字。虽历经1800多年，这些用刀镌刻在岩石上的汉字，一个个清晰完整，闪烁着神奇的幽光。碑文每字4厘米见方，笔迹看似粗犷，但字体方整雄健，刚毅中又带圆融，结构和疏密极为讲究。可以想象书写者挥毫落墨时的气度，那是一种无法用言语描述的大气沉稳，是俯仰天地的才情横溢，是发自灵魂的力量。这是汉字由篆书演化成隶书的过程中，一次精彩绝伦的创造。历代书家都曾以景仰的态度赞美它。丁文隽所著《书法精论》说《西狭颂》："结构严整，气象嵯峨，此汉碑中之高浑者也；结构曼妙，笔有余妍，汉碑中之秀丽者也；风回浪卷，英威别具，此汉碑中之雄强者也。"

《西狭颂》碑文记述的是东汉武都太守李翕的生平和为官政绩，颂扬了他开山修路、为民造福之德政。碑文中对西狭之险峻、修路之艰难，有很生动的描绘。《西狭颂》没有作为名篇载入文学史，但作为一件精美绝伦的书法作品，它将千秋万代被人欣赏。这是艺术的魅力。碑文赞颂的武都太守李翕，现代已经少有人知道他。而《西狭颂》的碑文中，另外一个名字，却永载史册。此人姓仇名靖，字汉德，是李翕的部下，一名小吏，但却是一位伟大的书法家。流传千古的《西狭颂》，正是出于他的手笔。在碑文左侧的一篇小字附记中，我找到了关于仇靖的文字："下辩仇靖，字汉德，书文。"

我和刘君站在黄龙碑前，谛视着崖壁上那些古老神奇的美妙文字，浮想联翩。《西狭颂》历经千百年完整无损，而和它同时代被刻到崖壁上的很多摩崖碑刻却相继被破坏，甚至荡然无存。这是什么原因，其中有什么奥秘？刘君饱读史书，是个很有见识的人。他笑着说："依我看，有三个原因。第一个原因，李翕一直保留了好名声。这样，他的政绩碑也就没有人来损毁。第二个原因，黄龙碑选址好，崖壁在隐蔽凹陷之处，避风遮雨，难以风化。第三个原因，低调，隐而不露，刻碑后隐藏山中数百年，被发现时重见天日，当然就被当成了宝贝。"

　　离开鱼窍峡时，已近黄昏。残阳抚照着嶙峋的崖壁，神秘的黄龙碑渐渐隐入一片暗红的暮色之中。

《人民日报》2023 年 10 月 23 日第 19 版

# 登华山

廖奔

五岳之中，最险是华山。

华山上的土很少，整座山岳就是一块硕大的花岗岩。不知何年何月，上天把它摆在了豫陕晋三省交界处的黄河岸边。从天上向下看，它就像一个耸峭的奇石盆景吧？

因为只有巨石崖壁，所以华山从整体上看，颜色是灰白色的，又由于石缝里顽强地钻出松树和灌木，远远看去，灰白石壁又总像是被墨绿色的笔道所皴染，于是华山强烈氤氲着一股刚毅、凛冽之气。

华山自古没有路，唐代以前绝少有人登临。后来有道士来到此地隐逸修行，陆续在石壁巉岩上凿出梯磴、辟开绝境，华山便有了一条登山险径，所谓"自古华山一条路，登临尤比上天难"。受了六朝山水诗人的自然逸兴感染，唐代文人大多喜欢游历名山大川，李白、韩愈都曾攀上华山，在山巅留下足迹。以后，宋元明清历代人物的登山讴歌之作不绝如缕。

五岳之中，中岳嵩山是我少年时的玩伴。长而东绝泰山、南攀衡山、北登恒山，唯独西岳华山仅只乘车从山脚下路过，远瞻而已，尚未登临。今天，我来登华山。

当地人告知，如果徒步攀爬华山，只有一条在岩石上凿出的狭窄梯磴路，从玉泉院开始，途经百尺峡、千尺幢等险径，爬4999级台阶后到达北峰顶，年轻人一般需要四五个小时。另外则有北峰和西峰两条缆车上去。梯磴绝陡，常常几乎垂直开凿，而且每个台阶只能放下半只脚，宽仅容二人侧身而过。抬头上望，梯磴沿巉岩绝壁直入云霄，成弯曲的一条悬线，时而隐入树梢，不觉双膝发软。70岁老翁登山，还是识时务乘缆车吧。

缆车悠悠，凌空而起，迅疾滑向峰巅。只一会儿工夫，人已悬在万山之上。周围峰峦起伏，皆是白崖皑皑，陡峭耸峙。迎面一块白色巨岩扑来，上面垂有整齐的纵列弧线，看去犹如一条斜面瀑布倾泻而下。前望山巅，五峰攒聚，恰似莲花涌瓣。下窥隐约可见登山梯磴道，盘旋于山坳林隙间，忽而绕崖攀挂，忽而绝壁直立，有人手抓两旁夹护铁链正在攀缘而进，观之也令人手脚出汗。

到达北峰顶，原来这里还只是攀登华山的中途点，须继续向更高的中峰攀爬。我鼓勇而行，来到擦耳崖。所谓"擦耳崖"，是沿一巨崖旁侧的石路上行，右侧紧贴崖壁，人行其上，需擦耳而过，左侧即是万丈深渊。以往无路，只能踩着溜滑崖脊上凿出的坑窝前行。今天凿出了一条1米多宽的石阶梯，旁侧有铁栏杆护佑，并不危险，尽可以边爬边欣赏崖壁上重重累累的古人题字。

穿过擦耳崖，是一段竖直的石蹬天梯。我手抓两侧铁索，脚蹬石壁，攀缘而上。登到一个平台，喘息未定，前方忽然亮出一道斜向山壁，直直的一条路径通向远处山峰顶端，望去就像一条苍龙卧伏。我知道，著名的苍龙岭到了。这条山壁很薄，就像一堵直立的刀墙，人要顺着山脊的"刀刃"一直爬上去。这是通向山顶诸峰的唯一通道，长1.5千米，宽仅1米，两侧都是万丈悬崖。攀爬在山脊之上，虽然两侧皆有铁栏杆护持，仍然让人胆战心惊、头晕目眩，尤其不敢向旁侧观望，只能一步三蹶地向前挪行。传说当年韩愈曾攀上苍龙岭，其时雾气满壑，他看不到两侧的深渊，并没有感觉到危险。待下山时，雾气散去，看清了面临的险境，韩愈大惊失色，竟然不敢再措脚半步。大哭一场之后，他用随身携带的纸笔颤颤抖抖地写出遗书，投向崖下，准备就此了却残生。后来是当地县令闻讯，才组织人力将他救回。至今，崖壁上可以看到"韩退之投书处"几个镌刻大字，提示着这段逸闻趣事。

过了金锁关，转道西峰。西峰通顶要经由一条鲤鱼脊背一样的光滑岩石路，人流熙熙攘攘，两侧万仞悬崖。好在两旁已经拉有牢固铁链，防止坠落，并无危险。于是，人们挨挨擦擦，上行下移，欢歌笑语不绝。登顶为莲花峰，白石覆瓣，绝像一朵莲蕊未展，李白《西岳云台歌送丹丘子》因而说"石作莲花云作台"。山石如莲花一般，华山之名即取意于此，华山者，花山也，"华"是"花"的古字。

由西峰转爬南峰。华山的海拔高度为五岳之冠，南峰又为华山之冠。这里奇崖突兀、峰切峦削、险拔峻峭、直指苍穹，真可谓人间仙境。

登顶南峰，天高气爽，万山攒聚，云气横流，只觉天近咫尺，伸手可触。极目北眺，苍茫雾气中露出辽阔的绿色关中平原一角。其中渭水、洛水都流成辗转弯曲的黄线。宽阔的黄河由北方咆哮而来，遇到华山阻挡，向东直角转弯而去。河床极北处似乎约略可见龙门峡谷，那是传说中大禹开始治水的地方。黄河东北岸可以眺见森绿的中条山，山脚下的风陵渡、永乐宫隐于云霓之中。华山向东便是著名的潼关，紧扼华山与黄河之间的狭窄通道，卡住豫陕之间连接的咽喉。

华山本为花山，它的峰巅大多由重岩叠瓣的白石组成，给人似花的感觉，所以北魏郦道元在《水经注》里说："远而望之，又若华（花）状。"西周时期的金文字体里，"华"的字形就像一朵花，有花瓣、花萼、花托和根茎，所以说"华"是"花"的本字。花又与明丽、绚烂、辉灿的感觉相连通，因此自古"华"字又作华美、光华、光辉讲。只是到了魏晋时期，汉字里才又从"华"字分化出"花"字，专门指称花朵，"华"字则成为华山、华夏、中华的专称。

以后，华山成为历史上著名的战略要道，常常是军戎来去、兵戈相加，得此地者得天下。战国争雄，秦军从华山脚下越过，向东吞灭六国、统一中原；汉唐帝国均立都于华山之东西。所有这些事件的发生，都被华山尽收眼底。亘古的华岳，坐观世事更迭，阅遍人间冬夏。此刻，我的耳畔便隐约飘出华阴老腔那淳朴粗犷的歌吼声："女娲娘娘补了天，剩下块石头是华山……华山和黄河做了伴，田里的谷子笑弯腰……"

南天门外是万丈绝崖，就在绝崖的中间，横出一条长空栈道，系在绝壁上打入石桩、铺上木板而成，栈道断掉的地方甚至只有直壁上凿出的石窝可以落脚，那是登华山最为险要的所在。望着年轻人系上保护带、锁上保险扣，把自己和石壁钢缆连接在一起，起步横移跨上栈道，如猿猱般贴壁而行，悬身于绝崖半空，不觉魂魄飞出、心胆俱颤。清代才子袁枚《登华山》诗有句："天路望已绝，云栈断复交。惊魂飘落叶，定志委铁镣。闭目谢人世，伸手探斗杓……归来如再生，两眼青寥寥。"生动描述出他当年攀爬绝壁栈道时的恐惧绝望和过后的惊魂难安。据说东峰还有更加险要的"鹞子翻身"处，人在绝崖上辗转爬行，则已不敢想象了。

意尽筋疲之后，从西峰乘缆车回返。缆车从万丈绝壁顶端猛然跃下，滑行在直壁立崖间。山体竖直笔挺，如刀削斧劈般，上下贯通，撑天立地。壁面白石嶙峋，有奇松怪柏挺峙其间，或如白色瀑布挂壁，或如水墨壁画晕染。时而一条横切裂缝，把硕大的山体剖为两截，却又严扣紧合，仍然坚如铁壁。随着高度的降低，纵向山体更加纹路多变，加上墨绿树渍的勾边围框，结构出一幅幅自然曼妙的国画画图。我兴奋地不停按动相机快门，拍下连幅的生动照片，每一张照片都是那么恬淡沉静、意境绵邈。

　　华山，我心中的山！

《人民日报》2023年11月27日第19版

# 古老的塘栖广济桥

叶
梅

大河，小河，河流穿行在广袤的大地上。若从高空俯瞰，河流时而隐没在高山峡谷之间，时而袒露于平原之上，就像一条条黄的、绿的，甚至白的绸带，虽看不清它们的流动，却能感觉到水的柔软和坚定。水在大地上用力划出的痕迹，或笔直或弯曲，都是那样的惊心动魄。而到了市井稠密的江南水乡，河流则化作亮晶晶的丝线，蛛网似的，柔情万端，环绕着一座座城市和乡村。

连接起河流岸边人间烟火的，是那河上的大桥小桥，就如唐装上的盘扣，连起两边的衣襟。那些造型各不相同的桥梁横跨于河流之上，让两侧的沃野街巷没有了阻隔，气息相通地交融在一起。浙江杭州临平区塘栖镇的运河之上，有一座古老的广济桥，正是那样一座桥。

一

第一次来到运河边的塘栖镇，是在几年前的秋天，阴雨蒙蒙的，刮着风，老远就看到了那座七孔石拱桥，让人陡然提起了精神。已近暮色的天空背景下，它看起来一派平静，七个弯弯拱起的石孔，就像七轮弯弓，含着不动声色的沉稳和自信，竖立着，一定是经过岁月磨砺而养就的。

这广济桥，曾名通济桥、碧天桥，又俗称长桥，传说最早建于唐代，已无从考证。但在清光绪《唐栖志》中有明确记载，建于明代弘治年间："通济长桥在唐栖镇，弘治二年建。"从那时到如今，也已有500多年历史。这桥笃定地将时光一寸寸凝固在每一块石头里，成为古运河上仅存的一座七孔石拱桥。看起来，它宠辱不惊，并不在意河水的一去不复返，只是沉默地守候着大地，守候着运河旁的小镇。

相较于大江大河上日益增多的现代化大桥，塘栖镇的广济桥只能算是一座小桥，但在500多年前，与江南那些随处可见的"流水人家"小桥相比，它又是一座兄长级的大桥了。广济桥的跨度近百米，从桥下到桥顶，桥两坡各设石阶80级，让人行至桥前，不得不抬头仰视，顿生巍然之感。拾级而上，胸中浮躁之气不觉渐消，待到桥顶，一股清风吹来，风里夹杂着运河的湿润，更令人神清气爽。

## 二

那日登上桥顶，放眼望去，南方的远处正是闻名的超山主峰，那超山每到寒冬时节便会梅花盛开，"春风度我向超山，人在红霞翠霭间"。观近处，塘栖古镇的景色则尽收眼底。

广济桥下的京杭大运河，由北向南蜿蜒而来，催生出市井繁华。有史记载，塘栖镇"迨元以后，河开矣，桥筑矣，市聚矣"，而因明代漕运的开通，凡苏州、无锡等地至杭州的商船必经此地，水陆辐辏，商家鳞集，塘栖镇成为杭州的门户，苏、沪、嘉、湖的水路要津。繁盛时期，镇上的弄堂据称有七十二条半，石桥三十六爿半，可见这小镇人烟有多么稠密。

我请教当地的朋友小吴，何为半条弄堂？又何为半爿石桥？他又请教了当地文史专家，说民国之前这里的太史第弄向东有一条支弄，灰堆弄后面有一条半截弄，都没有名字，因此就这么叫下来了。那随运河在镇上的穿行而建起的石桥，其实是37座，其中那半爿桥名为西龙桥，因南边高，桥面与街面平齐，而北边低，远远看去就像只是半爿桥，故称为三十六爿半。

江南的意趣果真是随处可拾。

如今的街巷已然齐整，为使广济桥免受繁重的航行压力，政府兴建了一条复线航道，对老航线实施封航，广济桥作为文物得到保护。同样完好保留着的，还有从前的郭璞古井、栖溪讲舍碑、太史第弄、水南庙等文化遗产。古风犹存的小镇，引来东西南北的游人，津津有味地流连其间。镇上的居民则见多不怪，任由游客来来往往，不受干扰地聚坐在运河旁的小亭子里，或是巷口花园处，自在地下棋打牌、闲聊，延续着祖辈们的闲适祥和。

那天在桥顶上，我们一行看着四周的风景，嚷嚷着要合影留念，在桥栏的石条坐下，请桥上经过的一名中年男子帮忙拍照。男子很热心，教我们摆弄姿势，说话间不像是当地口音，一问是从四川来的打工者，专门在工地上拆装脚手架，已经干了七八年。他在塘栖镇上买了房，并且带来了不少四川的亲戚朋友，跟在他身边的一名年轻小伙便是他的侄子。

"这个地方好，对外乡人也好。"小伙子笑嘻嘻地说。

要说这广济桥，500多年来不知走过了多少南来北往的客，这地方古来就是一座开放的小镇，从来没有拒绝过外乡人。四川的叔侄俩也在桥上照了相，立马发在了微信朋友圈，他们对着手机一边说笑一边看点赞，一脸满足。

## 三

今年深秋时节，我再次来到塘栖，过往的人群比几年前多了很多。从广济桥拾级而上，一步步，容不得驻足细想，身后早有人流涌来。人头攒动之中，当地的朋友指着系在桥两头的"水北街"和"水南街"，说一条牵着历史，一条系着现代，小镇老街正在逐步打造国际化特色老街，以更加开放的姿态迎接八方来客。

对于一群群走进小镇的游人而言，从广济桥头延伸开来的一家家百年老店，铺排着花样繁多的美食，让他们格外兴奋。老店自有气派，凭那大门上一块块古色古香的匾额，不用言语便知根底深厚：百年汇昌、朱一堂、同福永等，都是叫响一方的老店，不只是水乡十里，即便在苏杭一带也皆有美名。

信步走进百年汇昌的大门，不仅尝到这家店祖传秘方配制的糕点，而且还嗅到了一股书香。店掌门是一位读书之人，在这寸土寸金的小镇上，底楼作为商铺，店堂里挂着一块匾额，上写九个大字："不二价、不吹牛、不欺客"。楼上则成了他多年打理的一个小博物馆。

我沿着窄窄的木梯爬到二楼，不由吃了一惊，这里竟然收藏了不同年代的上千件糕点模具，一排排陈列在玻璃柜里。看罢方得知，江南糕分有糯糕、豆糕、糍糕、重阳糕等多种，而糕模也是式样诸多、刻法不一，有的吸收了剪纸技艺，采用阴雕刀法；木质则有紫檀、楠木、核桃木、花梨木等。只见那些器形或圆或方，大小各异。刻制的图案让人一时看不过来，鱼跃龙门、蝴蝶、寿桃、聚宝盆、牛、仙鹤等，都是些吉祥之物。看上去，那些模具的木头大都已变成褐色，纹路十分圆润，可以想象用这些模具不知打制出了多少糕点，又递交给多少人手拎盒装，然后走进一户户人家。柴门微启，烛光映照间，那一份香甜又会给多少人带去喜悦。

这样一想，这广济桥下的老店俨然一本本耐读的书。

百年汇昌的店掌门说："因为有了广济桥，才有了塘栖的繁华，我要把老店最原汁原味的东西一直在运河边守下去。"说话间，一些上海、苏州、杭州的朋友三三两两地走进店来，有一位是在杭州开书店的，对这百年老字号的糕点赞不绝口，顾不得斯文，当场就试吃了一个土灶煮的粽子、一个小桃酥，又买走了几大包。

水北街的老字号，若要一家家去细品，只怕是三天三夜也品不过来。而水南街那边，兴起的是当下的时尚休闲风，开有江南阿二、王元兴酒楼等本土餐馆，还有快餐店、咖啡吧、酒吧等。小镇古时便引来四方风气，而今添加时尚也算是一种传承。

每到夜晚，广济桥下的大运河畔，一溜溜红灯笼便亮了起来，直到次日凌晨，食客云集，热闹非凡，正是花市灯如昼。据称，这条美食街由著名国画大师潘天寿的后人设计，于前几年开街，已有30余家知名餐馆入驻，东西南北，各路风味，都聚集在了广济桥的周围。

塘栖人说，高峻挺拔的广济桥是塘栖的龙鼻，运河上的弯弓，也是他们的骄傲。广济为桥名，恰应了广为民众之意，古来至今，这桥是越来越为人所喜爱了。

《人民日报》2023年12月4日第20版

# 故乡的冬

张金凤

冬天是被一场场北风送来的。北风随意一点，天就蓝了，天底下的事物纷纷变身。叶子变得五彩斑斓后，四处投递着消息。土地变得坚硬而冷峻，收获了庄稼之后，它们敞开的襟怀犹如无边的莽原。空气变得干燥，人们念着"开北风了"纷纷去晒瓜干。秋地瓜被切成薄片晾晒在大地上，在北风和日头的双重照料下，很快成了脆响的口粮。北风抚摸着田野，大地上作物越来越少，麦苗嫩嫩的小腰身接过时令衔接的大旗。

冬天是被萝卜送来的。菜园里汹涌的白菜萝卜在做最后的冲刺，一天一个样子地生长。"立冬收萝卜，小雪收白菜。"立冬了，不能再把萝卜放在露天撒野。而从霜降到小雪，正是白菜越长越壮实的时候。立冬后，早晚会有些霜冻，但是白菜的筋骨结实，越冷，越长得瓷实，越冷，越生得鲜美。

"猫冬"是从堵上后窗那一刻开始的。父亲踩着板凳和木梯子，手托着泥坯把后窗堵了，又抹上厚厚泥层。后窗变成了墙的日子，家里暖了许多。地瓜藏在屋顶棚子上，盖着薄薄的豆秸叶；奶奶天天偎在炕头上，透过窗户中间的小玻璃片观天看地；就连平日里忙碌的母亲，也常常坐在炕头上摆弄窗花和鞋垫。

北方的冬天常常是万里晴空，日头那么慷慨地照着，大地一丝风也没有。大好的天气里最适合一帮老伙计聚在一起，排在南墙根下晒太阳。

思念一场雪从树叶还没有落光开始。日光朗照，地气煦暖。人们看向天空的眼神有了些期待，默念着：小雪就要来了。初雪撵着小雪节气而来。那一天，风也潮润，云也低沉。不经意间，草垛上、树枝上甚至墙头的草上，都传来沙沙声，那是雪的脚印。听雪的人高兴地跑过大街，一路报告着：下雪了，下雪了。大地还是热的，那些芝麻粒大小的雪粒子落地就化。

雪在那个北风不紧的日子只是遥遥地打了个招呼，人间就热闹地接待。小雪节气的雪，还能多热烈呢？但是，小雪的仪式感却非常足。人们在大锅灶上炒一锅大白菜、豆腐，加了粗粉条。这是齐鲁大地胶州地界标准的雪天大锅菜，用刚刚收回家的大白菜炖猪肉粉条，仿佛是给白菜过节，也是为小雪过节，更为接下来要休养生息的冬天过节。

有风的冬日，村庄很安静，连狗儿也不叫，天地间只有风声。柴门被扭得吱吱呀呀，玉米秸垛窸窸窣窣，槐树豆叮叮咚咚，白杨树笔直而向上的枝丫就像竖琴，被风刮奏着。

冬天的田园鸟雀盘旋，不到下雪的日子，它们不去啄那些高树上的柿子。秋天采柿子的时候，竹竿足够长，母亲却不让采最高枝上的十几个柿子，每棵树上都留着些。那些柿子长得饱满而丰腴，看起来很好吃。母亲说，留几个柿子"看冬"。光秃秃的枝丫上，那几个柿子看守着冬天，越来越红。后来，大雪覆盖了原野，柿子树梢成了鸟雀聚会的地方，它们啄着柿子，享受雪天里的盛宴。

总得有一场鹅毛大雪才对得起冬天的想念，天地都被扯不开的"芦花"填满。芦花雪是数朵雪花粘在一起，像一只只柳叶船，硕大仍不失轻盈。它们飘荡在天空，慢慢降落并栖息在稀疏的篱笆上、草垛上，落在毛茸茸的干扁豆藤上，落在月季花干透却未凋零的花骨朵上……那样自然，那样和谐，好似它们的到来就为这样的相依，就是为给那些枯木干藤开一季花。雪成了藤上的花、花上的蕊、蕊上的蝶。

大雪来的时候，乡村是沸腾的、喧闹的。孩子们在雪扯起的帷幕间奔跑着，欢呼着，庆祝着。小手冻得好似小胡萝卜，捧起一把雪，就那么扬向对方，或将雪攥成团，"嗖"地打在对方肥大的棉袄棉裤上。

下过大雪，屋里开始点泥火盆，它既可以取暖，又能烫热一壶酒，在暖炕上斟饮。大雪封门后最宜饮酒，炉灶上嗞嗞啦啦，炒鸡蛋的香、炸花生米的香、煎白菜包的香、烤小鱼干的香混合在炊烟里，飘荡在雪的曼舞中。故乡被酒香菜香熏醉的雪花，飘得更舞步翩翩了。

雪持久不化的日子，母亲在屋檐下的长木橛子上挂了几穗高粱穗子款待麻雀。我很小的时候就知道我们家有冬天"斋鸟"的传统。木橛上那些高粱穗不几日就变得轻了，若雪还没有化，母亲会另选一把穗子挂出去。

故乡的冬天是浪漫的温暖的。那些冬夜，乡村寂静得只听见风吹草叶的轻叹。透过窗户，或是温暖的灯光伴着夜读的身影，或是一位默默剪窗花的母亲，守着一炕香甜的酣梦。

《人民日报》2023 年 12 月 11 日第 18 版

宽阔的黄河由北方咆哮而来，遇到华山阻挡，向东直角转弯而去。河床极北处似乎约略可见龙门峡谷，那是传说中大禹开始治水的地方。黄河东北岸可以眺见森绿的中条山，山脚下的风陵渡、永乐宫隐于云霓之中。

——廖奔《登华山》

演唱的人，满目含情，她唱得那么动情，那么投入。盖志如独坐在大漠上，为台上的演出鼓掌。那一刻，天空中一轮月，舞台上一个人，舞台下一个人。黄沙映照着天空，歌声在人心里吹起了波纹。

——徐剑《大漠里的坚守》

如是，乡村的土地最先醒来、最先温暖、最先立春。播下风，风就协调和畅；种下雨，雨就百依百顺；撒下万物，万物竞相生长。农人的辛劳，农人的希望，农人的梦想，就最先生根发芽、最先美满收获、最先激动人心。

——彭学明《种下阳春》

青春，是一团燃烧的火，是一段奔涌的河，是最美的奋斗季节，是璀璨的人生诗篇。美好是青春的别名，奋斗是青春的底色，追逐梦想是青春的精神。

——张健《歌声起太行》

上架建议：当代散文

ISBN 978-7-5115-8200-3

9 787511 582003 >

定价：58.00元